Peter Henisch   Großes Finale für Novak

Peter Henisch

Großes Finale für Novak

Roman

Residenz Verlag

Bibliografische Information der Deutschen Nationalbibliothek
Die Deutsche Nationalbibliothek verzeichnet diese Publikation in der Deutschen Nationalbibliografie; detaillierte bibliografische Daten sind im Internet über http://dnb.d-nb.de abrufbar.

www.residenzverlag.at

Umschlaggestaltung: www.boutiquebrutal.com
Typografische Gestaltung, Satz: Ekke Wolf, typic.at
Schrift: Adobe Caslon Pro
Lektorat: Günther Eisenhuber
Gesamtherstellung: CPI Moravia

ISBN 978-3-7017-1547-3

I

NIE WÄRE NOVAK auf die Idee gekommen, daß ihm Opernmusik einmal etwas bedeuten könnte. Bis an sein fünfundfünfzigstes Lebensjahr hatte er sie, so weit er sich erinnerte, nur aus Versehen gehört. Und das selten länger als wenige Sekunden. Maximal (wenn seine Reaktionszeit infolge der zunehmenden Müdigkeit, die er nicht zugeben wollte, aber vor sich selbst nicht verleugnen konnte, etwas länger war) ein paar Minuten.

Spätestens, sobald aus dem Gewoge von Orchesterklängen auch noch Stimmen auftauchten – peinlich gekünstelt oder jenseitig pathetisch die männlichen, befremdlich gluk-kenhaft oder absurd schrill die weiblichen –, hatte er einen anderen Sender gesucht. War seine Reaktionszeit zu lang, so machte ihn seine Frau auf die Unzumutbarkeit solcher Klänge aufmerksam. Herta hieß sie – er war seit dreißig Jahren mit ihr verheiratet. Das kann man doch nicht anhören, sagte sie, dieses Geschrei ist ja nicht auszuhalten!

Sie hatte zwar selbst eine Stimme, die sich leicht in Bereiche erhob, in denen sie nicht angenehm klang. Aber Herta selbst schien das nicht so zu hören. Ab und zu fragte sich Novak, ob sie diese Stimme schon gehabt hatte, als sie einander kennen- und – wie man so sagt – lieben lernten, und wenn ja, wieso ihm das damals nicht aufgefallen war. Doch diese Frage hatte jetzt keinen Sinn mehr – das hättest du dir früher überlegen müssen, war eine der Wendungen, die seine Frau ihm gegenüber gern anwandte.

Im übrigen geriet Hertas Stimme nur in die schlimmen Bereiche, wenn sie verärgert oder empört war. Allerdings war sie leicht und – diesen Eindruck hatte Novak im Lauf der Jahre immer häufiger – manchmal geradezu gern empört. Was ihn betraf, so gab er ihr möglichst wenig Anlaß dazu. Novak war ein harmoniebedürftiger Mensch.

Er vermied es, zu streiten, sowohl im Postamt, in dem er Montag bis Freitag von 8 bis 13 und von 15 bis 18 Uhr arbeitete, als auch im Gasthaus, in dem er jeden Donnerstagabend Schach spielte. Stimmt, bei den Sektionsabenden der Partei, der er treu geblieben war, obwohl sie ihn seit Jahrzehnten enttäuschte, hatte er manchmal, als er noch hin ging, einen roten Kopf bekommen, und das letzte Mal, bevor er die Tür hinter sich zugeschlagen hatte, da hatte er den jämmerlichen Figuren dort wirklich seine Meinung gesagt. Ihr wollt Sozialdemokraten sein, ihr wißt ja gar nicht mehr, was das heißt, hatte er gesagt. Daran erinnerte er sich mit einer gewissen Genugtuung, aber er war nicht sicher, ob er das gesagt hatte, als er noch drinnen im Lokal gewesen war oder schon draußen auf der Straße.

Mit seiner Frau wollte er am allerwenigsten streiten, die paar Mal, die er in den drei Jahrzehnten ihres Ehelebens mit ihr gestritten hatte, waren ihm in besonders unangenehmer Erinnerung. Danach war nach außen hin Abwehr gewesen, Verhärtung, Krampf, aber innen ein wundes Gefühl, bei Tisch, im Bett, wo man nichts miteinander sprach, sich voneinander abwandte. Er wollte das nicht, es tat ihm nicht gut, also vermied er Konflikte, die zu so etwas führen konnten. Auch wenn er sich manchmal seinen Teil dachte über gewisse Äußerungen und Kommentare, die sie etwa beim Durchblättern der Zeitung oder beim Ansehen der Fernsehnachrichten von sich gab – im großen und ganzen vermied er es, Herta zu widersprechen.

Und oft war er ja wirklich ihrer Meinung oder bildete sich das zumindest ein.

In einer Ehe, hatte er zu Bernd gesagt, dem Sohn, ihrem einzigen, als der schon längst aus dem Haus, ja aus dem Land, nämlich in Kanada, aber einmal, nach langem, wieder daheim zu Besuch war und den Vater in irgendeiner kleinen Auseinandersetzung mit der Mutter, einer Auseinandersetzung, deren Anlaß und Inhalt Novak inzwischen längst vergessen hatte, zu nachgiebig fand, in einer Ehe muß man halt aufeinander Rücksicht nehmen. Ja, ja, hatte Bernd gesagt, aber alles hat seine Grenzen. Bei ihm, der früh weggegangen war, sowohl aus dem Elternhaus als auch aus dem Land, das ihm zu eng schien, brauchte es nicht lang, bis er an die Grenzen kam: Mit noch nicht dreißig war er schon zwei Mal geschieden.

Sein Vater war anders. Franz Novak war duldsam. Zuallererst seiner Frau gegenüber, und das hielt er für richtig. Sie war die Person, die ihm am nächsten stand, mit ihr wollte oder mußte er gut auskommen. Oft war er ja wirklich ihrer Meinung – in bezug auf die Opernmusik, die man nicht anhören, nicht aushalten konnte, weswegen man rasch einen anderen Sender suchen oder das Radio überhaupt ausschalten mußte, war das jedenfalls die reine Wahrheit.

So war das bis zu Novaks Spitalsaufenthalt. Es ist richtig, von seinem Spitalsaufenthalt zu sprechen, *dem* Spitalsaufenthalt, denn er war ein Mann, der vorher nie ins Spital gemußt hatte. Diesmal aber, zwei Tage nach seinem 55. Geburtstag, war es höchste Zeit gewesen. Allerhöchste Zeit, hieß es nach der Operation, die man nach einer bedenklich langen und bei jedem Bremsen und Wiederlosfahren des Rettungsautos, das trotz eingeschalteter Sirenen im Morgenverkehr nicht recht vorankam, für Novak schmerzhaften Irrfahrt dann sehr rasch an ihm durchführte, in einem kleinen Spital, einem von jenen, die man demnächst zusperren würde, weil sie, so hieß es, den Staat oder den Steuerzahler zu teuer kamen, aber für Novak war dieses Spital lebensrettend.

Waren Sie nie beim Arzt, haben Sie sich nie untersuchen lassen? sagte der Oberarzt, der ihn operiert hatte, am folgenden Tag zu ihm. Sie müssen doch schon seit Jahren Schmerzen im Gallenbereich gehabt haben! So groß, wie die Steine in Ihrem Bauch waren, und besonders dieser eine! Bei diesen Worten hielt er einen Plastikbeutel hoch, in dem er Novak seine Gallensteine mitgebracht hatte.

Er hängte den Beutel an den Bügel, an dem auch der Schlauch hing, der am anderen Ende in Novaks rechte Seite mündete. Die Steine darin hatten ungefähr die Farbe von Lebertran. Genau. An Lebertran erinnerte sich Novak beim Betrachten seiner Gallensteine. Daran hatte er schon ewig nicht gedacht, das war eine Szene, die eigentlich längst über den Horizont seiner Erinnerung hinabgesunken war, doch jetzt war sie wieder da: Seine Mutter, wie sie diese ölige Flüssigkeit aus einer Flasche auf einen Eßlöffel rinnen ließ, den sie ihm, ihrem vier- oder fünfjährigen Kind, dann so rasch in den Mund steckte, daß er immer wieder, Morgen für Morgen (oder war es Abend für Abend?) an den Zähnen ankam, sehr unangenehm, zu schweigen vom üblen Geschmack, aber angeblich war das gut für den Aufbau der Knochen.

Das sieht dir wieder einmal ähnlich, sagte Herta. Warum hast du denn die ganze Zeit über nichts gesagt? Da hat der Mann Gallensteine im Bauch, aber sagt nichts! Wenn ich dich nicht noch rechtzeitig ins Spital gebracht hätte, weil du in der Nacht derart gestöhnt hast, wärst du mir, ohne ein Wort zu sagen, gestorben.

Aber jetzt laß gut sein, sagte sie, es ist ja noch einmal gutgegangen. Bist dem Tod noch einmal von der Schaufel gesprungen, bei diesen Worten tätschelte sie seine Hand. Seine rechte Hand, die auf der Bettdecke lag, während sie, seine Frau, am Bettrand saß. Von der Geburtstagstorte, sagte sie, ist noch die Hälfte übrig, aber die muß ich jetzt halt allein essen.

So war sie, Herta. Sie sagte geradeheraus, was sie meinte. Das schätzte sie an sich selbst. Und das schätzte auch er an ihr. Sie war unsentimental. Sie war praktisch. Ihr Humor war vielleicht nicht jedermanns Sache, aber im Grunde genommen herzlich. Er konnte froh sein, daß er so eine Frau hatte.

Eine gute Gefährtin war sie, das hatte er ihr damals, als er sie kennengelernt hatte, gleich angesehen. Eine Frau, mit der man im Frühling und im Herbst wandern, ja sogar klettern konnte und im Sommer Boot fahren und schwimmen. Keine von diesen Tussis, stimmt, dieses Wort war damals noch nicht in Umlauf, keins von diesen dick bemalten und dünn bekleideten Mädchen, obwohl auch sie, das schon, ihr Haar blondiert und die Wimpern dunkel getuscht hatte. Im Badeanzug hatte sie sogar eine ziemlich gute Figur gemacht, besonders die schwungvoll geformte Partie zwischen Taille und Hüften hatte ihm gefallen, aber das war nun halt schon dreißig Jahre her, und darauf kam es auf die Dauer auch nicht an.

Sondern? Worauf kam es an? Daß man miteinander auskommt, hätte Novak gesagt. In guten wie in schlechten Zeiten. Da ist schon etwas Wahres dran. Was man verspricht, soll man auch halten. Bis daß der Tod euch scheidet. Na bitte, jetzt wäre es beinah so weit gewesen.

Etwas verfrüht allerdings. Heutzutage stirbt man nicht mit fünfundfünfzig. Hast du geglaubt, sagte Herta, du kannst mich mir nichts, dir nichts allein lassen? Nichts da! So haben wir das nicht ausgemacht! Wir zwei, wir haben doch noch einiges miteinander vor!

Anfang September den Urlaub in der Türkei zum Beispiel. Bis dahin werde er doch längst wieder fit sein. Stimmt, mit der Narbe am Bauch werde er keinen Schönheitspreis mehr gewinnen. Aber wegen der Schönheit habe sie ihn ohnehin nicht geheiratet.

Die Narbe war spürbar, seit die Wirkung der Narkose nachgelassen hatte. Wenn Novak seine Lage im Bett ein wenig zu verändern versuchte, spürte er, wie sie zog. Auch wenn er hustete oder zu lachen versuchte. Man hatte ihn nach der klassischen Methode operiert, eine Zertrümmerung der Steine durch Laserstrahlen wäre wegen der fortgeschrittenen Entzündung im Unterbauch nicht in Frage gekommen.

Es sei höchste Zeit gewesen, hatte der Oberarzt gesagt. Wieso Novak die Schmerzen, die er gehabt haben müsse, nicht eher geäußert habe? Ja, wieso nicht? Sie seien ihm nicht so dramatisch vorgekommen. Er war ganz einfach kein besonders wehleidiger Mensch.

Hätte Ihre Frau gestern früh nicht die Rettung gerufen, so wäre es zu spät gewesen. Da siehst du, sagte Herta, was du mit mir für ein Glück hast! Und überhaupt hast du Glück! Mehr Glück als Verstand! Zuerst, sagte sie, haben wir dich noch rechtzeitig erwischt, bevor du dich weiß der Teufel wohin davonmachst, und jetzt liegst du in diesem Zimmer wie ein Klassenpatient.

Tatsächlich: Obwohl Novak keine Zusatzversicherung hatte, lag er in einem Zweibettzimmer. In den größeren Zimmern war gerade kein Bett frei gewesen. Noch dazu war das zweite Bett vorläufig nicht belegt. Das ist ja schon jetzt fast wie Urlaub, sagte Herta, darum beneide ich dich direkt ein bißchen, nütz die Gelegenheit und schlaf dich ordentlich aus.

Und das tat er denn auch in den ersten zwei Tagen. Er schlief oder dämmerte. Auch als Stimmung kam ihm, wenn er sich nachher an diese ersten zwei Tage zu erinnern versuchte, vor allem Dämmerung in den Sinn. Morgen- oder

Abenddämmerung, an helles Tageslicht erinnerte er sich kaum. Vielleicht lag es auch daran, daß die Schwestern die Rolläden an den Fenstern meistens herunterließen, aber draußen im Garten, den er, solang er noch nicht aufstehen durfte, nicht sah, sondern nur ahnte, sangen in seiner Erinnerung ständig die Amseln.

Vielleicht kündigte sich seine neue Sensibilität für das Hörbare schon damit an. Daß ihm der Amselgesang auf einmal so auffiel. Doch womöglich kam es einfach davon, daß er so viel mit geschlossenen Augen da lag. Und daß die Amseln den kommenden Frühling spürten.

Daß er trotz allen Dämmerns in dieser Phase die Schwestern nicht schon wahrgenommen hat, ist unwahrscheinlich. Sie waren ja um ihn, hilfreich bei körperlichen Verrichtungen, die er lieber allein erledigt hätte, aber es nützte nichts, anfangs mußte er sich ihre Hilfe dabei gefallen lassen. Vielleicht sah er sie bei dieser Gelegenheit nicht rich tig an, weil ihm das peinlich war. Aber es gab ja auch andere Gelegenheiten, etwa wenn sie ihm das Fieberthermometer reichten oder wenn sie ihm das Essen brachten, auf einem Tablett, von dem er, immerhin schon halb sitzend im Bett, mit Bedacht aß.

Diese Schwestern! Nichts als Ausländerinnen! Ob das wirklich notwendig sei, ob es keine einheimischen Krankenschwestern gebe? Das sagte Herta bei ihrem zweiten Besuch. Wo sind wir denn? Man kommt sich ja vor wie in der Dritten Welt!

Ob es schon Manuela war, die für die Blumen, die Herta gebracht hatte, eine Vase mit Wasser füllte? Gut möglich, jedenfalls hätte die Idee etwas für sich, daß Herta die Abneigung gegen die ausländischen Schwestern just bei *ihrem* Anblick artikulierte. Für Novak jedenfalls war sie noch nicht Manuela, zu diesem Zeitpunkt sahen die Schwestern einander auch für seine Augen noch zum Verwechseln ähnlich. Erst ein paar Tage später lernte er sie von den anderen zu unterscheiden.

Ein paar Tage später. Das war der Tag, an dem Kratky kam. Novak hatte ja wirklich nicht erwarten können, daß das zweite Bett die ganze Zeit über unbelegt bleiben würde. All die vierzehn Tage, die er, so hatte es der Oberarzt angekündigt, im Krankenhaus bleiben sollte. Kratky, ein korpulenter Mann, kam am vierten oder fünften Tag.

Kratky! Mein Gott, womit hatte er sich den verdient? Bis dahin hatte Novak in diesem Zimmer, das ihm eigentlich nicht zustand, seine heilige Ruhe gehabt. Eine Ruhe allerdings, die er noch gar nicht so richtig wahrnahm. Zu sehr beschäftigten ihn in dieser Phase die doch recht unangenehmen Folgen der Operation und die damit verbundene Hilfsbedürftigkeit.

Dann aber, als er sich seines kleinen Glücks bewußt wurde ..., daß er hier einen Komfort genießen durfte, den er zu Hause nicht hatte, daß er sich mit etwas Phantasie vorkommen konnte wie in einem Hotel ... Auch wenn das Essen, das man ihm brachte, langweilig war (aber es bestand Hoffnung, daß es nach und nach besser würde) ... Akkurat dann, als er diesem Spitalsaufenthalt etwas abzugewinnen begann, wurde das zweite Bett in dem Zimmer, das er bei sich schon das seine nannte, belegt.

Ausgerechnet mit Kratky! Es waren ja auch andere Bettnachbarn vorstellbar. Still vor sich hindämmernde, kultiviert lesende, angeregt plaudernde. Schon richtig, Novak hätte sich selbst als eher schweigsamen Menschen bezeichnet. Doch die Tage im Spital waren lang, und einem netten Gespräch ab und zu hätte er durchaus etwas abgewinnen können.

Nur war Kratky halt nicht der Typ für so was. Nicht Novaks Typ als Gesprächspartner, nein, absolut nicht. Zwar redete er, kaum daß er da lag, den halben Tag, an dem er auf seine Operation wartete, legte darauf Wert, sich als Veteran zu erkennen zu geben, der schon eine lange Reihe von Eingriffen hinter sich hatte – sein ganzer Bauch, sagte er stolz, sei kreuz und quer von Narben durchfurcht, das sei, lachte er, sehenswert, da schauen Sie her (er hob tatsächlich sein Nachthemd), zuerst haben sie mir die Gallensteine herausgenommen, dann die Nierensteine, dann die Blasensteine ... Aber das wollte Novak nicht hören (nebenbei hatte er nie begriffen, weder vor noch nach der Operation Kratkys, was für eine Art von Stein oder welches Organ seines Nachbarn jetzt an der Reihe war).

Was ihn von Anfang an störte, war Kratkys Masse. Nicht daß er etwas gegen dicke Leute hatte! Einer seiner liebsten Partner im Schachklub, Potz, war ein durchaus beleibter Mensch. Von Kratky aber, dessen Körper nicht nur viel Luft *verbrauchte*, sondern – Novak bildete sich ein, das regelrecht zu spüren – vorweg schon *verdrängte*, von diesem Kratky fühlte er sich bedrängt.

Seine Umwälzungen brachten die Federn des Betteinsatzes zum Ächzen. Schon diese in Abständen von nur wenigen Minuten wiederholten Elementarbewegungen hätten genügt, Novak in eine unbehagliche Unruhe zu versetzen. Dazu kam jedoch ein Stöhnen, das diese Bewegungen häufig begleitete. Zu schweigen von den Fürzen, die dem Mann im Zuge solcher Anstrengungen entkamen.

Daß Kratky schnarchte, war nach alldem nicht mehr überraschend. Kaum hatte sich sein Körper auf Schlafatmung umgestellt, ging es damit los. Und wie! Um sein Problem zu verdeutlichen, versuchte Novak dieses Schnarchen nachzumachen. Manuela hatte ein liebes Lachen.

Das war auf dem Gang. Es gab dort eine kleine, weiß gestrichene Bank. Eine Bank, auf der sich auch die Schwestern manchmal ausruhten. Da saß Manuela. Er hatte gerade erst mitbekommen, daß sie so hieß. *Schwester Manuela.* Der Name stand auf dem kleinen, über der linken Brust aufgenähten Etikett.

Daß Novak um 11 Uhr nachts hier draußen auftauchte, war natürlich nicht in Ordnung. Die paar Schritte, die er tun sollte, um wieder ein bißchen in Schwung zu kommen, hatte er schon untertags getan. Aber die Schwester Manuela verstand ihn. Daß er unter diesen Umständen nicht schlafen konnte, war kein Wunder.

Sie ging also ins Schwesternzimmer, um ein Schlafmittel zu holen. Mit einem Glas in der Linken und der Tablette auf der flachen Rechten kam sie zurück. Er schluckte die Tablette und trank einen Schluck Wasser nach. Ob sie etwas dagegen hatte, wenn er sich mit dem halb ausgetrunkenen Glas noch einen Moment neben sie auf die Bank setzte?

Anscheinend nicht. Sie war eine freundliche Person. Kurz sah er sie von der Seite an. Er sah den sanften Schwung ihrer Wange. Aber er konnte sie nicht einfach nur ansehen. Obwohl ihm das genügt hätte. Er mußte irgend etwas sagen.

Woher kommen Sie? fragte er also.

Aus Indonesien, sagte sie.

Ah ja, Indonesien, sagte er. Von dort habe er einige Postwertzeichen.

Sammeln Sie Briefmarken? fragte sie.

Ja, sagte er. Ein wenig … Er sei bei der Post. Da habe sich das ergeben.

Er räusperte sich. Sollte er sie etwas über Indonesien fragen? Er erinnerte sich vage, daß es dort ein übles Regime gegeben hatte. Was man so mitbekommt aus den heimischen Zeitungen. Eine Diktatur da, ein Putsch dort, gottlob immer noch weit weg, man neigt dazu, das zu überblättern. Eine ungefähre Erinnerung an den runden, aber mit einem kantigen Kinn ausgestatteten Kopf eines Politikers. So einer läßt sich gern auf Briefmarken abbilden. Aber wie lang war das her? Und wie alt war Manuela? Er wollte sich mit seiner Unkenntnis der Verhältnisse nicht blamieren, also schwieg er.

Außerdem wurde er müde. Das Schlafmittel begann zu wirken. Einem gewissen Anlehnungsbedürfnis, das in ihm aufstieg, gab er nicht nach. Sie sollten jetzt schlafen gehen, sagte Manuela. Ja, sagte er. Sie haben recht. Dankeschön. Gute Nacht.

Als wären die Geräusche, die er selbst verursachte, nicht genug, hatte Kratky damit begonnen, Radio zu hören. Das Koffergerät, das aussah wie ein großes Überraschungsei, hatte ihm seine Frau nach der Operation mitgebracht. Eine kleine, dürre Person – Novak ertappte sich dabei, daß er sich fragte, wie sie ihren Mann aushielt. Die Frage, wie er ihn selbst aushalten sollte, lag allerdings näher.

Nicht daß er prinzipiell etwas gegen ein unterhaltendes Radioprogramm gehabt hätte. Doch Kratky hörte mit Vorliebe Regionalsender. Dieser falsche Hüttenzauber schon in aller Früh, dieser verlogen launige Dialekt, in dem sich die Sprecherinnen und Sprecher einer imaginären Landbevölkerung anbiederten! Und darüber hinaus (auch was die Lautstärke betraf) das fröhliche Gedröhne der Blasmusik!

Zwar reduzierte Kratky, auf höfliches Ersuchen, das anfangs schmetternde Klangvolumen. Aber so ganz schien er nicht einzusehen, was man gegen die sogenannte Volksmusik und die witzigen Kommentare haben könne, die einfach dazugehörten wie der Senf zur Wurst. Nach und nach drehte er die Lautstärke wieder höher und höher. Im Endeffekt war der Raum erfüllt von gnadenloser Gemütlichkeit.

Manuela verschaffte Novak Ohropax, aber das half nicht wirklich. So tief konnte er sich die Stöpsel gar nicht in die Ohren stecken. Die Klänge und Stimmen wirkten zwar weiter entfernt. Doch sie blieben auf ärgerliche Art vorhanden.

Man müßte etwas anderes haben, um das zu übertönen. Egal was, sagte Novak. Nur bitteschön etwas anderes. Am nächsten Tag brachte ihm Manuela den kleinen Kassettenrekorder mit den großen Kopfhörern. Und das grüne Köfferchen mit den Kassetten.

Alles selbst überspielt, sagte sie, in ihrem Auto habe sie keinen CD-Player. Und sie höre besonders gerne beim Fahren. Der Ort, in dem sie wohne, sei fast eine Stunde vom Spital entfernt, die Strecke dazwischen sei häßlich verbaut durch Industriecontainer und Einkaufszentren. Da sei es gut, wenigstens etwas Schönes zu hören.

Mögen Sie Opernmusik? fragte sie. *Ich* mag sie sehr! Als sie das sagte, berührte sie mit der rechten Hand die linke Brust. Die wölbte sich sanft unter dem Stoff der Schwesterntracht. Da konnte Novak natürlich nicht einfach nein sagen.

Da lag er dann also, Franz Novak, schicksalsergeben. Und ließ sich von hohen Musikwogen überfluten. Manchmal schlief er ein, aber meist wurde er recht bald wieder geweckt. Warum waren diese imaginären Personen so aufgebracht?

Was erregte sie so? Meist sangen sie in fremden Sprachen. Das meiste klang italienisch, manches französisch. Einiges klang russisch, anderes war vermutlich tschechisch. Auf einer der Kassetten sangen die Stimmen deutsch, aber es dauerte lang, bis er das erkannte.

Na, sagte Manuela tags darauf. Wie geht es Ihnen heute?

Besser, sagte Novak. Von Kratky hatte er tatsächlich weniger gehört.

Manuela lächelte. Und wie gefallen Ihnen die Aufnahmen? Das war eine Frage, die ihn in Verlegenheit brachte.

Was sollte er sagen? Gewiß wollte er sich keine Blöße geben. Nicht eingestehen, daß ihm Opern ein spanisches Dorf waren. Aber vor allem wollte er Manuela nicht verletzen. Die Geste, mit der sie am Vortag von ihrer Neigung zur Opernmusik gesprochen hatte (Hand aufs Herz), diese Geste hatte ihn beeindruckt.

Diese Musik und dieser Gesang schienen ihr wirklich viel zu bedeuten. Und sie schien sich sehr gut damit auszukennen. Nicht wahr, die Soundso, sagte sie, ist doch phantastisch! Und der Soundso! In der Soundso-Arie!

Natürlich wußte Novak nicht, welche Sängerinnen und Sänger sie meinte, und von welchen Arien sie sprach, davon hatte er erst recht keine Ahnung. Aber er stimmte ihr zu, er konnte nicht anders. Ja, ja, sagte er, manchmal nickte er auch nur, aber das reichte schon. Wenn Sie wollen, sagte sie, kann ich Ihnen morgen noch ein paar andere Kassetten mitbringen!

Konnte er dieses Angebot ausschlagen? Selbstverständlich konnte er das nicht! So kam es, daß er in der folgenden Woche einen Querschnitt durch das Repertoire der Opernmusik hörte. *Manuela's Digest* sozusagen, gar keine schlechte Auswahl. Das zu beurteilen war er allerdings erst später imstande.

Als er längst wieder aus dem Spital draußen und daheim war. Zurück in seinem normalen, alltäglichen Leben. Das heißt, eben nicht zurück, jedenfalls nicht ganz zurück. Und auch nicht wirklich daheim, jedenfalls nicht ganz daheim.

Dort im Spital empfand er die Opernmusik anfangs bloß als das kleinere Übel. Auch wenn er das Schwester Manuela nicht sagte. Als Mann, der es gewohnt war, sich in Verhältnissen einzurichten, die eben so waren, wie sie waren, dachte er zuallererst und fast schon instinkthaft praktisch. War der Orchesterklang kompakt und der Gesang dramatisch genug, so verschwanden die von Kratky und seinem Radio ausgehenden akustischen Zumutungen in einem kaum mehr hörbaren Hintergrund.

Zwar gab es auch lyrische Passagen, in denen er die oft grotesk an Blähungen erinnernden Bässe aus dem Bereich des Nachbarbetts wieder wahrnahm. Aber wenn dann das Opernorchester aufs neue einsetzte, mit all den ihm zur Verfügung stehenden Instrumenten, dann war es doch stärker. Das war ihm, zugegeben, eine Genugtuung. Trugen dann auch noch die Sänger und Sängerinnen dazu bei, Kratkys Furzmusik triumphal zu übertönen, so konnte er sogar ihrem Geschmetter und Gegirre etwas abgewinnen.

Und manchmal klang es ja wirklich gar nicht so schlecht. Es war wohl auch so, daß sein Gehör und sein Gemüt anfingen, sich auf die Opernmusik einzustellen. Manchmal bekam er eine Tonfolge mit, eine Melodie, die ihm, wäre sie nur etwas weniger aufwendig arrangiert gewesen, und etwas, so empfand er das, etwas natürlicher gesungen, durchaus gefallen hätte. Und manchmal, da wurde er unversehens durch ein Gefühl berührt, das da, vermittelt durch Manuelas Kopfhörer, an sein Ohr drang.

Das war die Lage: Außen spürte er die Berührung durch die Kopfhörer, die ihm etwas zu eng waren. Doch innen (in der Brust oder im Bauch, so genau ließ sich das nicht lokalisieren) spürte er die Berührung durch Gefühle. Diese Gefühle flossen zweifellos aus den Geschichten, die da durch Musik und Gesang an ihn herangespült wurden, Geschichten, auf die er sich zwar seinen Reim zu machen versuchte, deren Verlauf ihm aber meist unklar blieb. Nur eins wurde ihm vorläufig klar: Daß ihm diese Gefühle manchmal *zu* nahe kamen.

Daß es ihm zuweilen, im Dunkeln, die Tränen in die Augen trieb – sollte er das einfach geschehen lassen? Durfte er sich der Irrationalität, aus der das alles kam, einfach aussetzen? Nein, er brauchte ein wenig Rationalität, um sich davor zu schützen. Also mußte er wissen, worum es in diesen Geschichten ging.

Was lag näher, als Manuela darauf anzusprechen? Ihr nächster Nachtdienst gab ihm die Gelegenheit dazu. Es war wieder gegen 11. Um diese Zeit war für gewöhnlich kaum mehr jemand draußen auf dem Gang. Aber sie, das hatte er gehofft, saß wieder auf der kleinen, weißen Bank.

Darf ich mich kurz zu Ihnen setzen? fragte er.

Sie sagte nicht nein.

Es ist so, sagte er. Ich hätte da eine Frage.

Ja? sagte sie.

Oder eigentlich ist es eine Bitte.

Es fiel ihm nicht leicht, die richtigen Worte zu finden.

Einerseits wollte er sich nicht als totaler Banause zu erkennen geben. Anderseits mußte er, wenn er von der jungen Frau, neben der er nun wieder saß, eine gewisse Orientierungshilfe in einer ihm bis dahin sehr fremden Welt erhoffte, eingestehen, daß er sich darin nicht auskannte. Der Kontinent Oper – bis dahin ein weißer Fleck auf seiner Landkarte. Doch so drastisch wollte er das nicht darstellen.

Es sei schön, was sie ihm alles zu hören gegeben habe, sagte er also, er genieße es. Das bringe manches in seinem Gedächtnis wieder zum Klingen. Früher, als junger Mann, habe er ja noch mehr Gelegenheit gefunden, sich mit Opernmusik zu beschäftigen. Aber wie das so sei, habe man für manches, das man ehemals gern getan hätte, immer weniger Zeit.

Nun sei ihm Verschiedenes nicht mehr ganz gegenwärtig. Und dieses und jenes verwechsle er möglicherweise … Etwa Opern wie *La Bohème* und *La Traviata*. Wie war denn das bloß? Vielleicht können Sie meiner Erinnerung ein bisschen auf die Sprünge helfen.

La Traviata und *La Bohème* – er hatte eine Weile gebraucht, um Manuelas Schrift auf den Kassettenhüllen zu enträtseln. Aber dann war auf einmal der Groschen gefallen. Mit manchen Titeln konnte er gar nichts anfangen. Zu diesen beiden hatte er immerhin Assoziationen.

Beim Hören der Querschnitte kam ihm sogar die eine oder die andere Arie bekannt vor. Erstaunlich. Anscheinend hatte er das Radio also doch nicht immer gleich abgedreht. Vielleicht an Abenden, an denen Herta später nach Hause gekommen war als er. (Was vorkam, denn der kleine Friseurladen, den sie betrieb, konnte nicht immer so pünktlich schließen, wie das Postamt.) Oder an Sonntagen, wenn sie eine Freundin besuchte, mit der sie, wie sie das nannte, reine Weibergespräche führen wollte. (Was er ihr gerne gönnte, er mußte nicht überall dabeisein.) Vielleicht aber hatte er diese oder jene Nummer auch bei irgendeiner Betriebsfeier gehört. (Allerdings nicht ernsthaft gesungen, sondern eher dumm parodiert – eine Zeitlang hatte sich einer der älteren Kollegen, dessen Name ihm nicht mehr einfiel, und inzwischen war dieser komische Vogel wahrscheinlich gestorben, als launiger Pianist und Sänger produziert.)

Die eine oder andere Arie also glaubte er wiederzuerkennen. Zum Beispiel den Ohrwurm mit dem eiskalten Händchen. Auch wenn der Text auf Manuelas Kassetten italienisch gesungen wurde.

Nicht wahr, das ist es doch? fragte er.
Ja, lächelte sie. Das ist es.

Auf Italienisch klingt es nicht halb so kitschig. Und nicht so weit weg von der gesprochenen Sprache. Sie könne das einschätzen, sagte Manuela. Bevor sie hierher gekommen sei, habe sie zwei Jahre in Italien gearbeitet.

Aha, sagte er, dann können Sie also perfekt Italienisch.

Nicht perfekt, sagte sie. Ungefähr so unvollkommen wie Deutsch.

Aber deutsch, sagte er, sprechen Sie doch sehr gut.

Na ja, sagte sie. Ich mache immer noch Fehler.

Ach was, sagte er. Manche Inländer und Inländerinnen ... (Zum Beispiel meine Frau, hätte er sagen können, aber das sagte er nicht.) ... Ich meine, manche von denen könnten froh sein ... (Was Herta betraf, so hatte er den Eindruck, daß sie öfter die Fälle verwechselte, den zweiten mit dem dritten oder auch den dritten mit dem vierten, aber auf diesem Gebiet war auch er nicht recht sattelfest.)

Gewiß, Manuela sprach mit leichtem Akzent. Doch dieser Akzent hatte ja etwas ausgesprochen Nettes. Sehr zum Unterschied von Hertas Akzent. Seine eigene Sprachfärbung war der seiner Frau zwar verwandt, aber ganz so schlimm war sie hoffentlich nicht.

Wenn er mit Manuela redete, gab er sich jedenfalls Mühe. Aber er redete nicht allzuviel. Es reichte ja, wenn er sie zum Reden brachte. Es gefiel ihm einfach, ihr zuzuhören.

Ihr zuzuhören und neben ihr zu sitzen. Ja. Das war schön. Daran dachte er später oft zurück. In Wirklichkeit waren es ja nur ein paar Minuten, in denen ihm das vergönnt war, maximal waren es Viertelstunden. Doch in seiner Phantasie gewannen diese kurzen Zeiträume durch die oftmalige Wiederholung eine andere Dimension.

Ach Gott, diese Übersetzung: *Wie eiskalt ist dies Händchen.* Im Original heißt es einfach: *Che gelida manina.* Also etwa: Was für eine eiskalte, kleine Hand. Das klinge bei weitem nicht so abgehoben.

Nicht so altväterlich – oder wie heißt das?

Altväterisch, sagte Novak. Beinahe hätte er *altvaterisch* gesagt, aber um Manuela entgegenzukommen, sprach er den Umlaut.

Gar nicht so altväterisch wiederholte Manuela. Daß ein junger Mann so etwas zu einem jungen Mädchen sagt, kann man sich durchaus vorstellen.

Nämlich in so einer Situation: Sie klopft ja an seine Tür, weil ihr das Licht ausgegangen ist ... Nein, kein Kurzschluß. Die Geschichte spielt im 19. Jahrhundert ... Noch dazu unter sehr einfachen Verhältnissen ... In einem Viertel, in dem erfolglose Künstler und arme Heimarbeiterinnen wohnen ... Sie bittet ihn, ihre verloschene Kerze wieder anzuzünden ... Sie sieht aber sehr blaß aus, anscheinend hat sie das Treppensteigen überanstrengt ... Offenbar wohnt sie in der Wohnung unter ihm ... Und er bittet sie kurz zu sich herein, aber da wird ihr gleich schwindlig.

Und so weiter. Irgendwann tauchte am Ende des Ganges eine andere Schwester auf. Novak räusperte sich, auch überlegte er kurz, ob er ein Stück von Manuela abrücken oder von der Bank aufstehen sollte. Aber er überlegte einen Moment zu lang. Und dann hätte ein Abrücken von Manuela oder gar ein Aufstehen von der Bank eher einen falschen Eindruck gemacht als sein Sitzenbleiben.

Die andere Schwester, Indonesierin wie Manuela, schien die Tatsache, daß ein Patient, statt im Bett zu liegen und um diese Zeit längst zu schlafen, hier draußen auf dem Gang neben ihrer Kollegin saß, allerdings nicht wirklich zu kümmern. Sie lächelte zwar, aber vielleicht tat sie das nur aus Höflichkeit. Und Manuela nickte ihr nebenbei zu. Sonst schenkte sie diesem Zwischenfall keine Beachtung.

Sie war bis dahin nämlich ziemlich in Schwung gekommen. Ihm die Handlung von Opern näherzubringen, machte ihr offenbar Freude. Vielleicht spielte da ein gewisser sozusagen missionarischer Eifer eine Rolle. Aber wahrscheinlich hatte die Bereitwilligkeit, mit der sie auf seine Bitte eingegangen war, mehr mit ihr zu tun als mit ihm.

Ihr bedeuteten Opern ganz einfach etwas. Wieder erinnerte er sich an die schöne Geste, mit der sie ihr Bekenntnis begleitet hatte. Hand an der Brust, so einfach wie überzeugend. Er stellte sich ihre Hand übrigens nicht kalt vor, sondern von innen her erwärmt.

Von Manuela ging ja insgesamt eine gewisse Wärme aus. Eine schöne, freundlich strahlende Wärme. Vielleicht hing das mit ihrer Herkunft zusammen, vielleicht waren die Menschen dort, wo sie herkam, doch etwas anders temperiert als hier. Aber wenn sie bloß von Opern sprach oder, wie eben jetzt, die Handlung einer Oper wiederzugeben versuchte, wobei sie, so kam es Novak jedenfalls vor, die Musik von irgendwoher *hörte*, ihr in den kleinen Pausen, die sie beim Sprechen machte, nachlauschte, dann nahm diese Wärme noch zu, nicht die Körpertemperatur, aber die Gemütstemperatur, die wahrscheinlich mit keinem Fieberthermometer meßbar war, aber spürbar, namentlich, wenn man so nah neben ihr saß.

Ja, ihr bedeuteten Opern etwas, ihre Beziehung zu dieser Musik hatte, so viel bekam Novak schon mit, obwohl er es vorläufig noch nicht verstehen konnte, etwas von einer Liebesbeziehung. Vielleicht hatte das mit einer besonderen Musikalität zu tun oder auch mit einer besonderen Geschichte, von der er nichts wußte und die ihn ja eigentlich auch nichts anging. Ihm hingegen bedeutete diese Art von

Musik doch in Wirklichkeit gar nichts oder – zumindest war das bis vor kurzem so gewesen – etwas Fremdes (wenn er überhaupt eine Beziehung dazu gehabt hatte, so war es eine aus Ignoranz abwehrende). War es da nicht geradezu gemein von ihm, ihr diesbezüglich etwas vorzumachen?

Und worauf sollte denn das hinauslaufen? Daß er da neben ihr saß und ihren Erklärungen lauschte ... War das nicht bloß ein Vorwand? Ging es nicht um etwas ganz anderes? ... Vielleicht war es besser, wenn er sich nun doch noch rasch zurückzog.

Aber wie? Unhöflich sein wollte er auch nicht. Und sie fing gerade damit an, ihm die *Traviata* zu erläutern. *La Traviata*, sagte sie, wissen Sie eigentlich, was das heißt? *Tra-viare.* Das heißt, jemanden vom Weg abbringen.

Also jedenfalls ist da diese schöne Frau ... Das heißt, sie war einmal schön, jetzt ist sie ihrer Schönheit nicht mehr so sicher ... Und weil ihr Selbstbewußtsein vor allem mit dieser Schönheit verbunden war, ist sie ihrer selbst nicht mehr sicher ... Doch sie überspielt das, auf dem Fest, mit dem die Oper beginnt, gibt sie sich betont ausgelassen ... Man trinkt, man singt, und gerade schlägt sie ihren Gästen vor, zum Tanzen in einen anderen Raum zu gehen ... Aber da wird ihr auf einmal recht seltsam zumute ... Ein kleiner Schwächeanfall, denkt sie, es ist gleich vorbei ... Geht nur voraus, sagt sie, ich werde gleich nachkommen.

Sie bleibt also allein zurück, das heißt, sie glaubt zuerst, daß sie allein ist ... Und da sieht sie sich im Spiegel, und da sieht sie, wie blaß sie ist ... Ja, blaß, totenblaß ist auch sie, so was scheint damals öfter vorgekommen zu sein ... Und sie steht also vor dem Spiegel, und vielleicht ist es nicht nur die Blässe, vor der sie erschrickt.

Und im selben Moment tritt dieser junge Mann hinter sie ... Und er sagt ihr, sie soll auf sich aufpassen, sie muß auf ihre Gesundheit schauen … Und sie sagt: Ach was, wie kann ich denn das, und warum soll ich denn das? … Aber dann sagt ihr dieser Verrückte, daß er sie liebt.

Und dann sprach Manuela von einem Duett, in dem davon die Rede ist, daß die Liebe durchs Universum pulsiert. Und auch das kam ihm bekannt vor, ja, natürlich! Obwohl er nicht sicher war, ob er dabei nicht eher den Text eines früher oft gespielten, deutschsprachigen Hits im Ohr hatte. Darin ging es um ein Raumschiff, das schwerelos durchs All flog, aber die Liebe als kosmische Energie war auch irgendwie im Spiel.

Der Text war zwar halblustig, aber Novak war drauf und dran, ernsthaft darüber nachzudenken. Erstens über den genauen Wortlaut und zweitens über den Sinn, der möglicherweise doch dahintersteckte. War die Liebe die Triebkraft des Raumschiffs oder flog sie einfach daneben her? Aber das führte vielleicht zu weit, ja, bestimmt führte das zu weit, das war eine Abschweifung.

Er versuchte sich wieder auf die Opern zu konzentrieren, deren Handlung ihm Manuela erzählte. Also, wie war das? Er hatte mitbekommen, daß Violetta von Alfredo geliebt wurde. Oder war das Rodolfo? Nein, Rodolfo war der, welcher Mimì liebte. Aber diese beiden romantischen jungen Männer waren ja wirklich schwer auseinanderzuhalten.

Und auch die beiden von ihnen angeschwärmten Frauen hatten ihre Ähnlichkeiten. Obwohl die eine vielleicht etwas jünger war und die andere etwas älter. Vor allem hatten es beide auf der Lunge. Das war auf die Dauer nicht zu verbergen, das hatte Novak schon beim ersten Anhören der Kassetten geahnt.

Und er saß immer noch auf der kleinen weißen Bank neben Manuela. (Vielleicht war es an jenem Abend doch etwas länger als eine Viertelstunde.) Und die Distanz zwischen ihnen betrug nur wenige Zentimeter. Und eigentlich war das keine Distanz mehr, sondern eine Nähe.

Eine Nähe, die sich nicht leugnen ließ. So alt war er nicht, daß er diese Nähe nicht wahrnahm. Deutlich. Sie verursachte ihm Herzklopfen, diese Nähe, wahrscheinlich erhöhte sie seinen Blutdruck. Hätte er seine Hand nur ein wenig nach rechts bewegt, so hätte er die junge Frau neben sich berührt.

Aber er tat es nicht. Wie sollte sie denn das finden? Du alter Esel! dachte er. Was sind denn das für Ideen?! Zwar bekam er manchmal sogar ein Stückchen Haut zu sehen, ein Stückchen hellbrauner Haut, das unter dem hellblauen Stoff der eigentlich erstaunlich kurz geschnittenen Schwesterntracht eine Handbreit über Manuelas Knie frei lag. Aber obwohl das ein sehr hübscher Kontrast war, sah er nur kurz hin, und dann sah er lieber darüber hinweg, denn er wollte weder sie in Verlegenheit bringen noch sich selbst.

Daß er allerdings von ihr träumte, sobald er wieder im Bett lag, dagegen konnte er oder wollte er nichts tun. Zumindest fühlte er sich nicht voll dafür verantwortlich. Manuelas Kopfhörer an den Ohren, schloß er die Augen. Und ließ sich versinken in einen Strudel von Klängen.

Diese Klänge verbanden sich mit anderen Sinneseindrücken. Im Halbschlaf war ihm noch halbwegs bewußt, daß diese Eindrücke, sowohl optische als auch haptische, nicht echt waren. Daß er sich da etwas vorgaukeln ließ oder selbst vorgaukelte. Doch dieser Rest von wachem Bewußtsein blieb sozusagen an der Oberfläche, und es war gut, ihn dort zurückzulassen.

In solchen Träumen waren Manuela und er ganz eingehüllt in Musik. Und er hatte den Eindruck, daß er sie schon ewig lang kannte. Obwohl es noch gar nicht so lang sein konnte, denn er war jung in diesen Träumen. Und sie war vielleicht seine Schwester, natürlich, so mußte es sein, sie hieß ja *Schwester* Manuela, im Traum schien ihm das plötzlich wie eine Erklärung für die Intimität ihres Verhältnisses, obgleich sich das dann erst recht nicht gehörte, doch es war ohnehin ihr und sein Geheimnis.

Oder nur *sein* Geheimnis. Denn zwischen der Manuela, die er im Traum traf, und der Manuela, die er im wachen Zustand wiedersah, namentlich wenn sie Tagdienst hatte und nur kurz ins Zimmer hereinschaute, ihm zulächelnd zwar, aber der Situation entsprechend flüchtig, bestand natürlich ein Unterschied. Und auch wenn sie wieder Nachtdienst hatte und ihm noch ein paar Operngeschichten erzählte, etwa, als nächstes, *Manon* oder *Tosca*, ein bißchen amüsiert wohl über sein heftiges Interesse, aber nach wie vor freundlich entgegenkommend, auch oder gerade dann war es wichtig, diesen Unterschied nicht zu vergessen. Zu jener Manuela hatte er eine Traumbeziehung, aber über die Beziehung zu dieser hier durfte er sich keine Illusionen machen. Letzten Endes war es ja doch nur die Beziehung einer Krankenschwester zu einem Patienten.

Gewiß war da eine etwas ungewöhnliche Konstellation zwischen ihnen entstanden. Und zwar aufgrund einer etwas skurrilen Verkettung von Umständen. Und Manuela hatte auch ihren Spaß dran. Sie liebte Opern, sie redete gern davon, und er gab ihr die Gelegenheit dazu.

Das war es. Nicht mehr und nicht weniger. Darüber hinaus mußte er sich nichts vormachen. Sich nicht und ihr nicht. Sie hatte doch längst durchschaut, woran sie mit ihm war. Mit ihm als Opernfreak. Nicht mit ihm als Mann. Falls sie sich dafür überhaupt interessierte.

Was wiederum eher unwahrscheinlich war.

Obwohl … Sie war ja eine sensible Person.

Vielleicht ahnte sie ein wenig davon, wie es ihm als Mann erging. Aber hoffentlich nicht zu viel. Und das sollte besser so bleiben.

So gingen die weiteren Krankenhaustage dahin. Meist hatte Novak die Kopfhörer an den Ohren. Eigentlich nahm er sie nur ab, wenn die Schwestern die Mahlzeiten brachten. Und wenn – gegen 11 Uhr vormittag – die Visite durchkam.

Was hören Sie denn da die ganze Zeit? fragte Kratky. Mit Ihnen kann man ja fast überhaupt nichts reden!

Ernste Musik, sagte Novak unbestimmt.

Oje! sagte Kratky.

Ja, sagte Novak. So ist das.

Manchmal tat ihm Kratky dennoch leid, und er ließ sich auf ein Gespräch mit ihm ein. Das bereute er dann allerdings meistens. Wenn er nicht von seinen Operationen schwadronierte, mit allen möglichen und unmöglichen Details, so erzählte sein Nachbar gern Witze von Mann zu Mann, wie er das nannte. Und die Art, wie er diese Witze erzählte, paßte zu seiner gesamten Erscheinung.

Über die Opern wollte Novak jedenfalls nicht mit ihm reden. Nein, das wollte er auf keinen Fall. Der Mensch war ja neugierig, irgendwie, so schien es, wollte er doch herauskriegen, was seinen Zimmergenossen so intensiv beschäftigte. Einen schönen Haufen Kassetten, sagte er, haben Sie da auf dem Nachtkastel liegen!

Ja, sagte Novak wieder. Und dabei blieb es. Allerdings fing er dann an, eine gewisse Ordnung in die Kassetten zu bringen. Das konnte nichts schaden. Vorerst hatte er wahllos in die Aufnahmen hineingehört. Doch inzwischen wußte er schon ein wenig Bescheid über seine Bestände.

Es war ja erstaunlich, was es da alles gab. Arien, große und kleine Querschnitte, sogar die eine oder die andere Gesamtaufnahme. Er begann also damit, die Kassetten zu kleinen Türmen zu stapeln, das erleichterte den Überblick. Nebenbei würde es wahrscheinlich auch bei den Visiten einen besseren Eindruck machen.

Vor den Besuchszeiten, zu denen Herta kommen sollte, baute er diese Türme jedoch ab. Ja, nicht nur das. Da schien es ihm auch angebracht, die Kopfhörer und den Rekorder beiseite zu räumen. In diesem Krankenzimmer, das ja für gewöhnlich Patienten mit einer privaten Zusatzversicherung vorbehalten war, gab es für jeden der beiden einen recht geräumigen Spind. Dort, unter der Wäsche, deponierte er seine Schätze.

Nicht daß er sie geradezu versteckte, das wäre ihm übertrieben erschienen. Doch einfach im Weg liegen sollten sie besser auch nicht. Für den wahrscheinlichen Fall, daß Herta wieder mit Blumen daherkam. Und, darüber hinaus, mit einem selbst gebackenen Kuchen.

Was die Blumen betraf, so gefielen ihm die, welche ihr gefielen, zwar selten (sie hatte eine Vorliebe für übergroße Blüten in Farbtönen zwischen Rosa und Lila, die er nicht ausstehen konnte). Und was die Kuchen anlangte, so hatte er sich nie viel daraus gemacht (eigentlich schmeckte ihm eher Pikantes als Süßes, aber das hatte er seiner Frau, für die das Backen und Auftischen von *Mehlspeisen* eine der wenigen Formen der Zuwendung war, die sie ungehemmt zustande brachte, nie gesagt). Außerdem hatte er schon vor der Operation manchmal bezweifelt, daß ihm die *guten Sachen*, mit denen sie ihn verwöhnte, guttaten. Nun, nach der Operation, hatte er Gründe, das noch eher zu bezweifeln, aber er wollte ihr nicht die Freude verderben.

Sie buk einfach gern, seine Herta, das Backen war ihr sowohl Freude als auch Selbstbestätigung. Wenn sie einen wohl gelungenen, duftenden Kuchen aus dem Backrohr nahm, strahlte sie nicht nur von der Hitze, die sich dabei auf sie übertrug. Sie pflegte die süßen Geschenke, die sie

Verwandten oder Bekannten anläßlich festtäglicher Besuche mitbrachte, auch stilvoll zu verpacken. In Seidenpapier gehüllt und mit Maschen und Schleifen versehen, sahen sie dann fast aus wie aus der Konditorei.

Und nun hatte sie ihm den Kuchen, der ihm blühte, sogar schon angekündigt. Eine Freundin, das hatte sie am Telefon nicht für sich behalten können, habe ihr ein wunderbares Rezept für etwas zwar Süßes, dabei aber garantiert Gesundes gegeben. Aus Dinkel- statt Weizenmehl, mit Honig gesüßt statt mit Zucker. Ich komm Freitag zur Besuchszeit, hatte sie gesagt, ich bring dir *was Schönes* und *was Gutes* mit, darauf kannst du dich schon jetzt freuen.

Blumen und Kuchen, das war also zu erwarten. Und dafür würde man auf dem Nachtkästchen Platz brauchen. Novak war eben ein vorausblickender Mensch. Er fand es nicht falsch, diesen Platz beizeiten zu schaffen.

Natürlich, so viel gestand er sich schon ein, wollte er sich auch heikle Erklärungen ersparen. Die Kassetten betreffend und alles, was damit zusammenhing. Daß er plötzlich stundenlang eine Musik hörte, die *halbwegs normale Menschen* bestenfalls ein paar Sekunden lang ertragen konnten, wäre ihr schon bedenklich genug erschienen. Daß er jedoch darüber hinaus die Kassetten, auf denen diese Musik gespeichert war, das Gerät, mit dem er sie abspielte, und die Kopfhörer, die sie ihm so besonders nahebrachten, ausgerechnet von Manuela hatte – nein, es war besser, wenn das erst gar nicht zum Thema wurde.

Wenn seiner Frau im Lauf der Jahre auch sonst einiges an Weiblichkeit verlorengegangen war, so manches, das er geschätzt und geliebt hatte – den sogenannten weiblichen Instinkt hatte sie sich erhalten. Ja, sie hatte von Anfang an etwas gewittert. Ihr war Manuela unter all den auf den ersten Blick verwechselbaren Schwestern gleich aufgefallen. *Diese Schwarze*, wie sie Manuela nannte, obwohl ihre Haut-

und Haarfarbe kaum dunkler war als die der anderen, war ihr sofort verdächtig gewesen.

Was schaut denn die so? hatte Herta gefragt. Was will denn die von dir?

Welche? Zum Unterschied von ihr war Novak zu diesem Zeitpunkt wirklich noch ahnungslos.

Na, die dort! Die Schwarze mit dem Muttermal.

Er hatte das Muttermal bis dahin gar nicht wahrgenommen.

Manuelas Muttermal. Es war übrigens recht apart. Kein Schönheitsfehler, eher im Gegenteil. Man hätte es für aufgeschminkt halten können. Wenn er links neben ihr saß, sah er es, wenn er rechts neben ihr saß, sah er es nicht.

Auf der kleinen, weißen Bank auf dem Gang. Zwei Mal durfte er dort noch neben ihr sitzen. Ursprünglich hatte es geheißen, daß er nach längstens zwei Wochen aus dem Krankenhaus entlassen würde. Aber dann war der Oberarzt, der ihn operiert hatte, auf Schiurlaub gefahren, in den Alpen, hatte er gesagt, sei es gerade jetzt, im Vorfrühling, am schönsten, und der Arzt, der ihn vertrat, ein nüchterner, an persönlichen Gesprächen deutlich weniger interessierter Mensch, der mit sehr unzarten Fingern Novaks Unterbauch betastete, war der Ansicht, es sei besser, den Heilungsprozeß noch ein paar Tage zu beobachten.

Das brachte Herta auf. Aber der Herr Oberarzt hat doch versprochen …!

Ihre Stimme wurde schrill. Der Vertreter des Oberarztes hob reflexartig die Hände an die Ohren. Novak – obwohl ihm der Mann unsympathisch war – konnte ihm das nachfühlen. Auch ihm tat Hertas Stimme in dieser Tonlage in den Ohren weh, und er genierte sich ein wenig für sie.

Natürlich sagte er das nicht. Aber er versuchte, seine Frau zu beschwichtigen.

Es sei doch halb so schlimm, er würde es schon noch ein paar Tage hier aushalten.

Ein paar Tage und ein paar *Nächte*. Bei diesem Gedanken spürte er wieder sein Herz klopfen.

Der Arzt war zwar unsympathisch, doch er machte ihm, ohne es zu wissen, ein Geschenk.

Herta sah das naturgemäß etwas anders. Wie komme ihr Mann dazu? Und wie komme *sie* dazu? Daß sie ihn noch länger entbehren müsse. Ob du es glaubst oder nicht, sagte sie an ihn gewandt, du fehlst mir.

Komisch, nicht? Zum Beispiel am Abend beim Fernsehen ... Ich bin es ganz einfach gewöhnt, daß du neben mir sitzt ... Auch wenn es mich manchmal ärgert, daß du dann mitten im Film einschläfst ... Jetzt, wo du nicht da bist, geht mir etwas ab.

Aus Hertas Mund war das fast eine Liebeserklärung.

Danach bekam Novak beinah ein schlechtes Gewissen.

Und trotzdem saß er so gern neben Manuela. Auf der Seite mit dem Muttermal saß er womöglich noch etwas lieber als auf der Seite ohne.

Zwei Mal, wie gesagt, durfte Novak das noch genießen. Neben der wirklichen Manuela zu sitzen. Die zwar nicht identisch war mit der Traum-Manuela. Aber zweifellos wurde die Batterie, die jene in seinen Träumen lebendig machte, durch diese, die da in der Realität neben ihm saß, aufgeladen.

Doch das würde nun bald ein Ende haben. Er dachte das schon beim vorletzten Mal, aber beim letzten Mal konnte er diesen Gedanken kaum mehr ausblenden. Sonst hatte er sie immer gebeten, ihm diese oder jene Opernhandlung zu erläutern. Diesmal jedoch fielen ihm einfach keine diesbezüglichen Fragen mehr ein.

Vielleicht hatte er auch Hemmungen, solche Fragen nun noch einmal als Vorwand zu gebrauchen. Nur um den Wunsch, noch ein paar Minuten neben ihr zu sitzen, zu motivieren. In diesen Minuten wurde ihm bewußt, wie wenig er eigentlich von ihr wußte. Daß sie aus Indonesien kam, daß sie eine gewisse Zeit in Italien gearbeitet hatte, bevor sie hierher gekommen war, und daß sie eine geradezu innige Beziehung zur Opernmusik hatte, keine Ahnung woher und warum.

Und er hatte das Gefühl, daß er sie noch so viel zu fragen hätte. Aber es gelang ihm nicht, auch nur eine einzige Frage zu formulieren. So saß er neben ihr und spürte nur ihre Nähe und schwieg. Und sie ließ sich das gefallen, jedenfalls lächelte sie und hielt still, wenn er sie, ohne etwas zu sagen, von der Seite ansah.

Na, sagte sie schließlich, freuen Sie sich nicht, daß Sie morgen wieder nach Hause kommen?

Er zuckte die Achseln. Was sollte er darauf antworten?

Jedenfalls würde es so sein. Am nächsten Vormittag würde er das Spital verlassen. Gleich nach der Visite würde ihn Herta abholen.

Diese Visite war nur mehr Routinesache. Ein Ritual sozusagen, das noch vollzogen werden mußte. Der Oberarzt war vom Schiurlaub zurückgekehrt. Er hatte schon vor zwei Tagen festgestellt, daß nun alles in Ordnung war.

Jetzt sollten Sie aber ins Bett gehen, sagte Manuela. Das hatte sie sonst auch immer gesagt, aber da hatte die Aussicht auf ein nächstes Mal bestanden. Außerdem hatte er sich dann, kaum war er im Bett gelegen, die Kopfhörer aufgesetzt. Und wenn er dann die Musik gehört hatte, *ihre* Musik, wie er sie bei sich nannte, war er ihr in gewisser Hinsicht noch näher gewesen als hier auf der kleinen, weißen Bank.

Diese Aussicht jedoch bestand heute nicht. Den Rekorder, die Kopfhörer und das kleine, grüne Köfferchen mit den Kassetten hatte er ihr schon zurückgegeben. Die Musik, die seine Träume in Gang gesetzt hatte, würde er heute entbehren müssen. Aber es war wohl ohnehin besser, sich rechtzeitig wieder umzustellen.

Ja, Verschiedenes war ohnehin besser. Auch daß er Manuela morgen vormittag nicht mehr sehen würde. Ihr Nachtdienst endete um sechs Uhr früh. Um längstens halb sieben würde sie in ihr Auto steigen und zu sich nach Hause fahren, in einen Ort, dessen Namen sich Novak nicht gemerkt hatte, und dort wartete vielleicht ein Mann auf sie, vielleicht ein Kind, es war ja recht unwahrscheinlich, daß sie Single war, eine so hübsche, junge Frau, aber auch danach hatte sie Novak nicht gefragt.

Daß er sie dann nicht mehr sehen würde, war einerseits traurig. Anderseits war ihm die Vorstellung, ihr beim Weggehen, begleitet von Herta, noch einmal zu begegnen, etwa hier draußen auf dem Gang, auf der kurzen Strecke zum Lift, fast unerträglich. Ihr zu begegnen und so tun zu müssen, als ob sie ihm nichts bedeutete, ihr bestenfalls im Vorbeigehen zuzunicken. Und sich lieber nicht mehr nach ihr umzudrehen, wenn er nicht noch im letzten Moment einen peinlichen Auftritt riskieren wollte.

Das war also jetzt der Abschied. Und es war besser, sich damit abzufinden. Er wollte schon aufstehen und ihr einfach die Hand reichen. Oder war es umgekehrt? Wollte er ihr zuerst die Hand reichen und dann aufstehen? Sooft er sich später diese paar Sekunden zu vergegenwärtigen versuchte, darüber war er sich nie im klaren.

Jedenfalls war er im Begriff aufzustehen. Und seine Hand bewegte sich auf die ihre zu. Und dann nahm sie diese Hand, aber anders, als er das erwartet hätte. Sie nahm seine Hand nämlich mit beiden Händen und führte sie an ihre Brust.

Manuela hatte die oberen Knöpfe ihrer Bluse rasch geöffnet. Und er spürte ihre Haut, und er spürte, wie sie atmete, und er spürte ihren Herzschlag. Das war es, woran er sich erinnerte oder woran er sich zu erinnern glaubte. Denn ganz sicher war er nie, ob ihm das wirklich vergönnt gewesen war oder ob er es anschließend geträumt hatte.

II

DAS HAUS, in dem Novak und seine Frau seit fünfundzwanzig Jahren wohnten, war ein ausgebautes Schrebergartenhaus. Im Lauf der Zeit hatten sie alles mögliche angebaut. Die kleine Veranda zum Beispiel, in die man zuerst kam, wenn man die Türe öffnete. Ursprünglich war das nicht mehr als ein Windfang gewesen, dann aber hatte sich Novak eines Tages ein Herz gefasst und die Arbeit an dieser Veranda in Angriff genommen.

Er kannte hier also jeden Balken, jedes Brett. Und doch fühlte er sich jetzt, nachdem er die Schwelle überschritten hatte und einen Augenblick stehenblieb, befremdet. Der Raum war kleiner und enger, als er ihn in Erinnerung hatte. Und der Geruch des Holzes war nicht mehr frisch, sondern modrig.

Eigenartig, daß er das bisher nicht bemerkt hatte. Und wieso bemerkte er es jetzt? Er war doch nicht einmal drei Wochen weggewesen! Eine lächerlich kurze Zeit, gemessen daran, wie lange sie hier schon lebten, Herta und er. Damals, als sie hierher gezogen waren, aus der Stadt hinaus ins Grüne, war der Bub gerade sechs geworden.

Sie hatten es gut gefunden, daß er gleich hier draußen in die Schule kam. Und natürlich war es gut, daß er von nun an bessere Luft atmen würde. Über der städtischen Peripherie, an der sie bis dahin gewohnt hatten, hing stets ein Grauschleier. Hier in Grabern, so hieß die knapp fünfundzwanzig Kilometer von der Stadt entfernte Marktgemeinde, die einmal ein recht beliebtes Ausflugsziel gewesen war, aber das war damals auch schon eine Weile her, in Grabern war der Himmel immerhin blaßblau, und bei Nacht sah man erstaunlich viele Sterne.

Klar, anderswo glänzten die Sterne vielleicht noch schöner. Und bei Tag war das Blau des Himmels woanders gewiß etwas blauer als hier. Aber das war halt in Italien oder in Jugoslawien oder in Griechenland. Dort war eben Urlaub, hier war das tägliche Leben.

Doch nie, wenn sie vom Urlaub zurückgekommen waren, hatte Novak die Enge empfunden, die er jetzt empfand. Nicht einmal vor ein paar Jahren, nachdem sie Bernd drüben in Kanada besucht hatten. Klar, sie waren stolz gewesen, daß sich der Herr Sohn dort drüben in etwas anderen Dimensionen eingerichtet hatte. Aber noch Wochen nach ihrer Heimkehr hatten Herta und er einander versichert, wie froh sie seien, wieder in ihren vier Wänden zurück zu sein.

Diese Veranda: Wenn das Wetter gut war, hatten sie hier zu Abend gegessen, an schönen Sonntagen hatten sie hier gefrühstückt. Die Veranda ist gemütlich, hatten sie zueinander gesagt, die Veranda ist heimelig. Jetzt jedoch schien sie ihm befremdlich, merkwürdig, komisch, beinahe peinlich. Die vergilbten Spitzenvorhänge an den Fenstern, die Vasen mit den verstaubten Kunstblumen, vor allem die Wand mit den Fotos.

Herta und er, beide unwahrscheinlich, bis zur Unkenntlichkeit jung – hätte er nicht gewußt, daß sie das waren, daß sie das *gewesen* waren, er hätte es nicht für möglich gehalten. Nicht, daß sie wirklich gut aussahen, dazu waren sie zu gehemmt gewesen vor dem Fotografen, in dieser Hochzeitsmaskerade. Schwarzer Anzug, weißes Hemd, Krawatte, dezent dekolletiertes Hochzeitskleid, natürlich auch weiß, blütenweiß, wie es sich gehörte. Beide schauten sie etwas puppenhaft aus der Wäsche. Trotzdem – was für ein schlankes Mädchen Herta damals gewesen war! Nicht wirklich schön, nein, das nicht, es hätte gewiß Schönere gegeben. Aber hübsch war sie gewesen, doch, auf die Art eben, wie damals die meisten jungen Mädchen hübsch waren.

Und unglaublich schlank in diesem tailliert geschnittenen Hochzeitskleid.

Und er! Natürlich, auch er war nicht der Traummann gewesen. Dieses Milchgesicht mit dem Schnurrbart, der aussah wie aufgeklebt! Die Ärmel des Hochzeitsanzugs waren ihm übrigens zu lang, oder er hatte die Arme vor lauter Unsicherheit eingezogen. Männer, so hieß es, würden erst richtig attraktiv mit einer gewissen Reife, da war ja vielleicht etwas Wahres dran, aber letzten Endes, dachte Novak, ist nicht viel mehr dabei herausgekommen als eine gewisse Zerknitterung.

Es gab noch jede Menge andere Bilder. Schon fragwürdig, was man alles fotografiert. Herta und er in verschiedenen Stadien ihrer ehelichen Verformung. Herta und er und Bernd, der vorerst ein eher häßliches Baby gewesen war, dann ein mäßig liebes Kind und dann ein lang aufgeschossener Lümmel.

Absurd, skurril, was man alles festhalten will. Und doch wieder rührend, weil es sich eben nicht festhalten läßt. Nicht analog und nicht digital. So eine lächerliche, kleine Galerie! Fotos von Geburtstagen, Weihnachtsfesten, Ferien an verschiedenen Stränden, die einander alle zum Verwechseln ähnelten.

Was man halt für erinnernswert hält, aus einem Leben, das so dahinfließt. In einem regulierten Bett, sodaß es nur selten über die Ufer tritt. Bilder aus einem Leben, in das er nun wieder zurückkehren sollte, Franz Novak, fünfundfünfzig, nach achtzehn Tagen Spitalsaufenthalt, erleichtert um einige Gallensteine und geheilt von einer dadurch hervorgerufenen Vereiterung im Unterbauch.

Na, was ist? rief Herta, die inzwischen ins Wohnzimmer vorausgegangen war, willst du nicht herein kommen?

Und dann das: Auf dem Wohnzimmertisch, in der Kristallvase, die nur zu besonderen Anlässen verwendet wurde, erwartete ihn ein großer Strauß Margariten. Eine Sorte Blumen, die er wirklich gern hatte. Am Fuß der Vase aber lehnte eine großformatige Karte, auf der zwei nackte, etwas füllige Figürchen mit den Bäuchen einander zugewandt standen. *Liebe ist …*, war darauf in betont fröhlich geformten und gefärbten Buchstaben zu lesen, … *wenn man sich freut, daß der andere wieder da ist.*

Mein Gott, Herta! Zu was für einer Gefühlsäußerung hatte sie sich da aufgeschwungen! Novak war nicht nur gerührt, sondern auch beschämt. Auf ihre Weise war sie ja doch ein Schatz. Er umarmte sie und küßte sie, wie man sich unter älteren Eheleuten küßt.

In dieser Nacht lag Novak dann lange wach. Schon in der vergangenen Nacht, der letzten im Krankenhaus, hatte er wenig geschlafen. Bereits ohne die Kopfhörer, die er Manuela zuvor zurückgegeben hatte. Und ohne die Musik, an die er sich gewöhnt hatte wie an eine Droge.

Nun aber war er doch wieder daheim, wo er hingehörte. Nicht mehr im Krankenzimmer, das er mit einem fremden und unappetitlichen Menschen teilte, sondern im Schlafzimmer mit seiner Frau, die ihm seit dreißig Jahren vertraut war. Seiner Frau, die trotzdem noch zu Überraschungen fähig war. Vor dem Einschlafen eine Anwandlung von Zärtlichkeit, die er nicht ganz unerwidert hatte lassen können.

Er konnte sich gar nicht erinnern, wann sie das letzte Mal Sex miteinander gehabt hatten. Es war ihnen einfach schon lang nicht mehr eingefallen. Und nun war es Herta eingefallen, erstaunlich. Natürlich mußten sie vorsichtig sein, behutsam, die Narbe spannte noch, und der mit zwei großen Pflastern befestigte Verband sollte dranbleiben, aber es ließ sich bewerkstelligen.

Und dann waren sie eingeschlafen, er aber war nach kurzem wieder aufgewacht. Da lag er nun neben Herta und hörte sie. Nein, natürlich waren die Geräusche, die sie machte, nicht zu vergleichen mit denen, die Kratky gemacht hatte. Und trotzdem: Besonders wenn sie auf dem Rücken lag, schnarchte sie leise, und manchmal, wenn sie ihre Position veränderte, was sie, obgleich schlafend, mit einer gewissen Entschlossenheit tat, quietschten die Betteinsätze.

Natürlich kamen ihm da wieder die Kopfhörer in den Sinn. Und die Musik. Und die Träume, die sie in Gang setzte. Ja, es passierte sogar, daß er diese Musik, oder ihren Nachklang, *aus sich heraus* hörte, in seinem kopfhörerlosen Kopf. Aber wenn ihm das, schon im Halbschlaf, im letzten Moment sozusagen, bewußt wurde, wachte er wieder auf, riß sich noch rasch aus dem Traum, denn das war nicht recht, empfand er, das durfte nicht sein, daß er, da neben Herta liegend, so etwas hörte, so etwas träumte – er mußte diese Träume verscheuchen, er mußte diese Musik aus seinem Kopf herausbringen, er mußte schleunigst in sein normales Leben zurückfinden.

Vielleicht wäre ihm das auch gelungen, wären die Bedingungen, die dieses normale Leben sonst ausmachten, gleich geblieben. Hätte er in den Alltag zurückkehren können, den er gewohnt war. Zuallererst in seinen beruflichen Alltag. Dieser berufliche Alltag war doch der Rahmen, der sein Leben bis dahin zusammengehalten hatte.

Das war ja eben das sogenannte Normale: Daß man das Privatleben meist nur in Abhängigkeit vom Berufsleben dachte, die Freizeit nur in Abhängigkeit von der Arbeitszeit. Ohne das wäre doch alles aus der Form geraten. Nichts als Privatleben, nichts als Freizeit – was sollte man damit anfangen?

Novak gehörte noch einer Generation an, in der man es für normal hielt, einen Beruf, den man, wie es hieß, *ergriff*, ein Leben lang, das hieß bis zur Pensionierung, auszuüben. Nach der Pensionierung gab es zwar mit etwas Glück ein Restleben, ein Nachleben, für das man sich das oder jenes vornahm, zu dem man bis dahin nicht oder zu wenig gekommen war. Doch obwohl man sich diesbezüglich manchmal schöne Luftschlösser vorgaukelte, war das eigentliche Leben, das reale Fundament, das Berufsleben. Auf dieser Basis beruhte ein wesentlicher Teil der eigenen Identität.

Wer oder was war Novak gewesen, bevor er Postangestellter geworden war? Ein Kind, ein Schüler, ein noch unfertiger Mensch. Und dann hatte er eben diesen Beruf ergriffen, hatte sich an ihm festgehalten. Noch bevor er weit in irgendwelche unsicheren Existenzgewässer hinausrudern mußte, war er bei der Post gelandet.

Auch eine Bank wäre in Frage gekommen oder die Gemeinde der Stadt, in der er aufgewachsen und zur Schule gegangen war. Aber etwas dergleichen, etwas Sicheres, sollte es sein. Das Wichtigste war, daß man jeden Monatsersten sein wohlverdientes Geld ausbezahlt bekam und mit den Jahren in mäßig höhere Gehaltsklassen aufrückte. Sein Vater, der sich vom einfachen Verschubarbeiter bei der Bahn zum dienstführenden Wagenmeister (auf diesen Titel legte er Wert) hinaufgearbeitet hatte, und seine Mutter, Kassiererin im Konsum, der Ladenkette der damals noch nicht in die roten Zahlen geratenen Sozialdemokratie, hatten anderes erlebt, schlechte Zeiten, in denen man ein gutes Leben leider nicht so ohne weiteres erwarten konnte, aber ihr Sohn sollte es besser haben und sich von diesem Kurs abweichende Ideen aus dem Kopf schlagen, in diesem Punkt stimmten sie überein.

Und Novak ließ sich was sagen, er widersprach nie wirklich. Er hatte gelernt, er hatte getan, was man in den acht Jahren Realschule von ihm erwartete. Zwar hatte er vor der Matura kurz die Idee gehabt zu studieren, aber er hätte ohnehin nicht genau gewußt, was. Was er allerdings, wie es hieß, *draußen im Leben* anfangen sollte, wußte er auch nicht, das würde sich, hatte er allenfalls gedacht, schon ergeben.

Und so ergab es sich eben: Er kam zur Post. Es hätte auch anders sein können. Doch mit der Zeit erschien ihm das selbstverständlich. Er *war* bei der Post. Er *gehörte* zur Post. Er war ein Postangestellter. Und die Post gehörte irgendwie zu ihm.

Eine Woche würde er noch im Krankenstand bleiben. Aber dann würde er wieder um halb acht Uhr früh das Haus verlassen und ins Postamt gehen, wie seit fast einem Vierteljahrhundert. Die ersten Jahre, nachdem sie hier herausgezogen waren, hatte er ja noch in einem Postamt in der Stadt gearbeitet, da hatte er eine Stunde früher aufstehen und mit dem Bus fahren müssen. Aber seit er den Posten hier draußen im örtlichen Postamt bekommen hatte, war sein Weg in die Arbeit und von der Arbeit zurück ein zehnminütiger Spaziergang.

Das war wirklich ein Glücksfall – ein Arbeitsplatz so nahe am Wohnort. Und darüber hinaus war dieses Postamt vergleichsweise gemütlich. Genaugenommen handelte es sich um die kleinere Schwester der größeren Filiale in der sieben Kilometer weit entfernten Nachbargemeinde. Zwar war es trotzdem geräumig, denn der Bau stammte noch aus einer großzügigeren Zeit, aber es wirkte – vielleicht lag das an der Patina, die nicht nur die Fassade, sondern auch die Inneneinrichtung im Lauf der Jahre angesetzt hatte – auf eine sowohl dem Personal als auch den Kunden spürbare Art streßabweisend.

Nie war dort etwas allzuschnell gegangen. Für Menschen mit etwas bedächtigerem Temperament hatte das entschiedene Vorteile. Schon möglich, daß es auch Nachteile hatte – anderswo, dachte Novak manchmal, wäre er vielleicht längst Amtsleiter gewesen. Doch abgesehen davon, daß die Tatsache seines etwas langsamen Aufstiegs auf der Karriereleiter vielleicht auch damit zusammenhing, daß ihm politisch umtriebigere Kollegen gewisse Zweifel, die er zwar kaum laut äußerte, möglicherweise ansahen, abgesehen davon hatte er ja noch sieben aktive Jahre vor sich.

Jedenfalls freute er sich schon wieder aufs Postamt. Die Arbeit dort, dachte er, würde ihn wieder ins Gleis bringen. Wohl war man dort, ehrlich gesagt, nicht pausenlos im vollen Einsatz, es gab Leerläufe, in denen er auch früher manchmal ein bißchen vor sich hin geträumt hatte. Aber zweifellos wurden der Träumerei und den Phantasien in der Realität des Arbeitsalltages Grenzen gesetzt, und das würde gut sein.

Es war am zweiten oder dritten Tag nach Novaks Rückkehr aus dem Krankenhaus, so gegen vier Uhr nachmittag, da klingelte jemand draußen an der Gartentür. Novak saß im Strecksessel, den ihm Herta im Baumarkt besorgt hatte, auch das eine der erstaunlichen Aufmerksamkeiten, mit denen sie ihn nach seiner Operation verwöhnte. In diesem Sessel saß er bequem, aber wenn er die Lehne zurückgeklappt hatte und die Füße hochgelagert, fiel es ihm noch nicht ganz leicht, daraus aufzustehen. Laß nur, sagte Herta, ich geh schon aufmachen.

Herein kam Hajek – was für eine nette Überraschung! Das sagte Novak nicht nur, das meinte er auch. Ein Kollege, den er schon ewig kannte. Während andere aufgetaucht und wieder verschwunden waren, darunter einige, deren Namen er vergessen hatte, waren er und Hajek, der nur ein paar Monate nach ihm eingestellt worden war, durch all die Jahre geblieben.

Nicht daß sie eng befreundet gewesen wären. Für enge Freundschaften war Novak wahrscheinlich zu zurückhaltend. Aber sie sahen sich ab und zu auch privat. Zum Beispiel zum Schachspielen, donnerstagabends, im Gasthaus *Zum Geiger*.

Ja, Novak freute sich über Hajeks Besuch. Obwohl der nicht nötig gewesen wäre, wie er betonte. Jetzt bleibe er ja nur mehr ein paar Tage zu Hause. Ab kommenden Montag werde er wieder im Amt sein.

Er stand nun doch aus dem Lehnsessel auf, vielleicht etwas zu rasch, denn die Narbe reagierte mit einer Folge kleiner Stiche.

Es geht dir also wirklich schon wieder besser, sagte Hajek, das hört man gern. Was wir zuerst gehört haben, hat ja nicht so gut geklungen.

Was denn? fragte Novak.

Na ja, über gewisse Komplikationen …

Ach was, sagte Novak. Das war doch alles nur halb so schlimm!

Er fragte sich, was die Kollegen im Postamt gehört hatten. Und vor allem, fragte er sich, woher.

Die Antwort auf diese Frage sollte er gleich bekommen.

Einer von den Gallensteinen war halt schon sehr groß! sagte seine Frau. Und rundherum war alles schon recht vereitert. Einerseits klang das fast stolz, anderseits aber demonstrativ vorwurfsvoll. So lang einen solchen Stein im Bauch zu tragen und einfach so zu tun, als wär nichts!

Ja. Das war's wohl. Solche Informationen hatte seine Herta vermutlich im ganzen Ort verstreut. Beim Bäcker, beim Fleischhauer, im Supermarkt, in der Apotheke. Und im Postamt hatte sie womöglich nicht einfach angerufen, um ihren Mann krankzumelden. Wahrscheinlich hatte sie der Versuchung nicht widerstehen können, persönlich dort aufzutreten, angeregt aufgeregt und fast erfreut empört, wie sie es sonst auch gern war, wenn es Gelegenheit gab, sich über Krankheiten, Todesfälle, Skandale oder Katastrophen zu alterieren.

Die Kollegen lassen dich jedenfalls alle schön grüßen, sagte Hajek. Und mit diesen Worten wickelte er die Topfpflanze aus dem Papier, die er bis dahin etwas ungeschickt in der linken Hand gehalten hatte. Wie sich nun zeigte, handelte es sich um einen großen, etwas unecht aussehenden Kaktus. Du mußt ihn gut pflegen, sagte Hajek, dann treibt er Blüten.

Sie setzten sich an den Eßtisch. Was dürfen wir dir anbieten? fragte Novak. Magst du Kaffee oder Tee oder lieber ein Glas Bier? Oder wie wär's mit einem Gläschen Sherry? Er selbst trinke vorläufig lieber stilles Mineralwasser, aber er würde natürlich mit Hajek anstoßen.

Lieber Kaffee, sagte Hajek. Einfach Kaffee.

Novak begrüßte diese Wahl – um Kaffee zu machen, mußte Herta in die Küche. Er hatte den Eindruck, daß Hajek etwas sagen wollte. Etwas, das ihm am Herzen oder eher im Magen lag.

Etwas, das ihn belastete und das er loswerden wollte. Ungefähr so wie zuvor den blöden Kaktus. Aber vielleicht irre ich mich, dachte Novak, hoffentlich irre ich mich. Als Hajek über Fußball zu reden anfing, war er vorläufig erleichtert.

Die triste Entwicklung des heimischen Fußballsports. Ja, natürlich, das konnte einem auch auf der Seele liegen. Sie beide, Hajek und er, hatten noch eine Zeit erlebt, in der es anders gewesen war. Da hatten die Vereine, für die sie die Daumen drückten, noch etwas dargestellt, da hatte man auf sie stolz sein können.

Jetzt hingegen! Was war das für eine Schande! Keine Chance hatten sie in den europäischen Bewerben. Schon wieder waren sie in der Vorrunde ausgeschieden. Zu schweigen von der Nationalmannschaft – die war zur internationalen Lachnummer verkommen.

Dann kam Herta mit dem Kaffee, und Hajek hatte die

Katze noch immer nicht aus dem Sack gelassen. Aber vielleicht war da gar keine Katze, vielleicht hatte sich Novak das nur eingebildet. Der Verdacht, den er zuvor gehabt hatte, verflog beinahe. Vielleicht war dieser Besuch wirklich nichts anderes als eine nette Geste.

Willst du nicht doch noch einen Sherry? fragte er. Ehrlich gesagt hätte er nun selbst gern einen Schluck getrunken. Ein Tropfen, meinte er, könne ihm doch nicht schaden. Seine Frau hatte sich ins Nebenzimmer zurückgezogen, um im Fernsehen die x-te Folge einer Vorabendserie zu sehen – im ersten Moment hatte Novak diesen Rückzug sehr unhöflich gefunden, aber nun war er recht froh darüber.

Er geriet in eine fast ausgelassene Stimmung. Das ging so weit, daß er versuchte, einen Witz zu erzählen. Einen Witz, den ihm Kratky im Krankenhaus erzählt hatte. Er wunderte sich über sich selbst, er erzählte sonst kaum Witze.

Es fiel ihm auch gar nicht leicht, die Pointe entsprechend vorzubereiten. Außerdem hatte er den Witz damals, als ihn Kratky erzählte, gar nicht lustig gefunden. Er war ein bißchen ordinär, dieser Witz, eigentlich plump, ja primitiv. Eben ein Witz, der besser zu Kratky paßte als zu ihm.

Hajek lachte trotzdem. Wenn auch nicht sehr überzeugt. Und da war es dann wieder: Dieses Gefühl, daß der Kollege noch etwas loswerden mußte. Etwas, weswegen er eigentlich gekommen war. Und da nützte es nichts, sich weiter darüber hinwegzutäuschen.

Die ganze Zeit über hatte er vermieden, von den Vorgängen im Postamt zu sprechen. Wie alles dort lief. Und ob es so lief wie gewöhnlich. Schon wahr, das mußte man gar nicht eigens erwähnen. Aber merkwürdig war es schon, daß er das Thema Postamt aussparte.

Da stimmte doch etwas nicht. Da lag doch etwas im Busch. Novak entschloß sich, ihn darauf anzusprechen.

Schließlich war doch das Postamt ihr gemeinsamer Arbeitsplatz. Der Ort, an dem sie sich demnächst wieder treffen würden.

Oder etwa nicht?

Das kommt darauf an, sagte Hajek.

Worauf kommt es an?

Wozu du dich entschließt.

Was soll denn das heißen? sagte Novak.

Ja, schau, es ist so ..., sagte Hajek. Früher oder später wird unser Postamt ohnehin aufgelassen.

Davon war tatsächlich schon die Rede gewesen. Seit die Post in privaten Händen war. Die Post war nun ein profitorientiertes Unternehmen. Und die kleineren Postämter waren alles andere als profitabel.

Außerdem müsse man sparen, wo man nur könne. In Zeiten wie diesen, ich bitte dich! sagte Hajek. Auch der Staat hätte die kleinen Postämter letzten Endes aufgegeben. Um sich das zu ersparen, hat er uns rechtzeitig verscherbelt.

Aber, sagte Novak, man hat uns doch garantiert ... Es hat doch geheißen, diese Schließungen werden nicht stattfinden.

Tatsächlich hatte man die Rationalisierungen, wie man es nannte, schon vor zwei Jahren durchführen wollen. Doch nach Protesten der Gewerkschaft hatte man sie aufgeschoben.

Bis auf weiteres, sagte Hajek, bis auf weiteres!

Ja, und? sagte Novak. Wie soll es jetzt weitergehen?

Sie werden auch Personal einsparen, sagte Hajek. Sie werden auch *uns* einsparen. Zumindest die älteren Mitarbeiter. Solche wie mich ... und dich.

Und Novak hatte gehofft, noch Amtsleiter zu werden!

Tja, sagte Hajek. Was soll man machen? So ist das! Es gibt das Angebot, eine Anzahl frei werdender Postbediensteter in den Innendienst der Polizei zu übernehmen. Aber ehrlich gesagt, wenn ich du wäre – also ich glaube, du könntest direkt aus dem Krankenstand in Frühpension gehen.

So, sagte Novak. Haben sie dir also aufgetragen, mir das beizubringen? Wer hat dich zu mir geschickt? Dieser neue Betriebsrat? Wie hieß dieser Typ? Tatsächlich fiel ihm der Name in der Aufregung nicht ein.

Reg dich nicht auf, sagte Hajek. Überleg's dir.

Willst du nicht gehen? sagte Novak. Hast du nicht vorhin gesagt, daß du noch etwas zu tun hast? Ich halt dich nicht auf. Es war schön von dir, mich zu besuchen.

Du solltest das nicht so negativ sehen, sagte Hajek. Andere wären froh, wenn sie so eine Chance hätten.

Eine Chance nennst du das?

Ja, eine Chance, sagte Hajek. Sieben geschenkte Jahre. Damit läßt sich doch noch was anfangen.

Klar, sagte Novak. Aber ich kann auf solche Geschenke verzichten. Den Kaktus kannst du dann auch gleich wieder mitnehmen.

Auf solche Geschenke könne er verzichten, hatte Novak gesagt. Das klang gut, aber war es auch vernünftig? Überleg's dir! hatte ihm Hajek geraten. Vielleicht war ja doch etwas dran an diesem Rat.

Konnte es etwas bringen, auf stur zu schalten? Die sieben Jahre heroisch auszusitzen? Den größeren Teil dieser Zeit wahrscheinlich nicht einmal mehr auf seinem vertrauten Postamt … Sondern auf irgendeinem anderen, fremden, womöglich weit entfernten …

Herta fand, er dürfe sich nichts gefallen lassen. Er müsse sich auf die Hinterbeine stellen, dürfe nicht zu rasch die Flinte ins Korn werfen. Er dürfe nicht von vornherein nachgiebig wirken. Dieser undankbaren Bagage müsse er zeigen, mit wem sie es zu tun habe.

Ja, sagte er, natürlich, sie habe ganz recht. Anderseits, sagte er, ist das alles nicht so leicht.

Du wirkst einfach zu unentschlossen, sagte sie, du mußt entschlossen wirken!

Entschlossen wozu? fragte er.

Dich nicht mir nichts, dir nichts ausbooten zu lassen! sagte sie.

Er sei einfach zu gutmütig, sagte sie, das sei sein Fehler.

Ja, dachte er unwillkürlich, da redet eine, die es wissen muß. Aber er dachte das nur und sagte es nicht. Es hatte doch keinen Sinn, sich in dieser Situation auch noch mit Herta zu zerwerfen.

Ihm ging ja schon das Zerwürfnis mit der Post nahe. Obwohl die Post gar keine konkrete Person war. Und um ein Zerwürfnis mit den Kollegen und Kolleginnen handelte es sich ja eigentlich nicht. Außerdem hätte er nicht einmal sagen können, welche von denen ihm besonders nahestanden.

Das heißt, welchen *er* besonders nahestand. Näher als Hajek stand er ja kaum jemandem von ihnen. Vielleicht hätte er der Kollegin Pflaum näherstehen können, die sich vor ein paar Jahren in der Mittagspause, die man mangels anderer Möglichkeiten im wirklich recht häßlichen Espresso *Freddy* verbrachte, so gern zu ihm gesetzt hatte. Sie war damals noch eine ganz hübsche Frau gewesen, so eine mit munteren Augen, die andeuten, daß sich doch vielleicht auch etwas anderes miteinander unternehmen ließe, als Schinken-Käse-Toast oder Pizzaschnitten zu essen, er aber war ihr nicht wirklich entgegengekommen, hatte zu viel an Herta gedacht, der er zweitens treu war und mit der er sich erstens keinen Konflikt schaffen wollte, alles, nur das nicht, das war eine schreckliche Vorstellung.

Ein bißchen traurig war es allerdings schon, daß ihm nun keiner und keine wirklich eine Träne nachweinen würde, wenn er von einem auf den anderen Tag nicht mehr auf der Post erschiene. Die Kolleginnen und Kollegen würden das ohne weiteres verschmerzen. Und das wiederum empfand er fast als empörend. Aber vielleicht lag es auch an ihm. Es war alles sehr kompliziert.

Wenn du es nicht schaffst, sagte Herta, denen deine Meinung zu sagen, dann werd ich es tun. Und außerdem werde sie auf die Postdirektion fahren. In die Stadt! Auf die Post*general*direktion!

Natürlich war Novak daran gelegen, das zu verhindern.

Ich bring das schon selber in Ordnung, sagte er.

Laß dich ja nicht über den Tisch ziehen! sagte Herta. Du darfst dir einfach nicht alles bieten lassen! Oder wenn schon, dann müssen sie dir was Entsprechendes dafür bieten.

Novak verzichtete darauf, seiner Frau zu erklären, daß ein zwar langjähriger, aber letzten Endes nicht einmal in die Position eines Amtsleiters aufgestiegener Postbediensteter im real existierenden Kapitalismus nicht ganz so behandelt werde wie einer von den Bankern oder Konzernmanagern, von denen man letzthin so viel in den Zeitungen gelesen und in den Nachrichten gehört hatte. Er zog seinen Mantel an, ging zur Busstation und stieg ein, als ob er in die Stadt fahren wollte. Aber schon bei der nächsten Station stieg er wieder aus. Tatsächlich in der Postdirektion aufzukreuzen und denen dort seine, das heißt Hertas Meinung zu sagen, dieses Vorhaben schien ihm weder sehr aussichtsreich noch, für den Fall, daß man ihn dort überhaupt in die entsprechenden Etagen vorgelassen und angehört hätte, wirklich zielführend.

Er stieg aus und ging die Strecke, die er soeben mit dem Bus gefahren war, zu Fuß zurück. Es regnete ein wenig, aber das war nicht unangenehm. Von der letzten Telefonzelle, die es in Grabern noch gab, wählte er die Nummer des örtlichen Postamts. Hier ist Novak, sagte er. Kann ich den Kollegen Hajek sprechen?

So nahmen die Dinge also ihren Lauf. Zwar betonte der Arzt in Rainfeld, wohin Novak zwei Wochen nach seiner Heimkehr noch einmal fahren mußte, beim Entfernen der Nähte, wie schön alles verheile, aber der Gruppenarzt, bei dem er sich ein paar Tage später einfand, verlängerte seinen Krankenstand. Zwei Monate wurde er nominell noch als Mitarbeiter der Post-AG geführt, einer Gesellschaft, die neuerdings an der Börse notierte. Aber dann galt er auch offiziell als Frühpensionist; auf die kleine Abschiedsfeier, die seine Kollegen gemeinsam mit den Kollegen aus dem Postamt der Nachbargemeinde organisieren wollten, verzichtete er lieber.

Herta erzählte er etwas von einem Deal. Die Summe, die ihm von nun an monatlich angewiesen würde, sei etwas höher als die, welche ihm aufgrund der nicht ganz vollendeten Dienstjahre eigentlich zustünde. Im Endeffekt sei das so etwas wie eine in Raten ausbezahlte Abfindung. Tatsächlich waren die Zahlen, die auf dem ihm per Post zugestellten Bescheid standen, verwirrend, mit den naiven Formvorstellungen einer in längst überholten Zeiten erworbenen Schularithmetik tat man sich da schwer, am Ende der nach der neuen Manier der Datenverarbeitung ausgedruckten Rubriken kam überall null heraus.

AUF EINMAL Frühpensionist zu sein, war ein fragwürdiger Zustand. Jahrelang war Novak morgens vor seiner Frau aus dem Haus gegangen, nun blieb er im Haus zurück, wenn sie zum Bus ging und zur Arbeit fuhr. Er schaute ihr durchs Verandafenster nach, er ging in die Küche zurück und wusch das Geschirr vom Frühstück ab. Er hörte die Nachrichten im Radio, er trank eine zweite Tasse Kaffee, den er schon wieder recht gut vertrug. Nach dem Wetterbericht schaltete er das Radio meistens aus. Die aufdringlich launigen Stimmen der Moderatoren gingen ihm auf die Nerven. Die Stille, die dann eintrat, empfand er fürs erste als wohltuend. Aber die Uhr über der Kredenz tickte. Und der Kühlschrank fröstelte.

Diese Überempfindlichkeit für Geräusche! Das war es nämlich, was erschwerend hinzukam. Zu diesem fragwürdigen oder jedenfalls gewöhnungsbedürftigen Zustand. Es war, als wäre er nicht nur an der Gallenblase operiert worden, sondern auch an den Ohren.

Früher waren ihm die Geräusche nicht so sehr aufgefallen. Es war erstaunlich, was er nun alles wahrnahm. Das Knarren der Diele, wenn er auf und ab ging, das Surren der Neonleuchte im Badezimmer. Es kam ihm so vor, als wären seine vormals verlegten, halb tauben Ohren nun geöffnet und auf sehr ambivalente Weise sensibel.

Daß er zum Beispiel die Stimmen der Amseln draußen im Garten differenzierter hörte als früher, konnte ihm recht sein. Aber warum mußte er die Stimmen der Nachbarn, einer Familie, die etwa eine Viertelstunde nach Herta in ihren Tag aufbrach, mit ähnlicher oder noch größerer Intensität hören? Warum mußten diese Leute so miteinander schreien, wenn sie aus dem Haus traten – konnten sie nicht in mäßiger Lautstärke miteinander reden? Und warum mussten sie die Autotüren so laut zuschlagen? Und wieso so oft? Wie viele waren sie eigentlich?

Bloß vier Personen! Zwei Erwachsene und zwei Kinder ... Ihr Aufbruch hörte sich an wie der einer Reisegruppe. Warum trieben sie bloß so einen Aufwand? Und wann fuhren sie endlich los? Darauf wartete Novak jeden Morgen mit Ungeduld.

Das waren die Nachbarn zur Linken. Die Nachbarn zur Rechten waren zwar ruhigere Leute, deren morgendlicher Aufbruch mit weniger Lärmentwicklung verbunden war. Doch leider hatten sie einen nervösen Hund. Vielleicht war er auch nicht nervös, sondern nur *pflichtbewußt*, wie auf dem an der Gartentür angebrachten Schild zu lesen stand. Jedenfalls bellte er, kaum daß seine Besitzer aus dem Haus waren, im Garten zurückgelassen, erst einmal eine halbe Stunde alles an, was ihm nicht richtig vorkam.

Folglich bellte er auch Novak an. Und das hatte ja, aus der Perspektive eines einfachen Foxterriers, vielleicht sogar seine Logik. Seit Jahren war er gewöhnt, daß dieser Mensch um diese Tageszeit weg war. Und nun war er da. Und glaubte, sich (ebenso wie er, der Hund) ganz einfach im Garten herumtreiben zu können.

Novak versuchte, ihm gut zuzureden. Aber der Hund, so sein Eindruck, kapierte nichts. Nach und nach wurde sein Bellen allerdings heiser und leiser. Und dann legte er sich irgendwohin und nickte ein, und nur ab und zu fühlte er sich noch bemüßigt, zu knurren.

Nach wie vor fand es Novak im Garten recht schön. Es war inzwischen Mitte April geworden. Der Forsythienstrauch stand schon in voller, gelber Pracht. Und an den Zweigen des Apfelbaums saßen weiße Blütenspitzen wie winzige Schmetterlinge.

Trotzdem – so schön wie früher fand er es nicht mehr. Er bemühte sich, aber es gelang ihm nicht. Als sie hier eingezogen waren, Herta und er, war das Grundstück daneben noch unverbaut gewesen. Einfach eine Wiese, auf der um die Jahreszeit, die nun ins Land gezogen war, der Löwenzahn blühte.

Stimmt, Herta hatte dann, als sie da drüben zu bauen begonnen hatten, erst ein Haus, dann zwei, dann drei, eines häßlicher als das andere, Herta hatte gemeint, daß das auch

Vorteile habe. Zwar verstellten die Häuser die Aussicht auf die blaue Hügellandschaft auf der gegenüberliegenden Talseite, aber dafür gebe es im Mai nicht mehr diese lästige Invasion von Löwenzahnsamen. Und die Geräusche von der Hauptstraße höre man auch weniger. Das mochte schon sein. Nur hatte sich inzwischen das Verkehrsaufkommen verdoppelt.

Außerdem hatte man begonnen, in der Nähe einen zwanzig Kilometer langen Stollen zu graben, durch den eines Tages die Hochleistungsbahn rasen sollte. Nicht weit von Grabern war einer der Ausgänge, durch die der Aushub an die Oberfläche befördert wurde. Um Erde und Schutt abzutransportieren, brauchte man natürlich Lastautos. Und wo sollten die fahren, wenn nicht akkurat unten auf der Hauptstraße?

Es hatte Anrainerproteste gegeben, eine Bürgerinitiative hatte Unterschriften gesammelt, auch Novak und Herta hatten unterzeichnet. Aber natürlich hatte das gar nichts genützt. Zwar war der Baubeginn des Tunnels einige Male verschoben worden, und die Tunnelgegner hatten sich schon Illusionen gemacht. Doch die Verzögerung hatte weniger mit ihren Protesten zu tun als mit den Kosten für das Projekt, die immer höher wurden, je länger man plante und rechnete, und inzwischen, während Novak im Spital gelegen war, hatte man doch zu buddeln begonnen.

Ein Gemeinderat ging von Haus zu Haus und beschwichtigte die Leute. Er gehörte einer der beiden großen Parteien an, die einander zwar nicht ausstehen konnten, aber im Rathaus alles gemeinsam abnickten, was angeblich Gegengeschäfte brachte. Eine gewisse Lärmbelastung im Zuge des Tunnelbaus sei natürlich nicht auszuschließen, aber sie würde nur in der Anfangsphase auffallen. Sie werden sehen, nach einer Weile hören Sie das gar nicht mehr.

Wäre Novak weiterhin auf dem Postamt gesessen, täglich von 8 bis 13 und von 15 bis 18 Uhr, so hätte er das Geratter und Getöse wahrscheinlich wirklich weniger gehört. Erstens stand das Postamt etwas abseits der Hauptstraße im zur Zeit seiner Errichtung noch belebten Ortszentrum, und zweitens wäre er dort abgelenkt gewesen. Daheim aber, wenn er tagsüber allein war, hörte er den Lärm manchmal extrem laut. Sowohl im Garten als auch im Haus, selbst bei geschlossenen Fensterläden.

Schon wahr, er mußte ja nicht nur zu Hause sitzen. Er konnte spazieren gehen, und das tat er auch. Er konnte durch die Siedlung streunen, wie man den Ortsteil nannte, in dem er und Herta wohnten, oder er konnte die Hauptstraße überqueren und am Bach entlang Richtung Ortskern schlendern. Aber sehr spannend war, ehrlich gestanden, weder das eine noch das andere. Die Siedlung, ein kleiner Querschnitt durch das eher begrenzte Repertoire heimischer Gartengestaltung und Eigenheimarchitektur. Das Zentrum, ehemals hübsch, mit einem traditionellen Gasthaus (*Zur Linde*) mit Renaissanceinnenhof, das aber inzwischen von einer Supermarktkette aufgekauft worden war. Natürlich hatte man die Linde nicht stehen lassen, in einem nach dem Verkauf sehr rasch erstellten Gutachten war die Forstverwaltung zu dem Ergebnis gekommen, daß der Baum leider völlig morsch sei. Und dann hatte man eines Tages sehr früh damit angefangen, ihn scheibchenweise abzutragen, die paar Umweltaktivisten, die dagegen protestiert hatten, waren zu spät gekommen.

Gewiß, wenn man eine der mäßig steil ansteigenden Gassen auf der Siedlungsseite zu Ende ging, kam man in den Wald. Und wenn man auf der anderen Seite weiterging, wieder aus dem verödeten Zentrum heraus, über die Brücke und an der Kirche vorbei, die leider auch nichts besonders Anheimelndes hatte, schon gar nicht mit dem klotzigen Kriegerdenkmal davor, kam man erst recht in den Wald. Doch zu dieser Jahreszeit waren die Wege dort noch recht morastig. Und außerdem hatte Novak anfangs immer noch das Gefühl, daß er nicht zu weit gehen sollte.

So einfach vor sich hin zu gehen und nichts Besseres zu tun zu haben – war das recht für einen Menschen, der noch bis vor wenigen Wochen seine acht Stunden am Tag gearbeitet hatte? Er wollte es zumindest nicht übertreiben. Außerdem konnte man zumindest das Angenehme mit dem Nützlichen verbinden, also nahm er auf dem Rückweg, trotz aller Abneigung gegen diese Art Läden, ein paar Sachen aus dem Supermarkt mit. Auch an der Trafik kam er vorbei, kaufte eine Zeitung und Zigaretten, obwohl er eigentlich nicht rauchen sollte, aber er brauchte etwas, um sich ein wenig zu beruhigen.

Denn er war ruhelos, das ließ sich nicht leugnen. Da war die äußere Unruhe, die ihn gleich wieder nervte, wenn er nach Hause kam (abgesehen von den unten auf der Hauptstraße emsig hin und her tuckernden Lastautos waren nun aus einem der Gärten weiter oben am Hang mindestens zwei Rasenmäher zu hören), aber da war auch seine innere Unruhe. Er versuchte die Zeitung zu lesen, konnte sich aber nicht einmal auf die Sportseiten konzentrieren. Eigentlich hatte er vorgehabt, nur eine einzige Zigarette zu rauchen, aber kaum war die zu Ende, zündete er sich schon die nächste an.

Er saß am Küchentisch und fühlte sich unbehaglich. Er setzte sich in den Lehnsessel im Wohnzimmer und fühlte sich nicht besser. Auf einer der Baustellen in der Nachbarschaft ratterte ein Preßluftbohrer. Dann heulte ein eingesperrter Hund. Dann kreischte eine Kreissäge.

Oft floh er dann wieder. Auch wenn er meist etwas brauchte, um diese Flucht zu rechtfertigen. Wenn es Mittag war, konnte er essen gehen. Natürlich tat er das nicht täglich, das wäre ihm als zu viel Luxus erschienen. Doch manchmal leistete er sich das – im Gasthaus *Zum Geiger* gab es ein preiswertes Menü.

Zum *Geiger* also. Sonst war er dort nur Donnerstagabend hingegangen. Zum Schachspielen. Aber diesen Termin hatte er jetzt schon einige Male ausfallen lassen. Es war einfach so: Er wollte Hajek nicht treffen. Und auch mit den anderen Schachpartnern wollte er nicht über die Veränderung seiner Lebensumstände reden.

Zu Mittag setzte er sich einfach in die Gaststube und ließ sich auf kein Gespräch ein. Die Wirtin kannte ihn, aber sie war nicht aufdringlich. Das Menü war recht gut, und er war froh, wieder halbwegs normal essen zu dürfen. Auch wenn er die Fettränder nun übrig ließ, was ihm früher nicht eingefallen wäre.

Es saß sich ja recht gemütlich hier in der Gaststube. Draußen auf der Straße floß zwar der Verkehr vorbei, aber die Wirtsleute hatten Schallschutzfenster einbauen lassen. Die machten den Raum nicht schöner, aber den Lärm von draußen hielten sie wirklich ab. Das Problem war bloß, daß es auch drinnen Lärm gab.

Lärm, den Novak nun leicht als Zumutung wahrnahm. Früher wäre er ihm kaum aufgefallen. Jetzt aber hörte er ihn. Er konnte das nicht ändern. Sobald er darauf aufmerksam wurde, konnte er gewisse Geräusche nicht mehr ignorieren.

Daß die Tür vom Gastzimmer zur Küche oft offen blieb, lag wohl daran, daß die Köchin nicht ständig im Dunst stehen wollte. Na schön, und dann hörte man eben Geschirrgeklapper. Schon gut, das war ja noch ein halbwegs natürliches Geräusch. Aber das Brummen der Spülmaschine war schwer zu ertragen.

Er konnte sich nicht helfen, er fand dieses Vibrieren provokant. Mußte das sein? Konnte man mit dem Spülen nicht warten, bis die Gäste aufgegessen hatten? Oder eben die Küchentür wieder schließen? Der Wirt, darauf angesprochen, schüttelte den Kopf (so eine übertriebene Empfindlichkeit war ihm anscheinend noch nicht untergekommen), dann schloß er die Tür demonstrativ heftig – als Novak das nächste Mal zum Mittagessen kam, stand sie erneut offen und blieb es.

Damit mußte man sich also offenbar abfinden. Novak nahm es hin. Wenn er rechtzeitig kam, war er, sobald das Gebrumm begann, immerhin schon bei der Nachspeise. Manchmal schaltete der Wirt allerdings Musik ein. Er meinte das zweifellos gut, aber da wurde es kritisch.

Jedenfalls für einen Gast wie Novak. Einen mit ganz spezifischen Assoziationen. Seine CDs hatte der Wirt wahrscheinlich im Supermarkt gekauft – *50 Jahre deutscher Schlager, die beliebtesten Hits*, so ungefähr klang das. Da gab es Nummern, die Novak nur schwer ertrug.

Besonders eine, in der von einem knallroten Gummiboot die Rede war. Betont witzig arrangiert. Mit an besonders lustigen Textstellen eingesetzten Blasmusikfürzen. Und diese stramme Nummer kam immer wieder. War die Musik einmal eingeschaltet, so hörte sie nicht mehr auf.

Eine Endlosschleife. Für Novak eine Qualspirale. Wenn dieses Programm lief, rief er rasch nach der Rechnung. Na, sagte die Wirtin dann etwa, hat es Ihnen heute nicht geschmeckt? Doch, doch, sagte er, aber es ist mir einfach ein bißchen zu viel geworden.

So war das – oder nein, in Wahrheit war es viel ärger. Es war nicht ein bißchen zu viel, sondern hart an der Grenze. Und zwar nicht nur, weil ihm diese musikalische Zwangsbeglückung Kratky in Erinnerung rief. Wenn ihm Kratky einfiel, fiel ihm natürlich auch Manuela ein.

Kratkys Musik und, als Alternative, Manuelas Musik. Es gab noch ein Echo dieser Musik in seinem Kopf. Dieses Echo war in den letzten Wochen zwar schwächer geworden, es war ihm so vorgekommen, als wäre es immer weiter weg. Aber völlig verstummt war dieser Nachklang nie.

Und jetzt das: Wie die eine Musik, diese gräßliche, die aus den Boxen im Gasthaus *Zum Geiger* dröhnte, an die andere erinnerte. Wie sie in seinem Kopf sozusagen ihr Gegenteil hervorbrachte. Als lockendes Angebot, als mögliche Rettung. Nein, aber dieser Versuchung durfte Novak nicht nachgeben!

Dazu genügte es nicht, das Gasthaus rasch zu verlassen. Er ging auch draußen mit raschen, weit ausholenden Schritten. Zu langsam zu gehen tat in dieser Situation nicht gut – schon gar nicht tat es gut, stehenzubleiben und dem Echo nachzulauschen, das durch die plötzliche Abwesenheit der Krach-Musik deutlicher wurde. Manchmal spürte er die Narbe, eine Serie kleiner, von rechts unten nach links oben laufender Stiche, aber er ging weiter und weiter.

Im Wald lag zuerst noch das Laub vom vorigen Jahr. Nach und nach wurde es aber von Frühlingsblumen und vor allem vom Bärlauch überwuchert. Im Gehen sah Novak eher zu Boden als in die Höhe. Die Wege waren oft aufgeweicht, im April regnete es viel, auch im Mai war es noch nicht richtig trocken.

Manche Wege waren von Baggern unwegsam gemacht. Wo sie gefahren waren, blieb der Boden wochenlang tief. Da und dort standen große, schlammige Lacken. An anderen Stellen lag Unterholz, manchmal lagen sogar ganze Stämme quer.

Früher, so schien es Novak, war man behutsamer mit dem Wald umgegangen. Er konnte sich jedenfalls nicht an solche Verwüstungen erinnern. Als er mit Herta hierher gezogen war, hatte es ihnen noch Freude gemacht, miteinander spazieren zu gehen. Aber mit den Jahren waren sie immer mehr davon abgekommen.

Ach ja, er war lang nicht mehr richtig im Wald gewesen. Erst jetzt ergab sich das wieder. Ohne Herta. Sie hätte sich wohl auch geweigert, ihn hier zu begleiten. Das ist ja kein Spaziergang mehr, hätte sie gesagt, sondern ein Hindernislauf!

Novak war aber gar nicht unzufrieden, daß sie nicht dabei war. Sie hätte wahrscheinlich zu viel und zu laut geredet. Wiederholt war ihm letzthin wieder der Mißklang ihrer Stimme aufgefallen. Zum Beispiel, als sie gemeinsam im Supermarkt einkaufen gewesen waren und sie weithin hörbar nachrechnete, ob sich die Kassierin, eine Bosnierin oder Kosovarin, nicht geirrt hatte.

Das war es vor allem. Wenn sie sich aufregte oder ereiferte. Dann war ihre Stimme wirklich schwer zu ertragen. Und manchmal hatte sie ja recht, manchmal sprach sie ja aus, was auch er dachte. Hier, angesichts dieses barbarischen Umgangs mit dem Wald, hätte sie ihm wahrscheinlich aus der Seele gesprochen.

Wenngleich in etwas heftigeren, deftigeren Worten. Aber in diesem Fall hätte er ihr zugestimmt. Anders als im Fall der Supermarktkassierin. Da hatte er ihr *nicht* zugestimmt – allerdings war er nicht sicher, ob sie seinen Widerspruch entsprechend wahr- und ernstgenommen hatte.

Jedenfalls war sie nicht recht darauf eingegangen. Und vielleicht hatte er diesen Widerspruch auch nicht laut und deutlich genug artikuliert. Daß er es für falsch halte, einer sogenannten Ausländerin prinzipiell oder aus einem schlichten Instinkt heraus zu mißtrauen. Der Auftritt war ja peinlich gewesen – er hatte seine Stimme nicht auch noch erheben wollen.

Er war froh gewesen, daß er Herta ohne noch größeres Aufsehen aus dem Supermarkt hinaus gebracht hatte. Denn wie hätte er den Umstehenden erklären sollen, daß seine Frau Verschiedenes, was sie im Affekt sagte, bestimmt nicht so meinte. Und daß sie im Grunde genommen herzensgut sei. Sie tue sich nur etwas schwer damit, das zu zeigen.

Und für ihre Stimme, die sich, zumindest im Affekt, wirklich nicht angenehm anhörte, konnte sie ja nichts, oder? Sie neigte nur dazu, sie etwas zu offensiv einzusetzen. Und manchmal redete sie halt ein bißchen zu viel. Novak hatte seine Frau gern, aber darüber, daß sie jetzt nicht neben ihm herging und redete, war er nicht böse.

Sicher hätte sie den Knoblauchgeruch des Bärlauchs erwähnenswert gefunden. Wie dieser Bärlauch stinkt, hätte sie gesagt, das ist ja nicht auszuhalten! Und wahrscheinlich wäre ihr noch einiges andere aufgefallen, worüber sie sich mehr oder minder empört äußern hätte können. Wobei ihre Empörung nicht immer ganz ernst gemeint war – sie setzte sie manchmal sozusagen spielerisch oder sportlich ein, so als wollte sie nicht aus der Übung kommen.

Die Amseln hätte Novak in Hertas Begleitung jedenfalls kaum gehört. Die Amseln, deren Gesang manchmal sehr präsent war. Anfangs widerfuhr ihm das ganz unwillkürlich: Daß er sie an irgendeiner Stelle in diesem verwüsteten Wald auf einmal so nah und so deutlich hörte.

Nach und nach aber lauschte er immer bewußter. Wenn er dann in den Wald kam, wartete er schon darauf. Und selten ließen sie allzulang auf sich warten. Und immer öfter hatte er den Eindruck, daß sie ihren Gesang variierten.

Tatsächlich: Bis vor kurzem hätte er schlicht gesagt, daß die Amseln singen. Die Amseln *sangen* ganz einfach, und das war es. Jetzt hörte er mehr. Eine Amsel stimmte eine gewisse Tonfolge an, die andere nahm sie auf, aber veränderte eine Kleinigkeit. Darauf konnte dann wieder die erste

Amsel reagieren. Zuweilen kam es auch vor, daß eine von beiden ein anderes Thema anstimmte. Die oder jene. Oder auch eine dritte. Als wollte sie eine neue Möglichkeit ausprobieren. Oder einen Vorschlag machen: Horcht her, so geht es auch!

Manchmal erwies sich der Mittagsschlaf als Problem. Im Prinzip tat er Novak natürlich gut. Seit er vom Spital zurück war, hatte er sich das Schläfchen angewöhnt. Das heißt, eigentlich war es Herta gewesen, die ihn auf diese Idee gebracht hatte.

Er solle sich das doch gönnen – ja, warum nicht? Er sei ja nun einmal schon ein älterer Herr. Doch zwanzig bis dreißig Minuten Schlaf wirkten Wunder. Nachher fühle man sich fast wie neugeboren.

Auch sie, so Herta, habe das schon probiert. Auf einem der Stühle bei ihr im Frisiersalon. Die zwei Mädel, die sie beschäftigte, habe sie in die Mittagspause geschickt. Und dann habe sie die Lehne, so weit es ginge, nach hinten geklappt, habe die Augen geschlossen, und schon sei sie eingenickt.

Bei Frauen nütze das angeblich auch der Schönheit. Bei Männern sei die Schönheit nicht gar so wichtig. Aber, lächelte sie, die Energie! Die Energie, die so ein Mann dadurch gewinne, könne er dann nutzbringend anwenden.

Ich weiß schon, du bist noch ein bißchen schonungsbedürftig. Aber zu viel des Guten ist auch nicht gut. Zu lang, sagte sie, dürfe er mit dem Rasenmähen im Garten nicht mehr warten. Das Gras wachse und wachse, und wenn einmal das Unkraut ins Kraut schieße, werde es kritisch.

Sie hatte schon ihren besonderen Charme, Novaks Frau. Und der Rasen mußte ja wirklich gemäht werden. Er schob diese Arbeit allerdings von Tag zu Tag auf. Zum Mittagsschlaf aber legte er sich täglich hin, sei es bald nach dem Essen, sei es, wie jetzt, nach einem Waldspaziergang.

Er legte sich auf die Couch im Wohnzimmer und steckte sich Ohropax in die Ohren. Davon hatte er sich nach einigen ungeschützten und folglich gescheiterten Mittagsschlafversuchen gleich ein paar Schachteln besorgt. Es wohnten halt emsige Menschen in der Umgebung. Nachbarn, die weniger schonungsbedürftig waren als er.

Zwar hatte es einmal eine Verordnung des Bürgermeisters gegeben, daß lärmende Gartenarbeiten zwischen 1 und 3 Uhr nachmittag zu unterlassen seien. Aber dieser Bürgermeister war längst abgewählt. Die diesbezügliche Kundmachung vergilbte im Schaukasten vor dem Gemeindeamt. Leute, die nicht in der Stadt, sondern im Ort berufstätig waren, etwa die Männer, die unten im Walzwerk arbeiteten, sahen nicht ein, warum sie die Mittagspause nicht dazu nutzen sollten, rasch ihre Gärten zu pflegen.

Der dabei oder auch bei anderen nützlichen Arbeiten entwickelte Lärm war aber nicht das einzige Problem, das sich im Zusammenhang mit dem Mittagsschlaf ergab. Dank Ohropax klang ja der Lärm, wenn er nicht gerade durch einen Heimwerkeranfall eines der unmittelbaren Nachbarn verursacht wurde, recht fern. Es gab jedoch einen Klang, gegen den die Schaumstoffstoppel in den Ohren nichts nützten. Dieser Klang kam von innen, er war sozusagen die Einleitungs- oder Begleitmusik zu den Träumen, die Novak manchmal in Ansätzen träumte. Träume, in die er sich gern hätte fallen lassen. Wenn ihm nicht meist noch im letzten, kaum mehr wachen Moment bewußt geworden wäre, was sich da anbahnte. Weswegen er rasch wieder vollends wach werden mußte. Das war dann nicht ganz der erholsame Schlaf, der es sein sollte.

Es kam aber ein Tag, an dem ihm das Aufwachen im letzten Moment nicht gelang. Und das war schön. Da saß er wieder mit Manuela auf der kleinen, weißen Bank. Und wirklich, sie nahm seine Hand, nahm sie behutsam mit ihren beiden Händen. Und dann spürte er wieder die zarte Haut und die sanfte Wölbung ihrer Brust und ihren Herzschlag.

Womöglich spürte er auch seinen eigenen Herzschlag. Als er dann doch aufwachte, hatte er jedenfalls starkes Herzklopfen. Rasch ging er ins Badezimmer und wusch sich kalt. Dann zog er die Jacke an und ging in den Garten.

Ja, es war höchste Zeit. Das Gras mußte gemäht werden! Herta hatte doch recht: Diesen Wildwuchs durfte man nicht stehen lassen. Grimmig entschlossen öffnete er die Tür zum Außenkeller. Wie einen widerspenstigen Hund zerrte er den Rasenmäher ins Freie.

Er riß an der Leine, und das Gerät reagierte. Es knatterte brav los, wie man es von ihm erwartete. Kaum jedoch hatte Novak den Motor angeworfen, würgte er ihn wieder ab. Nein, dieses Geräusch war einfach unzumutbar! So spürbar nah bei ihm, zu seinen Füßen vibrierend, war es noch weit ärger, als wenn es aus einem der Nachbargärten gekommen wäre. Den Nachbargärten, in denen es ungewohnt still war. Ein seltener Glücksfall. Ein beinahe kostbarer Moment. Auch der Wind wehte so, daß man das Tosen von der Hauptstraße kaum hörte.

Da stand er nun, Novak, ein Mann, der die siebzig Quadratmeter seines Gartens schon hunderte Male mit dem Rasenmäher malträtiert hatte. Und fühlte sich außerstande, das wieder zu tun. Aber im Grunde hatte er es ja geahnt. Nicht von ungefähr hatte er die Stunde dieser Wahrheit so lange hinausgeschoben.

Der Wahrheit, daß er nicht selbst ein Geräusch in die Welt setzen konnte, das er aufgrund seiner neuen Feinhörigkeit nicht ertrug. Einer Feinhörigkeit, die, hätte er darüber gesprochen, von den meisten Menschen seiner Umgebung wahrscheinlich als Überempfindlichkeit, als Marotte, als Spleen aufgefasst worden wäre. Das ist doch nicht normal, hätten sie gesagt, all die Nachbarn, die ihre Rasenmäher fast so gern hatten wie ihre Autos. Manchen schien das Motorengeheul ja geradezu eine Bestätigung zu sein – an Samstagen, wenn sie um die Wette mähten, hörte sich das manchmal an wie ein Formel-1-Rennen.

Ein paar Sekunden stand Novak noch, als ob er lauschte. Dann schloß er den Rasenmäher rasch wieder im Keller ein. Und dann ging er die schräge Wiese, in der schon die Bienen summten, hinunter zum alten Schuppen. Und suchte nach der alten Sense, die da drinnen irgendwo hängen mußte.

Die stammte noch vom Vorbesitzer des Hauses, einem Herrn Marek. Den hatten Novak und Herta nicht mehr lebend kennengelernt. Doch seine Frau, die das Haus verkauft hatte, nachdem er gestorben war (Was tu ich denn jetzt noch hier, so allein, hatte sie gesagt, erst ist unser Hund gestorben, jetzt mein Mann ...), seine Frau hatte ihnen von ihm erzählt. Wie gern er im Garten gearbeitet habe und wie gesund er vor seinem Schlaganfall gewesen sei und wie er dann auf einmal umgefallen war – eigentlich, dachte Novak, während er die Tür zum Schuppen öffnete, ein beneidenswerter Tod.

Herrn Mareks Sense also – irgendwo hier mußte sie sein. In all den Jahren, seit Herta und er in Grabern wohnten, hatte Novak den Schuppen nur selten betreten. Modrig roch es da drin. Und dunkel war es. Der kleine Raum hatte kein Fenster, und die Tür, auf dem schrägen Hang im Lot, fiel immer wieder zu.

Im Zuge erster Orientierungsversuche zerriß Novak einige Spinnennetze. Dann klemmte er ein Holzscheit, das er ertastet hatte, in den Türspalt. Da zeigte sich dann eine ganz erstaunliche Ordnung. Aus irgendeinem Grund hatte Herr Marek zahllose Stöße mit alten Zeitungen penibel verschnürt und aufgeschichtet.

Auch Rechen, Harken und Schaufeln hatte er hinterlassen. Seine Frau, die ins Altersheim übersiedelt war, hatte keine Verwendung mehr dafür gehabt. Novak hatte sie allerdings auch nicht gebraucht. Im Baumarkt unten an der Hauptstraße hatte es all das blitzblank und neu gegeben.

Endlich die Sense. Sie hing so flach an der Wand, daß Novak sie vorerst nicht bemerkt hatte. Mit drei Nägeln befestigt, offenbar um zu verhindern, daß man sich an ihr verletzte. Das Blatt war allerdings ohnehin mit einem Futteral überzogen. Dieser Herr Marek war ein sorgfältiger Mensch gewesen.

Novak trug die Sense hinaus ins Licht. Er zog das Futteral ab, das Blatt glänzte in der Sonne. Ein bißchen Rost hatte es im Lauf der Jahre trotz allem angesetzt. Ein vergilbtes Leinensäckchen, das neben der Sense gehangen war, enthielt einen Stein zum Dengeln.

Novak erinnerte sich vage, daß man so einen Stein befeuchten mußte. Er ging also ins Haus und füllte eine Kanne mit Wasser. Dann dengelte er die Sense, so gut er das konnte. Als Jugendlicher hatte er einmal ein paar Wochen auf einem Bauernhof verbracht, damals hatte er sich bemüht, gewisse Handgriffe zu erlernen.

Auch das Mähen hatte er damals einigermaßen erlernt. Wie man sich hinstellen mußte, wie man die Sense richtig hielt. Wie man ausholte, weder zu sehr aus den Schultern noch zu sehr aus den Hüften, sondern möglichst ausgeglichen. Und wie man voranschritt, während das Sensenblatt Halbkreis für Halbkreis die Halme umlegte.

Er hatte beim Roggen- und Haferschneiden geholfen. Das war, jedenfalls in seiner Erinnerung, leichter gegangen als jetzt, mit dem viel zu hohen, wirren Gras. Auch war er damals jünger gewesen, klar. Doch trotzdem, auch jetzt kam er voran. Und eine gewisse Freude an der Bewegung stellte sich auch ein.

Zwar spürte er dann wieder einen kurzen, stechenden Schmerz in der Narbengegend, und zwar, wie ihm schien, um einiges heftiger als zuletzt beim etwas zu raschen Gehen. Doch als er, schnell ins Haus zurückgekehrt, mit offenem Hemd und heruntergelassener Hose vor dem Badezimmerspiegel stand, sah er nichts Beunruhigendes. Die Narbe war immer noch rot, das wohl, und besonders schön sah sie nach wie vor nicht aus. Aber so weit man das von außen sehen konnte, war sie nirgends aufgerissen, sie tat nun auch nicht mehr weh – wenn er sie berührte, fühlte sie sich allenfalls ein bißchen taub an.

Wieder draußen im Garten, mähte er dann etwas vorsichtiger zu Ende. Und beim Zusammenrechen des Grases ließ er sich vorsätzlich Zeit. Dann aber war es geschafft – ein gutes Gefühl. Zwar spürte er auch, wie sehr er seine Muskeln und Gelenke beansprucht hatte und wie sein Blut, durch die Bewegung in rascheren Umlauf gebracht, pulsierte, aber als er geduscht hatte und sich noch einmal kurz aufs Sofa legte, beruhigte sich alles.

Ein zweiter Mittagsschlaf war nicht vorgesehen. Doch in einer besonderen Situation wie dieser durfte man wohl eine Ausnahme machen. Nur für fünf Minuten, dachte er – doch die Versuchung, etwas länger liegenzubleiben, war groß. Auch die Versuchung, an den Traum von zuvor sozusagen anzuknüpfen – aber das gelang ohnehin nicht.

Er schlief nun tief und, soweit er das mitbekam, traumlos. Als er wieder erwachte, war es schon Abend. Im ersten Augenblick glaubte er, es sei Morgen. Draußen sangen noch immer (schon wieder) die Amseln.

Die Erkenntnis, daß er nicht im Ehebett, sondern auf dem Sofa im Wohnzimmer lag, half ihm, sich wieder zurechtzufinden. Er war verkatert, aber der Muskelkater, den er spürte, als er (zum wievielten Mal eigentlich an diesem Tag?) ins Badezimmer ging, war ärger. Ins Zimmer zurückgekehrt, strich er noch rasch den etwas zerknitterten Sofaüberwurf glatt. Halb sieben! Da konnte Herta jeden Moment vom Bus kommen.

Sie hatte nicht mehr als eine Station zu fahren. Das dauerte nicht viel länger als zehn Minuten. Letzthin machte sie eher pünktlich Schluß. Zwar kam es vor, daß eine Kundin noch etwas länger unter der Trockenhaube saß, aber das war die Ausnahme, nicht die Regel.

Eine Ausnahme, die immer seltener wurde. Nicht nur, weil Herta mit den Jahren immer weniger einsah, warum sie, obwohl sie die Chefin war, Überstunden machen sollte, sondern auch, weil der Andrang in ihrem Salon merklich nachließ. *Haarpflege Herta.* Ein kleiner Frisiersalon. Früher hatte er *Haarpflege Helga* geheißen, aber als Helga, die vormalige Chefin, müde geworden war, hatte Herta, die es, zum Unterschied von einigen anderen Friseurinnen, durch Jahrzehnte bei ihr ausgehalten hatte, den Laden übernommen.

Danach hatte das Geschäft sogar Zulauf gehabt. Herta hatte eine gewisse Kundschaft angezogen. Diese meist schon etwas reiferen Damen kamen nicht nur, um sich von ihr frische Dauerwellen legen und die nachlassende Haarfarbe ein wenig auffrischen zu lassen. Nein, sie kamen auch, weil sie die ungenierte Geradlinigkeit und den manchmal bissigen Humor der Frau Herta schätzten, die auf oft befreiende Art ihre Meinung sagte (sowohl ihre als auch die jener Damen, und da herrschte eine dem Geschäft zuträgliche Übereinstimmung).

Aber die Zeiten änderten sich. Und diese Kundinnen

wurden alt. Manche starben glatt weg. Und außerdem machten zwei neue Frisiersalons auf. Der Herr Sohn hatte seiner Mutter geraten, sich angesichts dieser Konkurrenz eher alternativ zu geben. *Haarpflege Herta*, das klingt doch so was von uncool – warum nennst du den Schuppen nicht *Hertas Haarschneiderei*?

Ja, warum eigentlich nicht? Der neue Name hätte gut zu ihr gepaßt. Und zu der Art, wie sie das Friseurgewerbe betrieb und verstand. Nämlich in erster Linie als gediegenes Handwerk. Aber es hatte eine Weile gebraucht, bis sie sich mit dem Gedanken angefreundet hatte, und als Bernd dann nach Kanada ging, war sie wieder davon abgekommen.

Haarpflege Herta also nach wie vor. Kein großes Geschäft, natürlich auch finanziell nicht. Doch ein paar Stammkundinnen hatte sie immer noch. Die waren aber, so ihre Rede, gut abgerichtet und kamen spätestens um halb fünf – längstens um Viertel vor sechs konnte eins der beiden Mädchen, die sie angestellt hatte, damit anfangen aufzukehren.

So war es offenbar auch heute gewesen. Denn als Novak nun aus dem Verandafenster schaute, sah er seine Frau schon die Straße heraufkommen. Die gute, alte Herta – er konnte nicht umhin, in diesem Moment so zu denken. Sie war ein paar Jahre jünger als er, aber auf den letzten Metern der zu ihrem Haus herauf ansteigenden Straße kam sie offenbar auch schon außer Atem.

Sie hatte noch nicht bemerkt, daß er am Fenster stand, daher legte sie eine kleine Pause ein. Vielleicht, dachte Novak, sollte sie ein paar Kilo abnehmen. Sie liebte die Süßigkeiten halt etwas zu sehr. Aber er dachte das nicht ohne Zärtlichkeit.

Ja, tatsächlich beschlich ihn gerade jetzt eine etwas wehmütige Zärtlichkeit für seine Frau. Vielleicht war auch eine Spur von schlechtem Gewissen dabei. Nun hatte sie ihn gesehen. Jetzt winkte sie ihm. Sie konnte doch richtig lieb sein! Er winkte zurück.

Dann ging er ihr bis ans Gartentor entgegen. Verkühl dich nicht, sagte sie, die Abende sind noch frisch. Jetzt witterte sie das geschnittene Gras. Du hast gemäht! sagte sie. Einen Moment lang fühlte er sich gerechtfertigt und fast glücklich.

Dann ging sie vor ihm ein paar Schritte den Hang hinunter. Ließ ihren Blick über das gestutzte Grün schweifen. Es war gerade noch hell genug dazu. Na, sagte sie, ein bißchen stufig ist der Schnitt aber diesmal ausgefallen.

Der Blick der Friseurin.

Ist was kaputt am Rasenmäher? fragte sie.

Nein, sagte er. Ich hab mit der Sense gemäht.

Was? Mit der Sense? sagte sie. Wieso denn das?

Für den Rasenmäher, log er, war das Gras schon zu hoch.

Na sowas! sagte sie. Mäht der Mann mit der Sense! Die Nachbarn werden glauben, wir können uns keinen Rasenmäher leisten! Abrupt wandte sie sich vom Garten ab und ging ins Haus. Aber das nächste Mal, sagte sie, mähst du wieder anständig!

DASS IHR MANN den Rasen mit der Sense gemäht hatte, gab Herta zu denken. Abgesehen davon, daß das Ergebnis in der Morgensonne betrachtet noch fragwürdiger aussah als in der Abenddämmerung. Herta machte sich Sorgen um ihren Mann. Irgend etwas war verändert an ihm. Irgend etwas war mit ihm passiert.

Obwohl er jetzt mehr zu Hause war als früher, kam er ihr manchmal so – ja, so abwesend vor. Mit dem Kopf war er öfter irgendwo anders. Sie fragte sich, wo. Früher war er ganz selbstverständlich da gewesen. Nun, wenn sie ihn unvermittelt anredete, dauerte es oft eine Weile, bis er reagierte, so als müsse er erst von woanders zurückkommen.

Was war das nur? Hing das mit seiner plötzlichen Pensionierung zusammen? Natürlich, ja, daß man ihn bei der Post einfach so fallen hatte lassen, hatte ihn getroffen. Doch anderseits konnte er darüber doch auch froh sein. Sie hatten es doch schön hier daußen, und daß sein sogenannter Lebensabend etwas früher eingesetzt hatte als erwartet, gab ihm Gelegenheit, ihn etwas ausführlicher zu genießen.

Aber sah er das so? Sie war nicht sicher, ob er das so sah. Er redete wenig. Er war auch früher nicht allzu redselig gewesen. Jetzt aber schwieg er manchmal geradezu auffallend. Waren das Depressionen? Sie wußte nicht, ob es gut war, ihn darauf anzusprechen.

In einer der Illustrierten, die bei ihr im Friseurladen lagen, hatte es vor einiger Zeit einen Artikel über so etwas gegeben. Vage erinnerte sie sich daran, sie hatte nur den Anfang des Artikels gelesen. Depressionen, hatte sie damals gedacht, das ist etwas, das mich nichts angeht. Jetzt suchte sie diesen Artikel, aber konnte ihn nicht mehr finden.

Ärgerlich. Sie fragte die beiden Mädel danach. Gewiß, denen hatte sie eingeschärft, die Zeitschriftenstöße nicht allzu hoch wachsen zu lassen … Man konnte ja nicht jede Illustrierte aus dem Jahre Schnee aufheben … Aber daß sie ausgerechnet *die* schon hatten entsorgen müssen, zeigte wieder einmal, daß sie zu dumm waren, um zu kapieren, worauf es der Chefin ankam.

Sie verstanden sie nicht, das war es, und das kam eben davon, daß sie Ausländerinnen waren. Das sah man ihnen zwar nicht an, in den Gegenden, aus denen sie zugereist waren, hatten die Leute immerhin ähnliche Teints wie die Hiesigen. Die Haare waren ohnehin gefärbt, an den Haaren konnte man Fremde kaum mehr erkennen. Aber die Sprache! Mit der Sprache haperte es halt bei den meisten.

Und das war doch lähmend: Daß man sie anredete, und sie sahen drein, als verstünden sie kein Wort. Oder vielmehr, als ginge es ihnen beim einen Ohr hinein und beim anderen hinaus. Herta wurde einigermaßen laut, als sie das feststellte. Doch die zwei Mädel, Beate und Nadja sagte sie zu ihnen, obwohl sie anders, etwas komplizierter hießen (daß sie sich diese slawischen Namen merkte, konnte man von ihr wirklich nicht verlangen), diese zwei Balkantussis zuckten nur die Achseln.

Die Chefin hat doch gesagt wegschmeißen, sagten sie.

Ja, aber nicht gerade diese Nummer!

Welche?

Na, eben die, in der dieser Artikel gestanden ist! Ach was, es war sinnlos. Wären sie beide taub gewesen, so hätten sie auch nicht viel weniger begriffen.

Natürlich war das ungerecht. Daß die Chefin einen Artikel, von dem sie ehemals nicht viel mehr als die Überschrift mitgekriegt hatte, jetzt gern genauer gelesen hätte, hatten die zwei ja nicht wissen können. Herta war drauf und dran, sich für ihr Aufbrausen zu entschuldigen. Aber sie tat es nicht. Man muß nicht gleich übertreiben. Außerdem kam ihr ein Gedanke dazwischen, auf den sie in Zusammenhang mit der Begriffsstutzigkeit der Mädchen gekommen war.

Taub ... Zumindest schwerhörig ... War es vielleicht *das*? Konnte es sein, daß ihr Mann auf einmal schlecht hörte? Mein Gott, er war ja wirklich nicht mehr der Jüngste ... Vielleicht lag es *da*ran, daß er manchmal nicht gleich reagierte, wenn sie ihn anredete.

Ja, das war möglich. Zuweilen hielt er auch den Kopf ein bißchen schief. Als ob er auf etwas lauschte. Aber vielleicht mußte er sich einfach anstrengen, gut zu hören. Vielleicht war es *das*! Vielleicht hatte er einen *Hörsturz* gehabt. Genau! Auch darüber war doch etwas in einer der Illustrierten gestanden.

Oder war das in einer Tageszeitung gewesen? In irgendeinem dieser praktischen Kleinformate? Wo man nicht viel zu lesen braucht, aber gleich Bescheid weiß? Stimmt, da gab es doch so eine medizinische Beratungsspalte.

Doktor Soundso gibt gute Ratschläge. Oder war es sogar ein *Professor* Soundso? Seriöses Gesicht, vielleicht etwas zu wenig Haar obenauf, aber nicht unbedingt ein Eierkopf. Der also hatte vor einiger Zeit etwas über *Hörstürze* geschrieben, Herta hatte zwar trotzdem nur eine vage Vorstellung davon, worum es sich handelte, aber es sollte, so viel hatte sie mitgekriegt, immer häufiger vorkommen.

Daß man auf einmal schlecht oder gar nichts mehr hörte. Und zwar – daran glaubte sie sich jetzt zu erinnern – auf *einem* Ohr. Es gab da einen medizinischen Fachausdruck, mit dem dieser Arzt das bezeichnet hatte. Wie hieß denn das bloß? *Einseitige Schallempfindungsstörung*?

Genau, genau – *einseitig*: Das war der Eindruck, den sie letzthin manchmal gehabt hatte, wenn sie ihren Mann so im Raum stehen sah. Sei es im Schlafzimmer, sei es im Wohnzimmer, sei es in der Küche. Wenn sie ihn von hinten beobachtete, ja sogar, wenn sie sich ihm bis auf wenige Schritte näherte, bemerkte er es nicht. Er stand einfach da, den Kopf leicht nach links geneigt.

Was hast du? hatte sie ihn einmal gefragt. Da war sie vollends an ihn herangetreten. Und hatte ihn an der linken Schulter berührt. Er war erschrocken und hatte sie nur groß angeschaut.

Ein Hörsturz, ja, das war vielleicht die Erklärung. Über die Ursachen seien sich die Mediziner uneinig. Hatte der Doktor oder Professor geschrieben. Früher habe man die plötzliche Hörschwäche auch mit irgendwelchen psychologischen, oder nein: psychosomatischen Ursachen in Verbindung gebracht, aber inzwischen sei man wieder davon abgekommen.

Das war ihr ja einerseits lieber. Die Psychogeschichten waren Herta allesamt eher unheimlich. Anderseits, ihr Mann war sensibler, als er aussah. Er ließ sich selten was anmerken oder nicht viel. Aber sie lebte schon lang genug mit ihm zusammen, um zu wissen, woran sie mit ihm war.

Manches ging ihm nämlich erstaunlich nahe. Er konnte im Kino oder beim Fernsehen heulen. Er glaubte, sie merke das nicht, aber natürlich merkte sie es. Sie war doch seine Frau und stand (oder saß) ihm am nächsten.

Besonders für Abschiede und Wiedersehensszenen war er anfällig. Für innige Umarmungen von Menschen, denen lange Trennungen bevorstanden oder die sie hinter sich hatten. Da griff er dann rasch nach einem Taschentuch und tat so, als müsste er sich schneuzen. Sie aber sah geradeaus auf die Leinwand oder den Bildschirm, um ihn nicht in Verlegenheit zu bringen.

Ja, sein Seelenpullover war nicht sehr strapazfähig. Da gingen relativ leicht ein paar Maschen auf. Und letzthin hatte er einiges aushalten müssen. *Hörsturz durch Pensionsschock*. Ob es so etwas gab?

Oder war es vielleicht schon früher passiert? Der Krankenhausaufenthalt war ja auch nicht ohne. Eine gewisse Abwesenheit ihres Mannes war Herta dort schon aufgefallen. Irgendwas war dort mit ihm vorgegangen.

Anfangs hatte sie gedacht, es handle sich um Nachwirkungen der Narkose. Doch dann war ihr Franz doch wieder recht wach vorgekommen. Eben. Die Abwesenheit, die sie an ihm zu bemerken glaubte, wirkte ja nicht wie Schläfrigkeit. Am ehesten war es wirklich was mit den Ohren.

Es mußte vielleicht nicht gleich ein *Hörsturz* sein. Das klang so dramatisch, so nach Naturkatastrophe. Als ließe sich absolut nichts mehr dagegen machen. Vielleicht war es noch nicht ganz so weit, vielleicht ließ sich noch etwas reparieren.

War da nicht etwas *davor*? So etwas wie ein Warnzeichen? Und wenn man es beachtete, konnte man die Katastrophe abwenden? Da *war* doch was, klar! Wie hatte das bloß geheißen? Darauf hatte dieser Doktor oder Professor Soundso doch hingewiesen.

So ein *Ohrgeräusch* – wie hieß das doch gleich? *Tinnitus*, ja, jetzt fiel ihr das Wort wieder ein. Man hört was im Kopf, das man eigentlich nicht hören sollte. Natürlich! Das paßte auch zu dieser eigenartigen Kopfhaltung!

Man hört was im Kopf, das kommt vom Trommelfell. Oder nein, es kommt aus dem Mittelohr. Oder kommt es sogar aus dem Innerohr? Weiß der Teufel woher, es ist jedenfalls irritierend.

Man hört einen Ton, vielleicht mehrere Töne, hoffentlich keine Stimmen. Nein, das mit den Stimmen gehört in eine andere Abteilung. Das gibt es auch, aber das ist dann nicht normal. Gott behüte! So ein Tinnitus hingegen ist nichts wirklich Schlimmes.

Allerdings geht er häufig dem Hörsturz voraus. Gewissermaßen, so der Professor oder Doktor, als Vorbote. Darum empfiehlt es sich, ihn nicht unbeachtet zu lassen. Na eben! Lieber einmal mehr zum Onkel Doktor als einmal zu wenig.

Das etwa waren Hertas Gedankengänge. Und sie führten zu einem klaren Ergebnis. Sie mußte Franz dazu bringen, zum Arzt zu gehen. Und je eher sie ihn dazu brachte, desto besser.

So sehr steigerte sie sich in die Idee der Dringlichkeit ihres Eingreifens hinein, daß sie ihr Geschäft an diesem Nachmittag vorzeitig verließ. Die Mädel würden ganz gut auch ohne sie auskommen. Eigentlich waren die beiden ja doch recht tüchtig. Und der Andrang an Kundinnen hielt sich ohnehin in Grenzen. Leider war das letzthin doch sehr deutlich geworden. Stundenlang saßen sie manchmal zu dritt im Laden. Lag das an der Wirtschaftskrise? Sparten die Damen, wenn sie weniger für die Schönheit ausgaben, nicht am falschen Platz? Wie dem auch sei, die Anwesenheit der Chefin war gerade jetzt nicht wirklich nötig.

Ihr schafft das auch ohne mich, sagte sie zu Beate und Nadja. Ich habe heute noch etwas sehr Dringendes zu tun. Und dann stand sie schon an der Bushaltestelle. Und dann fuhr sie schon im Bus. Und überlegte, wie sie am besten vorgehen sollte.

Wie sage ich's meinem Kinde, das heißt meinem Mann? Wie behandle ich ihn dabei möglichst schonend? Wird er sein Hörproblem überhaupt eingestehen? Wie vermittle ich ihm, daß er sich dafür nicht zu genieren braucht?

Mein Gott, würde sie etwa sagen, da ist doch nichts dabei! Du gehst halt zum Ohrenarzt und läßt dich anschauen! Vielleicht muß er dir ja nur ein wenig Ohrenschmalz entfernen. Na, und wenn es nicht anders geht, kriegst du ein hübsches Hörgerät.

Ja, so ungefähr würde sie mit ihm reden. Sie stieg aus dem Bus und ging die Gasse zu ihrem Haus hinauf. Mit raschen, entschlossenen Schritten. Sie war zwei Stunden früher dran als sonst. Damit würde Franz nicht rechnen. Aber wahrscheinlich würde es ihn freuen.

Sie konnte ihm vorschlagen, miteinander zu jausnen. Das taten sie sonst nur am Samstag oder am Sonntag. Und sie würden auf der Veranda sitzen und über alles mögliche plaudern. Und fast nebenbei konnte sie dann auf sein vermutetes Leiden kommen.

Leiden – nein, natürlich würde sie dieses Wort nicht verwenden. Auf seinen kleinen Defekt? Nun ja, das klang, als ginge es um ein Auto. Vielleicht konnte sie ihm einfach erzählen, was sie vor einer Weile in der Zeitung gelesen hatte. Dann würde sie sehen, wie er darauf reagierte.

Herta schritt forsch voran. Schon war sie nur mehr etwa hundert Meter von ihrem Haus entfernt. Ja, sie hatte eine nicht ganz leichte Aufgabe vor sich. Aber sie würde es schaffen, davon war sie überzeugt. Sie war eine lebenstüchtige Frau. Sie war ihrem Mann eine gute Gefährtin. Sie wollte das Beste für ihn.

Dann, als sie auf etwa fünfzig Meter an ihr Haus herangekommen war, hörte sie diese Musik. Sie glaubte zuerst, sie käme aus dem Nebenhaus. Was ist denn *das*? dachte sie. Waren die Nachbarn übergeschnappt? Oder waren da etwa neue Mieter eingezogen?

Gestörte, Geschmacksverwirrte, die so etwas mochten? Na, hoffentlich nicht! Die alten Nachbarn waren ihr manchmal auch auf die Nerven gegangen. Aber doch nicht mit so was, das war ja furchtbar! Irgendein schrilles Frauenzimmer spreizte sich gerade in den höchsten Höhen.

Dann merkte Herta, daß die Musik aus ihrem eigenen Haus kam. Das darf doch nicht wahr sein! dachte sie. Was geht denn da vor? Sie klingelte und wurde nicht gehört. Sie klopfte heftig. Was spielte sich da ab in ihrer Abwesenheit?

In ihrer Aufregung fand sie die Schlüssel nicht gleich. Die Stimme des Frauenzimmers hörte nicht auf zu girren. Jetzt kam auch noch die Stimme eines Mannsbildes hinzu. So was von affektiert! So einen würde sie mit nassen Fetzen davonjagen.

Herta stürmte ins Wohnzimmer. Da lag Franz auf der Couch. Lang lag er ausgestreckt, mit geschlossenen Augen. Offenbar hatte er nicht gehört, daß sie hereingekommen war. Sein Gesichtsausdruck kam ihr unangemessen entspannt vor.

Was hatte das zu bedeuten? War er auf der Couch eingeschlafen? Wenn er das bei diesem Lärm geschafft hatte, mußte er wirklich fast taub sein. Die Musik und die unzumutbaren Stimmen kamen aus dem Radio. Mit einem heftigen Griff würgte Herta sie ab.

Novak schrak auf. Im wahrsten Sinne des Wortes. Lang ausgestreckt war er gelegen, im nächsten Moment saß er aufrecht. Versuchte möglichst gerade zu sitzen, obwohl das auf der durchgesessenen Couch nicht leicht war. Spürte bis in die Haarwurzeln, daß ihm das Blut in den Kopf schoß.

Da saß er auf der Couch, da stand Herta mit in die Hüften gestemmten Armen. Über ihm. Und was sollte er jetzt sagen – sie sah aus, als erwarte sie eine Erklärung. Aber wieso eigentlich? War er ihr die wirklich schuldig? Er saß vor ihr und unterdrückte eine aus der Gegend, in der er jahrelang seinen Gallenstein getragen hatte, heiß aufsteigende Empörung.

Was sollte denn diese Haltung, in der sie da stand? Und wie kam sie dazu, ihm derart brutal das Radio abzudrehen? Wieso war sie überhaupt schon aus dem Geschäft zurück? Und das ausgerechnet um die Stunde, zu der er das Opernkonzert hörte?

Stimmt, er konnte sich vorstellen, daß sie das überraschte. Er wußte ja auch erst seit kurzem, daß es das gab. Jeden Dienstag und Donnerstag zwischen 3 und 4. Aber seit er es zufällig entdeckt hatte, hörte er es regelmäßig.

Oder war das doch kein Zufall gewesen? Er hatte etwas gesucht. Er hatte bloß nicht gewußt, was. Möglicherweise hatte er es sich nur nicht eingestanden. Er hatte am Radio herumgedreht und einen anderen Sender gesucht.

Einen anderen Sender als die üblichen. Die Sender, die zu hören ihm seit Jahr und Tag selbstverständlich vorkam. Den Sender mit den witzigen Kommentatoren oder den Sender mit den guten, alten Hits. Ihm war auf einmal nach einer anderen Frequenz gewesen.

Und dann war er fündig geworden. Wirklich, das gab es. Obwohl die Frequenz nicht leicht zu halten war. Der Apparat war ganz einfach etwas anderes gewohnt. Aber da mußte er sich nun eben umstellen.

Nein, es war keineswegs so, daß Novak auf Anhieb alles gefiel, was er da hörte. Die betuliche Moderation etwa fand er verzichtbar. Doch manches gefiel ihm sehr wohl – eine gewisse Empfänglichkeit war ja schon vorhanden. Besonders gefiel ihm, was er wiedererkannte.

Natürlich, das hatte er im Spital gehört! Mit Manuelas Kopfhörern an den Ohren! Manches klang auch nur so ähnlich – auf das eine oder andere Vorspiel, das ihm bekannt vorkam, folgten dann, sobald die Stimmen einsetzten, Arien oder Duette, die ihn im ersten Moment enttäuschten, weil sie sich anders entwickelten, als er erwartet hatte. Aber wenn er dann länger hinhörte, geschah es manchmal und immer häufiger, daß er auch an Nummern, die ihm vorerst noch neu waren, Gefallen fand.

So wurde ihm die Nachmittagsstunde, in der jeweils am Dienstag und Donnerstag das Opernkonzert ausgestrahlt wurde, zum fixen Termin. Er freute sich darauf. Er erwartete sie mit von Mal zu Mal wachsender Ungeduld. Meist schaltete er das Radio schon fünf Minuten früher ein. Da gab es Nachrichten, und das waren selten gute Nachrichten, aber die gute Nachricht, die es für ihn immer gab, war die Ankündigung der folgenden Sendung.

Die ersten beiden Male, als er das Opernkonzert gehört hatte, war er im Schaukelstuhl gesessen. Mit dem dritten Mal aber war er dazu übergegangen, sich auf die Couch zu legen. Meist schaute er dann den Plafond an, eine große Projektionsfläche. Wenn er sich aber durch eine Nummer besonders angesprochen fühlte und den Assoziationen, den Bildfolgen, die sie in seinem Kopf auslöste, wirklich freien Lauf lassen wollte, schloß er die Augen.

Und nun war plötzlich Herta hereingeplatzt. Der Film riß ab. Der Ton war auf einmal weg. Die Stimmen, die Novak gehört hatte, Stimmen, die er inzwischen tatsächlich als schön empfand (nebenbei bemerkt handelte es sich um Maria Callas und Giuseppe di Stefano in einer historischen Aufnahme aus dem Jahre 1961), klangen nur noch ein paar Sekunden in seinem Kopf nach. Doch dann war nur mehr Hertas Stimme präsent.

Mitten hinein geplatzt war sie in dieses Duett! Nein, es war nicht das aus der *Traviata*, aber es klang sehr ähnlich. Töne, die etwas tief innen in Novak berührten. Ein Organ, das er manchmal zu spüren glaubte, seit man ihn operiert hatte, seit er aus der Narkose aufgewacht war oder seit einer der bald darauf folgenden Nächte – vielleicht gab es dieses Organ gar nicht mehr, vielleicht war es bei normalen Menschen zumindest verkümmert, vielleicht hatten es nur frühere Menschen gehabt, aber er spürte es nun, es tat wohl und weh, vielleicht handelte es sich um einen durch den Krankenhausaufenthalt aktivierten Phantomschmerz.

Und Duette wie dieses lösten ihn aus. Eine weibliche Stimme und eine männliche, durch eine gewisse, anfangs fast noch scherzhaft artikulierte Sehnsucht einander zugeordnet. Und dann, auf einmal, einander erschütternd nah. Zuvor hatte der Moderator gesagt, aus welcher Oper dieses Duett war, Novak wollte sich das gleich nachher aufschreiben, aber in der durch Hertas unerwartetes Erscheinen verursachten Aufregung fiel es ihm nicht mehr ein.

Doch das war ja im Augenblick gar nicht gefragt. Herta wollte das überhaupt nicht wissen. Die Fragen, die sie stellte, waren grundsätzlicherer Natur: Was denn in ihn gefahren sei? Und seit wann er so etwas höre?

Dabei entgleiste ihre Stimme ein wenig. Sie merkte das selbst und nahm sich etwas zurück.

Was ist denn los mit dir? fragte sie. Kannst du mir das *bitte* erklären?

Konnte er nicht. Oder wollte er nicht. Er stand auf und ging aus dem Zimmer.

Das war doch wirklich …! Herta fand im ersten Moment gar keine Worte dafür, was das war! Sie ließ ihr Geschäft im Stich, setzte treue Kundinnen der Zumutung aus, ihr armes Haar ohne Aufsicht und Zuspruch der Chefin von zugereisten Hilfskräften behandeln und womöglich verschandeln zu lassen, weil sie sich Sorgen um ihren Mann machte, und dann das! Nicht nur, daß er am hellichten Tag auf der Couch lag und diese abwegige Musik hörte, kehrte er ihr dann ohne ein Wort der Erklärung den Rücken! Ihr erster Reflex war, ihm auf dem Fuß zu folgen, in die Küche, ins Schlafzimmer oder wohin immer er vor ihr auszuweichen versuchte, die Stimme, ihrer Empörung entsprechend, noch lauter zu erheben und ihm unverblümt ihre Meinung zu sagen.

Aber sie hielt sich zurück. Ganz gegen ihre Neigung besann sie sich. Sie sah ein, daß ihre Empörung in diesem Moment nicht viel ausrichten würde. Was sie betraf, würde sie Dampf ablassen, das schon. Was jedoch ihn betraf, so würde sie damit nicht das erreichen, was in dieser Situation nottat.

Denn so viel war klar – damit, daß ihr Mann nun anscheinend doch kein Fall für den Hals-Nasen-Ohren-Arzt war, wurde nichts einfacher. Und weil sein Verhalten sie nun in Rage versetzt hatte, war es nicht weniger besorgniserregend. Eher – das war zu befürchten – im Gegenteil. Sosehr sie sich über ihn ärgerte, Herta hatte das Gefühl, daß es keinen Sinn hatte, Franz in die Enge zu treiben.

Durchs Fenster sah sie, daß er inzwischen in den Garten hinausgegangen war. Da stand er, nach wie vor von ihr abgewandt, und ließ die Schultern hängen. Ein paar Fäden seines dünn gewordenen Haars bewegten sich gleichzeitig lächerlich und traurig im Wind. Wie sie ihn so sah, tat er ihr fast schon wieder ein bißchen leid.

Dem Mann mußte zweifellos geholfen werden. Und von wem denn bitte, wenn nicht von ihr? Sie war seine Frau!

Doch deswegen durfte sie sich trotzdem nicht zu sehr von Emotionen mitreißen lassen. Wenn sie ihm helfen wollte, mußte sie vor allem klug sein.

Seid klug wie die Schlangen, irgendwo hatte sie das gelesen. *Und sanft wie die Tauben* – na ja, das war eher nicht ihr Talent. Aber klug, taktisch klug zu sein, das traute sie sich zu. Wenn es wirklich um was ging – und hier ging es womöglich um viel.

Was ist denn in dich gefahren? hatte sie ihren Mann zuvor gefragt. Man sagt das halt so. Es ist eine Redewendung. Aber vielleicht hatte sie damit instinktiv ins Schwarze getroffen. Irgendwas Fremdes hatte von ihm Besitz ergriffen.

Sie mußte einfach herauskriegen, was das war. Das heißt, sie mußte ihn zum Reden bringen. Aber nicht, indem sie frontal gegen die Mauer seines Schweigens anrannte. Sie mußte ihm Zeit lassen. Früher oder später würde er kommen und seinen Kopf in ihren Schoß legen.

So sah das Herta. Novak sah es nicht ganz so. Und trotzdem hielt er sein Schweigen nicht länger aus als drei Tage. Zwar war er nach wie vor der Ansicht, daß er ihr keine Erklärung schuldig sei. Aber es mußte doch möglich sein, der Frau, mit der man seit drei Jahrzehnten zusammenlebte, eine Veränderung, die mit einem vorgegangen war, halbwegs vernünftig zu erklären.

Am Abend des dritten Tages war es so weit. Zwar legte er keineswegs den Kopf in Hertas Schoß, sondern versuchte sich möglichst aufrecht zu halten. Es war in der Küche, sie hatten das Abendessen schweigend zu sich genommen, er legte Messer und Gabel parallel auf den Tisch und straffte seinen Oberkörper. Er räusperte sich. Er stand auf. Er begann zwischen Tisch und Herd hin und her zu gehen.

Es sei einfach so, sagte er, daß er im Krankenhaus damit begonnen habe, Opernmusik zu hören. Und daß er nun das

Bedürfnis habe, das fortzusetzen. Sie kenne ihn doch. Er mache nicht gern halbe Sachen. Wenn er einmal etwas angefangen habe, dann lasse er es ungern einfach stehen und liegen.

Im übrigen finde er wirklich Gefallen an manchen Nummern. Man muß sich daran gewöhnen, sagte er, aber nach einer Weile kann man dieser Art von Musik etwas abgewinnen. Vielleicht, sagte er, solltest du es auch einmal versuchen.

Um Gottes willen! dachte Herta. Das hätte gerade noch gefehlt!

Sie versuchte trotz dieser Zumutung, ruhig zu bleiben. Er hatte zu reden begonnen. Das war schon etwas. Aber da mußte ja noch einiges kommen. Sie durfte jetzt nur nicht den Fehler machen, ihn zu bremsen.

Denn das konnte ja doch nicht alles sein. Daß er im Krankenhaus damit angefangen hatte, Opernmusik zu hören, einfach so. Wer hatte ihm denn diesen Floh ins Ohr gesetzt? Genau! Das war es! Kaum hatte sie das gedacht, wurde ihr bewußt, wie sehr auch diese Redewendung auf die richtige Spur führte.

Da mußte doch irgend jemand dahinterstecken! Der Oberarzt? Nein! Der hätte das ihr gegenüber nicht unerwähnt gelassen. Gesetzt den Fall, er wäre wirklich auf so eine fragwürdige Idee gekommen. Er hätte doch ihr gegenüber eine Andeutung gemacht.

Wer also? Natürlich hatte Herta schon einen gewissen Verdacht. Aber es dauerte eine Weile, bis er sich bestätigte. Eher nebenbei nannte Franz einen Namen. Schwester Manuela, sagte er. Das war zweifellos ein Fehler.

Auch wenn er versuchte, die Wirkung, die Manuela auf ihn gehabt hatte, möglichst zu untertreiben. Sie habe ihm halt die Kopfhörer und die Tonbänder geliehen. Sicherlich sei das nett von ihr gewesen, und ja, gewiß, sie war eine liebe, das heißt, sie war eine freundliche und entgegenkommende Person. Na klar, dachte Herta. Diese Hex mit dem Muttermal!

Aber das dachte sie nur, sie sagte es nicht. An diesem Abend nahm sie es einfach zur Kenntnis. Schon wahr, ihre Instinkte fühlte sie bestätigt, sowohl den sogenannten weiblichen als auch den inländischen, der ihr nicht nur Vorbehalte, sondern unverhohlenes Mißtrauen gegen alles Ausländische, Fremde nahelegte. Doch fürs erste ließ sie sich nicht dazu hinreißen, ihrem Mann damit zu kommen und ihn zu voraussehbaren Abwehrreaktionen zu provozieren.

Was Novak betraf, so fühlte er sich vorerst befreit. Er hatte es ihr gesagt, das war gut, jetzt brauchte er kein Geheimnis mehr daraus zu machen. Er hörte Opernmusik, das war seine Sache. Daß sie nichts dafür übrig hatte, war ihre Sache, aber schließlich hatte sie auch mit den Briefmarken, die er gesammelt hatte, nicht viel anfangen können, und daß er jeden Donnerstag ins Gasthaus *Zum Geiger* Schach spielen gegangen war, hatte sie ebenfalls akzeptiert, obwohl ihr dieses Spiel, zu dem er sie, manchmal daheim ein Schachbrett aufklappend, anfangs auch hatte anregen wollen, stinklangweilig vorkam, da war nichts zu machen, sie seufzte schon nach wenigen Zügen, so war das nun einmal.

Die Geschmäcker seien eben verschieden. Zwar schüttelte sie darüber den Kopf, daß er plötzlich an etwas Geschmack fand, das ihn bisher nicht im geringsten interessiert hatte, und auch er konnte oder wollte es nicht zureichend erklären, aber es war doch sein gutes Recht … Nicht zuletzt, um das klarzustellen, stieg Novak an einem der nächsten Tage in den Bus und fuhr zum Diskont-Laden in der etwas größeren Nachbargemeinde – das kleine Elektrowaren-, Radio- und Fernseher-Geschäft im Ort, in dem er früher (manchmal) Schallplatten und später (seltener) CDs gekauft hatte, war inzwischen eingegangen. In diesem Diskont-Laden gab es, weit hinter den Abteilungen für Pop-, Schlager- und Musical-Hits, eine Ecke mit sogenannter ernster Musik und Opern.

Die Auswahl war nicht sehr groß, dennoch brauchte Novak eine geraume Weile, um sich zu entscheiden. Er wollte nichts falsch machen, er wollte sich keine Blöße geben. Die Gefahr war allerdings gering, kein Mensch kümmerte sich um ihn. Er war am toten Ende des Ladens, in diese Sackgasse verirrte sich sonst kaum jemand.

Dementsprechend vergilbt waren die Covers der dort angebotenen CDs. Das Angebot bestand im wesentlichen aus Aufnahmen mit Maria Callas und den *Drei Tenören*. Stimmt, die Geschichte, die hier erzählt wird, liegt schon ein paar Jahre zurück. Anna Netrebko war noch nicht im Bewußtsein der Diskont-Kunden angekommen.

Die Callas also. Diese Entscheidung lag nahe. *Die drei Tenöre*, so wie sie auf den Covers aussahen, waren Novak eher unsympathisch. Ihr Gestus – eine Parallelbewegung der drei rechten Arme, mit der sie zu ihrer Show einluden – erinnerte ihn an Artisten im Zirkus. Und Zirkus hatte er eigentlich nie leiden können.

Also die Callas. Aber *was* von ihr? *Die schönsten Arien*, *The Best* oder *The Very Best*? Novak studierte die Titel der auf den Rückseiten aufgelisteten Nummern. Doch abgesehen davon, daß sie sehr klein gedruckt waren und daß er es, auch nachdem er die Brille aufgesetzt hatte, kaum schaffte, sie zu lesen, konnte er mit den wenigsten von ihnen etwas anfangen – so viele Arien aus so vielen Opern, es war verwirrend.

Schließlich entschied er sich für *The Very Best*. Wenn schon, denn schon. Auch wenn es um zwei Euro mehr kostete als *The Best*. Diese Auswahl hörte er an den drei nächsten Nachmittagen. Und sie ging ihm unter die Haut, auch wenn er die digital aufpolierte Stimme der Diva etwas schrill fand.

Disc 1 begann gleich mit *Vissi d'Arte*, der berühmten Arie aus *Tosca*. Zwar begriff er nicht wirklich, worum es ging (zum Unterschied von den Radiosendungen, die er letzthin gehört hatte, gab es auf der CD keinen Moderator, der dies und das erklärte), aber es ergriff ihn. Und die Ergriffenheit hielt an, auch wenn sich die Callas von Nummer zu Nummer verwandelte. Von der Schauspielerin Tosca in die Geisha Madame Butterfly; von der in einen Revolutionär verliebten Adelstochter Maddalena in die Somnambule Amina und so fort, bis sie in der ultimativen Arie auf Disc 2 als Otellos Gattin Desdemona ihr *Ave Maria* sang.

Das dauerte insgesamt 170 Minuten. Also nicht viel weniger als drei Stunden. 89 Minuten die erste CD und 81 die zweite. Doch Novak hörte sie wacker in einem Durchgang.

Und das, wie gesagt, an drei Tagen hintereinander. Mittwoch (das war der Tag, an dem er sie gekauft hatte), Donnerstag und Freitag. Jeweils von etwa halb drei bis etwa halb sechs. Da hatte er dann am Ende so mancher Nummer bereits den Anfang der nächsten im Ohr.

Um halb sechs oder sogar etwas davor war die Séance beendet. Dann verstaute er die zwei CDs wieder in ihrer Hülle. Allerdings ließ er dieses Corpus delicti dann demonstrativ auf dem Couchtisch liegen. Herta sollte das gefälligst zur Kenntnis nehmen.

Und sie *nahm* es zur Kenntnis. Schon gut, solang er sie nicht damit belästigte, sollte er hören, was er wollte. Obwohl er ihr nicht einreden konnte, daß ihm so etwas gefiel. Sie war ja nicht blöd! Das konnte er *ihr* nicht erzählen! Daß er so etwas hörte, weil ihm auf einmal die Ohren dafür aufgegangen waren!

Sie tat so, als ob sie die Doppel-CD nicht wahrnähme. Aber tatsächlich hatte sie bereits am Mittwochabend Gelegenheit gefunden, sich kurz darüber zu informieren, worum es sich handelte. Kurz vor dem Schlafengehen, während ihr irregeleiteter Franz noch im Badezimmer pritschelte. Da war sie, bereits im Nachthemd, noch einmal ins Wohnzimmer gehuscht, in dem die auf Standby geschaltete Stereoanlage leise surrte.

Die Callas. Ach ja. Die war sogar ihr ein Begriff. Über die hatte sie doch einiges in ihren Illustrierten gelesen. Das war zwar schon ein paar Jahre her, es mußte ungefähr zu der Zeit gewesen sein, als ihre alte Chefin in Pension gegangen war und sie den Frisiersalon übernommen hatte. Da war in den Zeitungen gestanden, daß der berühmten Diva, damals auch nicht mehr die Jüngste, ihre Stimme abhanden zu kommen drohte.

Recht geschah ihr! Warum hatte sie auch so hoch singen müssen? Das kommt davon! Hochmut kommt vor dem Fall. Diese Millionärsschlampe! Diese perverse Person, die sich einen Bandwurm hatte einpflanzen lassen, um abzunehmen … Und Onassis, wegen dem sie sich von ihrem Gatten, diesem Meningitis oder wie er hieß, hatte scheiden lassen, ließ sie dann auch sitzen.

So etwas hörte ihr Mann also neuerdings. Er, der früher allenfalls Tina Turner gehört hatte. Die ihr, Herta, zwar auch nicht wirklich gefiel – sie war mehr fürs Heimische, am ehesten fühlte sie sich von Pop mit Texten im vertrauenerweckenden Dialekt angesprochen. Doch irgendwie blieben die Turner oder Joe Cocker, von dem er auch ein paar Platten und später CDs angeschafft hatte, noch einigermaßen im Bereich dessen, was Leuten wie ihr und dem Mann, den sie vor dreißig Jahren geheiratet hatte, gemäß war, während die Callas für Herta etwas geradezu Widernatürliches hatte, etwas – wie hieß das? – ja, etwas Abartiges.

Auf was für Irrwege war ihr Mann da geraten! Und mit welchen Mitteln hatte die Person, die zweifellos dahintersteckte, das bewirkt? Ihn zu fragen hatte keinen Sinn, so viel war klar, daß er diesbezüglich nicht die volle Wahrheit sagen würde. Doch mit einer wie Herta konnte man das nicht machen, eine wie sie durfte man nicht unterschätzen, sie würde seine Verwandlung nicht widerstandslos hinnehmen.

Vorläufig hielt sie sich zurück, ja, sie lag still neben ihm im Bett. Auch er schlief noch nicht, obwohl er mit geschlossenen Augen lag, sie merkte das an seiner Atmung. Sie konnte er nicht täuschen, sie kannte ihn zu gut, er war ein schlechter Schauspieler. Er lag neben ihr und dachte an wer weiß was, wahrscheinlich an diese indonesische Muschipuppe mit ihrem Entenarsch.

Sie hielt noch still, sie hielt sich bedeckt, das ohnehin. Aber warte nur, dachte sie, noch ist nicht aller Tage Abend! Du wirst schon noch schauen, wenn ich dir die Augen öffne! Natürlich würde sie nicht so passiv bleiben, sie wußte schon ganz gut, was sie demnächst tun würde.

Nämlich am Montag. Das war der freie Tag der Friseure. Da blieb auch Hertas Frisiersalon geschlossen. Am Montag unternahm sie meist etwas, wozu sie während der Woche nicht kam. Die Ankündigung, daß sie diesmal eine Freundin in Flein besuchen wollte, einer etwa anderthalb Busstunden von Grabern entfernten Provinzstadt, schien Novak also keineswegs ungewöhnlich, es sollte ihm recht sein.

Es war ihm sogar sehr recht. Sie hatten das Wochenende in einem eigenartigen Frieden miteinander verbracht. Auf einem Weg, den der Bürgermeister erst vor kurzem seinem Gemeindevolk übergeben hatte, stolz darauf, daß die bei Schlechtwetter manchmal etwas morastige Strecke am Bach entlang nun ordentlich betoniert war, waren sie am Samstag in der einen und am Sonntag in der anderen Richtung spaziert. Auch im Garten gesessen waren sie, denn die Temperaturen waren nun, Ende Mai, schon recht angenehm. Und Canasta gespielt hatten sie, wobei Herta natürlich gewonnen hatte, aber dafür war sie nachher bei der Auswahl des abendlichen Fernsehprogramms ungewöhnlich nachgiebig gewesen.

Gut, wenn er glaube, daß sie die im Zweiten angekündigte Folge von *Kommissar Rex* schon mindestens drei Mal gesehen hätten, könnten sie auch das Melodram im Ersten anschauen. Papiertaschentücher zum Weinen würde sie bereitlegen. Das war vielleicht ein kleiner Sarkasmus gewesen, den Novak jedoch nicht näher an sich heran ließ. Er weinte übrigens keineswegs, denn der Film, dessen Titel er gleich wieder vergessen hatte, war unfreiwillig komisch.

Am Sonntag sahen sie dann eine Folge der Sendung *Tatort*. Zwar hatten sie, wie sich bald herausstellte, auch die schon gesehen, aber Novak wußte trotzdem nicht, wer der Mörder war. Warum letzten Endes der Mord geschah, war ihm auch diesmal nicht klar. Zwar war er zwischendurch nur kurz eingenickt, aber vielleicht war das gerade während der Passage gewesen, in der alles motiviert wurde.

AM MONTAG brach Herta jedenfalls zeitig auf. Als Novak erwachte, war sie schon angezogen. Für ein gemeinsames Frühstück hatte sie keine Zeit. Sie müsse den Bus erreichen, sie wünsche ihm einen schönen Tag.

Sie wirkte eigenartig entschlossen, später fiel ihm zu dem Eindruck, den sie, schon halb bei der Tür draußen, auf ihn machte, das Wort *dynamisch* ein. Doch in diesem ungewöhnlich frühen Moment – die Zeiger des Weckers auf seinem Nachtkästchen standen auf zehn nach sechs – mußte er sich erst besinnen. Ach ja, sie wollte doch ihre Freundin besuchen! Er hatte keine Ahnung, wann der Bus nach Flein fuhr, es interessierte ihn auch nicht weiter.

Er versuchte noch ein wenig zu schlafen. Aber die Amseln im Garten sangen sehr laut. Durchs Fenster fielen Sonnenstrahlen auf die von Herta verlassene Bettseite. Vielleicht war es angebracht, den Tag, der sich so früh und frisch anbot, entsprechend zu nutzen.

Er stand also auf, duschte, fühlte sich jünger und gesünder als letzthin. Die Narbe war nun nicht mehr so rot wie noch vor einigen Wochen, sie nahm nach und nach die Farbe der sie umgebenden Haut an. Während er mit einem Handtuch seinen Rücken frottierte, sah er seine Vorderseite im Spiegel. Für einen Mann von fünfundfünfzig Jahren und etwas mehr als drei Monaten, fand er, sah er eigentlich noch ganz gut aus.

In der Küche hatte Herta offenbar rasch eine Tasse Kaffee getrunken und ein oder zwei Stück Knäckebrot gegessen. Novak im Bademantel wischte die Brösel vom Tisch und schenkte sich aus der Kanne nach, die noch warm war. Im Kühlschrank fand er ein Stück Dauerwurst und schnitt sich einige Scheibchen davon ab. Er frühstückte mit Appetit. Und er verspürte eine gewisse Unternehmungslust.

Was sprach dagegen, daß er wieder einmal einen richtigen Ausflug machte? Früher hatten sie das öfter getan. Herta und er. Es gab ja nicht nur die kleinen Spaziergänge in der Umgebung. Das Wald- und Hügelgebiet im weiteren Umkreis war recht weitläufig, und es gab gut markierte Wanderwege.

Stimmt, Herta war nicht mehr recht für so etwas zu begeistern. Durch das viele Stehen im Friseurgeschäft seien ihre Füße ohnehin recht strapaziert. Und letzthin hatte natürlich auch er gut daran getan, sich zu schonen. Aber diese Phase war nun vorbei. Er würde zur Aussichtswarte wandern.

Gesagt, getan – eine Viertelstunde später war er schon unterwegs. Der Morgen war noch kühl, aber der Himmel über der Landschaft war strahlend blau. Er hatte eine Regenjacke in den Rucksack gepackt, doch die würde er an so einem Tag kaum brauchen. Auch den alten Feldstecher hatte er umgehängt, ein gediegenes Stück, das er einmal gekauft hatte, als Bernd noch ein Bub von sieben oder acht gewesen war und er, ein guter Vater, versucht hatte, dem damals von Herta etwas überfütterten Sohn das Wandern schmackhaft zu machen.

Das war tatsächlich gelungen. Im Wald waren sie auf Jägerstände geklettert und hatten ab und zu ein Reh erspäht. Manchmal hatten sie nur einen Hasen, ein Eichhörnchen oder gar nichts gesehen, aber schon das Ausschauhalten an sich fand der Junior spannend. Dafür war er bereit, weit zu gehen, denn je tiefer im Wald, je entfernter von den Hauptstraßen sie waren, desto größer war die Chance, etwas Interessantes zu Gesicht zu bekommen. Etwa das Wildschwein, das Novak monatelang versprach, bis sie schließlich, als er schon selbst nicht mehr daran glaubte, wirklich eines sahen, und dann gleich mehrere, eine Bache mit ihren Frischlingen.

Novak erinnerte sich gern daran, das war einer seiner wenigen erzieherischen Erfolge gewesen. Daß der Bub allerdings später, im Alter von vierzehn, mit einer Luftdruckpistole, die er weiß der Teufel wie und wo erworben hatte, in Wald und Feld auf der Lauer lag, um auf Vögel zu schießen, hatte ihm weit weniger gefallen. Er hatte es ihm, von Spaziergängern darauf aufmerksam gemacht, verboten, im Zuge einer Auseinandersetzung, während der nicht nur er, sondern auch der Bengel sehr laut geworden war, hatte er ihm die Pistole weggenommen. Wie Bernd protestiert hatte! Diese Waffe sei sein Eigentum. Sein Vater, das Arschloch, habe nicht das Recht …

Dieser gehässig aufgerissene Mund! Das war eine böse Erinnerung, Novak wollte ihr nicht weiter folgen. Lieber an etwas anderes denken, oder an gar nichts denken. Einfach den Weg wahrnehmen, den er ging.

Die Bäume, meist Buchen, aber dazwischen auch Fichten und stellenweise Lärchen, die roten und gelben Markierungen an den Stämmen … Die blühenden Büsche, die summenden Käfer und Bienen … Eine Lichtung, auf der geschlägert worden war, der Duft nach frischem Holz und Harz … Kaulquappen in einem schmalen Rinnsal zwischen von Reifenprofilen gezogenen Furchen, sogar ein Feuersalamander.

Ein Kuckuck rief. Wie oft? Novak begann zu zählen … Der Aberglaube, daß die Anzahl der Kuckucksrufe, die man hört, die Anzahl der Jahre verrät, die man noch hat … Sieben. Das war nicht viel. Allerdings begann gleich darauf ein zweiter Kuckuck zu rufen. Oder war es derselbe, der ein Stück weiter geflogen war und nun auf einem anderen Baum saß?

Galt das? Durfte man dann einfach weiterzählen? Novak hatte lang nicht an den Tod gedacht. Der Tod, das war etwas, auf das man sich erst nach und nach einstellen mußte, wenn man in Pension war. Diese Lebensphase war ihm bis vor kurzem noch fern erschienen.

Und jetzt? Jetzt war sie da. Um einiges früher als erwartet. Was, wenn es bei ihm mit dem Tod auch so kam? Lief man erst einmal die ersten Schritte in der letzten Runde, so ging womöglich alles schneller als gedacht. Blödsinn! So durfte man nicht denken. Wieso dachte er überhaupt an so etwas?

Mit diesen Gedanken hatte es im Spital begonnen. Und das war ja gewiß nicht außergewöhnlich. Im Spital kommen wahrscheinlich vielen Leuten solche Gedanken. Noch dazu, wenn man ihnen sagt, daß sie relativ knapp am Tod vorbeigeschrammt sind.

Und zwar wegen eines simplen Gallensteins – absurd war das schon! Aber so war das bei ihm nun einmal gewesen. Vielleicht hingen diese Gedanken auch mit der Narkose zusammen. Danach hatte er nicht mehr ganz aufhören können, an den Tod zu denken.

Vielleicht, ja wahrscheinlich, hatte die Musik diese Tendenz verstärkt. In den Opernszenen, denen er, durch Manuelas Kopfhörer von Kratkys vitalen Geräuschen abgeschirmt, zu folgen versucht hatte, war ja viel Tod vorgekommen. Das hatte er mitgekriegt, obwohl er wenig verstanden hatte. Das spürt man einfach. In diesen Szenen wurde viel gestorben.

In diesen Szenen wurde allerdings auch viel geliebt. Der Tod und die Liebe. Wieso denkt man das traditionellerweise so nah beieinander? Und wieso dachte er, Novak, das jetzt so nah beieinander? Bis vor kurzem war er ein nüchterner Mensch gewesen, da wäre ihm so etwas nicht eingefallen.

Die Liebe in dieser romantischen Form überhaupt nicht. Das war etwas, worüber man lächelte, weil es im realen Leben nicht vorkam. Mein Gott, natürlich, er hatte Herta gern. Aber Liebe? Hatte dieses Wort nicht auf jeden Fall etwas Übertriebenes?

In Hertas und seinem Fall schien es ihm jedenfalls so. Und war dieser Fall nicht eigentlich der Normalfall? *Ich liebe dich.* Hatte er das je zu ihr gesagt? Falls er es im Ernst zu ihr gesagt hatte, hatte es sicherlich ziemlich komisch geklungen.

Außerdem sagt man so etwas leichter, wenn man noch jünger ist. Das heißt, wenn der Mensch, zu dem man es sagt, noch jünger ist. Jünger und schöner. Ja, ja, stimmt schon, alles ist relativ. Aber irgendwie schöner und – ja, doch – begehrenswerter war Herta damals doch gewesen.

Was man halt Schönheit nennt, das kann man mit einer Hand zudecken. So hatte Novaks Vater geredet, ein Mann vom alten Schlag. Das war keine Zweideutigkeit, das war eine Eindeutigkeit. Novak stammte aus einem Milieu, in dem man die Dinge beim Namen nannte.

Und doch, er empfand eine Sehnsucht, die über das hinausging, was er von dorther mitbekommen hatte. Die Sehnsüchte, die man dort empfunden hatte, waren eher politisch gewesen. Wenn von der letztendlichen Befreiung der Arbeiterklasse die Rede war oder, noch schlimmer, gesungen wurde, da hatte auch Novaks Vater sich verdächtig oft schneuzen müssen. Aber solche Sehnsüchte waren zynisch enttäuscht worden, im Alter war Novaks Vater auch für so etwas nicht mehr zugänglich, als wäre eine Hornhaut über seine auch an ihrer einzigen empfänglichen Stelle taub gewordene Seele gewachsen.

Im Vergleich mit seinem Vater war Novak zweifellos ein Weichei. Das war zwar ein Ausdruck, den er nicht leiden konnte, ein Wort aus der neuen, aufgenordeten Sprache, die sein Sohn ins Haus gebracht hatte, aber jetzt kam er ihm selbst in den Sinn. Einem, dem schon früher so manches zu sehr zu Herzen gegangen war, auch wenn er sich möglichst wenig hatte anmerken lassen, die Enden mancher Filme zum Beispiel, in denen lang Getrennte wieder zusammenkamen oder die Gerechtigkeit siegte. Und jetzt, seit dem fatalen Spitalsaufenthalt, war es diese Musik, die so eine Sehnsucht in ihm auslöste.

Diese Musik, die ihm eigentlich total fremd gewesen war. Und doch hatte sie, nachdem er sich einigermaßen an sie gewöhnt hatte, etwas tief in seinem Innersten angesprochen. Ein sehr altes Fernweh und ein sehr altes Heimweh. Und das war ja vielleicht ein Widerspruch, aber vielleicht auch nicht.

Der Weg stieg nun nach und nach an. Aber Novak fühlte sich gut in Form. Er kam kaum außer Atem. Trotzdem blieb er ab und zu stehen. Aber nicht so sehr, um durchzuatmen, sondern um zu lauschen. Und richtig – da begann der Kuckuck wieder zu rufen.

Knappe zwei Stunden nach seinem Aufbruch erreichte Novak die Warte. Sie stand auf der Kuppe des höchsten Hügels im Umkreis. Rundherum hatte man den Wald gerodet, unten, am Sockel des Gebäudes, hatte man eine Gedenktafel aus falschem Marmor für den Landespolitiker angebracht, nach dem sie benannt war. Oben, als Novak auf das Aussichtsplateau trat, aufatmend, denn die Luft im zylinderförmigen Treppenhaus war stickig, wurde er von einem ebenfalls in Kunstmarmor gemeißelten Zitat eines toten Dichters empfangen, schaut rings umher, wohin der Blick sich wendet und so fort, eine Passage aus einem Stück, mit dem auch er und seine Schulkollegen in der Realschule, in die ihre Eltern sie gesteckt hatten, damit etwas Besseres aus ihnen werde, gelangweilt worden waren.

Sonst hatte man sie ja weniger mit Literatur belästigt, der Lehrplan dieser Schule war, wie schon ihr Name sagte, auf die sogenannte Realität hin entworfen, und damit hatte die Literatur der damals herrschenden Meinung nach viel weniger zu tun als etwa die Mathematik oder die Darstellende Geometrie. Doch diese Passage hatten sie auswendig lernen müssen, denn sie galt als patriotisch. Und da stand er nun, Novak, und schaute tatsächlich ringsumher. Und es war ja auch wirklich schön, dieses Land, an so einem schönen Tag, beinahe so blaustichig wie auf den Kitschkarten, die es letzthin auch auf der Post und nicht nur wie früher in den Trafiken zu kaufen gab, denn die neue Post sollte auch damit Profit machen …

Aber was interessierte ihn die Zukunft der Post? Für ihn war dieses Unternehmen, das ihn so schnöde behandelt hatte, Vergangenheit. Er lebte doch jetzt … Und im Augenblick hier … Im wahrsten Sinn des Wortes auf der Höhe … Und war es nicht sehr erfreulich, sich so zu spüren?

So gegenwärtig … Den Wind und die Sonne in den Haaren und im Gesicht … Die zurückgelegte Strecke mit den am Ende noch überwundenen 320 Treppenstufen in den Beinen ... Er ist noch gut beisammen, gerade auf den letzten Metern hat er das bemerkt ... Wahrscheinlich ist er besser beisammen als so mancher jüngere Mensch.

Na ja, denkt er, vielleicht nicht ganz so gut wie die beiden, die ihm auf halber Höhe entgegengekommen sind ... Ein Bursch und ein Mädel, beide im Radfahrerdreß ... Beim Vorbeidrängen im Treppenhaus waren sie ihm sehr nah ... Da hat er ihre Jugend gespürt und sie beneidet.

Ihre Mountainbikes hat er zuvor schon unten am Fuß des Turms gesehen ... Schon fein, diese Fahrräder, die man heute hat ... Er ist ja früher auch gerne Rad gefahren ... Aber gegen solche Modelle war das Tourenrad mit Fünfgangschaltung, auf das er damals recht stolz war, natürlich nichts.

Haben es ganz schön eilig gehabt, diese zwei ... Lachend sind sie an ihm vorbeigestürmt ... Diese Radfahreranzüge, denkt er, so glänzend, so glatt ... So anliegend, fast wie eine zweite Haut, so windschlüpfrig ...

Ach ja, und jetzt sind sie unten, und er ist oben. Und schaut ringsumher, wie man es von so einer Aussichtswarte eben tut. Und die Gegend ist wirklich blau, jedenfalls in der Ferne, in der sogar schneebedeckte Berge zu sehen sind. Und er ist nicht auf das Fernrohr angewiesen, das es da oben auch gibt, ein Gerät, durch das man schauen kann, wenn man eine Münze einwirft, aber nur für zwei oder drei Minuten, das braucht er nicht, denn er hat seinen Feldstecher dabei.

Und das ist gut, das gibt ihm doch etwas andere Möglichkeiten. Das Fernrohr läßt sich ja nicht im Radius schwenken, der Empfehlung des Minnesängers, dem der Dichter diese Worte in den Mund legt, könnte er gar nicht in vollem Umfang folgen. Ringsumher zu schauen, wohin der Blick sich wendet, um nicht nur die schneebedeckten

Gipfel zu sehen, sondern auch näher Gelegenes, Hügelkuppen, Mulden, in die Landschaft gestreute Gehöfte mit ziegelroten Dächern, sogar frei weidende Kühe. Und vor allem hinunterschauen könnte er nicht, in die unmittelbare Umgebung, in diesen Winkel lässt sich das Fernrohr nicht kippen, was man damit wahrscheinlich gerade noch in den Blick bekäme, wären die Baumwipfel.

Und es interessiert ihn doch, ob er die beiden, die es so eilig hatten, so heiter eilig, noch sieht … Sind ja flink auf ihren Rädern, diese Flitzer, manchmal auch ärgerlich, man kann ihnen kaum mehr rechtzeitig ausweichen … Aber die zwei haben doch etwas recht Sympathisches gehabt, etwas, ja, das war's, etwas irgendwie Anregendes … Er würde sie gern noch sehen, sein Feldstecherblick sucht den Waldrand ab, die bunten, glänzenden Dressen würden, so hofft er, sogar zwischen den Baumstämmen noch aufblitzen.

Und dann sieht er sie. Er muß allerdings zwei Mal hinschauen, um sie zu erkennen. Denn sie haben sich dieser zweiten Häute entledigt, sitzen auch nicht auf den Rädern wie erwartet, nein, die Bikes liegen neben ihnen im Gras. Und rasch sieht er weg, richtet den Feldstecher vorerst auf etwas anderes, einen Busch mit roten Beeren, eine vom Blitz gespaltene Föhre, einen Bussard oder Habicht, der seine Kreise zieht. Doch dann muß er doch wieder hinsehen und sogar scharf stellen, und da spürt er sein Herz in der Brust und das Blut in seinem Kopf und hat aufs neue die Melodie in den Ohren, in der von der Energie die Rede ist, die durchs Universum pulst, auch wenn das da unten, an dem er auf diese Weise ein bißchen teilhaben darf, vielleicht nicht Liebe ist, sondern nur Sex, aber was soll diese Unterscheidung und wer will das beurteilen.

Ich hab einen Ausflug gemacht, sagte er, als Herta am Abend nach Hause kam.

Ah ja, sagte sie, stell dir vor, ich hab auch einen Ausflug gemacht.

Mit deiner Freundin, sagte er.

Nein, sagte sie, allein. Gleich in der Früh an der Bushaltestelle habe sie ihren Plan geändert und beschlossen, ihre Freundin ein anderes Mal zu besuchen.

So, sagte er. Und wo warst du dann?

Stell dir vor, sagte sie, ich war in Rainfeld!

Novak sagte nichts. Er spürte eine gewisse Trockenheit im Mund.

Ja, sagte Herta. Die Umgebung von Rainfeld sei doch recht hübsch. Sie habe ihr schon damals gut gefallen, als er dort im Krankenhaus gelegen sei.

Es müßte doch schön sein, sich in dieser Gegend ein wenig umzusehen. Jedes Mal, wenn sie bei ihren Besuchen in Rainfeld durch das Autobusfenster hinaus in die Landschaft geschaut habe, habe sie das gedacht. Und damals im Februar war noch alles verschneit. Wie schön, habe sie also gestern früh spontan gedacht, müßte es dort erst recht jetzt, im Mai, sein.

Sie saßen am Küchentisch, Novak und Herta, die vor kurzem zur Tür hereingekommen war. Novak räusperte sich, aber die Trockenheit im Mund verging nicht. Rasch stand er auf und füllte sich ein Glas mit Leitungswasser. Ja, ja, sagte Herta, so ein Wandertag macht durstig – gib mir auch ein Glas.

Sie sei also ein wenig durch Feld und Wald gegangen. Aber natürlich sei sie auch beim Krankenhaus vorbeigekommen. Das habe sich, sagte sie, spontan so ergeben. Weil sie schon in der Nähe gewesen sei, und weil sie sich an den sympathischen Oberarzt erinnert habe.

Ich hab einfach noch einmal vorbeischauen wollen, sagte sie. Um mich dafür zu bedanken, was er für dich getan hat. Die Schwester an der Anmeldung wollte diese spontane

Anwandlung zwar nicht so ohne weiteres akzeptieren. Aber von der ließ sich eine zielstrebige Person wie Herta nicht lange aufhalten.

Ob sie einen Termin habe?

Nein, sie habe keinen Termin.

Daß der Herr Oberarzt jetzt beschäftigt sei. Gerade jetzt, sagte sie, sei nämlich Visite.

Ja, eben, sagte Herta, sie kenne den Hausbrauch.

Und schon war sie resolut Richtung Lift marschiert. Und noch bevor die Schwester, die anscheinend doch noch intervenieren wollte, aus ihrem Glaskäfig herauskam, hatte sie den Knopf gedrückt und entschwebte. Die Visite, daran erinnerte sie sich von ihren Besuchen im Februar, war jetzt wahrscheinlich gerade im zweiten Stock. Wenn sie Glück hatte, würde sie dem Trupp dort begegnen.

Und tatsächlich. So sei es dann auch gekommen. Gar nicht weit, sagte sie, von dem Zimmer, in dem du gelegen bist. Da sei ihr der Oberarzt sozusagen in die Arme gelaufen. Mit dem ganzen Schweif von Assistenten und Schwestern hinter sich.

Also zuerst einmal habe er sie eher irritiert angeschaut …

Ach ja, das konnte sich Novak ziemlich gut vorstellen. Der Oberarzt hatte sie wahrscheinlich nicht gleich erkannt. Oder er hatte sie lieber nicht gleich erkennen *wollen.*

Das jedoch wollte Herta natürlich nicht so sehen. Vielleicht sei die kleine Irritation daran gelegen, daß er seine Brille nicht aufgehabt habe.

Ich bin die Frau Novak, habe sie gesagt, Sie werden sich doch noch an mich erinnern! Sie haben meinen Mann operiert, Sie haben ihm wahrscheinlich sogar das Leben gerettet, Herr Professor!

Ach so, sagte er. Also hören Sie, erstens bin ich kein Professor. Und zweitens bin ich jetzt mitten in der Visite. Ihrem Mann geht es gut? Na, fein.

Ja, ja, sagte sie, aber …

Na, dann grüßen Sie ihn schön von mir. Und mit diesen Worten wollte er einfach an ihr vorbei.

Aber nicht mit ihr, nicht mit Herta – mit ihr konnte man nicht so umgehen! Sie konnte man nicht so *umgehen*, an ihr vorbei kam man nicht so ohne weiteres.

Ich muß Ihnen nämlich, sagte sie, noch etwas Wichtiges sagen. Etwas, fügte sie mit einem Unterton dunkler Bedeutung hinzu, das Sie interessieren sollte …

Er schüttelte den Kopf, er wollte sich ihr allen Ernstes entziehen.

Eine wichtige Information, sagte sie. Nämlich über gewisse Intimitäten …

Ich bitte Sie! sagte er. Doch nicht hier … Und nicht jetzt …

Und damit entwich er wirklich ins nächste Krankenzimmer.

Falls er allerdings geglaubt hatte, sie damit los zu sein, hatte er sich geirrt … Zwar war ihr klar, daß es keinen Sinn hatte zu warten, bis er wieder aus diesem Krankenzimmer herauskam … Abgeschirmt von seiner Entourage oder wie diese wichtigtuerische Bagage heißt … Aber sie wußte schon, wie und wo sie ihn noch erwischen würde.

An dieser Stelle unterbrach Herta ihre Erzählung. Die darin gipfeln sollte, daß und wie sie den Zweck ihres Besuchs doch noch erreicht hatte. Daß sie dem Oberarzt gesagt hatte, was zu sagen war. Alles was recht sei. Aber über gewisse Vorgänge sollte er Bescheid wissen.

Aber das kam erst. Diesen Höhepunkt konnte sie nun hinauszögern. Außerdem, sagte sie, sollte ich vielleicht doch etwas erwähnen, das dich auch oder besonders interessieren wird. Also, das war so. Ich bin ja schon wieder unterwegs zum Lift gewesen. Aber da ist mir noch deine Flamme über den Weg gelaufen.

Was heißt, meine Flamme? brauste Novak auf.

Na, wie soll ich sie denn sonst nennen? Den kleinen Trampel, der deine Johannestriebe entfacht hat?

Jetzt reichte es aber. Jetzt hatte Novak genug. Wieder erhob er sich vom Tisch, diesmal aber so abrupt und heftig, daß der Sessel hinter ihm fast umkippte.

Paß doch auf! sagte Herta.

Paß lieber du auf! sagte er.

Seine Stimme klang heiser. Er mußte noch etwas trinken. Aber diesmal kein Wasser. Nein, ihm war nach etwas anderem zumute. Er hatte seiner Frau den Rücken zugewandt und stand nun vor der Kredenz.

Wie Manuela erschrocken sei, nein, das wollte er nicht hören.

Sie nämlich habe Herta sofort erkannt ... Zum Unterschied vom Oberarzt ... Na ja, sie sei um einiges jünger ... Sie habe halt gute Augen. Und ein schlechtes Gewissen.

Erschrocken sei die, das sei ihr deutlich anzusehen gewesen ... Direkt blaß sei sie geworden, als sie Herta bemerkt habe ... Ja, ja, direkt blaß, trotz ihres dunklen Teints ... Die habe schon kapiert, daß mit der Frau des Mannes, den sie bezirzt habe, nicht gut Kirschen essen sei.

Da habe sie gleich etwas weniger süß ausgesehen. Seine asiatische Zuckerpuppe. Und übrigens, was ihre scheinbare Jugend betreffe ... So jung sei die auch nicht mehr, man lasse sich halt leicht täuschen von dieser Kleinwüchsigkeit, aber wenn man genauer hinschaue ...

Laß sie reden, denkt Novak, laß sie reden und hör nicht hin. In der Kredenz, vor der er nach wie vor steht, muß noch irgendwo eine Flasche Schnaps sein. Eine bauchige Flasche Marillenbrand. Ein Andenken aus sonnigen Zeiten, als sie noch zur Baumblüte in die Wachau gefahren sind.

Zwei, drei Jahre ist das schon her – oder mehr? Inzwischen hat er die Flasche beinahe vergessen. Jetzt aber ist sie ihm wieder eingefallen. Um den Hals, erinnert er sich, hat sie eine rotweißrote Schleife.

Schnaps haben sie kaum getrunken, Herta und er. Nur zu besonderen Anlässen und auch dann nur wenig. Und seit seiner Operation natürlich schon gar nicht. Aber jetzt ist es so weit. Jetzt kann er einen Schluck brauchen.

Und da ist sie ja, diese adrette Flasche. Herta hat sie weit nach hinten gestellt. Hinter die Marmelade- und Honiggläser. Die rotweißrote Schleife ist etwas vergilbt, aber sonst sieht sie beinahe wie neu aus.

Ein netter Gruß vom Ufer der blauen Donau. Der Pegelstand ist noch recht hoch. Das wird sich ändern. Zwar geht der Schraubverschluß etwas streng auf, als wäre er im Lauf der Zeit zugewachsen. Aber Novak schafft es. Und jetzt schenkt er sich ein. Seiner Frau kehrt er nach wie vor den Rücken zu.

Du sollst doch nichts trinken, sagt sie. Denk an deine Galle! Ach was, denkt er, ich hab doch gar keine Galle mehr. Obwohl er sie soeben noch aufsteigen gespürt hat, diese innere Bitterkeit. Da steigt einem die Galle hoch, sagt man, aber dazu braucht man anscheinend gar keine Gallenblase …

Nach und nach wird sein Zustand allerdings besser. Allmählich weicht der bittere Geschmack einem herben, aber in Spurenelementen süßlichen Aroma. Außerdem wird ihm beim Trinken nun immer wärmer. Zuvor hat er eine eiskalte Wut verspürt, zugegeben, einen eiskalten Haß, aber nun schmelzen diese Affekte erstaunlich rasch.

Lösen sich auf. In ein Gewoge nebliger Gleichgültigkeit. Hinter seinem Rücken redet Herta unausgesetzt weiter, aber was sie da redet, berührt ihn jetzt immer weniger. Na schön, hat sie den Oberarzt also doch noch, wie sie das nennt, gestellt. Ihm ist nicht klar, ob das im Lift gewesen sein soll, in dem sie dem armen Doktor zu seinem Schrekken plötzlich gegenübergestanden ist, oder unten in der Cafeteria, wo sie ihn bis in die eigentlich den Ärzten vorbehaltene Zone verfolgt hat, oder schon draußen auf dem Parkplatz, vor dem Spital, wo er geglaubt hat, ihr entronnen zu sein, aber das ist ja im Grund genommen egal.

Da hat sie also ihre Botschaft verkündet. Daß es dem Ruf eines Krankenhauses sicher nicht zuträglich ist, wenn sich herumspricht, daß sich dort jüngere Schwestern mit älteren Patienten verbrüdern. Sie ist hörbar stolz auf diese Formulierung, wahrscheinlich hat sie schon frühmorgens auf der Busfahrt nach Rainfeld daran gefeilt. Sie redet und redet, aber Novak hört sie mit von Schluck zu Schluck zunehmender Distanz.

ALS NOVAK am nächsten Morgen die Augen aufschlug. Das Sonnenlicht, das durchs Fenster fiel, tat ihm weh. Da schloß er die Augen gleich wieder – unter den Lidern war es nicht schwarz, wie sonst, sondern rot. Sein Kopf fühlte sich dumpf an, aber so viel begriff er, daß auch außen etwas anders war als sonst.

Genau! Das Fenster war auf der falschen Seite! Allmählich begriff er: Er lag nicht im Schlafzimmer, sondern im Wohnzimmer. Er lag nicht im Ehebett, nein, er lag auf der Couch. Und die Sonne schien ihm voll ins Gesicht.

Ins Schlafzimmer und ins Ehebett hatte er seiner Frau nicht folgen wollen. Gestern abend, nach dieser beschämenden Szene. Ja, beschämend! Zuerst hatte er sich für Herta geschämt. Aber dann hatte er sich für sich selbst geschämt.

Für Herta, weil sie so sein konnte: So mißgünstig, so hinterhältig, so gehässig, so ganz und gar bösartig. Für sich selbst jedoch, weil er sie im Grunde genommen seit Jahren so sein ließ. Weil er sich immer wieder um die Auseinandersetzung mit ihr herumdrückte.

So eben auch gestern, als diese Bösartigkeit ihren bisherigen Höhepunkt erreicht hatte. Warum hatte er sie immer weiter und weiter reden lassen? Warum hatte er ihre ebenso provokante wie süffisante Suada nicht beizeiten unterbrochen? Statt sich mit Alkohol zu betäuben, der ihm doch weder guttat noch schmeckte?

Schon wahr, daß er nach diesem Auftritt das Bett nicht mit ihr hatte teilen wollen, das konnte man auch als Statement verstehen. Aber *hatte* es Herta denn so verstanden? Eher hatte sie es einfach so aufgefaßt, daß er nicht mehr ins Schlafzimmer fand. Daß er, ein besoffenes, knieweiches Mannsbild, schon im Wohnzimmer auf die Couch sank.

Nun mußte sie schon längst im Friseurladen sein. Er aber lag da, mit seinem dumpfen, stumpfen Kopf. Und mit diesem ekelhaften Geschmack im Mund. Einer falschen, faden Süße, vermischt mit einer magensauren Bitterkeit, die immer wieder aufstieg.

Er raffte sich auf und schlurfte Richtung Badezimmer. Stimmt schon, da war ihm bereits etwas mulmig zumute. Er fühlte sich schwindlig, es drehte ihn leicht nach links. Doch so richtig zum Kotzen wurde ihm erst, als er das Haar in der Waschmuschel sah.

Ein Haar, das Herta vor dem Spiegel ausfrisiert hatte – an sich nichts Besonderes. So was kam öfter vor, er war gewohnt, es zu übersehen. Jetzt aber, da er sich über die Waschmuschel beugte, um sich, Kopf unter dem Wasserhahn, zu ernüchtern, sah er dieses Haar ungewohnt nah. Durch das fließende Wasser in Bewegung geraten, ringelte es sich Richtung Abfluß wie ein blasser Wurm.

Was hatte diese Frau da womöglich angerichtet? *Diese* Frau! So weit war es also gekommen! Daß Novak an die Frau, mit der er seit dreißig Jahren verheiratet war, *so* dachte. Nachdem er gekotzt hatte, war ihm körperlich leichter, aber die Unruhe, die zuvor noch halb betäubt gewesen war, trat jetzt erst recht zutage.

Außerdem fühlte er sich im Haus beklommen. Als lägen die schlimmen Schwingungen des vergangenen Abends noch in der Luft. In der Küche riß er die Fenster auf. Den Filterkaffee, den Herta in der Kanne für ihn übriggelassen hatte, schüttete er in den Ausguß.

Kein häusliches Frühstück! Ihn ekelte fast davor. Er mußte jetzt erst einmal hinaus aus diesen vier Wänden. Der Tag war schön. Womöglich noch schöner als der gestrige. Aber in der Verfassung, in der Novak nach der dazwischen liegenden Nacht war, konnte er das strahlende Wetter nicht genießen.

Im Gegenteil. Kaum war er aus dem Haus, fand er es schon zu heiß. Bereits die zwei- oder dreihundert Meter mäßiger Steigung, die er bis zum Waldrand am Ende der Siedlung hätte zurücklegen müssen, wurden ihm zu viel. Absurd – gestern, auf dem vergleichsweise steilen Wanderweg auf der anderen Talseite, hatte er sich fast gefühlt wie ein Junger. Und heute, in dieser banalen, von Thujen und falschen Zypressen gesäumten Zeile, fühlte er sich beinah wie ein Greis.

Er drehte um. Er folgte einfach der Schwerkraft. So geriet er hinunter zur Bushaltestelle. Er kam dorthin, ohne es beabsichtigt zu haben – in dem Zustand, in dem er immer noch war, fühlte er sich vor allem desorientiert und ziellos. Doch jetzt stand das Wartehäuschen der Haltestelle in seinem Weg, als sollte er damit auf eine Möglichkeit aufmerksam gemacht werden.

An der Rückwand des Häuschens hing ein Fahrplan. Novak hatte die Brille nicht dabei, daher machte ihm das Lesen der kleinen Schrift einige Mühe. Doch nach und nach gelang es ihm, seine Augen darauf einzustellen. Der Bus, den Herta gestern genommen hatte, war schon um halb sieben gefahren, aber das war nicht der einzige, der diese Strecke fuhr.

Es hätte auch einen um 9 Uhr 30 gegeben. Und dann, um 5 vor 12, gab es wieder einen. Ein Blick auf die Armbanduhr. Es war Viertel vor zwölf. Da blieben noch zehn Minuten Zeit, um zu überlegen.

Sollte er auch nach Rainfeld fahren und dem Krankenhaus einen Besuch abstatten? Brachte es was, wenn auch er mit dem Oberarzt redete? Ungefähr so: Wissen Sie, meine liebe Gattin neigt manchmal zu Übertreibungen … Ich weiß nicht genau, was sie Ihnen erzählt hat, aber ich kann Ihnen versichern, daß allfällige Unterstellungen völlig absurd sind …

Aber das mußte er diesem intelligenten und besonnenen Mann doch nicht sagen … Der würde sich ohnedies seinen Teil gedacht haben … Bestimmt hatte er aufgeatmet, als Herta endlich bei der Tür draußen gewesen war … Und nichts weiter im Sinn gehabt, als diese abwegigen Anwürfe zu vergessen.

Was aber, wenn sie ihm früher oder später doch wieder einfielen? Spätestens, wenn ihm Schwester Manuela das nächste Mal über den Weg lief? Vielleicht war das ja schon geschehen, vielleicht aber auch nicht … Wenn nicht, dann konnte Novak womöglich doch noch etwas abfangen.

Und Manuela? Sollte er nicht auch mit Manuela sprechen? Wer weiß, wie die unerwartete und sicherlich unangenehme Begegnung mit Herta auf sie gewirkt hatte? *Wie* war das gewesen? *Was* hatte Herta gefaselt? An diesen Teil ihrer Erzählung konnte er sich nur vage erinnern.

Gerade das hatte er ja nicht hören wollen gestern abend … Nur so viel war hängen geblieben, daß diese Begegnung irgendwo auf dem Gang stattgefunden hatte …

Möglicherweise in der Nähe des Lifts ... Und daß Herta Manuela einen bösen Blick zugeworfen hatte.

Wie würde das wohl auf Manuela gewirkt haben? War ihr überhaupt klar gewesen, wer die komische Person war, die sie so gehässig anschaute? Das wäre vielleicht noch das kleinere Übel gewesen ... Daß sie diese Furie gar nicht mit ihm in Verbindung brachte.

Aber nein, das war feig, so durfte er nicht denken. Außerdem war es höchst unwahrscheinlich, daß Herta kein Wort gesagt hatte ... Obwohl ja ihr böser Blick bereits genügt hätte ... Wahrscheinlich hatte sie sich nicht nur als Madame Novak kenntlich gemacht, sondern, und sei es nur im Vorbeigehen, noch etwas hochprozentig Giftiges gezischt.

Du lieber Gott, Novak genierte sich für seine Frau ... Und gleichzeitig hatte er das Bedürfnis, sich schützend vor Manuela zu stellen ... Aber damit kam er nun jedenfalls zu spät ... Oder doch nicht? ... Ging es jetzt nicht darum, noch Schlimmeres zu verhindern?

Oder würde er durch sein Eingreifen erst noch Schlimmeres herbeiführen? Er stand an der Bushaltestelle und zermarterte sich den Kopf. Den Kopf, der ihm ohnehin wehtat, nach wie vor. Jedenfalls nahm der Druck, der auf seinen Schläfen und auf seiner Stirn lag, noch zu.

Und dann kam der Bus. Die Station hier war eine sogenannte Haltestelle nach Bedarf. Das hieß, daß der Fahrer nur hielt, wenn jemand aus- oder zusteigen wollte. Er hielt an und öffnete die Tür, aber aussteigen wollte offenbar niemand. Na, was ist, schnauzte er Novak an, wollen Sie jetzt einsteigen oder nicht?!

Novak stieg *nicht* ein. Er ging zum Haus zurück. Es war wohl gescheiter, nicht nach Rainfeld zu fahren ... So Hals über Kopf ... Und so, wie er heute aussah ... So strapaziert! So übernächtig und unrasiert!

Vielleicht war es besser, vorerst zu telefonieren ... Um dort, im Spital, überzeugend aufzutreten, dazu fühlte er sich auch mental noch nicht in der Lage ... Zu telefonieren war unaufwendiger und würde weniger Aufsehen machen ... Außerdem – wenn er mit dem Bus fuhr, würde es noch mindestens zwei Stunden dauern, bis er mit dem Oberarzt reden konnte, per Telefon erreichte er ihn hoffentlich schneller.

Trotzdem durfte er jetzt, auf dem Rückweg, nicht hetzen. Es würde sich nicht gut machen, wenn er beim Telefonieren außer Atem war. Es kam im Gegenteil darauf an, daß er sich vorher einigermaßen beruhigte. Seine Stimme sollte fest, aber auch locker klingen, man sollte ihm keine Unsicherheit anmerken.

Wie der Hund des Nachbarn, der ihn jetzt anbellte. Und zwar noch um einiges aufgeregter als sonst. Stimmt, dieser durch jede ungewohnte Bewegung in seiner Umgebung zum Kläffen gereizte Foxterrier war Novak unsympathisch, und diese Antipathie beruhte auf Gegenseitigkeit. Aber so hysterisch wie heute, mit allen vier Pfoten gegen das Maschengitter des Gartenzauns springend, hatte er sich schon lang nicht aufgeführt.

Also nur ruhig Blut. Als Novak wieder ins Haus getreten war, setzte er sich in den Korbsessel neben dem Telefon. Er gab sich Mühe, eine möglichst entspannte Haltung einzunehmen. Er mußte auch abwarten, bis der Hund draußen schwieg. Dann zählte er noch bis hundert, bevor er die Nummer des Krankenhauses wählte.

Eine Stimme mit norddeutschem Akzent, echt oder angenommen, vermutlich eine der Sekretärinnen in der Verwaltung, sagte den Namen des Spitals.

Novak nannte seinen Namen vorerst nicht.

Er fragte, ob er den Oberarzt sprechen könne.

Wer spricht denn? fragte die Sekretärin.

Ach so, sagte er, Entschuldigung, Novak.

Doktor Novak? fragte die Sekretärin.

Nein, einfach Novak … Novak, Franz. Ein Patient des Herrn Oberarztes.

Ach ja, sagte die Sekretärin. Nein, tut mir leid, Herr Novak … Der Herr Oberarzt ist zurzeit in einer Sitzung.

So, sagte Novak. Und wann …

Das kann länger dauern.

Vielleicht, sagte Novak, könnte ich inzwischen Schwester Manuela sprechen?

Es entstand eine kleine Pause, so als hätte die Sekretärin kurz nachgedacht.

Nein, sagte sie dann, Schwester Manuela ist heute nicht im Haus.

Nach dieser Auskunft legte sie einfach auf. Oder die Verbindung wurde mit einem Mal unterbrochen. Aber das hatte für Novak denselben Effekt. Manuelas Abwesenheit schien seine schlimmsten Befürchtungen zu bestätigen.

Seine Hand zitterte, als er die Nummer noch einmal wählte. Während der zwei oder drei Minuten, in denen er nichts als das Besetztzeichen hörte, brach ihm der Schweiß aus. Dann endlich war die Verbindung wieder da. Hier spricht noch einmal Novak, sagte er. Die Sekretärin seufzte.

Novak spürte, daß seine Stimme belegt war.

Verzeihung, sagte er und räusperte sich. Sie haben mir vorhin gesagt, daß Schwester Manuela heute nicht im Haus ist … Darf ich fragen warum? Hat sie sich vielleicht krank gemeldet?

Darauf folgte wieder eine Pause, diesmal schien sie ihm sogar etwas länger. Schon fürchtete er, vielleicht neuerlich aus der Leitung gefallen zu sein. Dann aber, womöglich aus einer Art Erbarmen, weil diese Sekretärin sensibler war, als er bis dahin geglaubt hatte, bekam er doch noch eine Antwort. Im Prinzip, sagte sie, geben wir hier natürlich keine privaten Auskünfte, aber ich will eine Ausnahme machen und Sie beruhigen: Schwester Manuela hat heute ihren dienstfreien Tag.

Die Unruhe, die Angst, die er gerade noch ausgestanden hatte, fiel nun zwar von ihm ab, aber darauf folgte sehr rasch ein Gefühl der Erschöpfung. Als er den Telefonhörer aufgelegt hatte, ging er zum Kühlschrank und trank einen großen Schluck Milch aus der Flasche. Vielleicht würde ihn das kräftigen, vielleicht half es ja auch gegen die nach wie vor spürbaren Folgen der Alkoholnarkose von gestern abend. Dann ging er wieder ins Wohnzimmer und ließ sich auf die Couch fallen.

Natürlich träumte er nun von Manuela. Der Traum war wirr, aber so viel war klar, daß er sie trösten mußte. Zuerst war sie durch die Gänge des Krankenhauses geflohen, aber dann fuhren sie miteinander im Aufzug abwärts. So nah wie in dieser Szene war er ihr in keinem seiner bisherigen Träume gekommen, aber das hatte sich Herta selbst zuzuschreiben.

Er erwachte aber rechtzeitig wieder. Bis Herta nach Hause kam, hatte er sich einigermaßen restauriert. Na, sagte sie, hast du dir deinen Rausch gründlich ausgeschlafen? Er gab keine Antwort. Er saß über einem seiner alten Alben und betrachtete Briefmarken aus Indonesien.

Er hatte gar nicht mehr gewußt, daß er doch so viele Werte aus diesem Land hatte. Bestände aus der fünfunddreißig, ja vierzig Jahre zurückliegenden Zeit, als er zu sammeln begonnen hatte. Kiloware, wie man das damals nannte. In Kuverts mit Aufschriften wie: *Afrika 200 Stück*, *Naher Osten 300*, *Ostasien 500*.

Dem jungen Mann, der er damals gewesen war, hatte das exotische Flair dieser Marken imponiert. Man sah ja auf ihnen nicht nur den Kopf des Diktators. Man sah Blumen und Vögel, man sah Landschaften (sogar einen Vulkan), man sah Menschen (sogar Tempeltänzerinnen). Später, als er durch den Kontakt mit Kollegen von der Post zum ernsthaften Philatelisten geworden war, hatte er diese Marken weniger geschätzt, daß er sie früher so gemocht hatte, war ihm dann fast peinlich, unter seriösen Sammlern konnte man sie gar nicht herzeigen.

Trotzdem hatte er sie nicht ausgemistet. Und jetzt freute es ihn, daß er sie immer noch hatte. Herta mußte sie allerdings auch nicht sehen, er blätterte weiter im Album. Schließlich vertiefte er sich, angelegentlich durch die Lupe schauend, in einige seriösere Sätze aus der Schweiz und aus Deutschland.

Das Abendessen ist fertig, sagte Herta. Sie hatte irgendein Tiefkühlgericht aufgetaut. Danke, sagte er, er habe keinen Appetit. Er hatte den ganzen Tag nichts anderes zu sich genommen als ein paar Gläser Milch und ein paar Scheiben Knäckebrot, aber er wollte sich nicht mit ihr an den Tisch setzen.

Na ja, wenn das so ist, sagte sie, dann halt nicht. Als sie gegessen hatte, ging sie ins Schlafzimmer und schaltete den Fernseher ein. Schon wieder lief ein Krimi – das sah er, als er sein Bettzeug und seinen Pyjama holte. Er würde, das stand für ihn fest, diese Nacht wieder auf der Couch verbringen, wenn auch nicht voll bekleidet wie in der vorigen.

AM NÄCHSTEN Morgen wachte er früher auf. Aber er blieb noch eine Weile mit geschlossenen Augen liegen. Er hörte Herta in der Küche hantieren. Bevor sie gegangen war, wollte er lieber nicht aufstehen.

Dann hörte er sie in der Diele, und dann fiel die Tür zu. Und dann hörte er ihre Schritte draußen auf dem Gehsteig. Die Schuhe, die sie wochentags trug, hatten zwar nur halbhohe Absätze. Aber sie klapperte damit trotzdem, als trüge sie Stöckelschuhe.

Ihr *weiblicher Gang*. Oder das, was man früher dafür gehalten hatte. Früher, als sie noch jung gewesen waren, sie und er. Damals hatte das etwas Appellierendes gehabt, schon als hörbarer Reiz. Aber inzwischen war die Diskrepanz zwischen diesem akustischen Signal und ihrer optischen Erscheinung fast peinlich.

Ja, dachte Novak. Das ist einfach die Wahrheit. Jetzt mußte er sie ja nicht sehen, aber er hatte ihr Bild vor den immer noch geschlossenen Augen. Besonders von hinten sah sie nicht vorteilhaft aus. Erst recht, wenn in ihrem Gang, ihrer Haltung, eine gewisse Empörung zum Ausdruck kam.

Er glaubte, diese Empörung sogar zu hören. Zweifellos bildete sie sich ein, daß ihre Empörung berechtigt war. Das bildete sie sich zwar so gut wie immer ein. Aber in diesem Fall vermutlich besonders.

Vielleicht hörte man ihren Schritten aber auch bloß die Eile an. Sie mußte ja rechtzeitig zur Bushaltestelle kommen. Jetzt hörte er ihre Schritte nur mehr sehr fern. Wahrscheinlich war sie schon fast unten auf der Hauptstraße.

Er öffnete also die Augen und ging ins Badezimmer. Heute kein Haar in der Waschmuschel, immerhin. Sein Gesicht im Spiegel. Die Ringe unter den Augen. Das war die Lage. Er konnte sein Alter auch nicht mehr verbergen.

Dann ging er in die Küche. Da duftete es überraschend gut. Die Kaffeekanne stand auf dem Tisch und ein mit einem der gestrickten Häubchen, das sie einmal zu Ostern gekauft hatten, warmgehaltenes Frühstücksei. Daneben lag ein Zettel. *Guten Morgen, du alter Trottel!* stand darauf. Da konnte er gar nicht anders, als kurz gerührt zu sein.

Das Frühstücksei war weder zu weich noch zu hart – gerade richtig. Herta wußte ganz einfach, wie es ihm schmeckte. Ja. So war das. Sie war halt trotz allem seine Frau. Und so eine Frau zu haben, das hatte auch seine Vorteile. Sollte er sie anrufen? Sollte er ihr nicht doch zwei nette Worte sagen? Nicht gleich einlenken, aber diesen Akt guten Willens wenigstens anerkennen? Denn darum handelte es sich doch zweifellos. Dieses Frühstück war doch ein Friedensangebot.

Schon war er drauf und dran, sie anzurufen. Er konnte ihr doch sagen, daß ihm das Frühstück geschmeckt hatte. Nicht mehr und nicht weniger. Aber das immerhin. Doch die Nummer, die er wählte, ohne sich die einzelnen Ziffern bewußt zu machen, war nicht die des Friseurladens.

Es war die Nummer des Spitals in Rainfeld. Anscheinend hatte sein Hirn die zuletzt gewählte Nummer gespeichert. Krankenhaus Rainfeld, sagte die Sekretärin, womit kann ich Ihnen helfen? Novak meldete sich nicht, sondern legte rasch auf.

Er spürte sein Herzklopfen bis in den Kopf hinauf. Ihm fiel jetzt ein, daß er auch in der Nacht wieder von Manuela geträumt hatte. Was er geträumt hatte, daran erinnerte er sich vorerst nur sehr vage. Aber zweifellos war es etwas Beunruhigendes gewesen.

Irgendeine Szene in einer Tiefgarage – oder hatte es sich eher um einen U-Bahn-Schacht gehandelt? Vielleicht war das auch eine Szene, die er aus Hertas Fernsehkrimi aufgeschnappt hatte, und an diese Szene hatte sein Traum angeknüpft. Womöglich hatte dieser Traum also gar nichts zu bedeuten. Aber daß er sich das sagte, nützte nur wenig.

Zwar ließ das Herzklopfen nach, doch die Unruhe, die ihn nun wieder erfaßt hatte, blieb. Gegen Ende seines Traums, so kam es ihm jetzt vor, war Manuela verschwunden. Sie war vor irgend etwas oder irgend jemand davongelaufen, und dabei hatte sie noch einmal über die Schulter geschaut. Er hatte Angst gehabt, daß sie stolpern könnte, und dann hatte er sie von einem auf den anderen Moment aus den Augen verloren.

Ob er sie nicht doch noch anrufen sollte? Einfach, um sich davon zu überzeugen, daß sie da war? Gestern hatte sie ihren freien Tag gehabt – okay, diese Auskunft hatte ihn vorläufig beruhigt. Aber eigentlich sagte das noch nichts über heute.

Wenn Manuela gestern ihren freien Tag gehabt hatte, mußte sie heute wieder Dienst haben. Jedenfalls war das während der zwei Wochen, die er im Spital zugebracht hatte, so gewesen. Einerseits hätte er ja wirklich gern dort angerufen, um sich davon zu überzeugen. Anderseits schien es ihm peinlich, heute schon wieder nach ihr zu fragen.

Gestern hatte er sich ja zuerst mit dem Oberarzt verbinden lassen wollen, konnte er das heute wieder tun? Gestern war ihm das noch irgendwie sinnvoll erschienen, heute schien es ihm dafür eindeutig zu spät. Also würde er, falls er anriefe, gleich nach Manuela fragen müssen. Aber gerade davor hatte er jetzt eine Hemmung, die seine Hand, sooft sie sich der Tastatur des Telefons wieder näherte, zurückhielt.

Zwar war er nicht sicher, ob die Stimme am Telefon von zuvor jene der Sekretärin gewesen war, mit der er schon gestern gesprochen hatte. Und außerdem hatte ja just die ein gewisses Verständnis für ihn gehabt. Aber trotzdem … Oder gerade deswegen … Rückschlüsse, die gewisse Gerüchte nähren konnten, Gerüchte, die vielleicht doch durch Hertas Besuch in Umlauf geraten waren, wollte er weder bei ihr noch bei irgend jemand anderem provozieren.

Was also tun? Sollte er doch noch nach Rainfeld fahren? … Er konnte doch – rein theoretisch – dort jemanden besuchen … Nicht Manuela, woher denn, nein, irgendeinen Patienten … Einen Kollegen oder Freund, der nun zufällig im selben Spital und auf derselben Station lag wie er selbst vor drei Monaten ... War das so unwahrscheinlich? So etwas konnte doch vorkommen! Außerdem würde ihn kaum jemand danach fragen ... Wenn er dort einfach zur Besuchszeit auftauchte ... Genau. Das konnte er tun. Alles Weitere würde sich dann schon ergeben.

Der Bus um neun Uhr dreißig war allerdings schon weg. Und auf den Bus um fünf vor zwölf zu warten, dazu hatte Novak nun nicht die Geduld. Noch beinahe zweieinhalb Stunden, nein!

So kam es, daß Novak zum ersten Mal seit drei Jahren das Garagentor öffnete und ins Auto stieg.

Seit dem Unfall war er nicht mehr ins Auto gestiegen. Es war kein schlimmer Unfall gewesen, der Sachschaden war unerheblich, Herta und er waren mit dem Schock davongekommen. Der Schock aber saß tief, bei Herta, die auf dem Beifahrersitz gesessen war, anscheinend noch etwas tiefer als bei ihm. Er hatte eine völlig harmlos aussehende Kurve nicht genommen (nicht wahrgenommen) und war einfach geradeaus ins Feld gefahren.

Daß das Auto kaum mehr als einen halben Meter vor einem Baum zum Stehen gekommen war, konnte man als Glück im Unglück bezeichnen. Daß dieser Baum allerdings der einzige war, der in diesem abgeernteten Feld stand, und daß er, Novak, oder der von ihm nicht mehr bewußt beherrschte Wagen, nach den Reifenspuren zu schließen, direkt darauf zugesteuert war, irritierte ihn. Wie hatte das passieren können? Novak konnte es weder Herta noch den Polizisten und Sanitätern noch sich selbst erklären. Das heißt: Er konnte sich einfach an nichts erinnern.

Das sei zwar nicht abnormal, hatte der Sanitätsarzt gesagt. Bei Unfällen, egal, ob sie so glimpflich verliefen wie dieser oder schlimmer, gebe es oft ein Blackout, ein Vergessen der unmittelbar davor liegenden Sekunden oder Minuten. Herta allerdings erinnerte sich daran, daß ihr Mann, wie sie sich ausdrückte, *auf einmal weg* gewesen sei. Eine vorübergehende Abwesenheit, vielleicht bedingt durch eine Blutleere im Gehirn, wollte der Arzt als Unfallursache nicht ausschließen.

Alkohol hatte Novak so gut wie keinen im Blut. Zwar hatte er sich am Mittag dieses schönen Sonntags, den sie für einen frühsommerlichen Ausflug genutzt hatten, in einem Gasthausgarten ein kleines Bier gegönnt, aber das war zum Zeitpunkt des Unfalls schon vier oder fünf Stunden her. Beim Alkoholtest kam nicht einmal das zutage. Das Ergebnis lag eindeutig unter der Promillegrenze.

Was war das also gewesen? Und wie sollte man damit umgehen? Vorübergehende Abwesenheit, Blutleere im Gehirn! Diese Begriffe spukten Herta im Kopf herum. Zwar hatte ihr Mann so etwas nie zuvor gehabt, jedenfalls war ihm und ihr bis dahin nichts dergleichen aufgefallen – aber was, wenn es nicht bei diesem ersten Mal blieb, wenn es ein zweites und dann vielleicht ultimatives Mal passierte?

Wohl ergab eine neurologische Untersuchung, zu der sich Novak in der darauf folgenden Woche überweisen ließ, daß sein Gehirn ganz in Ordnung war. Lediglich sein Blutdruck, das hatte schon der praktische Arzt festgestellt, den er aufsuchen mußte, um die Überweisung zu bekommen, lediglich der Blutdruck war ein bißchen niedrig. Doch darüber könne ein Mann seines Alters ja eigentlich froh sein. So müsse er nicht befürchten, daß ihn wegen irgendeiner kleinen, dummen Aufregung der Schlag treffe.

Hertas Blutdruck hingegen war etwas zu hoch. Sie regte sich leicht auf, und sie kam danach nicht so leicht wieder zur Ruhe. Und das war ja bitteschön nicht irgendeine kleine, dumme Aufregung, in die sie nach dem, wenn auch glimpflich verlaufenen Unfall geraten war. Immerhin hatte nicht nur die Polizei, sondern auch die Feuerwehr auffahren müssen, um das zwar fast unbeschädigte, aber im weichen Boden tief eingesunkene Auto aus dem Feld zu ziehen.

Nach Novaks Erinnerung handelte es sich um ein Stoppelfeld. Herta aber redete, je öfter sie davon redete, immer überzeugter von einem Kartoffelacker. Das heißt, sie redete (im lokalen Idiom) von einem Erdapfelacker. Sie hätten einfach unwahrscheinliches Glück gehabt, daß sie jetzt nicht unter der Erde lagen und sich die Erdäpfel von unten anschauten.

Um für dieses Glück zu danken, ging sie sogar in die Kirche, was sie, soviel Novak wußte, schon ewig nicht getan hatte. Tatsächlich, sie ging in die Kirche und legte ein Gelübde ab. Sie habe, eröffnete sie ihrem Mann am Abend danach, dem heiligen Christophorus, der für alles zuständig sei, was mit dem Straßenverkehr zu tun habe, etwas versprochen. Und er, ihr Mann, solle ihr, seiner Frau, nun auch etwas versprechen.

Das Versprechen, das sie dem heiligen Christophorus gegeben hatte, war folgendes: Von nun an würde *sie*, Herta, sich ans Steuer setzen, wenn sie mit dem Auto fuhren. Sie habe sich zwar nie besonders ums Autofahren gerissen, und daß unter normalen Umständen der Mann fahre und die Frau auf dem Beifahrersitz sitze, halte sie nicht für unrichtig. Aber wenn die Gefahr bestehe, daß der Mann durch eine plötzliche Blutleere im Gehirn oder sonst irgendeine obskure Abwesenheit *ausfalle*, müsse man sich nicht dafür genieren, diese traditionellen Rollen zu tauschen.

So bezog ihr Gelübde von vornherein ihn, ihren Mann, mit ein. Denn ohne sein Einverständnis hätte sie es ja gar nicht halten können. Sie setzte ganz einfach voraus, daß er gutwillig mitmachte. Aber mit dem Versprechen, das sie von ihm haben wollte, ging sie noch etwas weiter.

Und du, sagte sie, steigst mir nicht mehr allein ins Auto!

Daß sie so mit ihm redete, fand er, ehrlich gesagt, etwas ärgerlich. Was sollte denn das? Er war doch ihr Mann und nicht ihr Kind!

Aber er schluckte die Aufwallung von Ärger, ja Wut darüber hinunter – sie meinte es ja nicht so, redete er sich ein, sie meinte es wohl auch ein wenig ironisch, und vor allem meinte sie es gut.

Und außerdem klangen ihre Argumente recht vernünftig: Daß er das Auto im Alltag doch gar nicht brauche … Den täglichen Weg zum und vom Arbeitsplatz, also aufs Postamt und zurück, ginge er ohnehin zu Fuß, das sei nebenbei bemerkt gut für seinen Kreislauf … Und wenn sie einmal pro Woche zum Supermarkt fuhren, um größere Einkäufe zu erledigen, werde eben sie fahren, er könne sich ja zum Ausgleich mit dem Einkaufswagen austoben.

Bei Wochenendausflügen werde von nun an eben auch sie fahren … Und im Urlaub, falls sie im Land blieben, detto … Bei aller Liebe zu diesem Land müsse man aber zugeben, daß das Sommerwetter hier meistens ein Sauwetter sei. Weswegen es sich ohnehin empfehle, statt an heimischen Seeufern zu frieren, in wärmere Länder zu fliegen.

So redete sie auf ihn ein. Und er konnte schlecht nein sagen. Trotzdem gab er ihr seine Einwilligung nur mit einer gewissen Verzögerung, die nicht nur sie, sondern auch ihn selbst überraschte. Um in die Abmachung, nicht mehr ins Auto zu steigen, einzuwilligen, mußte er einen nicht allzu großen, aber doch spürbaren Widerstand überwinden. Vielleicht, weil er begriff, daß dieses Versprechen einen Verlust an Autonomie bedeutete.

Wie dem auch sei. Er hatte es ihr gegeben. In Gottes Namen, hatte er schließlich gesagt. Obwohl er die Existenz eines den Lauf der Welt lenkenden Gottes, den man für all das haftbar machen konnte, was man in den täglichen

Fernsehnachrichten fatalistisch zur Kenntnis nahm, für höchst zweifelhaft hielt. Aber er war, wie gesagt, ein gutartiger und harmoniebedürftiger Mensch.

Das heißt: Vielleicht war er ein gutartiger und harmoniebedürftiger Mensch *gewesen*. Und vielleicht hatte es damit eben in diesem Augenblick sein Ende. Jetzt, da er die Garagentür geöffnet hatte und ins Auto stieg. Denn damit war er doch im Begriff, sein Versprechen zu brechen.

Schon wahr, sie hatten damals eine Ausnahmeklausel eingebaut. Er würde nicht mehr allein ins Auto steigen, *außer in dringenden Ausnahmefällen*. Darauf hatte sogar sie Wert gelegt, ohne diese Fälle konkret zu definieren. Sie wollte wohl nicht die Vorstellung heraufbeschwören, daß sie etwa ernstlich krank werden oder auf sonst irgendeine Weise verhindert sein könnte.

Daß sie den gegenwärtigen Fall als so einen Ausnahmefall gelten ließ, war allerdings auszuschließen. Mit so etwas hatte sie damals sicher nicht gerechnet. Und er, der nun den Zündschlüssel nach rechts drehte und mit für ein paar Sekunden angehaltenem Atem wartete, natürlich auch nicht. Daß er *wegen einer anderen Frau* nicht nur wieder ins Auto steigen, sondern sogar losfahren würde, das heißt, wenn der Wagen ansprang – was er allerdings inständig hoffte.

Nein, dieser Fall war von Herta nicht vorgesehen. Aber sie war ja an seinem Zustandekommen nicht unbeteiligt. Daß ihr Mann nun so intensiv an jene andere dachte, sich gerade um *die* Sorgen machte, der sie mit ihrem bösen Blick wer weiß was an den Hals gewünscht hatte, daß er es jetzt nicht mehr zu Hause aushielt, sondern das Gefühl hatte, etwas tun zu müssen, und sei es wenigstens einmal loszufahren, was jetzt tatsächlich zu gelingen schien, wenngleich etwas stotternd, denn auch Herta hatte den Wagen schon längere Zeit nicht benutzt, daran war sie ja selbst schuld. Oder doch nicht? Oder doch nicht *nur*? Irgend etwas hatte das alles wohl auch mit ihm zu tun.

Auch wenn er jetzt kurz das Gefühl hatte, daß es eigentlich ein anderer war, der da ausstieg, die Garagentür schloß und sich dann wieder hinters Steuer setzte. Er, in dessen Herzen eine Sehnsucht gewesen war, von der er bis zu seinem Spitalsaufenthalt im Februar nichts gewußt, die er sich jedenfalls nicht eingestanden hatte. Herta hätte das nicht von ihm gedacht, und er selbst hätte sich das nicht zugetraut. Aber so war es nun einmal. Auch das war *er*. Es hatte keinen Sinn, das weiterhin zu verleugnen.

Zuerst, auf dem kurzen Steilstück zur Hauptstraße hinunter, ließ er den Fuß noch auf der Bremse. Aber dann stieg er aufs Gas, mit einer geradezu physisch spürbaren Genugtuung. Erstaunlich. Mit so etwas hatte er nicht gerechnet. Er hatte nicht gewußt, daß ihm das Autofahren abgegangen war.

Daß er Herta jenes Versprechen so leichthin gegeben hatte, gewissen instinktiven Widerständen zum Trotz, hatte ja auch damit zu tun gehabt, daß ihm nicht viel am Autofahren lag. Am Autofahren als solchem lag ihm so gut wie gar nichts. Hätte er damals gesagt. Er sah es rein praktisch. Bestimmt war es nicht so, daß er es zur Bestätigung seines männlichen Ego brauchte.

Bernds Selbstbewußtsein hingegen war sehr stark mit dem Besitz und der Beherrschung eines Motorfahrzeugs verbunden. Nach dem Moped hatte der Herr Sohn ein Motorrad haben müssen, für eine übertragene Harley hatte er ein paar Ferienmonate lang in der Schweiz im Gastgewerbe geschuftet. Später, als er sich die Glatze hatte scheren lassen, hatte er, gemeinsam mit ein paar ähnlich häßlich auftretenden Freunden, einen Jeep erworben, der dann turnusmäßig vor dem Haus je eines von ihnen geparkt wurde.

Novak hatte jedes Mal aufgeatmet, wenn Bernds Turnus vorbei war.

Von ihm, seinem Vater, hatte der Bub das bestimmt nicht. Auch früher, mit zwanzig hatte sich Novak nichts aus Autos gemacht. Erst als er und Herta schon verheiratet gewesen waren und, wie man so sagt, Elternfreuden entgegensahen, hatten sie sich eines gekauft. Die drei Autos, die sie seither gehabt hatten (erst den biederen VW, dann den unauffälligen Opel und schließlich den soliden Mazda, der sich allerdings jetzt, schon außerhalb des Ortsgebiets, als erstaunlich flott erwies), waren ihm nie mehr gewesen als nützliche Objekte zur Erleichterung des Familienlebens, allein gefahren war er überaus selten, das Fahren an sich war eine Aktivität, die bei ihm keine besondere Leidenschaft in Schwung brachte.

Nun aber machte ihm die Beschleunigung Freude. Und zwar nicht nur deshalb, weil er möglichst rasch an die Abzweigung kommen wollte, die Richtung Rainfeld führte. Gerade hatte die Tachonadel noch sechzig Kilometer pro Stunde gezeigt, jetzt bewegte sie sich leicht zitternd auf siebzig, achtzig, neunzig, schon näherte sie sich den hundert. Vielleicht lag es an der langen Abstinenz, daß er nun in einen leichten Rauschzustand geriet.

Er empfand Freude und – ja, das war es wohl – einen kleinen Triumph. Schau nur, wie ich fahre! dachte er, schau nur, wie ich justament fahre! Eigentlich schade, daß ihn Herta jetzt nicht sehen konnte. An ihrer Statt sah ihn das Kameraauge eines Radargeräts, das er zu spät bemerkte – danach hielt er sich und den Wagen ein wenig zurück, aber was geschehen war, ließ sich ohnehin nicht mehr ändern.

Als er sich Rainfeld näherte, fuhr er allerdings immer langsamer. Und als er dort ankam, fuhr er nicht bis zum Spital, sondern parkte das Auto einige hundert Meter davor. Warum, das hätte er nicht so ohne weiteres sagen können. Vielleicht um Zeit zu gewinnen, obwohl er es jetzt so rasch hierher geschafft hatte.

Um Schritt für Schritt nachzudenken, wie er vorgehen sollte. Denn so einfach schien ihm das jetzt, an Ort und Stelle angelangt, auch wieder nicht. So zu tun, als wollte er einen Patienten besuchen, ja, gut. Aber wenn er einmal im Krankenhaus drin war, im zweiten Stock, wo eine Begegnung mit Manuela theoretisch möglich war, konnte er sich doch praktisch nicht allzu lang auf dem Korridor herumtreiben.

Wie sollte er sich dann verhalten, wenn ihm Manuela nicht gleich über den Weg lief? Er konnte ja nicht wirklich in irgendein x-beliebiges Krankenzimmer gehen … Sich einfach auf die kleine, weiße Bank setzen und warten, ob sie vorbeikam? … Was sollte er denn sagen, wenn ihn jemand fragte, auf wen oder was er wartete?

Er sah auf die Uhr. Die Besuchszeit hatte zwar schon begonnen. Aber sie dauerte volle anderthalb Stunden. Also hatte er noch Zeit, also konnte er noch überlegen. Vor dem Eingang ins Krankenhausgelände bog er ab und nahm den Weg, der rund um den Hügel führte.

Rund um den Hügel, auf dem das Krankenhaus stand. Ein Gebäude, dessen alter Trakt wahrscheinlich um neunzehnhundert erbaut worden war. Der sah ein wenig aus wie eine zu groß geratene Villa. Aber um schätzungsweise neunzehnhundertsechzig war er zu klein geworden und man hatte einen neuen Trakt dazugebaut.

Zwischen dem alten und dem neuen Trakt, just im zweiten Stock, also auf der Höhe der chirurgischen Station, auf der Novak gelegen war, gab es eine verglaste Passage. Ab und zu sah man Menschen, die diese Brücke überquerten.

Besucher in Straßenkleidung, Ärzte in ihren weißen Mänteln, Schwestern in ihren blauen Kasacks. Doch obwohl er immer wieder stehen blieb und endlich sogar auf die links neben dem Weg ansteigende Böschung stieg, um von dort aus vielleicht besser zu sehen, konnte er aus der Entfernung nicht ausnehmen, ob Manuela dabei war.

Allerdings sah er von dort in den Krankenhausgarten. Und auf den Parkplatz, für den man einen Teil dieses Gartens geopfert hatte. Das brachte ihn auf einen neuen Gedanken. Er konnte vorerst auf diesen Parkplatz gehen, um zu sehen, ob Manuelas Auto dort stand.

Zwar wußte er gar nicht, was für ein Auto sie hatte, aber vielleicht würde er es trotzdem erkennen. Hatte sie nicht gesagt, daß sie ein verhältnismäßig altes Auto fuhr? Ein Auto, das noch keinen CD-Player hatte, sondern nur ein Kassettendeck? Die Frage war, ob man diesen Unterschied von außen überhaupt bemerkte, aber das würde sich nur aus der Nähe erweisen.

Kaum mehr als zehn Minuten später war er dort. Der Parkplatz war dem Krankenhauspersonal vorbehalten. Um mit dem Auto hereinzufahren, mußte man den rotweiß gestreiften Balken vor der Einfahrt öffnen, dazu brauchte man wahrscheinlich einen Code. Aber man konnte rechts am Balken vorbei, wenn man zu Fuß kam, um sein geparktes Auto wieder zu holen.

Daß man diesen Durchgang auch benutzte, wenn man hier gar nicht geparkt hatte, war vielleicht nicht vorgesehen. Aber ausdrücklich verboten war es wohl auch nicht. Zumindest stand das hier nirgendwo geschrieben. Für den Fall, daß ihn jemand fragte, was er hier suche, würde sich Novak dumm stellen.

Ein Teil der Autos stand unter Sonnendächern. Typen wie Mercedes, BMW, Volvo und Toyota. Das waren höchstwahrscheinlich die Autos der Ärzte. Für Manuela kamen sie jedenfalls nicht in Frage.

Ein paar andere, weniger repräsentative, mochten schon Schwesternautos sein. Aber die meisten von ihnen sahen zu neu aus. Als Novak die Reihen zweimal abgegangen war, blieben seiner Intuition nach nur noch zwei Autos übrig. Ein schon recht ermattet metalliséblauer Citroën und ein etwas verblasst-grüner Fiat Topolino.

Beide hatten Kennzeichen aus der näheren Umgebung. Das hätte gepaßt – Manuela hatte erwähnt, daß sie nicht mehr als eine Stunde vom Krankenhaus entfernt wohnte. Gerade genug Zeit für einen kleinen Opernquerschnitt. Aber der Citroën hatte einen deutlich als solchen gekennzeichneten CD-Player unter dem ins Armaturenbrett eingelassenen Radio.

Blieb also der Fiat. War darin ein CD-Player oder ein Kassettendeck? Schwer zu sagen. In diesem Wagen war alles kleiner. Auch die Buchstaben und Symbole auf dem Armaturenbrett. Angestrengt schaute Novak durch die Fensterscheibe auf der Fahrerseite.

Doch dann ging er rasch um den Wagen herum, um durch die Scheibe auf der Beifahrerseite zu sehen. Ihm war doch gewesen, als hätte er dort etwas erspäht. Ja. Aus den Augenwinkeln gewissermaßen. Und jetzt sah er es wirklich. Das grüne Köfferchen mit den Tonbandkassetten.

Es stand offen. Vom Fahrersitz aus griffbereit. Einige Kassetten, wahrscheinlich die zuletzt gehörten, waren noch nicht wieder in ihre Plastikhüllen zurückgesteckt. Und diese Kassetten erkannte Novak wieder. Sie oder ihre zum Verwechseln ähnlichen Geschwister hatten sich im Februar, als er dort oben im Krankenzimmer gelegen war, auf dem Nachtkästchen neben seinem Bett gestapelt.

Er nahm das Brillenetui aus der Brusttasche, setzte die Brille auf und beugte sich weit vor. So weit, daß er für einen Augenblick sogar die Scheibe mit der Stirn berührte. Genau, genau: Die Schrift auf den Etiketten. Die hatte er ja auch damals kaum lesen können.

Die Namen der meisten Opern, die er dann nach und nach entziffert hatte, hatten ihm ohnehin nichts gesagt. Aber allmählich, nachdem er in die Kassetten hineingehört hatte, hatten sie sich mit Klängen verbunden. Mit Klängen, mit Tonfolgen, die er noch immer im Kopf hatte. Zwar waren sie dort recht unsystematisch gespeichert und – weil eben nicht entsprechend bezeichnet – bis auf wenige Ausnahmen nicht abrufbar, aber anscheinend reichte schon der bloße Anblick der Kassetten, um in seinem Gehör so etwas wie ein Echo der Musik auszulösen, die darauf aufgenommen war.

Er war drauf und dran, sich dieser Musik zu überlassen, ihren – wenn auch fragmentarischen – Klängen nachzulauschen. Aber da hörte er eine Stimme hinter sich, die sie verscheuchte. Er drehte sich um, vor ihm stand ein vierschrötiger Mann in Pflegerkleidung. Was machen Sie denn da? fragte der. Was haben Sie hier zu suchen?

Ich wollte nur ... sagte Novak. Ich hab nur was nachsehen wollen ...

Ach, was denn? schnauzte der andere. Ist das *Ihr* Auto?

Nein, sagte Novak.

Na eben! Was geht es Sie dann an?

Ich hab nur geschaut, ich geh ja schon, sagte Novak.

Und mit diesen Worten ging er tatsächlich. Statt endlich durchs Portal ins Krankenhaus hineinzugehen, ging er wieder zum Gartentor hinaus. Eine Weile bildete er sich noch ein, den Blick des Pflegers, der ihn nicht nur gestört, sondern, ja sicher, auch einigermaßen *ver*stört hatte, im Rükken zu spüren. Dann kam er an die Stelle, an der er den Mazda geparkt hatte, stieg ein und fuhr los.

Zwar fuhr er nicht weit, sondern nur in den Ort hinunter. Vor dem ersten Lokal, das er dort sah, hielt er wieder an und stieg aus. Aber der Zwischenfall hatte ihn *nachhaltig* verstört. Beinah hätte er einen kleinen Weinbrand bestellt, kam aber in plötzlicher Erinnerung an den Unfall wieder davon ab und bestellte einen Espresso.

Was nun? Konnte er einfach wieder zum Krankenhaus zurückfahren? Doch was, wenn er dort diesem Pfleger wieder begegnete? Sicher, er hatte ja gar nichts Unrechtes getan, sich nur auf dem Parkplatz herumgetrieben und möglicherweise auffallend lang in ein Auto geschaut, das, wie er dann zugegeben hatte, nicht ihm gehörte. Aber die Vorstellung, daß ihn dieser Mann zur Rede stellen oder, weil er ihm nun einmal verdächtig vorgekommen war, in den Gängen des Krankenhauses hinter ihm hergehen würde, um zu sehen, was er dort vorhatte, war nicht nur unangenehm, sondern machte, so schien es ihm zumindest, den vorgetäuschten Krankenbesuch, bei dem er – was für ein netter Zufall! – vielleicht Manuela sehen und eventuell sogar ein paar Sätze mit ihr hätte reden können, vollends unmöglich.

Möglicherweise war es auch so, daß ihm dieser Zwischenfall ein nicht unwillkommener Vorwand war, die ohnehin zweifelhafte Aktion abzublasen. Ja. So war es vielleicht. Er saß über der Tasse Kaffee, dachte über seine eigene Reaktion nach. Der Kaffee schmeckte bitter und trotz der zwei Stück Würfelzucker, die er hineingeworfen hatte, säuerlich. Seine Vorstellung davon, wie er dort oben im Krankenhaus auftreten würde, hatte ihn ja selbst nicht überzeugt.

Das war doch die Wahrheit: Diese Idee war nicht wirklich gut gewesen. Nur war ihm leider nichts Besseres eingefallen. Jedenfalls wollte er durch ein ungeschicktes Verhalten dort oben im Spital nicht noch irgend etwas anrichten. Und auf keinen Fall wollte er Manuela noch irgendeine weitere Peinlichkeit bereiten.

Anderseits – gesprochen hätte er schon gern mit ihr. Jetzt, da er ihr Auto idenfiziert hatte, wußte er ja immerhin, daß sie da war. Aber sollte das wirklich der ganze Erfolg seiner Exkursion hierher gewesen sein? Konnte er es nicht doch noch einmal wenigstens telefonisch versuchen?

Ja, auf der anderen Straßenseite war eine Telefonzelle. Davon gab es ohnehin immer weniger, seit die Handys in Mode gekommen waren. Und seit man die Post und den Fernsprechdienst privatisiert hatte. Novak mißbilligte diesen Trend – er hatte die Anschaffung eines Handys bisher standhaft verweigert. Hier aber gab es noch eine Telefonzelle, ein beinahe klassisches Modell. Keine von diesen ungemütlichen transparenten Kojen, sondern ein richtiges kleines Häuschen, in dessen Schutz während des Gesprächs auch eine gewisse Intimität gewahrt blieb. Genau die Intimität, die Novak jetzt brauchte. Er ließ den Kaffee stehen, legte zwei Euro auf den Tisch und überquerte die Straße.

Nun blieb nur noch zu hoffen, daß das Telefon nicht von irgendwelchen Vandalen zerstört war. Das kam ja leider immer häufiger vor. Daß die Wählscheibe oder die Tastatur blockiert war, der Hörer abgerissen. Es gab übrigens Gerüchte, daß das nicht nur aus Vandalismus geschah.

Doch dieses Telefon hier war völlig in Ordnung. Zwar hatte jemand mit Filz- oder Lippenstift *fuck* auf die Fensterscheibe geschrieben, doch das hinderte niemanden, zu telefonieren. Also auch Novak nicht. Jetzt hatte er keine Ausrede mehr. Er warf eine Münze ein, wählte die Nummer, die er immer noch auswendig wußte, und verlangte forsch gleich das Schwesternzimmer.

Welches Schwesternzimmer? fragte die Sekretärin. Vielleicht war es doch nicht die, mit der er gestern gesprochen hatte.

Das im zweiten Stock, sagte er.

Chirurgische Abteilung?

Genau!

Keine weiteren Fragen. Er wurde verbunden.

Und dann? Ja, und dann war gleich Manuela am Apparat. So unvermittelt. Das brachte ihn aus dem Konzept.

Hallo? sagte sie. Schwester Manuela. Hallo, wer spricht?

Und er? Er freute sich, ihre Stimme zu hören, aber er sagte nichts.

Sagte nichts. Denn was hätte er sagen sollen? Hier spricht Novak, das schon – aber dann? Was weiter? Auf einmal schien ihm alles ganz unsagbar. Er hörte noch ein paar Sekunden, wie sie atmete, aber dann legte er auf.

ALS HERTA nach Hause kam, war ihr Mann nicht da. Ah, da schau her! dachte sie. Ist er also ausgeflogen … Trotzt er noch immer. Na ja, das sieht ihm ähnlich … Immerhin hatte er das Frühstücksei gegessen, das sie für ihn gekocht hatte.

Allerdings kommentarlos. Was für ein Sturschädel er doch war! Er hätte doch auch einen Zettel schreiben können … Auf ihr Friedensangebot eingehen, wieder freundliche Nasenlöcher machen … Aber bitte. Wie er glaubte. Wenn er weiterhin Eiszeit haben wollte, so konnte er sie haben!

Wenigstens die Butter nicht zerrinnen lassen, sondern sie in den Eiskasten zurück tun … Das war doch das mindeste, was man erwarten konnte … Läßt einfach alles stehen und liegen, die Tasse mit dem Kaffeerest, die Eierschalen … Das war sonst nicht seine Art. Im Lauf ihrer Ehejahre hatte sie ihn gut abgerichtet.

Nein, um gerecht zu sein: Da hatte sie nicht viel abrichten müssen … Ihr Franz war pflegeleicht. Das hatte sie öfter gesagt … Zu ihm im Scherz, zu ihren Freundinnen im Ernst ... Kein Vergleich mit den Machos, die sich manche von ihnen aufgehalst hatten.

Aber jetzt. Was sollte denn das? Diese plötzliche Widerborstigkeit! Nur weil sie ihm gezeigt hatte, daß sie auch nicht ganz dumm war ... Sie hatte eine Maßnahme gesetzt, jawohl, indem sie vorgestern ins Spital gefahren war, hatte sie *eine Maßnahme gesetzt* ... Sie hatte gesagt, was zu sagen war, sie hatte das – wie nennt man das? – dort *deponiert*, aber damit konnte es eigentlich sein Bewenden haben.

Vorausgesetzt, daß er sich jetzt besann, ihr Franz ... Und daß er die Zeichen, die sie ihm gab, halbwegs einsichtig verstand ... Was allerdings zweifelhaft war, so wie es jetzt aussah ... Die Botschaft, die sie ihm mit dem Frühstücksei hinterlassen hatte, war jedenfalls nicht so recht angekommen.

Ein bißchen komisch war es allerdings schon, daß er so abrupt aufgebrochen war ... Das Bettzeug auf der Couch im Wohnzimmer hatte er auch einfach offen liegen lassen ... Daß er anscheinend *überstürzt* aufgebrochen war, gleich nach dem Frühstück, also, auch wenn er wieder spät aufgestanden sein sollte, noch am Vormittag ... Und daß er jetzt, um fast sieben Uhr abend, noch nicht zurück war.

Vielleicht hatte er ja wieder einen Ausflug gemacht, wie den, von dem er ihr vorgestern hatte erzählen wollen ... Da hatte sie ihn gar nicht recht zu Wort kommen lassen, das tat ihr jetzt leid ... Bis zur Aussichtswarte war er da gewandert, wenn sie das richtig mitbekommen hatte ... Aber heute mußte er noch um einiges weiter gegangen sein ...

Na schön, er würde bald kommen. Ob sie inzwischen etwas zum Abendessen herrichten sollte? Aber was, wenn er ihr dann wieder einen Korb gab, wie gestern? Vielleicht aß der Herr ja auswärts, vielleicht war ihm die Kost, die seine Frau auf den Tisch stellte, nicht mehr gut genug ...

Das hätte immerhin erklärt, warum er so lang ausblieb, vielleicht war er ja im Gasthaus *Zum Geiger*.

Um acht fragte sie sich, ob sie dort anrufen konnte, aber das würde wohl keinen guten Eindruck machen … Wer weiß, was die Wirtsleute dann dachten und was für ein Gerede daraus entstand … Die Leute tratschen ja gern und bauschen gleich alles auf … Nein, daß sie sich über diese kleine Verstimmung zwischen ihrem Mann und ihr die Mäuler zerrissen, das wollte sie nicht.

Gegen halb neun wurde sie dann schon etwas nervös. Falls er doch einen Ausflug gemacht hatte, dann hatte er sich doch hoffentlich nicht verirrt … War das möglich, daß er irgendwo hin geraten war, von wo er nicht mehr zurückfand? Die Sonne ging doch noch rascher unter, als man erwartete, und im Wald konnte man schon in der Dämmerung die Markierungen nicht mehr so recht unterscheiden.

Und – ja, er war ja doch leider kein Jüngling mehr … Es konnte leicht passieren, daß er über irgendeine Wurzel stolperte … Bei etwas älteren Menschen ist alles nicht mehr so elastisch … Die Bänder, die Sehnen, weiß Gott, was da noch alles reißen kann, was man sich verstauchen, verrenken oder auskegeln kann, von den Knöcheln aufwärts.

Sie sah ihn schon irgendwo im finsteren Dickicht hokken, unfähig, allein von der Stelle zu kommen … Und das hatte er dann davon, daß er sich kein Handy anschaffen wollte … Denn das war ja letzten Endes doch sehr praktisch, für den Fall, daß man zum Beispiel im Winter von einer Lawine verschüttet wurde … Ach was, Blödsinn, was ihr da bei fast schon frühsommerlichen Temperaturen durch den Kopf ging – jetzt schaffte es dieser Mann doch tatsächlich, daß sie da saß und sich um ihn Sorgen machte!

Während er sich vermutlich im Gasthaus an irgendeinem Schweinsbraten oder sonst etwas, das er eigentlich nicht essen sollte, gütlich tat ... Und sie saß inzwischen da, mit knurrendem Magen ... Tatsächlich hörte sie jetzt ihren Magen sehr deutlich ... Sollte er sie doch gern haben, dieses rücksichtslose Mannsbild – sie nahm eine Packung Chips aus der Kredenz, ging ins Schlafzimmer und schaltete den Fernseher ein.

Aber sie fand keine rechte Freude daran. *Bauer sucht Frau* kam ihr plötzlich idiotisch vor, die schrillen Weiber in *Desperate Housewives* gingen ihr eigentlich schon lang auf die Nerven, und die betuliche Darstellung immer noch ungelöster Kriminalfälle in *Aktenzeichen XY* fand sie direkt ärgerlich. Sie war beunruhigt. Und ihre Unruhe nahm von Minute zu Minute zu. Wo blieb er denn, ihr Franz? Wie konnte er ihr das nur antun?

Und dann, auf einmal, kommt ihr das Auto in den Sinn. Der Gedanke ist plötzlich da, sie weiß nicht, wieso, vielleicht ist auf dem Bildschirm ein ähnliches Auto vorbeigefahren. Wie das Auto, das in der Garage steht, das heißt, wie das Auto, das in der Garage stehen *sollte*. Der Mann wird doch nicht etwa in die Garage gegangen sein und das Auto genommen haben?

Nein, denkt sie, nein, das kann doch, das darf doch nicht wahr sein! Obwohl sie schon auf dem Weg hinaus zur Garage weiß, daß es wahr *ist*. Als sie die Garagentür aufsperrt und dann am Griff hochzieht, hofft sie noch, daß sie sich täuscht, daß sie den Mazda, der ohnehin brav an seinem Platz steht, bloß im ersten Augenblick nicht sieht. Aber dann, als sich das Neonlicht mit der üblichen Verzögerung eingeschaltet hat (so als müßte die surrende Röhre erst kurz nachdenken, wie sie das machen soll, leuchten), dann sieht sie, daß es sehr wohl wahr ist – ihr Franz, dieser untreue Patron, hat doch tatsächlich sein Versprechen gebrochen, ist offenbar ins Auto gestiegen und ausgebüchst, wer weiß, wohin.

Und das ist natürlich erstens eine Gemeinheit, denn was man verspricht, das soll man auch halten, insbesondere was man seiner Frau verspricht ... Darüber wird sie ihm ihre Meinung sagen, wenn er zurückkommt ... Aber zweitens ist es genau das, womit er ihr, der Frau, die ihn trotz allem gern hat, Angst einjagen kann ... Denn wer weiß, ob er überhaupt zurückkommt, vielleicht ist er ja inzwischen schon gegen den Baum gefahren, vor dem sie damals gerade noch zum Stehen gekommen sind ...

Natürlich wird es nicht derselbe Baum sein, aber ein gleicher, was die schlimme Wirkung auf ein gegen ihn prallendes Fahrzeug betrifft ... So ein Baum mit massivem Stamm, und davon gibt es ja noch genug Exemplare in der Gegend ... An sich begrüßenswert, Herta hat nichts gegen Bäume, sie schaut gern ins Grüne ... Aber daß manche von ihnen sogar am Straßenrand stehen, diese Vorstellung macht ihr jetzt Angst.

Denn was ist, wenn so ein Mann wie der ihre noch einmal seine Blutleere im Gehirn hat ... Und wer weiß, wozu so ein Mann imstande ist, mit oder ohne vorübergehende Abwesenheit ... Und dann wäre seine Abwesenheit nicht vorübergehend, sondern dauernd ... Und sie würde zwar eine Witwenpension bekommen, aber – ja, das kann sie sich leider ganz gut vorstellen – keine rechte Freude daran haben.

Und vielleicht, ja wahrscheinlich hätte sie dann sogar Schuldgefühle ... Denn womöglich hätte sie ihn nicht gar so sehr ärgern sollen, ihn nicht – ja doch, das sieht sie jetzt so – provozieren ... Vielleicht hat sie überreagiert, und das alles war die Aufregung gar nicht wert ... Denn daß er wirklich was an dieser Krankenschwester gefunden hat – diesem malaiischen Mauerblümchen, das sich, als sie vorgestern im Spital an ihm vorbeigerauscht ist, gleich an die Wand hat drücken lassen, flach, kein gescheiter Busen bitteschön und zu kurze Beine, ja eben, wie eine kleine, dumme Lüge – also, daß ihn dieses gelbsüchtige Gänschen echt gereizt hat, das kann sie jetzt eigentlich gar nicht mehr so recht glauben.

Und vielleicht hätte sie doch etwas mehr daran denken sollen, wie dünnhäutig ihr Mann manchmal war ... Ihr seliger Mann, so eine sensible Seele! ... Aber nein, wieso denkt sie denn jetzt schon in der Vergangenheit an ihn? Vielleicht ist es ja doch noch nicht so weit! Vielleicht ist er bloß etwas weiter weg gefahren, zum Beispiel in die Stadt, was eigentlich gar nicht wirklich weit ist, läppische fünfundzwanzig Kilometer bis ins Zentrum.

Sie schließt die Tür zur Garage und geht zurück ins Haus ... Genau, denkt sie, er könnte in die Stadt gefahren sein ... Fragt sich allerdings, was er dort will, was er dort macht, was er dort, in der unberechenbaren Stimmung, in der er letzthin war, möglicherweise anstellt ... Womöglich ist er in einem Pornokino, denkt sie, die Männer, sagt ihre Freundin Frieda, die zwar auch nur *einen* hat, den aber durch und durch zu kennen glaubt, die Männer sind so.

Das wäre zwar lächerlich und ein bißchen ungustiös, aber angesichts ganz anderer Möglichkeiten, die sie sich ausmalen kann, halb so schlimm. Hauptsache, denkt sie, er lebt, lieber Gott, denkt sie, mach, daß er lebt, alles andere ist doch gar nicht so wichtig ... Und vielleicht ist er ja gar nicht im Pornokino, sondern hat den alten Freund besucht, von dem er früher manchmal gesprochen hat – wie hieß der doch gleich? Swoboda? Den hat er dann fast vergessen, aber vielleicht hat er sich jetzt wieder an ihn erinnert.

Will sich halt ausquatschen mit diesem Schulkollegen ... Ja, wenn sie es recht mitgekriegt hat, sind die zwei miteinander zur Schule gegangen ... Braucht jemand, dem er sein Herz ausschütten kann, der ihm sein Ohr leiht ...

Aber was, wenn die beiden, wie es Männer gern tun, bei dieser Gelegenheit etwas zu viel trinken?

Vielleicht weiß dieser Swoboda gar nicht, daß ihr Franz heute abend noch nach Grabern zurück muß. Und daß er daher immerhin noch fünfundzwanzig Kilometer Autofahrt vor sich hat. Und schenkt ihm immer noch nach, und ihr Franz sagt nicht nein. Entweder weil er nicht unhöflich sein will, oder weil er ohnehin schon einen sitzen hat oder weil ihm schon alles egal ist.

Franz, wo bist du? Franz, wo bleibst du? Franz, ruf doch wenigstens an! Ach Gott, es gibt so viele Möglichkeiten, die zu einem bösen Ende führen können. Lieber Gott, mach, daß er wenigstens anruft, wenn er noch lebt. Wenn er in einem Lokal ist, kann er doch verdammt noch einmal anrufen, und wenn er in einem Spital liegt, kann er anrufen *lassen*, das wäre doch das mindeste.

Sie öffnet das Fenster und schaut nach ihm aus. Aber er kommt und kommt nicht. Immer, wenn sie hört, daß unten, auf der Hauptstraße, ein Auto abbiegt, faßt sie neue Hoffnung. Sie sieht, wie sich das Scheinwerferlicht nähert und, wenn es sich dann wieder um ein falsches Auto handelt, entfernt. Jetzt steht schon der Mond am Himmel, und die Grillen zirpen, es ist eine unverschämt lauschige Nacht.

Und dann werden ihr gleich die Tränen kommen, so weit kommt's noch. Aber während sie das noch denkt, hört sie wieder ein Auto. Und das ist jetzt doch das richtige – sie erkennt das Geräusch, das der Motor in Kombination mit dem Klangkörper der Karosserie verursacht. Wie die Katze Klara, die jetzt draußen im Garten begraben liegt, die hat schon immer die Ohren gespitzt und ist zur Tür gelaufen, bevor Franz noch ganz da war.

Und sie hat das Bedürfnis, das auch zu tun, nicht nur zur Tür zu laufen, sondern hinaus, ihrem Mann entgegen. Aber dann denkt sie, daß sie das nicht machen kann, weil er dann denkt, sie ist blöd. Und sie geht weg vom Fenster, ja sie schließt es sogar und setzt sich zum Tisch. Und da sitzt sie dann und wartet, mit verschränkten Armen.

UND ER kommt herein, und da sitzt sie schon mit diesem Blick. Und fängt sofort an mit ihrer hysterischen Litanei. Wo um Himmels willen er denn gewesen ist. Und wie er das überhaupt machen und ihr gegenüber verantworten kann, einfach wieder ins Auto zu steigen, obwohl er ihr doch versprochen hat …

Und wie er ihr so etwas nur hat antun können. Und was für Ängste sie nicht hat ausstehen müssen! Und daß sie schon erwogen hat, die Polizei anzurufen, weil sie befürchtet hat, daß er irgendwo als Leiche liegt. Und daß sie mit hungrigem Magen da sitzt, seit mindestens drei Stunden, aber daß ihm das scheißegal zu sein scheint, und daß sie jetzt fix und fertig ist.

Und sie tut ihm beinahe schon wirklich leid. Und er ist schon versucht, etwas Beschwichtigendes zu sagen. Aber da fängt sie wieder von vorne an. Und ihre Stimme, die schon in der ersten Runde schlimm war, schraubt sich in der zweiten noch um einige Mißtöne höher.

Und das sollte jetzt, denkt er, ein Ende haben. Er ist ihr zwar, sagt er, keine Rechenschaft schuldig. Aber wenn sie es unbedingt wissen will … Er ist in Rainfeld gewesen, wo ja auch sie vor kurzem war.

Da bleibt ihr fürs erste tatsächlich einmal die Luft weg.

Er wollte dort, sagt er, jemand im Krankenhaus besuchen.

Er sagt nicht, wen. Er kommt überhaupt nicht dazu.

Denn die für sie naheliegende Vermutung, wen er dort besuchen wollte, reicht schon.

Das ist doch die allergrößte Unverschämtheit! Daß er sein Versprechen, nicht mehr allein ins Auto zu steigen, wegen dieser molukkischen Muschi bricht! Sie, seine treue Frau, sitzt da und büßt ihre Sünden ab. Und er? Was tut er? Sie will sich gar nicht ausmalen, was er tut!

Und er sagt ihr nicht, daß und warum dieser Besuch gar nicht zustande gekommen ist. Und er hält es auch nicht für opportun, ihr von seinem nicht ganz gelungenen Telefongespräch mit Manuela zu erzählen. Und in logischer Konsequenz kann er ihr auch nicht erklären, wie es ihm nachher gegangen ist. Und daß er jedenfalls keine Lust hatte, gleich nach Hause zu fahren.

Nein, er hatte vorerst die andere Richtung eingeschlagen. Hatte es schön gefunden, an einem himmelblau in der Sonne glitzernden, im Schatten aber tiefgrünen Flüßchen entlangzufahren, immer weiter hinein ins Mittelgebirge. Und als er das Radio aufgedreht hatte, da hatte er prompt die Opernsendung erwischt. Und dann war ihm zwar der Sender wegen der vielen Kurven abhanden gekommen, aber in seinem Kopf war die Musik weitergelaufen.

III

AM TAG DARAUF, es war der 27. Mai, verließ Novak das Haus, in dem er seit fünfundzwanzig Jahren mit seiner Frau gewohnt hatte. Herta war ins Geschäft gefahren, wie immer, sie hatte den Bus um halb acht genommen. Er nahm den Bus, der eine Stunde später fuhr. Von der Idee, erneut das Auto zu nehmen, war er nach einiger Überlegung abgekommen.

Obwohl er damit mobiler gewesen wäre, natürlich. Aber es wäre Herta gegenüber nicht fair gewesen. Der Mazda war ja auch ihr Auto. Und sie brauchte es, wenn sie einkaufen fuhr. Obwohl sie in nächster Zeit wahrscheinlich nur halb so viel einkaufen mußte wie bisher.

Da brauchte er also auch kein schlechtes Gewissen zu haben, daß er ihr nicht mehr als Helfer beim Verladen schwerer Mineralwasserkisten zur Verfügung stand. Und die Packungen, die sie in die Tiefkühltruhe tat, würden in Hinkunft leichter sein. Aber eigentlich wollte er überhaupt kein schlechtes Gewissen haben. Sein Entschluß, das Haus zu verlassen, war schon früh am Morgen festgestanden.

Es war noch vor fünf gewesen, der erste Gesang der Amseln hatte ihn geweckt. Ein paar von ihnen sangen schon vor Sonnenaufgang. Oder vielleicht sahen oder spürten sie die Sonne bereits von den Wipfeln der Bäume aus. Während vor den Fenstern, die Novak von seinem Lager auf der Couch aus sah, noch ein diffuses Halbdunkel lag.

Natürlich hatte er wieder auf der Couch genächtigt. Vielleicht hätte ihn Herta letzte Nacht auch gar nicht mehr ins Ehebett gelassen. Aber das war doch auf die Dauer kein Zustand. Heute früh war ihm klar geworden, daß das jedenfalls kein erhaltenswerter Zustand war.

Die Amseln sangen die Sonne herbei – ja, diesen Eindruck konnte man um diese Stunde haben. Und vielleicht glaubten die Amseln, die sich in immer forciertere Koloraturen hineinsteigerten, das wirklich. Die letzten paar Minuten, bevor sich das diesige Grau vor den Fenstern in ein warmes Rosa verfärbte, klang ihr Gesang fast ekstatisch. Danach, nachdem sie es wieder einmal geschafft hatten, legten sie vorerst eine Pause ein.

In dieser Pause, in dieser Stille, hatte Novak auf einmal gewußt, was er tun würde. Ja, natürlich. Er würde die Reisetasche packen und gehen. Er würde Herta einen Zettel auf den Küchentisch legen und fahren. *Liebe Herta. Ich glaube, es ist richtiger so.*

Jetzt saß er im Bus, und die Reisetasche stand auf dem Sitz neben ihm. Nur das Notwendigste hatte er gepackt – drei Garnituren Unterwäsche, zwei Hemden, eine Hose zum Wechseln und ein zweites Paar Schuhe. Wasch- und Rasierzeug natürlich. Und zwei Handtücher. Und zwischen den Handtüchern die Callas-CD.

Und schon fuhr der Bus durch den größeren Nachbarort. Den Ort, in dem Herta ihren Friseurladen hatte. *Haarpflege Herta* – schon kam das Geschäftsschild in Sicht. Novak unterdrückte den Impuls, noch einen Blick auf seine Frau zu erhaschen, und drehte den Kopf lieber nach der anderen Seite.

Herta hatte gerade den Kopf einer Stammkundin unter den Händen. Traktierte eines von diesen alten Tratschweibern, wie sie die insgeheim nannte, die schon früh am Vormittag nichts Besseres zu tun hatten, als sich die Haare ondulieren zu lassen – aber ohne die, so viel war einer realistischen Geschäftsfrau wie ihr klar, hätte sie den Laden längst zusperren können. Sie ahnte nicht, daß ihr Mann, mit dem sie gestern einiges ausgestanden hatte, dem sie aber trotzdem verzeihen wollte, denn ihrer Gattinnenliebe würde er nicht entgehen, sie ahnte nicht, daß ihr Franz da draußen im Bus saß. In diesem durch den in der Ortsdurchfahrt wieder einmal stockenden Verkehr gebremsten Bus, dessen Vibrationen sich auf das ganze Geschäft übertrugen und die Waschbecken, die Trockenhauben, die Spiegel und die Schaufensterscheiben zuweilen zum Mitschwingen brachten.

Und dann kam der Verkehr wieder in Fahrt, und der Bus war schon weiter. Und Novak atmete auf, obwohl ihm auch etwas traurig zumute war. Wenn Herta abends nach Hause kam, würde sie den Zettel vorfinden. Vielleicht würde sie seinen Entschluß nicht ernst nehmen, vielleicht würde sie ihn nach spätestens drei Tagen wieder zurückerwarten, aber sie würde schon noch sehen, wie konsequent er sein konnte.

Er fuhr mit dem Bus bis zur U-Bahn-Station an die Stadtgrenze. Durchquerte die Unterführung, warf einem Bettler, der auf der Ziehharmonika *La Paloma* spielte, zwanzig Cent in den Hut. Akkurat die fehlten ihm dann beim Fahrscheinautomaten. Seit er das letzte Mal hier gefahren war, hatte die Stadtverwaltung den Fahrpreis schon wieder erhöht.

Tatsächlich hatte er die städtischen Verkehrsmittel schon seit einer Weile nicht benutzt. Er war hier geboren und hatte bis an sein dreißigstes Lebensjahr hier gelebt. Doch das war nun bereits mehr als ein Vierteljahrhundert her. Im Lauf der Zeit, die sie draußen im sogenannten Grünen gewohnt hatten, Herta und er, hatte es einfach immer weniger Anlaß gegeben, in die Stadt zu fahren.

Anfangs, als er noch auf dem Postamt im fünften Bezirk gearbeitet hatte, war ihm die tägliche Fahrt auf dieser Strecke als Selbstverständlichkeit erschienen. Doch als er die Stelle auf dem Graberner Postamt bekommen hatte, hatte sich dieser Eindruck nach und nach verändert. Erstens, weil sie dann ja doch meistens mit dem Auto gefahren waren, wenn sie in die Stadt wollten. Und zweitens, weil sich das alltägliche Leben schlicht und einfach vor allem in Grabern abspielte.

Das schlichte und einfache Leben – Herta und er hatten ja keine großen Ansprüche. Weder als Konsumenten noch, was die sogenannte Kultur betraf. Anfangs waren sie ab und zu ins Kino gefahren, damals gab es noch nicht so viele Fernsehkanäle. Nach Theaterbesuchen, die ihnen nur alle heiligen Zeiten unterlaufen waren, hatten sie kein wirkliches Bedürfnis.

Verwandtenbesuche hatten sie nicht ganz vermeiden können. Familiäre Pflichtübungen, die sie zu den wirklich heiligen Zeiten absolvierten. Am ersten Weihnachtsfeiertag waren sie bei Hertas Eltern gewesen und am zweiten bei seinen oder umgekehrt. Aber dann war eins nach dem anderen gestorben, erst Hertas Vater, dann seine Mutter, dann Hertas Mutter und endlich sein eigener Vater, der es, verbittert aber zäh, am längsten ausgehalten hatte, und schließlich hatte sich die Zeit, zu der man sie besuchen konnte oder pietätvoller Weise sollte, vollends von Weihnachten auf Allerseelen verlagert.

Ja, solang der Bub noch klein und brav gewesen war, hatte ihn Novak in das eine oder das andere Museum verschleppt. Wobei sich schon bald abzeichnete, daß ihn Kunstmuseen eher langweilten. Mit dem Vorschlag, ins *Technische* Museum zu gehen, hatte sich Bernie, wie sie ihn damals nannten, noch am ehesten und längsten zu einer Fahrt in die Stadt verlocken lassen. Aber als er zwölf oder dreizehn gewesen war, hatte er schon die bloße Idee solcher Exkursionen als Zumutung empfunden.

Was war dann noch geblieben an Anlässen oder Vorwänden, sich in die Stadt aufzumachen? Ach ja, die Philatelie! Ab und zu hatte Novak noch das eine oder andere Geschäft besucht, in denen interessante Briefmarken zum Verkauf angeboten wurden. Aber diese Geschäfte, meist von kauzigen älteren Herren geführt, waren nach und nach immer weniger geworden. Und außerdem hatte Novaks Interesse am Markensammeln nachgelassen.

So war das. Allmählich hatte sich Novak der Stadt entfremdet. Und nun, da er in einer der für ihn neuen (für die regelmäßigen Benutzer der städtischen Verkehrsmittel schon wieder vergleichsweise alten) U-Bahn-Garnituren saß, deren orangefarbene Stühle penetrant nach Plastik rochen und deren Türen jedes Mal, wenn sie geöffnet wurden, dümmlich piepsten, kam er sich wirklich ein wenig vor wie ein Fremder. Um das für den Fahrscheinautomaten nötige Kleingeld zu bekommen, hatte er einem der dunkelhäutigen Kolporteure in der Unterführung eine Zeitung abgekauft. Aber er las jetzt nicht, sondern schaute, da die U-Bahn hier, im Bereich der ersten vier oder fünf Statio nen, noch auf der alten Stadtbahntrasse, also oberirdisch, geführt wurde, aus dem Fenster.

Da draußen sah vieles völlig verändert aus. Durch die Fensterscheiben sah er Tankstellen, Baumärkte, Bürohäuser, die ihm, sowohl was das Material als auch was die Farben betraf, vorkamen, als wären sie aus Elementen eines großen Legobaukastens zusammengesetzt. Nicht ganz ernst zu nehmen, wie ihm schien, aber irgendwie ärgerlich, verstellten sie ihm den Blick auf die alten Fassaden, die er noch kannte. War das noch seine Stadt? Es hätte ebensogut eine andere sein können.

Aber vielleicht war ja darüber hinaus etwas Zutreffendes an seinem Gefühl, wie ein Fremder hier anzukommen. Wie ein Fremder würde er sich in irgendeiner Pension einquartieren. Wo? Vielleicht war es besser, wenn er nicht zu weit ins Zentrum fuhr. In den Außenbezirken waren die Preise hoffentlich noch moderater.

Er stieg an einer Haltestelle aus, deren Umgebung er als recht nett in Erinnerung hatte. Ältere Häuser, manche davon nicht höher als einstöckig, kleine Läden, ein Park mit ein paar Bäumen und Bänken, hinter einem Plankenzaun der Fußballplatz einer Bezirksmannschaft. Lokale mit Vorgärten, da und dort sogar eines mit biederen, hölzernen Sesseln und Tischen im Innenhof. Eine Atmosphäre, die man, mit einem inzwischen außer Kurs geratenen Ausdruck, als vorstädtisch bezeichnet hätte.

Aber das war einmal. Auf einer langen Rolltreppe aus dem hier schon tatsächlich unterirdischen U-Bahn-Bereich in die Oberwelt gelangt, hatte er zuerst einmal den Eindruck, er wäre versehentlich an einer falschen Station ausgestiegen. Statt in der Gegend, die er erwartet hatte, fand er sich mitten in einer Fußgeherzone. Einer Einkaufsmeile mit all den unspezifischen Objekten, die zur Billigausstattung eines solchen Ambientes gehören. Diese aus dünnen Stengeln wachsenden Beleuchtungskörper, diese in immer gleicher oder jedenfalls zum Verwechseln ähnlicher Überflüssigkeit in den Weg gestellten Skulpturen, diese banalen Blumenschalen und mißlungenen Brunnen …

Desorientiert stand er da – weil es nach allen Seiten hin gleich aussah, wußte er nicht, in welche Richtung er gehen sollte. Noch in der U-Bahn war ihm eine Fremdenpension eingefallen, an einer Ecke, an der er vor Jahren manchmal vorbeigekommen war – wenn er sich recht erinnerte, war dort ein Markt gewesen. In seiner Erinnerung sah diese Pension ganz sympathisch aus, sie war mit einer Gaststätte kombiniert und hatte eine grüne Tür. Aber angesichts der Einöde, in die er sich verirrt hatte, zweifelte er daran, daß es diese Tür noch gab, und wahrscheinlich gab es in dieser neuen, sterilen Wirklichkeit ja nicht einmal mehr die Ecke, an der seine Phantasie das alles ansiedelte.

Als er schon nahe daran war, zur U-Bahn-Station zurückzukehren, weil er die Hoffnung, doch noch zu finden, was er suchte, schon beinahe aufgegeben hatte, stieß er auf die schon nicht mehr erwartete Querstraße. Gewiß war auch die häßlich, aber ihre Häßlichkeit hatte, verglichen mit der Fertigteilfußgeherzone, noch etwas Ortsspezifisches. Und da hinten, etwas weiter links, als er vermutet hatte, in einem ehedem gelb gestrichenen, inzwischen allerdings recht grau gewordenen Haus, an der Ecke dem Markt gegenüber, der also auch noch existierte, war die Pension. Das Gasthaus zwar schien als solches nicht mehr in Betrieb zu sein, daher war auch die grüne Tür verschlossen, aber ein Pfeil wies den Weg zu einem nur wenige Meter entfernten Haustor, *Pension, Fremdenzimmer, bitte läuten, please ring the bell*, und das konnte er ja probieren.

DAS ZIMMER, das Novak von diesem Nachmittag an bewohnte, lag im zweiten Stock. Tisch, Bett, gelblich furniert, Sessel, Sofa, blau gepolstert mit bräunlichen Zigarettenbrandflecken. Ein Fernseher auf einer rührenden Gipssäule, ein Gummibaum in einem goldigen Messingübertopf. Sogar eine Minibar. Also ein richtiges Komfortzimmer.

Vor dem Fenster, aus dem er schauen konnte, war die Straße, auf der anderen Straßenseite begann der Marktbereich. Dort bauten jeden Morgen zwei Sikhs ihre Klapptische auf, die sie dann mit einer schwer überblickbaren Menge von Textilien und Geschenkartikeln überhäuften. An den Marktständen dahinter boten türkische und bosnische Familien Gemüse, Obst, Fleisch, aber auch Kebab, Dürüm, Ćevapčići und Pizza an. Wenn Novak das Fenster geöffnet hatte, wurde ihm beides zuteil, die Gerüche und Geräusche der erstaunlich befahrenen Straße und die des Marktes.

Manchmal saß er eine Weile und versuchte die Sprachen, in denen man da unten, dort drüben, palaverte und stritt, auseinanderzuhalten. Der Motorenlärm und das Gepolter der Lieferwagen waren allerdings schwer zu ertragen. Besonders morgens und abends, zur Zeit der Zulieferungen und Abtransporte. Seine Nachbarn in den Nebenzimmern waren zwar untertags meistens unterwegs, beide, der eine ein Rumäne, der andere ein Bulgare, machten, wie Novak aus den Telefonaten schloß, die er im Frühstücksraum mithören mußte, rege Geschäfte, aber nachts waren sie durch die dünnen Wände manchmal recht hörbar.

Einer der beiden, Novak war nie sicher, welcher, erinnerte mit gewissen Geräuschen ziemlich an Kratky. Doch gegen so etwas wußte er sich hier recht bald und wirksam zu helfen. Schon an dem Tag, an dem er das Zimmer gemietet hatte (Für wie lang? hatte die Vermieterin gefragt, eine Chinesin, die aussah, als ob ihr nichts Menschliches fremd wäre. Ich weiß noch nicht, auf unbestimmte Zeit, hatte er geantwortet.), schon an diesem ersten Tag hatte er die Anschaffung von Kopfhörern im Sinn gehabt. Und wahrscheinlich hatte er sie schon im Sinn gehabt, als er am Morgen aus Grabern weggegangen und in den Bus gestiegen war.

Nach und nach kam es ihm sogar so vor, als wäre diese Möglichkeit für ihn schon länger vorbereitet gewesen. In irgendeinem Depot seines Halbbewußtseins. Grabern (und Herta) zu verlassen, sich irgendwo anders einzuquartieren, Kopfhörer zu kaufen. Und natürlich nicht nur Kopfhörer, sondern auch einen kleinen CD-Player und dazu sinnvoller Weise gleich einige CDs, denn mit der Callas allein würde er auf die Dauer nicht auskommen.

Die Kopfhörer und den CD-Player bekam er dann gleich am nächsten Vormittag. Das war kein Problem – wenn man die Straße, in der die Pension lag, weiterging, fand man dort nicht nur jede Menge Handy- und Teleshops, Schuh- und Schlüsselservice-Läden und Wettbüros, sondern auch ein Diskont-Geschäft mit dem schönen Namen *Hi-Fi-Mezie.* Die Kopfhörer waren groß und rund, mit einer Isolierung aus Hartgummi und Schaumstoff, sie schlossen nach außen hin fast schalldicht ab. Der CD-Player war klein und flach, wenn man große Rocktaschen hatte, konnte man ihn auch einfach einstecken.

Die CDs, die er suchte, fand er dort allerdings nicht. Es gab eine bunte Auswahl an Balkan-Jazz und Gipsy-Pop, aber mit Opern konnte man ihm in diesem Laden nicht helfen. In der Fußgeherzone gab es zwar ein sogenanntes Schallplatten- und CD-Center. Aber nachdem er eine Weile zwischen vor allem mit Techno und Hip-Hop bestückten Regalen umhergeirrt war und sich keine der im Takt irgendeines Saisonhits wippenden, cool Kaugummi kauenden Verkäuferinnen um ihn kümmerte, wurde es ihm zu dumm, und er ging zur U-Bahn-Station, um nun doch in die Innere Stadt zu fahren.

Von dort kam er dann mit einer Tragtasche voll CDs zurück. Gleich sieben auf einen Streich – das war auch angesichts seiner Barschaft, die seit gestern auf ungewohnt rasche Weise abnahm, tapfer. Querschnitte oder Gesamtaufnahmen? hatte ihn der Verkäufer in dem Geschäft, in dem er schließlich fündig geworden war, gefragt. Gesamtaufnahmen, hatte Novak gesagt. Wenn schon, denn schon, hatte er gedacht.

Zwar handelte es sich bei den CDs, die er schließlich gewählt hatte, um lauter Sonderangebote. Der Verkäufer, der an einen Kellner in einem gepflegten Café erinnerte, wirkte angesichts dieser Wahl etwas indigniert. Hätte er doch in fast allen Fällen eine andere, bessere und natürlich teurere Aufnahme empfohlen. Doch unter dem Strich, das heißt, nachdem alle sieben relativ niedrigen Preise addiert waren, war doch eine relativ hohe Summe herausgekommen.

Zugegeben, im ersten Moment war Novak sogar darüber erschrocken. Aber er wollte es trotzdem nicht bereuen. Ich hab mich nun einmal entschieden, dachte er, und nun heißt es, konsequent sein. In den folgenden Wochen hörte er eine Oper nach der anderen.

Er begann mit der *Zauberflöte*. Vielleicht, weil sie auf deutsch gesungen wurde. Da würde er, hoffte er, doch etwas mehr verstehen. Von dieser Oper hatte er außerdem eine gewisse Idee. Nicht nur das – jetzt, als er das Cover der CD betrachtete, auf dem Tamino und Pamina zu sehen waren, auf einem schmalen Steg zwischen Feuer und Wasser balancierend, fiel ihm ein, daß er diese Oper schon einmal gesehen hatte.

Damals war er zwölf oder dreizehn gewesen. Da waren sie von der Schule aus in die Oper gekarrt worden. Natürlich nicht in die *Staats*oper, wie man das größere Opernhaus dieser Stadt nannte, sondern in die *Volks*oper. Mit einem eigens bestellten Bus hatte man sie zu einer Nachmittagsvorstellung gefahren.

Immerhin ein Einstieg, so dachten die Pädagogen damals. Ein Einstieg für Schüler in die Welt der Oper. Das war natürlich ein Mißverständnis gewesen. Das Alter, in dem man Novak und seine Schulkollegen in die Volksoper geführt hatte, war für die Oper, speziell für eine Oper wie die *Zauberflöte*, wahrscheinlich das ungünstigste.

Die *Zauberflöte* war ihnen wie gesungenes Kasperltheater erschienen. Sie wollten keine Kinder mehr sein, sondern als beinahe schon Erwachsene ernst genommen werden. Angesichts des naiven Spektakels auf der Bühne waren sie sich als dumm verkauft vorgekommen. Es war ihnen peinlich gewesen, schon vom ersten Moment nach der Ouvertüre an, als der Prinz – ein geschleckter Affe, wie Novak und sein Freund Swoboda damals fanden –, von einem lächerlichen Drachen verfolgt, auf die Bühne stürmte.

Und dann, nachdem drei dicke Damen mit schlimmen Stimmen das Grottenbahnungeheuer erledigt hatten und der gefiederte Blödel Papageno sein Auftrittsliedchen geträllert hatte, stand der Prinz mit seiner Sängerknabenperücke an der Rampe und schwärmte ein Medaillon an. Dies Bildnis ist bezaubernd schön und so weiter. Nein, das war für realistisch gesinnte junge Menschen wirklich kaum auszuhalten. So peinlich war das, daß sich Novak sein ganzes bisheriges Erwachsenenleben lang nicht mehr daran erinnert hatte.

Bis eben jetzt. An sein fünfundfünfzigstes Jahr. Das Jahr, in dem er wegen vernachlässigter Gallensteine im Spital gelegen und von einer indonesischen Krankenschwester mit Opernmusik in Berührung gebracht worden war. Das Jahr, in dem er dann wieder in sein früheres Leben zurückzukehren versucht hatte, aber vergebens. Und nun hatte er seine Frau verlassen und hauste in einem miesen Zimmer in einer heruntergekommenen Gegend und lag auf der Couch oder im Bett, durch Kopfhörer von den Geräuschen der Außenwelt abgeschirmt, und hörte die *Zauberflöte* mit anderen Ohren.

Die Arie des Prinzen, die er vor über vierzig Jahren idiotisch gefunden hatte, ging ihm nun auf eine Weise nahe, die er bis vor drei Monaten nicht für möglich gehalten hätte. Auch für Papageno, der sich gleichfalls ein Mädchen oder Weibchen wünschte, wenn auch mit etwas weniger idealistischen Ansprüchen, empfand er verständnisinnige Sympathie. Nur die Königin der Nacht, die sich am Anfang ihrer ersten Arie noch einzuschmeicheln versuchte, wurde ihm bald verdächtig. Ihre Fähigkeit zur Empörung, in deren bedenkliche Höhen sie sich erschreckend rasch hinaufeifern konnte, erinnerte ihn allzu sehr an Herta.

Als er, nach etwa anderthalb Stunden konzentrierten Hörens, bei ihrer zweiten Arie mit dem doch sehr beunruhigenden Text von der Rache der Hölle angelangt war, die in ihrem Herzen kochte, hatte er fürs erste genug und unterbrach die Sängerin, die es mit ihren Koloraturen denn doch etwas zu weit trieb. Jetzt brauchte er frische Luft, außerdem hatte er Hunger. Er ging über die Straße auf den Markt, aß einen Döner-Sandwich und trank eine Dose Bier. Schon wahr, die Stimmen der türkischen oder bosnischen Marktfrauen konnten auch ganz schön arg sein, aber ihre Aufregung verflog ebenso rasch, wie sie kam.

In einer Papierhandlung kaufte er einen Notizblock, einen Kugelschreiber und eine Packung Briefpapier. Dann saß er auf einer Bank in einem kleinen, staubigen Park und entwarf einen Brief. Entwarf – denn er wollte nicht gleich ins Reine schreiben. Es war ja nicht leicht, die richtigen Worte zu finden.

Liebe Schwester Manuela, schrieb er, wie geht es Ihnen? Ich hoffe, es geht Ihnen gut. Ich denke an Sie. Ich denke in letzter Zeit ziemlich viel an Sie. Sie wissen vielleicht gar nicht, wieviel Sie mir bedeuten.

Nein – die letzten zwei Sätze strich er wieder. So etwas durfte nicht gleich am Anfang stehen. Sie wissen vielleicht gar nicht, korrigierte er, was Sie bei mir ausgelöst haben. Sie haben mir die Ohren geöffnet. In gewisser Hinsicht haben Sie mir vielleicht auch die Augen geöffnet.

Ich hätte Sie unlängst beinahe besucht, ich war zufällig in der Nähe. In der Nähe des Spitals, meine ich, ich hätte Sie gern wiedergesehen. Aber ich war nicht sicher, ob Ihnen das recht gewesen wäre. Nachdem Sie sich womöglich schon durch das Auftauchen meiner Frau belästigt gefühlt haben.

Das strich er erst recht. Das hatte hier gar nichts zu suchen. Er riß das Blatt vom Notizblock, zerknüllte es und warf es in einen Papierkorb. Liebe Schwester Manuela, schrieb er, ich denke an Sie. Die Musik, mit der Sie mich so freundlich versorgt haben und an die ich mich – zugegeben – erst ein wenig gewöhnen mußte, hat eine sehr nachhaltige Wirkung.

Im Park saß er, bis die Amseln sangen. Denn das taten sie auch hier. Erstaunlich, daß sie sich durch nichts gestört fühlten. Weder durch das zeitweise recht heftige Fußballspiel der Buben in einem dieser Metallkäfige, die eher in einen Gefängnishof gepaßt hätten als auf einen Spielplatz, noch durch den Lärm von der Straße, gegen die der Park nur durch ein paar traurige Bäumchen abgeschirmt war. Sie sangen, die Amseln, sie sangen, solang es dämmerte, und zwei, die das Licht, das die in den Park gepflanzten, hier eigentlich nur mäßig häßlichen Laternen ausstrahlten, vielleicht für einen Rest von Tageslicht hielten, sangen sogar noch etwas über die Dämmerung hinaus.

Dann kehrte Novak in sein Quartier zurück, setzte die Kopfhörer wieder auf und hörte die *Zauberflöte* weiter. Die Königin der Nacht, die er ihre schrille Arie nun zu Ende singen ließ, gab ihrer Tochter doch tatsächlich den Auftrag zum Mord an Sarastro. Zu so etwas war dieses Weibsbild also imstande! Allerdings klang auch Sarastro, so seriös er sich mit seiner sonoren Baßstimme gab, nicht wirklich vertrauenswürdig.

Die Selbstgerechtigkeit, die dieser Guru ausstrahlte, und die devote Bewunderung, mit der seine Anhängerschaft am Ende jeder Strophe, die er sang, die letzten, bedeutenden Worte wiederholte, waren eigentlich unerträglich. Nein, Novak konnte auch diesen Sarastro nicht leiden. Arme Pamina! Eigentlich ist sie doch so eine Art Scheidungskind, hin und her gezerrt zwischen ihren fragwürdigen Eltern.

Oder? Wie sehen Sie das, Manuela? Habe ich da etwas falsch verstanden?

Solche Fragen schrieb Novak in den Notizblock. Vielleicht konnte er sie später für den Brief an Manuela verwenden. Das war es doch! Die Opernmusik war die Brücke zwischen ihnen. Wenn er in den Brief, den er ihr schicken wollte, Fragen zu den Opern einflocht, würde sie ihm vielleicht antworten.

Die Musik ist natürlich sehr schön, schrieb er, ich verstehe nicht viel davon, aber sie geht mir zu Herzen … Besonders die Passage, in der Pamina dem Tamino, der weder Wasser noch Feuer fürchten soll, beispringt. Leider versteh ich nicht jedes Wort, speziell, wenn die zwei durcheinandersingen. … Aber wenn dann der Flötenton erklingt, fühlt man, es kann alles gut werden.

Dann war der letzte Ton der *Zauberflöte* verklungen, und Novak nahm die Kopfhörer ab. Da hörte er die Geräusche von nebenan. Ein Keuchen und Stöhnen, dessen Natur er nicht gleich, aber dann, als es immer rascher und lauter wurde, nur allzugut begriff. Offenbar hatte der Bulgare (oder der Rumäne) von nebenan eine Frau mit aufs Zimmer genommen.

Eine etwas andere Art von Duett also, das er jetzt, gerade aus der Klangwelt der Oper in die des realen Lebens zurückgekehrt, zu hören bekam. Es klang, bei aller Einsicht in das Bedürfnis, das nebenan erfüllt wurde, alles andere als schön. Ja gegen Ende, als die Frau kaum mehr unterdrückte Schreie von sich gab, klang es eher erschreckend. Allenfalls – aber vielleicht war dieses Urteil schon ein Abwehrreflex gegen den Schrecken – klang es komisch.

Novak setzte die Kopfhörer noch einmal auf. Er versuchte die Stelle wiederzufinden, an der so schön von Frau und Mann die Rede war. Wo war das gewesen? Schon auf der zweiten CD, mit dem zweiten Akt, oder noch auf der ersten CD, gegen Ende des ersten Aktes? Daß Frau und Mann unter bestimmten Umständen an die Gottheit heranreichen sollten, schien ihm nach dem soeben Gehörten sehr zweifelhaft.

Liebe Manuela! Glauben Sie, daß so etwas wirklich vorkommt? Ich meine, so ein Gefühl, das einen, das heißt *zwei*, so unglaublich hoch emporhebt? Mir war es bisher leider nicht vergönnt, so etwas auch nur annähernd … Nein, das konnte er ihr aber wirklich nicht schreiben.

ES WURDE IHM zur Gewohnheit, in den Schloßgarten zu gehen. Der Schloßgarten war nur zwei U-Bahn-Stationen entfernt. Das war etwas ganz anderes als der kleine Park, in dem er am ersten Nachmittag gesessen war. Der Schloßgarten war die schöne Alternative.

Merkwürdigerweise hatte er nicht gleich kapiert, daß Schloß und Garten so relativ nah an seinem neuen Domizil lagen. Vielleicht einfach deshalb, weil einem in dieser doch ziemlich heruntergekommenen Gegend dieser Schloßbereich gar nicht einfiel. Aber es war auch zu Fuß nicht sehr weit bis dorthin. Wenn er zügig ging, war er in einer knappen halben Stunde dort.

Solang Herta und er in der Stadt gewohnt hatten, waren sie nur sehr selten in den Schloßgarten gekommen. Das lag einerseits daran, daß sie am anderen Ende der Stadt zu Hause gewesen waren, aber auch daran, daß Herta den Schloßgarten nicht mochte. Sie konnte die Leute nicht leiden, die sich dort umtaten, von den Inländern vor allem die Sorte, die sich – so sah und hörte sie das – irgendwie besser vorkam mit ihrer blödsinnig nasalen Artikulation. Und die Touristen, die dort im Lauf der Jahre zur Mehrheit wurden, diese Massen, von denen ihr, was soziale Lage und Mentalität betraf, viele wahrscheinlich gar nicht so unähnlich waren, die Touristen mochte sie auch und erst recht nicht: Die waren ja Ausländer.

Klar gab es da noch gewisse Unterschiede, eine Abstufung der Abneigung, die mit den Nuancen der Hautfarbe zusammenhing. Aber auch ein Teil der eher Hellhäutigen, etwa die Italiener und Spanier, waren für sie einfach herumwimmelndes Gesindel. Klar hatte sich Novak auch anläßlich solcher Äußerungen seiner lieben Frau eingeredet, daß sie es ja eigentlich gar nicht so meinte, sondern nur eine etwas direkte Art des Ausdrucks pflegte. Aber seine Lust, sie, bei der Aussicht, sich derartige Bemerkungen dann einen Samstag- oder Sonntagnachmittag lang anhören zu müssen, zu Spaziergängen im Schloßgarten zu überreden, hielt sich in Grenzen.

Jetzt aber war er ja ohne Herta unterwegs. Er war doch gerade dabei, andere Wege einzuschlagen. Lang genug hatte er gebraucht, um diese Entscheidung zu treffen. Nun hatte er sie getroffen, und er stand dazu.

Unter diesen Umständen hatte der Schloßgarten für Novak womöglich noch eine spezifische Attraktivität. Jedenfalls war er gern dort. Er genoß es geradezu. Das Wetter war nach wie vor frühlingshaft, fast schon sommerlich. Die mit frischem weißem Kies bestreuten Wege strahlten, die von automatischen Rasensprengern bewässerten Hecken und Blumenbeete glänzten.

Die Kastanienkerzen waren schon erstaunlich groß, sie wuchsen hier offenbar schneller als draußen in Grabern. Und die Vögel sangen allenthalben. Natürlich die Amseln, auf die Amseln war Verlaß. Aber es gab auch Vögel, deren Stimmen Novak nicht kannte, und inmitten eines kleinen, von Zypressen gesäumten Hains gab es eine Voliere mit Sittichen und Kanarienvögeln.

Die waren natürlich arm, weil sie nicht herauskonnten.

Erstaunlich war nur, daß die Spatzen zu ihnen hineinkonnten. Sie mussten irgendwo ein Schlupfloch entdeckt haben, das die Exoten nicht fanden. Vielleicht waren die einfach zu dumm dazu, aber vielleicht waren sie auch gescheiter, als man im ersten Moment glaubte, und wollten es gar nicht finden.

Hier begann er, *Hoffmanns Erzählungen* zu hören. Ja, warum sollte er immer im Zimmer sitzen? War das nicht eine Sünde bei diesem Wetter? Und wozu hatte er schließlich diesen praktischen CD-Player? Den hätte er, wie gesagt, in die Rocktasche stecken können. Allerdings ging er bei den Temperaturen, die jetzt herrschten, lieber ohne Jacke. Außerdem hatte er meist ein wenig Proviant vom Markt dabei, etwa zwei Äpfel, ein Stück Fladenbrot und ein Fläschchen Mineralwasser. Nicht zu vergessen den Notizblock und den Opernführer, den er in der Buchhandlung an der U-Bahn-Station gekauft hatte.

Er trug also, wenn er in den Schloßpark ging oder fuhr, meist eine ausgebeulte Plastiktasche bei sich. Darauf aufgedruckt war das Logo irgendeiner türkischen Lebensmittelkette. Damit paßte er vielleicht nicht so recht ins Ambiente des eleganten französischen Gartens. Aber die Opern paßten sehr gut hierher.

Hoffmanns Erzählungen also, *Les Contes d'Hoffmann*. Ehrlich gesagt war Novak ein wenig überrascht, daß diese Oper französisch gesungen wurde. Zwar stand der französische Titel auf dem Cover. Aber das war ihm im Eifer des Kaufs gar nicht aufgefallen.

Aus irgendeinem Grund hatte er sich eingebildet, bei *Hoffmanns Erzählungen* handle es sich um eine deutsche Oper. Womöglich, weil er sich dunkel daran erinnerte, daß der Hoffmann, um den es hier ging, ein deutscher Dichter gewesen war. Das war nun schon wieder eine Erinnerung aus der Schulzeit. Daß ihm letzthin einiges aus dieser bis vor kurzem fast vergessenen Phase seines Lebens einfiel, nahm er mit gemischten Gefühlen zur Kenntnis.

Wenn sich das Langzeitgedächtnis so in den Vordergrund drängt – gilt das nicht als untrügliches Zeichen dafür, daß man alt wird? Allerdings geschieht das, so heißt es, für gewöhnlich in Kombination mit einem Nachlassen des Kurzzeitgedächtnisses. Und das schien ihm noch ganz in Ordung zu sein. Er konnte sich sogar verwirrend klar daran erinnern, was er in den letzten paar Nächten geträumt hatte.

Nur war er jedoch – und das war wahrscheinlich erst recht ein bedenkliches Indiz – in diesen Träumen wieder um einiges jünger gewesen als in der fortgeschrittenen Realität. Nicht richtig jung, nein, aber so um die fünfunddreißig. Ein Alter, in dem er, so kam es ihm jedenfalls vor, noch recht gut ausgesehen hatte. Man sagt doch sogar, daß Männer in diesem Alter erst richtig attraktiv werden.

In diesem Alter hätte er Manuela begegnen sollen. Gewiß hätte dann immer noch eine gewisse Altersdistanz zwischen ihnen bestanden. Aber sie wäre nicht gar so groß gewesen. In seinen Träumen, in denen Manuela und er einander von Nacht zu Nacht näher kamen, war sie eben kleiner.

Als er in Wirklichkeit fünfunddreißig gewesen war, hatte ihm die Kollegin auf der Post schöne Augen gemacht. Die Kollegin Pflaum, die ihm – gar keine Frage – auch gefallen hatte. Mein Gott, sie war jung gewesen, knapp über zwanzig, eine muntere Person mit einem ausgesprochen ermunternden Blick. Doch er, trotz einiger Momente, in denen die Spannung zwischen ihnen bei weiterer Annäherung zu Funkenentladungen hätte führen können, hatte diese Gelegenheit, noch etwas von dem zu kriegen, was er in bereits bis dahin ermüdend vielen Ehejahren versäumt hatte, nicht genutzt.

Er war ein treuer Ehekrüppel geblieben. Ein Feigling und Idiot, der sich mit seinen Bekenntnissen zur ehelichen Zufriedenheit selbst in den Sack log. *Sich in den Sack lügen* – unversehens kam ihm eine ziemlich zynische Interpretation dieser Wendung in den Sinn. Aber es ging nicht nur um Sex, nein, obwohl er, gar keine Frage, auch davon zu wenig gehabt hatte.

Es ging um etwas, das darüber hinaus reichte. In Glücksfällen, von denen aller landläufigen Erfahrung zum Trotz manchmal immer noch geschwärmt wurde, sogar sehr weit darüber hinaus. Nicht nur als Behauptung, sondern als evidente Wahrheit. Oder war das nur romantische Einbildung?

Etwas, das es nur in alten Romanen gab, die man heutzutage nicht mehr ernst nahm? Oder in Schlagern, und dort war es halt zum Kitsch heruntergekommen. Oder eben – wie sich gerade jetzt wieder herausstellte – in Opern? Ja, es ging immer nur um das eine, gewiß. Aber nicht im stumpfen, dumpfen Sinn dieses Wortes.

In *Hoffmanns Erzählungen* schien es ihm jedenfalls erst recht darum zu gehen. Das bekam er mit, auch wenn er zu wenig verstand. Daß er nicht besser Französisch gelernt hatte, war übrigens auch ein Versäumnis. Als damals noch ehrgeiziger Postangestellter und Philatelist hatte er einmal einen Französischkurs an der Volkshochschule belegt, aber nicht lang genug durchgehalten.

Nein, es war zu simpel, Herta auch daran die Schuld zu geben. Sie hatte seine Abwesenheit an zwei Abenden pro Woche zwar ungern akzeptiert. Schach und Französisch, hatte sie gemeint, das sei ein bißchen viel. Aber daß er sich davon schon abhalten und in seiner eigenen Trägheit, die zweifellos auch eine Rolle gespielt hatte, bestätigen ließ, lag an ihm.

Er war ganz einfach schrecklich inkonsequent. Und ließ sich viel zu leicht von etwas, das er gern gemacht hätte, abbringen. Der Kurs war auf zwei Semester angelegt gewesen, er war nur ein Semester lang hingegangen. Und das war doch typisch: Aus Rücksicht oder Nachgiebigkeit seiner sogenannten besseren Hälfte gegenüber hatte er das meiste in seinem bisherigen Leben nur halb gemacht.

Aber das würde sich jetzt eben ändern. Deswegen hatte er auch den Opernführer gekauft. Das war, nach der Anschaffung der CDs, natürlich eine zusätzliche Investition, und er hatte, schon einmal abgesehen von der Zimmermiete, in den ersten Tagen seines neuen Lebens für seine Verhältnisse viel Geld ausgegeben. Doch es hatte keinen Sinn, am falschen Platz zu sparen – wenn er sich, und das hatte er nun einmal beschlossen, wirklich auf den Operntrip einlassen wollte, so würde er, sozusagen als Fremder in einem für ihn bis dahin recht jenseitigen Land, ohne Führer nicht auskommen.

Zwar hatte er die *Zauberflöte* noch ohne eine solche Hilfe gehört. Und hatte sich immerhin einen Reim auf die Geschichte machen können. Aber da war ja wirklich deutsch gesungen worden. Obwohl er eine Weile gebraucht hatte, bis er das Deutsch, das etwa der Sänger des Tamino sang, einigermaßen verstand.

Der Einstieg in *Hoffmanns Erzählungen* gestaltete sich nicht nur wegen der Sprache schwieriger. Zwar gab es ein Beiheft zu den zwei CDs und in diesem Beiheft eine kurze Inhaltsangabe. Doch die erwies sich recht bald als allzu pauschal. Der erste Akt spielte angeblich in einer Weinstube, die aber vorerst in Novaks Phantasie keine rechte Form annahm, und aus den Stimmen, die dort auftauchten – ein etwas nervig zirpender Chor und eine Frauenstimme, die sich für seinen Geschmack viel zu aufgesetzt launig gab –, konkretisierten sich keine für ihn vorstellbaren Personen.

Also zog er sein schlaues Buch zu Rate. Zwar mußte er, wenn er es aufschlug, immer noch einen gewissen Reflex gegen den für sein Empfinden gestelzten Ton überwinden, den es anschlug. Und manche Ausdrücke, die darin mit einer gewissen Hochnäsigkeit verwendet wurden, verstand er nicht gleich. Aber nach und nach kam ihm das halb so schlimm vor.

Die Muse. Aha. Die Person mit der launigen Stimme war also die Muse ... Sie entstieg einem Weinfaß. Daß man das beim bloßen Hören mitkriegen sollte, konnte wirklich nicht verlangt werden ... Die Geister des Weins. Ach so, das waren also die Chorstimmen ... Sie behaupteten, die Freunde des Menschen zu sein – den Dichter Hoffmann hatten sie mit dieser fragwürdigen Behauptung schon herumgekriegt.

Aber er war noch nicht da. Anscheinend war er noch im Theater ... Dort wurde an diesem Abend nämlich Mozarts *Don Giovanni* aufgeführt ... Hoffmanns Lieblingsoper. Mit Hoffmanns Lieblingssängerin ... Einer gewissen Stella, die in der Rolle der Donna Anna brillierte.

Das war allerdings komplizierter, als Novak gedacht hatte ... Womöglich mußte er sich als nächstes *Don Giovanni* besorgen ... Im Opernführer stand, daß die Muse, frech wie sie war, darauf anspielte ... Diese Muse verwandelte sich übrigens in einen gewissen Niklaus, Hoffmanns Adlatus.

Eine schwer faßbare Person – Novak hatte ihr von Anfang an nicht recht getraut ... Bei ihr wußte man einfach nicht recht, woran man war ... *Sie nimmt die Gestalt des Studenten Niklaus an*, las er, ihre Stimme klang allerdings nach wie vor weiblich … Die Bezeichnung Adlatus hingegen … ehrlich gesagt wußte Novak nicht recht, was er sich unter einem Adlatus vorzustellen hatte.

Ob er sich auch ein Lexikon kaufen sollte? Nein, das fand er denn doch etwas übertrieben. Er wollte sich auch nicht mit allzu vielen Details aufhalten. Er wollte einfach, daß die Oper in Schwung kam.

Er las also weiter und hörte, mit den durch die Lektüre immerhin gewonnenen Informationen, die vier oder fünf Szenen, die er bereits gehörte hatte, noch einmal. Da ging das schon besser. Da nahm schon manches Gestalt an. Seine Phantasie baute sich ein zumindest vorläufig recht brauchbares Bühnenbild. Die Weinstube, in der sich der erste Akt abspielte, sah er nun als Kellergewölbe, in das eine steinerne Treppe hinunterführte. Über diese Treppe traten die Personen der Handlung auf.

So endlich auch Hoffmann – nachdem die Studenten schon den Wirt beschuldigt hatten, ihn zu verstecken oder ihn mit seinem Wein vergiftet zu haben. Ein Auftritt mit einer auf einmal weiter ausholenden, von Streichern getragenen Musik. Novak fühlte sich davon angesprochen, obwohl er die Töne, die ihn berührten, nicht in Worte hätte übersetzen können. Nicht einmal fragmentarisch, wie das Französisch, von dem er nach und nach doch einiges verstand.

Bonjour, amis! sang Hoffmann, er sang das mit fester Stimme. Aber die Stimmung, die er von draußen herein mitbrachte oder die er in seinem Inneren mit sich trug, war eine andere. Er überspielte das, verlangte unwirsch eine Sitzgelegenheit, ein Glas Bier und eine Tonpfeife. Aber nicht nur Novak, sondern auch seine Freunde merkten ihm seine Melancholie an.

Das war es, ja, diese Liebesmelancholie. Die er im Alkohol zu ertränken versuchte. Liebe Manuela, Sie sind nicht nur Opernkennerin, sondern auch Krankenschwester … Liege ich falsch, wenn ich annehme, daß dieser Mann seit langem an einer nie recht verheilten Wunde laboriert?

Meist denkt er nicht mehr daran, er hat sich an den leisen Schmerz gewöhnt, er gehört sozusagen zu ihm. Aber jetzt hat ihn diese Stella, dieser neue Star drüben im Theater, wieder daran erinnert. Kennt er sie von früher? Oder bildet er sich nur ein, sie von früher zu kennen? Erinnert sie ihn an jemanden, den er früher gekannt hat?

Etwas, das von ihr ausgeht, hat ihn getroffen. Zutiefst. Zuinnerst. Mitten ins Herz, wie es heißt. Er will es nicht zugeben, aber man merkt es ihm an. Was meinen Sie, Manuela – habe ich recht?

Glauben Sie, daß so etwas vorkommt – ich meine in unserer Wirklichkeit? Daß einen jemand so – wie soll ich sagen? – ach was, ich weiß nicht! Nachhaltig … genau … Man hört und liest jetzt so viel von Nachhaltigkeit … Daß man so eine Wirkung spürt und gar nicht recht weiß, wo ist die Ursache?

Die liegt vielleicht irgendwo weit, sehr weit davor. Nein, ich hab gar nichts übrig für Esoterik. Aber man hat ja schon einiges hinter sich. Nein, nehmen Sie das nicht ernst, es ist wahrscheinlich Unsinn.

Natürlich blieb Novak nicht ständig an einem Platz sitzen. Es tat auch gut, zwischendurch Bewegung zu machen. Und die Ohren für eine Weile zu entlasten, denn die Kopfhörer drückten ein wenig. Allerdings klang dann, was er gerade gehört hatte, in seinem Kopf nach.

Etwa die Ballade von Kleinzack. Er ertappte sich sogar dabei, daß er, was er von der Melodie behalten hatte, auf seine Weise nachsang. Lalala sang er. Vom Text waren ihm ja nur wenige Worte hängengeblieben. Obwohl er schon eine Vorstellung davon hatte, worum es ging. Eigentlich war das ja ein dubioses Lied.

Sing uns doch was, fordern die Studenten Hoffmann auf, für dessen Melancholie sie wenig übrig haben. Okay, vielleicht meinen sie es auch gut und wollen ihn auf andere Gedanken bringen. Sing uns was Lustiges! Einer schlägt ein offenbar auch schon manchmal zum Besten gegebenes Lied von einer Ratte vor, aber das ist anscheinend nicht so beliebt. Der Hit ist offenbar die Nummer über Kleinzack.

Und dann fängt Hoffmann also zu singen an. Und tut das anfangs mit einem gewissen Elan. Aber darunter, da war doch was anderes, oder? Habe ich recht, Manuela? Oder habe ich da nur etwas hineingehört?

Soviel ich mitbekommen habe, ist dieser Kleinzack doch ein Krüppel. Ein häßlicher Zwerg, über den man sich lustig macht. Ich sehe die grausamen Idioten direkt vor mir, die hinter ihm herhampeln und ihn nachäffen. Nicht wahr, er hat einen Buckel? Ich glaube, er hat auch sonst noch einige Defekte.

Und Hoffmann scheint sich ja vorerst selbst über ihn lustig zu machen. Aber dann … Was meinen Sie, Manuela – sieht er im Bild dieses Buckligen nicht sich selbst? Singt er nicht mit einem – wie soll ich sagen? – verzweifelten Sarkasmus? Irgendwie verbaut und verkrüppelt sind wir doch alle.

Nein, dachte Novak, das ist eine unzulässige Verallgemeinerung. Auch so etwas konnte er Manuela nicht schreiben. Für sie stimmte es ja nicht. Was sollte an ihr verkrüppelt sein? Und was an ihm verkrüppelt war, ging sie nichts an.

Außerdem war in dem Lied über Kleinzack noch etwas anderes zu hören. Das begriff er allerdings erst, als er die Kopfhörer wieder aufsetzte. Auf einer Bank an einem anderen Platz. Das war ein Rondeau mit einem schönen, schüsselförmigen Brunnen, in dem eine Nymphe und ein Faun von einer im Sonnenlicht glitzernden Fontäne besprüht wurden.

Mitten in diesem Spottlied schien Hoffmann auf einmal in eine andere Dimension zu geraten. Er fiel total aus dem Rahmen der bösen Ballade. Er. Oder der Sänger. Oder die hier auf einmal lyrisch klingende Musik. Für Novak war das noch schwer zu unterscheiden, aber vielleicht war es auch richtig, daß er das nicht getrennt empfand.

Was hatte das zu bedeuten? Was ging da vor? Hoffmann sang auf einmal von einer Frau … Es war, als ob das Bild des armen Kleinzack sich auflöste … Und dahinter wurde gewissermaßen ein anderes Bild sichtbar … War das die Sängerin Stella, in die er verliebt war? Schon möglich, ja. Aber wieso sah er die sozusagen durch die Karikatur seiner selbst? Es war, als ob dahinter etwas zum Vorschein käme … Doch ganz zu durchschauen war es trotzdem nicht.

Novak saß auf der Bank und dachte nach. Zwischendurch aß er sein Brot und seine Äpfel. Der Brunnen plätscherte, nach Mittag wehte ein leichter, heiterer Wind. Manchmal traf der Wasserstrahl den plumpen Schädel des Fauns, manchmal den hübschen Rücken der Nymphe.

Dann kamen zwei Enten geflogen, ein Männchen und ein Weibchen. Novak fütterte sie mit den Resten des Brotfladens. Der Faun griff nach der Nymphe, aber erwischte sie nicht. Sie versuchte sich ihm zu entziehen, allerdings mit einem Lächeln, das annehmen ließ, daß sie es mit der Flucht nicht allzu ernst meinte.

DIE ABENDE waren nun schön und lau und lang. An einem dieser Abende ging Novak ins Eros-Center. Es lag in der Nähe des Frachtenbahnhofs, an dem er im Zuge erweiterter Spaziergänge manchmal vorbeikam. Dort war dann ein Bahndamm im Weg, und es ging nicht recht weiter.

Eine trostlose Gegend. Warum trieb er sich eigentlich hier herum? An diesen schönen, lauen und langen Abenden. Aber andere trieben sich auch hier herum. Vielleicht, weil das Eros-Center für manche ein Trost war.

Er hatte *Hoffmanns Erzählungen* zu Ende gehört. Nun wußte er Bescheid über Hoffmanns drei unglückliche Lieben. Oder war es immer dieselbe in drei Gestalten? Die Puppe Olympia, die Sängerin Antonia und die Edelhure Giulietta …

Das war schon eine tragikomische Geschichte. Wie die Erfüllung dieser Liebe anscheinend nie zustande kam. Oder was man halt so Erfüllung nennt. Und am Ende wurde es natürlich auch nichts mit der allen drei ähnelnden Stella.

Novak hatte *Hoffmanns Erzählungen* zu Ende gehört und dann wieder an Manuela zu schreiben versucht. Da hatte der Bulgare (oder der Rumäne) schon wieder Frauenbesuch. War es dieselbe Frau oder war es eine andere? Hatte diese jetzt nicht eine Altstimme, zum Unterschied von jener mit der Sopranstimme?

Liebe Manuela! Ich denke an Sie. Ich träume von Ihnen. Aber Sie können sich vielleicht gar nicht mehr so recht an mich erinnern. Ich bin der mit dem großen Gallenstein. Das heißt, der *ohne* den großen Gallenstein, seit mich Ihr Oberarzt operiert hat.

Nein, so ging das nicht. Er durfte nicht auch noch sarkastisch werden. Vielleicht war es wirklich das Beste, sich – wie nennt man das nüchtern? – zu *entspannen*. Er war schließlich ein Mann und noch – das spürte er von Abend zu Abend deutlicher – lebendig. Warum sollte er den Triebstau nicht abreagieren wie andere auch?

Um ins Eros-Center zu gehen, brauchte er, trotz solcher Überlegungen, einige Anläufe. Er ging ein paar Mal durch die Gasse, in der es lag, zuerst auf der anderen Straßenseite. Über dem Portal drüben blinkte ein Schriftzug aus schadhaften Neonröhren. Es war, als ob er den potentiellen Kunden zuzwinkerte.

Dann aber überquerte Novak die Straße. Das war an einem dieser schönen, lauen und langen Abende so gegen zehn. Und dann übertrat er tatsächlich die Schwelle zu diesem Lokal. Er war fünfundfünfzig Jahre alt, aber er war noch nie in so einem Etablissement gewesen.

Ein paar Minuten später steht er in einer stickigen Kabine, in der es nach Zigaretten, Sperma und einem süßlichen Reinigungsmittel riecht, einer fremden, nackten Frau gegenüber. Er hat sie anhand der Fotos ausgewählt, die hier hinter Glas an der Wand hängen, jedem dieser Fotos ist ein Klingelknopf zugeordnet. Sie sieht nicht schlecht aus, obwohl sie nicht mehr jung ist, auf dem Foto hat sie jünger ausgesehen. Aber bestimmt, denkt er, ist sie um einiges jünger als ich.

Sie lächelt. Ihr Mund wäre schöner, wenn er nicht so überschminkt wäre. Hallo! sagt sie. Na, was ist, willst du dich nicht freimachen? Ja, gleich, sagt er, wart nur noch einen Moment. Was hast du? fragt sie. Warum schaust du so traurig?

Am nächsten Vormittag ging Novak auf eine Bank in der Fußgeherzone und überwies einen Betrag von dreihundert Euro an seine Frau. Zum Monatswechsel fielen einige Zahlungen an. Er fand es nicht richtig, sie einfach ihr zu überlassen. Der Mann am Schalter machte ihn darauf aufmerksam, daß er vergessen hatte, seine Adresse auf den Zahlschein zu schreiben.

Novak nickte. Er sei ein bißchen zerstreut.

Schrieb die Adresse in die dafür vorgesehene Zeile und ging.

Erst draußen auf der Straße wurde ihm bewußt, daß er die Adresse der Fremdenpension hingeschrieben hatte.

Und wenn schon, dachte er, das wird auch nichts ändern.

Es war übrigens schon spät am Vormittag, beinahe Mittag. Novak hatte länger als sonst geschlafen. Beinahe Mittag war es, aber die Sonne kam nicht hervor. Seit langem der erste Tag mit verhangenem Himmel.

Im Lauf des Nachmittags wurde es plötzlich kühler. Und gegen fünf blies bereits ein böiger Wind. Auf dem Markt begannen die Textilien an den Kleiderbügeln der fliegenden pakistanischen Händler heftig zu flattern, die Türken und Bosnier an den Obst- und Gemüseständen kurbelten ihre Markisen zurück. Dann wurde es schwarz, und es fing an zu regnen.

Novak war am offenen Fenster gelehnt. Er hatte an diesem Tag nichts Rechtes mit sich anzufangen gewußt. Seit Stunden war er nur am Fenster gelehnt und hatte hinausgeschaut. Jetzt war es aber besser, das Fenster zu schließen.

Er schloß das Fenster, drehte das Licht an und ließ sich rücklings aufs Bett fallen. Da lag er dann einige Zeit mit geschlossenen Augen. Ein Nachtfalter prallte wieder und wieder gegen den Lampenschirm. Dann prasselte Regen gegen die Fensterscheiben.

NEIN, DAS WAR nicht nur Regen, das klang nach Hagel. Es prasselte gegen die Fensterscheiben und aufs Dach. Herta trat in die Diele und schaute hinaus. Wirklich, es hagelte. Ja, dachte sie, das ist die Schafskälte.

Dieser Kälteeinbruch Anfang Juni. Dieses Jahr war er also pünktlich da. Das war schon in Ordnung. So gehörte es sich ja eigentlich. Im vorigen Jahr war die Schafskälte ausgeblieben, und dafür hatte es dann den halben Sommer lang geschüttet.

Nur daß der Mann nicht da war, war nicht in Ordnung. Daß der Mann nicht da war, gehörte sich nicht ... Der Mann war abwesend. Der Mann war auf Abwegen ... Den Nachbarn, denen er schon abgegangen war und die siebensüß nach ihm gefragt hatten, obwohl sie sonst keine zwei Worte mit ihr sprachen, hatte sie gesagt, er sei bei seinem Sohn in Kanada.

Und das wäre ja auch plausibel gewesen ... Daß ihr Franz wieder einmal Bernd besucht hätte, jetzt, wo er in Pension war ... Während sie ja nicht so ohne weiteres weg konnte, denn sie hatte ihr Geschäft ... Aber daß er seinen Sohn sehen wollte, das hätte sie eingesehen, vielleicht wäre sie etwas später, im Juli, sogar nachgekommen.

Obwohl ... vielleicht hätte es ihr sogar ganz gut gefallen, den Mann für eine Weile los zu sein ... Den Mann, den sie gehegt und gepflegt hatte nach seiner Operation ... Den Mann, den sie gern hatte, was denn sonst, denn er war doch der Ihre ... (Aber daß er pflegeleicht war, das hätte sie letzthin nur mehr mit großen Vorbehalten gesagt.) ... Ihn für eine Weile los zu sein, aber zu wissen, wo er war ... In Kanada drüben, in Toronto gut gelandet ... Und dann abgeholt von Bernd, der wahrscheinlich schon wieder ein neues Auto hatte ... Und anständig untergebracht in dem properen Haus, das die zwei dort drüben bewohnten, Bernd und Jenny, seine Ehegattin Nummer 3, die sie zwar noch weniger leiden konnte als ihre Vorgängerinnen, sie hätte sich eine andere Schwiegertochter gewünscht, nicht so eine Daisy Duck, die kein Wort Deutsch konnte, aber das Haus hielt sie in Ordnung, blitzblank, das mußte man ihr lassen ... Ja, wenn er dort drüben gewesen wäre, ihr Franz ... Und sie, seine Frau, gewußt hätte, daß es ihm gutging ... Daß es ihm gutging und daß er nichts anstellen konnte, denn dazu war dort wenig Gelegenheit ... (Rundherum nichts als Wald, ein bißchen fad, ehrlich gesagt, aber Cranberries konnte man sammeln, diese amerikanischen Preiselbeeren, die waren angeblich gut für die Prostata ...): Also, das wäre vielleicht recht erholsam gewesen ... Nämlich für sie, seine Frau, die sich dann endlich einmal entspannt hätte ... Sie hätte weniger gekocht, weniger Geschirr und Wäsche gewaschen, den ganzen Haushalt etwas lockerer gehandhabt ... Und am Abend hätte sie friedlich vor dem Fernseher sitzen können, ohne entweder ätzende Kommentare anhören oder befürchten zu müssen, daß ihr Göttergatte wieder einmal einschlief und schnarchte.

Aber so? So wie jetzt? So los sein wollte sie ihn natürlich nicht! So völlig in Ungewissheit darüber, wo er war ... Weg! Einfach weg! Unter Hinterlassung eines Zettels ... *Liebe Herta. Ich glaube, es ist richtiger so ...* Was sollte denn daran, bitteschön, richtig sein? Daß er sie einfach allein ließ, daß er dreißig Jahre seines und ihres Lebens hinter sich lassen wollte ... Das war doch, das war – sie fand gar kein Wort dafür ... Oder doch: Das war einfach eine Gemeinheit!

Damals, an diesem Abend, der jetzt schon fast eine Woche zurücklag, hatte sie ja vorerst noch gehofft, daß er *doch* zurückkommen würde. Vielleicht hatte er es sich ja doch noch anders überlegt und sich eines Besseren besonnen. Natürlich hatte sie nicht einschlafen können, bis nach Mitternacht hatte sie immer noch geglaubt, seine Schritte draußen auf der Straße oder im Garten zu hören, manchmal auch das leise Quietschen der Gartentür. Dann war sie in einen erschöpften Halbschlaf gesunken, in dem sie nur noch die Bahn hörte, deren Trasse zwar zehn Kilometer entfernt war, aber wenn der Wind aus Osten kam, trug er das Rauschen der Züge bis hierher.

Dann aber war sie plötzlich wieder aufgewacht, mit der Idee, daß ihr Franz womöglich, ja sogar wahrscheinlich, bei dieser Person war. Dieser aus Indonesien dahergelaufenen Leibschüsselträgerin! Ja, natürlich, das war es! Wo sollte er sonst sein? Bis zum Morgen, als die Kirchenglocken sieben läuteten, hatte sich diese Idee in ihrem vor Schlaflosigkeit dröhnenden Kopf verfestigt, das war das einzige, was feststand, wo ihr doch sonst fast alles aus den Fugen geraten zu sein schien, wahrscheinlich, dachte sie, kommt das von der Erschütterung, aber vielleicht kam diese Erschütterung auch von außen, denn der Gemeinderat war wieder einmal der Ansicht gewesen, daß es an der Zeit sei, die Straßen aufzureißen und irgendwelche Leitungsrohre auszutauschen, und ab halb acht arbeiteten die Preßluftbohrer.

Sie hatte dann eine ihrer zwei Balkantussis angerufen und ihr gesagt, daß sie den Laden heute ohne sie aufsperren sollten. Den Kundinnen sollten sie sagen, die Chefin sei wegen einer dringenden Angelegenheit verhindert. Dann hatte sie kalt geduscht und eine halbe Kanne schwarzen Kaffee getrunken. Und dann war sie den Vormittag lang in der Küche gesessen und hatte nachgedacht.

Wie konnte sie herauskriegen, ob ihr Verdacht stimmte? Daß ihr Mann zu dieser Frau gezogen war, sozusagen mit fliegenden Fahnen von einem Haushalt in den anderen … Obwohl dieser andere Haushalt wahrscheinlich ein Sauhaufen war … Aber er mochte etwas Exotisches haben, das ihn verführte und hypnotisierte, sie stellte sich Lampions vor und Räucherstäbchen … Sie wußte ja gar nicht, wo diese Schlampe wohnte ... Das war es also, was sie zuerst einmal klären mußte ... Aber das war, wenn sie es so recht überlegte, gar nicht so einfach ... Sie kannte ja nicht einmal den Familiennamen der Konkurrentin.

Wie konnte sie den in Erfahrung bringen? Den ersten Gedanken, einfach im Krankenhaus anzurufen und zu fragen, wie die liebe Schwester Manuela heiße, verwarf sie. Die Aussicht, diese Auskunft ohne weiteres zu bekommen, schien ihr zu gering im Verhältnis zu der Gefahr, daß ihre Feindin, wenn sie von ihrem Anruf erfuhr, vorzeitig gewarnt war. Selbst wenn sie den Namen bekommen hätte, wäre das übrigens nur die eine Hälfte der Information gewesen, die sie brauchte. Und ihr fiel kein Vorwand ein, unter dem sie noch nach der Privatadresse hätte fragen können.

Sie mußte sich etwas Besseres einfallen lassen. Das war nicht so leicht – trotz kalter Dusche und Kaffee kam es ihr immer noch so vor, als würde ihr Kopf, unabhängig vom heiteren Wetter draußen, im Nebel stecken. Es herrschte ja damals noch schönstes Frühlingswetter. Erst gegen Mittag verzogen sich auch die letzten Schwaden.

Dann aber wußte sie plötzlich, was sie zu tun hatte. Sie mußte sich dieser Frau an die Fersen heften. Ja, dachte sie, warte nur, Schwester, das werde ich tun! Wenn Manuela nach ihrem Dienst aus dem Krankenhaus kam, würde sie ihr folgen.

Ob Manuela zu Fuß nach Hause ging oder, falls sie etwas weiter entfernt vom Spital wohnte, mit dem Auto fuhr, wußte sie nicht. Aber sie wollte ihr in beiden Fällen folgen können. Somit war klar: Sie mußte das Auto nehmen. Aber was ihr Mann gekonnt hatte, das, fand sie, konnte sie mindestens ebensogut.

Sie holte also den Mazda aus der Garage. Und schon fuhr sie grimmig entschlossen Richtung Rainfeld. Noch bevor sie an ihrem Geschäft im Nachbarort vorbeikam, fiel ihr ein, daß sie sich natürlich tarnen mußte. Sie fuhr also zu, grüßte die Mädel und die Kundinnen, die sie gerade mißhandelten, nur sehr flüchtig und huschte ins Magazin, um eine Perücke zu suchen.

Einen Moment lang war sie versucht, eine flammend rote oder eine rabenschwarze zu nehmen. Aber nein, sie durfte ja alles, nur nicht auffallen. Also nahm sie eine unauffällige, brünette. Die würde, so hoffte sie, ihren Zweck schon erfüllen.

Vielleicht hatte sich Manuela ja gar nicht so genau gemerkt, wie sie aussah. Anderseits hatte der Blick, mit dem sie ihr unlängst ihre ganze Verachtung hatte zeigen wollen, vielleicht (ja hoffentlich!) einen gewissen Eindruck gemacht. Obwohl sich an dieser Verachtung nichts geändert hatte, im Gegenteil, mußte sie sich bemühen, heute etwas anders dreinzuschauen. Vor dem Rückspiegel im Auto rückte sie die Perücke zurecht und lächelte.

Knappe zwei Stunden später fuhr sie in Rainfeld vor. Sie plazierte den Wagen so, daß sie den Eingang des Spitals im Blick hatte. Da gab es nun zwei Möglichkeiten: Entweder Manuela hatte Tagdienst, oder sie hatte Nachtdienst. Die Ablöse zwischen Tag- und Nachtschwestern erfolgte, soviel sie sich erinnern konnte, noch bevor den Patienten das Abendessen serviert wurde.

Also um fünf. Die Essenszeiten in so einem Spital waren ja fast wie die in einem Kinderheim. Hatte Manuela heute Nachtdienst, so war Herta, das war ihr unterwegs zu Bewußtsein gekommen, mehr als zwölf Stunden zu früh hier. Was sie dann machen würde – umdrehen, morgen um vier aufstehen und noch einmal hierher fahren oder sich gleich irgendwo in Rainfeld einquartieren, um zur Ablöse nach dem Nachtdienst rechtzeitig zur Stelle zu sein –, das wollte sie jetzt noch nicht entscheiden. Die Chance, daß ihre Feindin Tagdienst hatte und im Lauf der nächsten halben Stunde aus dem Tor trat, betrug ja immerhin fünfzig Prozent.

Geduld. Es würde sich bald herausstellen, ob sie Glück hatte. Herta blieb im Wagen sitzen und behielt das Krankenhausportal und den Parkplatz im Auge. Ihre Augenlider waren allerdings schwer, sie spürte jetzt wieder, daß ihr mindestens eine halbe Nacht Schlaf fehlte. Doch der Gedanke, daß vielleicht auch ihr Mann hier auftauchen könnte, um sein sauberes Schwesterchen vom Dienst abzuholen, eine Art Vision, in der sie ihn vor den nun schon fast zugefallenen Augen sah, ließ sie zum Glück wieder aufschrecken.

Wer weiß, wozu er in seiner testosteronbedingten Verblendung imstande war? Womöglich kam er sogar mit einem Blumenstrauß daher! Das war doch tatsächlich …! Aber nein, das war er dann doch nicht … Der Mann mit dem Blumenstrauß hatte nur ebenso dünn im Wind wehende Haare wie ihrer.

Und dann, zehn nach fünf, trat eine indonesische Krankenschwester aus dem Tor … War das wirklich Manuela? Diese ausländischen Krankenschwestern sahen einander ja alle ähnlich … Wie gut, daß Herta daheim noch nach dem Feldstecher gegriffen hatte, den Franz nach seinem Ausflug vor vier Tagen in der Diele liegen gelassen hatte … Durchs Fernglas spähte sie nach dem besonderen Kennzeichen der Hexe …

Sie mußte nur warten, bis sie ihr die rechte Wange zukehrte … Das war der Fall, als die Frau in ihr Auto einstieg … Nebenbei bemerkt, ein schäbiges Auto, aber das paßte zu der Besitzerin … Ja, genau, da war es – das Muttermal.

Und schon fuhr sie los, und Herta fuhr hinterher. Natürlich mit einem gewissen Abstand, aber zu groß durfte dieser

Abstand auch nicht werden. Sieh da, die Dame fuhr nicht ins Ortszentrum, sondern gleich hinaus auf die Schnellstraße … Sie wohnte also anscheinend nicht in Rainfeld, sondern in einer die Kleinstadt umgebenden Siedlungen.

Von denen war eine trister als die andere. Bis vor zehn, zwanzig Jahren waren hier wahrscheinlich noch kleine Dörfer gestanden oder nur wenige, alte Gehöfte, umgeben von Kukuruzfeldern und Erdapfeläckern. Nicht besonders aufregend, aber irgendwie bodenständig. Jetzt aber war das alles sowohl irgendwo als auch nirgendwo.

Manuela, die diesen Weg fast täglich fuhr, einmal hin, einmal zurück, sah diese unspezifisch häßliche Gegend eigentlich gar nicht mehr. Sie sah allenfalls die Markierungen auf der Fahrbahn, die Geschwindigkeitsbeschränkungstafeln, die Ampeln, aber auch die nur mit dem unbedingt notwendigen Minimum an Aufmerksamkeit. Wesentlich mehr Aufmerksamkeit widmete sie der Opernmusik, die sie, wie immer auf diesem Weg, hörte. Obwohl sie die meisten auf den alten Kassettenbändern magnetisch gespeicherten Tonfolgen längst auswendig kannte, war sie manchmal nach wie vor überrascht von ihr bis dahin verborgen gebliebenen Schönheiten, die sie dann auf einmal wahrnahm.

So sah sie auch den Wagen nicht, der hinter ihr her fuhr. Oder sie sah ihn vielleicht doch, aber er interessierte sie kaum. Vielleicht sah sie an den Kreuzungen, an denen sie halten mußte, sogar die Frau im Rückspiegel, die dann nur langsam, aus irgendeinem Grund zögerlich, zu ihr aufschloß. Aber dann, wenn die Ampel auf Grün geschaltet wurde, tauchte sie mit dem sanften Druck, den ihr zierlicher Fuß aufs Gaspedal ausübte, wieder zurück in die Welt der große Emotionen evozierenden Töne, die, aus den Lautsprechern im Armaturenbrett dringend, ihr kleines Auto erfüllten.

Und dann merkte Herta, daß Manuela langsamer fuhr. Aha, dachte sie, jetzt werden wir also gleich da sein. Und dann würde sie ja sehen, wo und wie diese Frau hauste, die böse Zauberin, die ihr den Mann abspenstig gemacht hatte. Und dann ... ja, was sie dann tun würde, wußte sie ehrlich gesagt noch nicht, aber wenn sie einmal die örtlichen Umstände kannte, konnte sie vielleicht die dazu passende Strategie entwickeln.

Und während Manuela vor einem der Reihenhäuser in einer Seitengasse zufuhr und ausstieg, öffnete sich die Tür des Hauses und ein junger Mann mit einem Kind auf dem Arm trat heraus. Der Mann war jung, vielleicht Mitte zwanzig, und das Kind war etwa anderthalb Jahre alt. Der Mann lächelte, und das Kind streckte der Mutter, denn das war Manuela offensichtlich, die Ärmchen entgegen. Herta fuhr langsam und möglichst leise vorbei.

Von dieser Idylle war sie vorerst entwaffnet. Jetzt spürte sie plötzlich wieder die große Müdigkeit. Die fixe Idee, daß sie ihren Mann hier, bei dieser Frau, finden würde, löste sich in Nichts auf. Die ganze Energie, die sie bis hierher getragen hatte, die Wut im Bauch, der Haß im Herzen, entwich – ich bin mir vorgekommen, sagte sie zu ihrer Freundin Renate, bei der sie am nächsten Abend Rat und Hilfe suchte, wie ein angestochener Luftballon.

Der Tag im Frisiersalon war schrecklich gewesen. Einer Kundin, deren gespaltene Haarspitzen sie mit der heißen Schere behandelt hatte, hätte sie um ein Haar das linke Ohrläppchen verbrannt. Stimmt schon, die Frau hatte unter den Locken überraschend abstehende Ohren. Aber so etwas durfte einer versierten Friseurin, und gar der Chefin, nicht passieren.

Sie hatte sich dann zurückgezogen und das Handwerk für den Rest des Tages lieber den Mädeln überlassen. Aus dem

Magazin, wo zwar der Empfang problematisch war, aber niemand mithörte, hatte sie Renate angerufen. Renate war die Freundin, die sie am vergangenen Montag als Vorwand benutzt hatte. Nun war ihr wirklich danach, sie zu besuchen.

Renate war eine ihrer ältesten Freundinnen. Eine, mit der sie sich immer gut ausquatschen hatte können. Und das hatte sie jetzt bitter nötig. Du, sagte sie, ich bin fix und fertig. Hast du ein bißchen Zeit für mich?

Ja, sagte Renate. Klar. Sie war eine alleinstehende Frau. Hatte ein paar Männer gehabt, sogenannte Lebensgefährten, aber sich mit keinem von ihnen, wie sie es darstellte, auf die Dauer belastet. Das waren dann eben nur Lebens*abschnitts*gefährten. Wenn ihr heute der eine oder andere zufällig über den Weg lief und wenn sie sah, wie dieser Kerl, der ihr ehemals gar nicht so übel erschienen war, jetzt daherkam, war sie jedesmal froh, daß sie keinen dieser alten Stinker im Haus hatte.

Aber ich weiß schon, du bist fixiert auf den Deinen. Trotzdem oder gerade deswegen solltest du einen kleinen ehelichen Krisenfall wie diesen nicht gar so ernst nehmen. Komm, sagte sie, trink einen Schluck, nachdem ihr Herta, erst immer noch ein wenig zurückhaltend, weil ja die ganze Geschichte doch eigentlich peinlich war, reinen Wein eingeschenkt hatte, komm, trink einen Schluck. Sie hatte zwar keinen alten Stinker im Haus, aber einen recht guten jungen Burgunder.

Der kommt schon wieder, sagte Renate, dein Franz! Früher oder später. Zu so einer starken Frau wie dir muß er doch zurückkommen. Wahrscheinlich früher. Vielleicht sogar früher, als dir lieb ist. Für diesen Fall solle sie ihn jedenfalls nicht gleich wieder mit offenen Armen empfangen, sondern ihm die kalte Schulter zeigen.

Der Burgunder tat seine Wirkung. Herta, der zuerst eher zum Heulen gewesen war, mußte einige Male laut lachen. Das kam von den Witzen, die Renate erzählte. Lauter Witze, aus denen hervorging, was die Männer doch in Wirklichkeit für ein schwaches Geschlecht waren. Als sie zum dritten Mal auf die starken Frauen anstießen, hatten sie die Flasche schon fast ausgetrunken.

Aber Renate hatte ja noch eine Flasche.

Nein, meinte Herta, die solle sie lieber nicht öffnen. Sie müsse ja heute abend noch zurückfahren.

Fahr morgen früh, sagte Renate. Heute nacht kannst du bei mir schlafen.

Mit dieser Idee konnte sich Herta umso besser befreunden, als ihr Renate die Möglichkeit in Aussicht stellte, daß Franz inzwischen nach Hause kam. Dann würde er schön dumm schauen, wenn seine Frau einfach nicht da war. Er soll nur sehen, sagte sie, daß du nicht blöd bist. Du sitzt nicht einfach daheim und bläst Trübsal, sondern weißt dir auch was Besseres.

Umso größer war dann der Katzenjammer am nächsten Tag. Es war zwischen sieben und acht Uhr morgens, als sie von Renate, die ihr noch ein aufmunterndes Frühstück gemacht hatte, nach Grabern zurückfuhr, sie wollte nur kurz zu Hause vorbeischauen und dann gleich in den Frisiersalon weiterfahren. Das Wetter war strahlend schön, aus dem Autoradio klangen betont heitere Hits. Aber je näher Herta ihrem Haus kam, desto weniger blieb vom Übermut der vergangenen Nacht.

Franz? sagte sie, als sie die Tür aufgesperrt hatte, ihre Stimme klang ungünstig kleinlaut. Für den Fall, daß er da gewesen wäre, hätte sie sich mit diesem Stimmchen schon eine Blöße gegeben. Aber er *war* nicht da. Die Couch im Wohnzimmer, auf der er letzthin immer geschlafen hatte, war unberührt. Und das Ehebett im Schlafzimmer erst recht.

Dort stand sie dann, sie, die starke Frau, von einem Heulkrampf geschüttelt, der eher zu einem kleinen Mädchen gepaßt hätte. Später suchte sie in den Laden im Badezimmer nach den Baldriandragées. Die hatte sie zum letzten Mal genommen, als der Bub damals von einem Tag auf den anderen ausgezogen war. Das Ablaufdatum auf der Packung konnte sie ohne Brille nicht lesen, aber sie hoffte, daß sie noch wirkten.

Daß sie ins Geschäft fuhr, konnte man unter diesen Umständen nicht von ihr erwarten. Sie rief also wieder eine von ihren zwei Tussis an. Dann ging sie noch einmal vors Haus und manövrierte das zuvor nur flüchtig eingeparkte Auto in die Garage. Dabei bekam der Wagen, der ihr breiter erschien als sonst – oder war die Garageneinfahrt nun schmäler geworden? – zwei Kratzer ab.

Einige Male hatte sie überlegt, ob sie auf die Wachstube gehen und eine Vermißtenanzeige machen sollte. Schließlich war Franz nun schon seit drei, vier, fünf Tagen abgängig. Aber sie war immer wieder davon abgekommen. Sie konnte sich vorstellen, was die Polizisten, vermutlich überwiegend männliche Chauvinisten, einer schon etwas reiferen Frau, deren Mann, nach der vorliegenden Faktenlage zu schließen, wahrscheinlich einfach ausgebüxt war, sagen würden.

Auch hatte sie sich stärkere Beruhigungsmittel besorgt. Das hatte sie allerdings nicht in der Apotheke am Hauptplatz getan, in der man sie kannte, sondern in einem Nachbarort, in den sie sonst kaum kam. Sie war extra mit dem Bus dorthin gefahren, das Auto ließ sie nun lieber wieder in der Garage stehen. Der Apotheker dort hatte ihr sogar ein Mittel ausgehändigt, für das man eigentlich eine ärztliche Verschreibung brauchte, aber sie sei, hatte sie ihm gesagt, eine Geschäftsfrau und könne es sich nicht leisten, nur wegen eines Rezepts stundenlang in irgendeinem Wartezimmer zu sitzen.

Dieses Präparat – den Beipackzettel hatte sie gar nicht gelesen, denn sie wollte sich nicht vor all den darin angeführten Nebenwirkungen fürchten –, dieses, so der Apotheker, bitte bestimmt nicht öfter als zwei Mal täglich mit etwas Flüssigkeit einzunehmende Sedativum hatte dann gewirkt. Sie fuhr wieder in den Frisiersalon und brachte die Tage dort hinter sich. Abends aß sie nicht viel, meist löffelte sie geistesabwesend irgendein Fastfood-Gericht, während sie vor dem Fernseher saß und wenig mitbekam. Sie war gleichmütig. Sie spürte wenig. Nur wenn sie im Bett lag, spürte sie, daß ihr kalt war.

Und das trotz der fast schon sommerlichen Temperaturen draußen. Aber damit war es jetzt fürs erste vorbei. Herta stand in der Diele und sah zu, wie die Hagelkörner draußen im Garten die fast schon reifen Kirschen vom Baum rissen. Und wenn schon! Für sich allein würde sie ohnehin keine Kirschenknödel machen.

Tags darauf jedoch, als sie die Post aus dem Briefkasten nahm, fand Herta außer dem leidigen Werbematerial, das sie, wie üblich, gleich in den Papiercontainer warf, ein Kuvert mit dem Logo der Bank, auf der sie ihr Konto hatte. Aus dem aktuellen Kontoauszug ging hervor, daß ihr dreihundert Euro angewiesen worden waren. Auf dem daran gehefteten Überweisungsauftrag stand der Name und die Adresse des Absenders. Das reaktivierte ihre Lebensgeister.

IHR MANN hatte inzwischen begonnen, den *Fliegenden Holländer* zu hören. Das paßte zum Wetter, das nach wie vor grimmig war. Zwar hatte es zu hageln aufgehört, aber der Regen, den der Wind vor sich her trieb, war eisig. Wenn Novak hinüber auf den Markt ging, um das Nötigste einzukaufen, hätte er sich Ölzeug gewünscht wie ein Nordseefischer.

Mit dem Schloßgarten würde es in den nächsten Tagen nichts werden. Im Zimmer war es kalt, die Chinesin behauptete zwar, daß die Heizkörper liefen, aber sie heizten nicht. Das liege nicht an ihr, sagte sie, sondern am Fernwärmeheizwerk, das nicht auf diesen Wettersturz eingestellt sei. Immerhin hatte sie Thermoskannen, in die sich die Mieter heißen Tee abfüllen konnten.

Und der Regen prasselte nach wie vor gegen die Fensterscheiben. Das paßte zur Musik. Sturm und Gischt waren bereits in der Ouvertüre deutlich zu hören. Da war schon das ganze Programm der Oper verpackt und wurde, sozusagen probeweise, losgelassen. Im Opernführer las Novak von Wagners Leitmotivmanie – ja, genau: Ein Leitmotiv jagte das andere.

Und das war schon ziemlich beeindruckend, was sich da abspielte. Wie das Schiff des Kapitäns Daland, nur wenige Meilen vom Heimathafen in den aus der Ouvertüre gleich mitgenommenen Sturm geraten, sich gerade noch in eine schützende Bucht rettet. Wie die Seeleute dort das Unwetter abwarten wollen und man vorläufig ohnehin nichts Besseres tun kann, als sich für eine Weile in der Koje zu verkriechen und aufs Ohr zu legen. Und wie der etwas naive Steuermann, der wachen soll, sich mit einem Lied über sein Mädel, das hoffentlich auf ihn wartet, selbst in den Schlaf singt.

Und dann erscheint er, der tragische Held, aus dem Dunkel ominös klingender Tonfolgen taucht seine Stimme auf. In der Aufnahme, die Novak hörte, bei allem Wagner-

Deutsch ein Mann mit englischem Akzent. *The Man in Black*, ja, so stellte sich Novak den Typ etwa vor, er erinnerte sich an das Cover einer LP von Johnny Cash, die draußen in Grabern irgendwo in der Ablage verstaubte. Mit anderen seit Jahren nicht mehr gehörten Langspielplatten.

Seit sie den CD-Player hatten, Herta und er, hatten sie den Plattenspieler kaum mehr benutzt. Und das war schade, denn so hatten sie einiges nicht mehr gehört, das ihnen früher gut gefallen hatte. Für Johnny Cash hatte sogar Herta etwas übrig gehabt. Obwohl sie danach immer etwas Aufheiterndes gebraucht hatte, und etwas Einheimisches, Reinhard Mey zum Beispiel, denn ein bißchen ein Finsterling, hatte sie gefunden, war der schwarzgekleidete Cowboy schon.

Der Holländer kommt an Land. Er trägt schwarze Kleidung. Ja, eben. Das hört man direkt. Zumindest bildete sich Novak ein, das zu hören. Zwar war er nicht völlig ohne Vorinformation; da der CD kein Textbuch beilag, hatte er sich noch ein Reclam-Heft geleistet. Aber es war schon erstaunlich, was für Vorstellungen die Musik hier auslöste.

Daß die Frist um sei, sang er. Mit einer Stimme, die von weit, weit draußen kam. Und daß abermals sieben Jahre verstrichen seien. Nun hatte ihn das Meer wieder einmal an Land geworfen. Voll Überdruß. Auch dem Meer reichte es also schon, daß dieser Mann mit seinem Schiff seit weiß Gott oder eher der Teufel wie langer Zeit auf ihm herumirren mußte.

Die Stimme brauchte sozusagen eine Weile, bis sie auf dem Streifen Land, den Novak im Fundus seiner Phantasie vorfand, Fuß gefaßt hatte. Dann aber war sie, vorbereitet durch einige aufwühlende Streicherakkorde, mit einem Mal voll da, voll Bitterkeit und Zorn über das ihr vom Textdichter und Komponisten auferlegte Schicksal. Und dann fuhren sie volle Kraft voraus, diese Stimme und die Musik, die sie trug, die Wellen brandeten gegen dekorativ im Weg stehende Felsen. Aber der Seemann, der da sein Los beklagte, konnte ja nicht umkommen, das war der Fluch, der auf ihm lag, der hatte also vor nichts Angst, schon gar nicht vor Pathos.

Novak hätte sich selbst als durch und durch unpathetischen Menschen bezeichnet. Er hatte ein durch und durch unpathetisches Leben geführt. In einer durch und durch unpathetischen Zeit. Bis vor kurzem hätte er es für völlig ausgeschlossen gehalten, daß er auf so etwas wie die Arie dieses aus vorerst unklaren Gründen verfluchten Seefahrers derart reagieren würde.

So mitgerissen! So aufgewühlt! So vom Sturm, den diese Musik imitierte, durchgebeutelt! Sicher war die Wetterlage, die draußen vor dem Fenster und die drinnen in seiner in Turbulenzen geratenen, armen Seele, dazu angetan, seine schon letzthin erhöhte Empfänglichkeit für solche Schwingungen zu steigern. Aber war es nicht eigentlich ziemlich absurd? Wie er da saß, etwas schief versunken in den schon recht altersschwachen Lehnsessel in diesem miesen Zimmer, eine Dose Bier aus der Minibar in der rechten Hand, in der linken das Reclamheft, an den Ohren die Kopfhörer, die jetzt schon wieder zu drücken begannen, vielleicht auch, wer weiß, weil die nicht immer leicht faßbaren Bilder, Assoziationen und Gedanken das Kopfvolumen von innen her dehnten, vielleicht weil das alles etwas zu viel und letzten Endes zu groß für seinen an so etwas nicht gewöhnten Kopf war, was man so groß nennt, mein Gott, dagegen hat unsereins heutzutage eine gesunde Skepsis, aber in der Welt der Oper, die ja von gestern ist, wenn nicht von vorgestern, kommt so etwas eben noch vor.

Und vielleicht sollte sich ein Mensch wie Novak besser nicht in diese Welt verirren. Aber jetzt war das eben schon längst passiert. Liebe Manuela! Sie haben es sicherlich gut gemeint, als Sie mir damals Ihre Audiokassetten zur Verfügung gestellt haben. Aber wahrscheinlich haben Sie sich nicht vorstellen können, was Sie damit auslösen.

Wie denn auch? Ich war doch ein ganz normal wirkender Patient, nicht wahr? Daß das Mittel, das Sie mir verabreicht haben – eigentlich zur Beruhigung (was sich aus heutiger Sicht etwas verkehrt ausnimmt) –, daß dieses Mittel solche Wirkungen und vor allem solche *Nach*wirkungen haben würde, daran haben Sie wahrscheinlich nicht einmal im Traum gedacht. Ich denke im Traum an Sie, noch immer, schon wieder, und ich komme Ihnen dabei näher, als gut ist, das heißt, im Vertrauen, es ist (oder wäre) schon gut, aber es darf doch (es kann doch) nicht sein – entschuldigen Sie, ich denke im Traum an Sie, nach wie vor, obwohl ich versucht habe, das durch eine sozusagen praktische Maßnahme abzustellen, aber es hat nichts genützt.

Doch bei allem Eindruck, den die großen Themen, die in der Arie des Holländers anklangen, auf Novak machten ... Lebensüberdruß, Todessehnsucht, Verzweiflung, Hoffnung, Verdammnis, Erlösung und so weiter ... Der Grund, warum der arme Mann so ewig lang zur See fahren mußte, war doch eigentlich läppisch. Oder wie war das? Hatte Novak da etwas nicht begriffen?

Die in sein Porträt verschossene Senta lieferte die Begründung für seine Verdammnis ja erst im zweiten Akt. Auch ihre Arie war beeindruckend, obwohl die Stimme der Sängerin, so zart mädchenhaft sie vorerst einsetzte, allzu rasch walkürenhafte Dimensionen annahm. Stimmt, Novak wußte gar nicht so genau, was Walküren waren, aber er hatte eine vage Idee von irgendwie jenseitigen, hochbusigen Weibern. Und daß die in Wagner-Opern vorkamen, gehörte in seiner Generation doch noch zur rudimentär überlieferten Allgemeinbildung.

Kampfjungfrauen dieser Stimmlage waren nicht wirklich der Typus, von dem er sich angesprochen fühlte. Und trotzdem hatte die Maid in den Zwischenstrophen, in denen sie sich zurücknahm, etwas überraschend Rührendes. Erst recht, wenn der Chor der spinnenden Mädchen die Schlußreime leise, fast feenhaft, mitsang. Da traten ihm, der inzwischen auch die zweite Dose Bier ausgetrunken hatte und mangels anderer Vorräte in der Minibar die zwei oder drei Schlückchen aus dem Fläschchen Wodka riskierte, doch glatt die Tränen in die Augen.

Aber der Grund, warum der bleiche Seemann, so Senta, nicht aufhören durfte, durch immer wieder wild aufgepeitschte Weltmeere zu pflügen – bei ruhiger See, blauem Himmel und freundlichem Sonnenschein konnte man ihn sich eigentlich gar nicht vorstellen –, der Grund für seine völlig unverhältnismäßige Strafe ...? Er hatte geflucht, einen unüberlegten Schwur getan! Ein Kap hatte er einst umsegeln wollen, und, dickköpfig, wie er offenbar war, wollte er davon nicht ablassen, selbst wenn er bis zum Jüngsten Tag segeln müsse. Und das mußte er jetzt eben tun, es sei denn, er würde bei einer ihm blindlings treuen Jungfrau landen, was er alle sieben Jahre versuchte, aber bis jetzt war er bei diesem Versuch anscheinend immer gekentert.

Eigentlich eine schlimme Geschichte, und doch ... Novak konnte nicht aufhören, sie zu hören. Bis es, immer heftiger, an der Tür klopfte. Was er, weil er schon wieder die Kopfhörer aufhatte, nicht gleich mitbekam.

Vielleicht spürte er es eher, als daß er es hörte. Wie verhält sich das physikalisch? Jemand klopft von außen an die Tür, dadurch wird die Luft innen im Raum in leichte Schwingungen versetzt. Oder er fühlte es sozusagen telepathisch. So etwas soll ja vorkommen zwischen einander nahestehenden Personen.

Jedenfalls war ihm das Klopfen auf einmal bewußt. Er legte die Kopfhörer ab und ging zur Tür. Mit der linken Hand drehte er den Schlüssel im Schloß um, mit der rechten drückte er die Schnalle nach unten und öffnete einen Spaltbreit. Draußen stand Herta, von ihrer Pelerine rannen kleine Bäche Regenwasser auf den Kunststoffboden.

Na? sagte sie. Willst du mich nicht hineinlassen? Lang genug hast du gebraucht, bis du mich gehört hast – schläfst du am hellichten Tag?

Es war zwar tatsächlich erst vier oder fünf, also nicht spät für Mitte Juni. Aber vom hellichten Tag konnte bei der diluvialen Finsternis draußen vor dem Fenster kaum die Rede sein.

UND SCHON hat sie sich an ihm vorbeigedrängt und steht mitten im Zimmer. So, hier haust er also jetzt, ihr Mann. Das mußt du dir vorstellen, wird sie zu Renate sagen, mit der sie noch am selben Abend telefonieren wird, das kannst du dir nicht vorstellen. Dieses finstere Loch! Diese grindige Einrichtung! Diese schlechte Luft!

Von den Zigarettenlöchern in den Polstermöbeln wird sie ihrer Freundin erzählen. Und von den Spuren zerdrückter Insekten an der Tapete. Und vom ungemachten Bett, in dem Franz anscheinend auch untertags herumlungert. Und von dem traurigen Gummibaum mit seinen schlapp herabhängenden Blättern.

Der gehört dringend gegossen, stellt sie fest. Ah ja, sagt der Mann, so als wäre ihm das erst in diesem Moment aufgefallen. Seine Antworten auf ihre Fragen kommen alle mit einer gewissen Verzögerung. So, als führe er ein Ferngespräch mit ihr, obwohl er ihr doch gegenübersteht, das heißt -sitzt, nämlich auf dem Bett und sie im Fauteuil, der ihr nicht sehr vertrauenswürdig erscheint, aber hier gibt es sonst keine Sitzgelegenheit.

Er ist ihr vorgekommen wie unter Drogen, wird sie zu Renate sagen. Alkohol sowieso. Unter dem Lehnsessel mehrere leere Bierdosen und ein Schnapsfläschchen. Die sind dort *herumgekugelt*, wird sie sagen. Aber das dürfte nicht alles gewesen sein – sie hat den Eindruck gehabt, daß da noch etwas anderes mit im Spiel war.

Und was tust du hier? habe sie Franz gefragt. Und weißt du, was er geantwortet hat? fragte sie Renate. Was er behauptet, was er die ganze Zeit tut? Er hört Opern, sagt er mir. Nichts als Opern!

Tatsächlich habe er Kopfhörer dort liegen gehabt. Kopfhörer und so ein kleines, flaches Gerät. Aber das sei doch nicht normal, oder? Für einen bis vor kurzem ganz vernünftigen Menschen! Nichts als Opern zu hören! Das sei doch pervers!

Dunkel empfand sie die Veränderung, die mit ihrem für sie auf einmal so befremdlichen Mann vorgegangen war, auch als Verrat. Als Verrat an ihr, seiner Frau, und dem halben Leben, das sie miteinander verbracht hatten. An ihrer Herkunft. An dem Milieu, aus dem sie beide kamen. Was glaubt er denn, wer er ist? Was bildet er sich auf einmal ein?

Daß sie das Zimmer letzten Endes unverrichteter Dinge wieder verlassen habe, erzählte sie ihrer Freundin. Denn was sie dort habe erreichen wollen, habe sie nicht erreicht. Sie habe geglaubt, daß der Mann ein Einsehen haben und mit ihr gehen, das heißt fahren werde (das Auto hatte sie trotz des drohenden Strafmandats gleich um die Ecke geparkt). Sie habe insgeheim gehofft, daß er ihr vielleicht mit der Adresse, die er auf die Banküberweisung geschrieben habe, einen Wink habe geben wollen, daß das im Grund genommen ein Appell gewesen sei, daß sie kommen und ihn holen solle.

Vielleicht war das ja ein Appell seines Unterbewußtseins. Sie hielt sonst nicht viel von diesem Psychogeschwafel, aber über das Unterbewußtsein (oder hieß es das Unbewußte?) stand so viel in den Illustrierten, daß sie es inzwischen doch irgendwie akzeptiert hatte. Womöglich gab es das wirklich. Und wahrscheinlich hatte auch ihr Mann so was. Aber von diesem Unbewußten oder Unterbewußtsein, das sich womöglich ins traute Heim zurücksehnte, wollte er nichts wissen.

Sie sei weit gegangen, sehr weit, gestand sie der verständnisvollen Renate. Daß er ihr abgehe, habe sie ihm gesagt, und daß ihr das Haus leer vorkomme ohne ihn. Daß ihr das Essen allein keine Freude mache. Und daß sie sich traurig fühle so allein vor dem Fernseher und im Bett.

Aber er sei auf all das nicht eingegangen. Das habe sie dann natürlich wütend gemacht. Er habe gar nicht bemerkt, wieviel ihr unverdienterweise an ihm lag, obwohl er verwahrlost aussah und nach Bier und Schnaps muffelte. Da habe sie dann nicht anders können, als ihn wieder auf diese Frau anzusprechen, die das alles irgendwie ausgelöst hatte.

Irgendwie. Das heißt auf für sie nach wie vor ungeklärte Weise. Denn daß dieses kleine, ständig dumm lächelnde Luder ihm einfach jene blöden Tonbandkassetten geliehen hatte, damit er den Schmerbauch im Nachbarbett nicht so laut furzen hörte, das allein konnte es nicht gewesen sein. Und daß es damit nicht sein Bewenden gehabt habe, das gab er ja auch halb und halb zu. Nur verschanzte er sich dann hinter Formulierungen, die alles und nichts sagten und Herta noch mehr ärgerten.

Daß es sich um ein Verhältnis handle, das einfach ganz anders sei. Etwas, das er ihr nicht erklären könne. Ihr, seiner

Frau! Aber eigentlich auch sich selbst nicht. Ja, habe er gesagt. Eigentlich könne er es sich selbst nicht erklären.

Ein paar Tage vorher, nachdem Herta hinter Manuela hergefahren war und gesehen hatte, daß Franz nicht bei ihr war, jedenfalls nicht physisch, war ihr der Haß, den sie zuvor gegen die Indonesierin empfunden hatte, fast vergangen. Jetzt aber, als sie ihren Mann so eiertänzerisch von seinem Verhältnis zu dieser Person reden hörte, kam der Haß wieder. *Verhältnis*. Ja, dieses Wort verwendete er mehrere Male. Daß ihr Mann eingestandenermaßen ein Verhältnis zu einer anderen Frau hatte, auch wenn er *sie*, die seit drei Jahrzehnten seine Socken und Unterhosen wusch, anscheinend für zu primitiv hielt zu begreifen, in welchem Bereich sich dieses Verhältnis angeblich abspielte, brachte sie aufs neue und nun geradezu fundamental gegen diese Frau auf.

IN DEN darauf folgenden Tagen und Wochen war Herta emsig damit beschäftigt, Maßnahmen gegen Manuela in die Wege zu leiten. Sie telefonierte, sie schrieb Briefe, sie fuhr mehrere Male ins Krankenhaus nach Rainfeld und nach Kleinhain in die Siedlung, in der die Indonesierin mit Mann und Kind wohnte. In Rainfeld jedenfalls lief ihr eine ehemalige Kollegin Manuelas über den Weg, eine vom Dienst suspendierte ältere Krankenschwester, die ihr bei mehreren Tassen Kaffee und vielen süßen Schnitten, die sie als Kompensation für ihr angetane, bittere Ungerechtigkeiten essen mußte, einiges über die Indonesierinnen im allgemeinen und Manuela im besonderen erzählte. Und in Kleinhain fand sich fast ohne ihr Zutun eine mißgünstige Nachbarin, insofern geistesverwandt, als sie nicht nur etwas gegen Manuela und gegen indonesische Krankenschwestern hatte, sondern, noch viel pauschaler und radikaler, etwas gegen das ganze Ausländergesindel.

Das Gesocks, das ihrer Ansicht nach in Kleinhain, das ehemals ein nun kaum mehr erkennbares Dorf gewesen sei, *systematisch* angesiedelt würde. Nicht nur Indonesier gebe es dort, sondern auch Koreaner (oder seien es Vietnamesen?). Und im Gasthaus, das früher am Feierabend von bodenständiger Gemütlichkeit erfüllt gewesen sei, wer sitze dort heute schon am Vormittag, also zu einer Zeit, zu der anständige Leute arbeiteten? Offenbar von irgendwelchen Gutmenschenvereinen in ihrer Arbeitsscheu unterstützte Neger!

Einige Verschwörungs- und Unterwanderungstheorien hörte Herta in diesem Zusammenhang. Aber die trafen bei ihr ja auf offene Ohren. Was die ausländischen Kolleginnen anlangt, sagte die Exkrankenschwester, sei ja eines bitteschön nachweisbar: Daß ihre fernen Heimatländer eigens Krankenschwestern ausbilden ließen und nach Europa schickten, damit sie hier viel Geld verdienten, das dann über die Unterstützung, die sie ihren Verwandten angedeihen ließen, nach Indonesien zurückfließe. Oder waren das die Philippinen?

So päppeln wir also diese Länder auf! Länder mit weiß Gott wie vielen hundert Millionen Einwohnern, die mit jedem Jahr noch viel mehr werden! Und in logischer Konsequenz werden auch die von dort kommenden Krankenschwestern immer mehr! Und nehmen den unseren die Arbeitsplätze weg und werden sie über kurz oder lang völlig verdrängt haben!

Noch dazu, wo die nicht nur als Krankenschwestern ausgebildet sind. Das sind ja, bitteschön, alles halbe Hostessen. Oder wie man das nennt. Na, Sie wissen schon! Aber dafür sind die hiesigen Ärzte anfällig.

Was Sie nicht sagen!

Na klar, sagte die Exkrankenschwester, sie hieß Berta. Was glauben denn *Sie*? Zum Beispiel der Oberarzt …

Der auf der Chirurgie?

Aber hundertprozentig sicher!

So ist das also. Na, das erklärt einiges, dachte Herta.

Warum der Oberarzt nach ihrem ersten Versuch, ihm die Augen zu öffnen, nichts unternommen hatte … Sie hatte sich vertrauensvoll an ihn gewandt, doch er war, wie sich jetzt erwies, die total falsche Adresse … Aber das hätte sie sich eigentlich denken können … Männer! Und noch dazu Ärzte! Sie mußte sich an Frauen wenden.

Frauen in der Verwaltung. Die gab es doch hoffentlich. Auch wenn die Mannsbilder wahrscheinlich nach wie vor überwogen.

Ja, sagte Berta. Sie empfahl die Oberschwester Soundso. Herta zückte ihren Kalender und notierte sich den Namen.

Das war auf jeden Fall Wasser auf ihre Mühlen. Und Manuelas nette Nachbarin brachte diese Mühlen noch zusätzlich in Schwung. Ganz im Vertrauen, meinte diese im Gegensatz zu der Exkrankenschwester eher dürre Person, die früher einen Laden für Kurzwaren betrieben hatte, aber so etwas brauchte ja heutzutage fast niemand mehr, sie habe schon seit längerem einen Verdacht. Diese Manuela habe vielleicht noch einen recht einträglichen Nebenjob.

Wissen Sie, als das Kind noch kleiner war, da war sie ja etwas mehr zu Haus. Aber inzwischen … Sehen Sie, das Kind wird doch mehr vom Vater betreut als von der Mutter … Das arme Hascherl! Also, der Mann ist irgend so ein windiger Freiberufler … Hockt den ganzen Tag und die halbe Nacht vor seinem Laptop.

Und zwischendurch versorgt er irgendwie das Kind … Ja, so ist das, ich seh das halt manchmal durchs Fenster … Schauen Sie, die haben eben keine Vorhänge dort drüben, nur Jalousien … Und diese Jalousien sind untertags meist geöffnet.

Was soll ich Ihnen sagen … Daß der Papa die Kleine betreut, wenn die Mama im Dienst ist, laß ich mir ja einreden … Aber kann sie wirklich so oft im Dienst sein? … Ich meine, so übertrieben viel im Spital? … Besonders, was die Nachtdienste betrifft, bin ich mir nicht so sicher.

Wissen Sie, sagte die Nachbarin, man bekommt halt so ein Gefühl für den Rhythmus, in dem die Menschen leben … Und da gibt es in letzter Zeit gewisse Unregelmäßigkeiten … Vielleicht kann man die ja auch ganz harmlos erklären … Aber die da drüben sind keine Leute, die wirklich mit einem reden.

Grüßen tun sie schon, sogar höflich, Guten Morgen, Guten Abend … Doch sonst wollen sie sich offenbar nicht auf viel einlassen … Schon gut, schon recht, schauen Sie, unsereins drängt sich doch nicht auf … Aber über dies und das denkt man sich dann halt seinen Teil.

Zum Beispiel über die Nachtdienste, die sich häufen … Und zwar, kommt mir vor, seit es – Entschuldigung schon – das Puff gibt … Das haben Sie nicht gesehen? Was? Na ja, untertags spielt sich da nicht viel ab … Aber abends … Man getraut sich im Dunkeln ja gar nicht in die Nähe.

Früher war das ein Kino. Palast-Kino hat es geheißen … Ein schönes Kino. Mit fußfreier Reihe und Logenplätzen … Jetzt heißt es Massage-Palast, na ja, und da kann man sich schon denken … Also, ein paar von den jüngeren Ausländerinnen, die wir hier haben, verdienen sich dort sicher ihr Zubrot.

So eine wie die saubere Schwester Manuela könne das sicher gut brauchen. Mit einem Mann, der anscheinend nicht regelmäßig verdiene, und einem Kind, das, so klein es sei, heutzutage unverhältnismäßig viel Geld koste. So wie der Mann aussehe, wirke er ja eigentlich wie ein ganz properer Mensch. Aber was er auf seinem Laptop tippe und ob das überhaupt Geld bringe, sei sehr die Frage.

Ob er vom mutmaßlichen Nebenjob seiner Frau wisse oder nicht, das sei schwer zu sagen. Übrigens sei sie ja gar nicht seine Frau, jedenfalls nicht vor dem Gesetz. Seine Lebensgefährtin also, vielleicht, ja, wer weiß, auch seine Geschäftspartnerin. Aber nein, sagte die Nachbarin, eigentlich halte sie den eher für ein Traummännlein als für ein stilles Wasser, auf seinem Laptop tippe der eher Gedichte als die Liebesdienstpläne für seine Madame.

Sie finde es, sagte die Nachbarin, ja manchmal fast rührend, wie lieb dieser Mann mit dem Kind umgehe. Aber wahrscheinlich sei er ein Waschlappen, oder wie sagt man? – Ein Softie! Wenn Sie mich fragen, sagte die Nachbarin, ist ja das Kind nicht einmal von ihm … Süß ist es ja, mit dieser schwarzen Haarkrause und den Herzkirschenaugen, aber mit ihm hat es doch nicht die geringste Ähnlichkeit!

Er sei ja ein Hiesiger, auch wenn er nicht mehr so rede, wie unsereins der Schnabel gewachsen sei. Aber sie habe doch, bevor sie hierher zugereist sei, ein oder zwei Jahre in Italien verbracht. Das wäre angeblich in Mailand gewesen, aber die Nachbarin tippte eher auf Neapel. Es hieß, sie habe schon dort in einem Spital gearbeitet, aber auch das hielt die Nachbarin für zweifelhaft.

Mit einem Wort: Abgründe taten sich auf. Abgründe, in die Herta nun hinabschaute. Zwar sah sie da nur vage Schemen, nichts wirklich Faßbares, aber sie war ja eine phantasievolle Person. Lieber Franz, schrieb sie, ich habe Erkundigungen über deine Flamme eingezogen.

FRANZ LAS das nicht. Das heißt, er las es *vorläufig* nicht. Er öffnete die Briefe, die ihm seine Frau in dieser Phase schickte, erst Monate später. In einem sich zunehmend verfinsternden Herbst, in dem sie dann ihre böse Wirkung hatten. Doch jetzt war noch Frühling, fast schon Sommer, die Schafskälte war vorbei, und mit dem wiedergekehrten guten Wetter steigerte sich seine Opernmanie noch weiter.

Schon wahr, er gab jetzt unverhältnismäßig viel Geld für CDs aus. Aber was das betraf, hatten sich seine Begriffe inzwischen verändert, und die Summen, die er in den einschlägigen Läden ließ, kamen ihm nun gar nicht mehr so unangemessen hoch vor. Und das, obwohl er jetzt durchaus nicht nur Sonderangebote nahm, sondern den Empfehlungen der Verkäufer, die ihn allmählich kannten, immer häufiger folgte. Da hab ich was Besonderes für Sie, sagte etwa der Oberkellnertyp in dem Geschäft, in dem er damals, noch im Mai, seine ersten sieben Gesamtaufnahmen gekauft hatte, die Callas und Mario del Monaco in *Norma*, aufgenommen an der Scala 1955, also noch mono, aber was für Stimmen!

Und da hatte er ja recht. Diese Oper war wieder etwas für den Schloßgarten. Und der hatte jetzt, schon seit dem 1. Juni, eine Stunde länger offen. Trotzdem versäumte Novak einmal beinahe den Torschluß, weil hinter einer der Hecken gerader der Mond aufging, als die Callas, mono aufgenommen, aber perfekt remastered, *Casta Diva* zu singen anfing, und weil er, der auf einmal ungeahnt romantische Anwandlungen hatte, noch bleiben wollte, bis diese Arie, in der ja, soviel er dem Textbuch entnahm, die Mondgöttin angesungen wurde, ausgesungen war. Die Stimme der Callas, in den Höhen etwas schrill, das ließ sich nicht ändern, aber dahinter die Chorstimmen der Priesterinnen, die jene in den Ohren fast schmerzenden Spitzen wohltuend abrundeten, das dauerte immerhin fast sechs Minuten, und es war zehn Minuten vor neun, danach blieben Novak nur vier Minuten, um über die Alleen, auf deren Kies sich jetzt tatsächlich schon das Mondlicht ausbreitete, zum Ausgang zu laufen.

Bei der Vorstellung, daß er um ein Haar die ganze Nacht im Schloßgarten hätte verbringen müssen, war ihm dann doch nicht nur romantisch zumute. Nach Mitternacht wurde es da drin zwischen den Hecken wahrscheinlich doch recht kühl und feucht. Und das war etwas, das seinen Knochen nicht guttat. Mit Unbehagen erinnerte er sich an den letzten Campingurlaub mit Herta, der jetzt auch schon wieder zwölf oder gar fünfzehn Jahre zurücklag, damals hatte es Jugoslawien noch gegeben, und sie waren die Küste entlanggefahren, die, wie auch naive Urlauber, denen das früher egal war, inzwischen gelernt hatten, zu Kroatien gehörte, aber ein Stück weiter oben zu Slowenien und ein Stück weiter unten sogar zu Montenegro, doch selbst dort unten waren die Nächte nicht immer so mild gewesen, wie sie das von einer anständigen Feriengegend erwartet hatten.

Allerdings waren die Abende hier nun, nach dem überstandenen Temperatursturz, noch lauer als zuvor, und es war schade, sie im Zimmer zu verbringen. In diesem Zimmer, das sich außerdem nicht gut lüften ließ. Dann war es besser, irgendwo draußen zu sitzen. Und das mußte ja nicht unbedingt im Schloßgarten sein.

Es gab auch andere, zugegeben nicht vergleichbar gepflegte Möglichkeiten. Außer dem kleinen staubigen Park, in dem er schon am ersten oder zweiten Abend gesessen war, entdeckte Novak in der Umgebung seines Quartiers nach und nach weitere städtische Grünanlagen. Die waren zwar häßlich und heruntergekommen, meist mehr Beton als Gras, blasse, oft geknickte, wenn nicht zertrampelte

Tulpen, invalide und mit allerlei Obszönitäten beschmierte Bänke. Aber die Schönheit der Klänge, die Novak durch seinen zwischen den Hörern eingeklemmten Kopf schickte, half ihm, wenn schon nicht darüber hinwegzusehen, so doch, das alles für eher nebensächlich zu halten.

Ja, die Schönheit! Eine Sorte Gesang, die er früher nicht so ohne weiteres für schön gehalten hätte, ertrug er allmählich nicht nur, nein, inzwischen konnte er ihr wirklich etwas abgewinnen. Jedenfalls, wenn er sich die Geschichten dazu ausmalte. Die liefen dann vor seinem geistigen Auge ab. Eine Art Kino in der Luft, ein Tanz nie ganz faßbarer, aber suggestiver Hirngespinste.

Er hörte *Lucia di Lammermoor*, er hörte *Rigoletto*, hörte *Carmen*. Nach so viel Tragik war ihm dann allerdings nach etwas mehr Heiterkeit. Die lauschigen Abende legten das einfach nahe. Wenn er die Kopfhörer abnahm, hörte er nicht nur die Stimmen der Amseln, sondern auch die junger Leute, die sich vor den Eissalons mit den meist italienischen Namen und dem meist türkischen Personal sammelten.

Da schienen ihm die Rossini-Opern, die er gleich im Dreierpack gekauft hatte, das Richtige. *Die Italienerin in Algier, Der Türke in Italien, Der Barbier von Sevilla.* Die Beziehungsgeflechte in diesen komischen Opern waren zwar ebensowenig oder noch schwerer zu durchschauen wie die Intrigengespinste in den tragischen. Aber die Musik, die in leichter Lebendigkeit über all diesen Irrungen und Wirrungen, über diesen Verwechslungen und Verkleidungen schwebte, hatte etwas angenehm Anregendes.

Liebe Manuela! Ich bin in Gedanken schon wieder bei Ihnen. Aber nun leichteren Herzens als zuletzt. Ich sitze jetzt viel auf Parkbänken, wissen Sie. Da kommt mir manchmal *unsere* Bank in den Sinn.

Ich meine, die kleine, weiße Bank auf dem Gang im Krankenhaus. Wie schön wäre es, denke ich dann manchmal, wenn Sie auch auf einer *dieser* Bänke neben mir säßen. Sie mit Ihren Kopfhörern, ich mit meinen. Es wäre doch schön, wenn wir gemeinsam die eine oder andere Oper hören könnten.

Ich hätte ja jetzt auch einiges anzubieten. Wahrscheinlich ist die Tonqualität auf meinen CDs sogar besser als die auf Ihren Kassetten. Aber nichts gegen diese Kassetten, ich bitte Sie! Mit diesen Kassetten haben Sie mich schließlich verführt.

Entschuldigen Sie, ich bin heute übermütig. Aber Sie werden mich nicht mißverstehen! Sie haben mich – ja! – zum Opernhören verführt. Und daß Ihnen das mit einem wie mir gelungen ist, grenzt an ein Wunder.

Aber Sie haben dieses Wunder vollbracht. Natürlich hat dabei Ihr Wesen, Ihre Ausstrahlung, Ihr gewisses Etwas eine Rolle gespielt. Ihre Nähe, die ich genossen habe. Ohne Ihnen zu nahe zu treten, nein, zu rücken.

Diese Zeilen konnte er ihr wohl auch nicht schicken. Aber es machte ihm Freude, sie zu schreiben. Es war ja die Wahrheit, die er damit formulierte. Und ausnahmsweise handelte es sich um eine schöne Wahrheit.

Sie liebe Schwester! schrieb er – dabei fiel ihm ein, daß er gar nicht wußte, wie sie in Zivil aussah. Ohne die Schwesterntracht, in der er sie kannte. Wenn er sich vorstellte, daß sie nun neben ihm saß, trug sie ein leichtes Sommerkleid. Ein Sommerkleid von der Art, wie es die Frauen und Mädchen heute kaum mehr trugen, etwas duftig Geblümtes, gar nicht besonders kurz, aber wenn eine laue Brise wehte, konnte es schon sein, daß sie ein Stück vom Knie freilegte.

Saß er links oder rechts neben ihr, so bekam er manchmal sogar ein kleines Stück von ihrem rechtem oder linken Oberschenkel zu sehen. Das heißt, im Licht der Laterne, die neben der Bank stand, waren solche Details weniger zu sehen als zu ahnen. Trotzdem: Es war nicht nur Einbildung, daß er das sah! Auf seinen Notitzblock schreiben konnte er bei diesem Licht schließlich auch.

Na, sagte Manuela und nahm ihre Kopfhörer ab, was schauen Sie denn so? Dabei klang ihre Stimme ein bißchen amüsiert, aber nicht kokett. Ihre Stimme, die er nun hören konnte, weil er im gleichen Moment auch die Kopfhörer abgenommen hatte. Sie konnte sich ja denken, daß es ihm schon lang nicht vergönnt gewesen war, so einen Blick zu erhaschen.

Trotzdem zog sie das Kleid dann ein wenig zurecht.

Verzeihung, sagte er.

Schon gut, sagte sie.

Dann schwiegen sie eine Weile.

Wissen Sie, sagte er endlich, wenn ich so neben Ihnen sitze, komme ich mir manchmal vor wie mit sechzehn, siebzehn. Ich war ein eher schüchterner, junger Mann, vielleicht gibt es diese Sorte heutzutage gar nicht mehr.

Nicht ausgesprochen gehemmt war er gewesen, nein, aber im Umgang mit Mädchen alles andere als offensiv ... Einer, der sehnsüchtig schaut, aber nichts unternimmt ... So war ich, sagte er, und so bin ich vielleicht noch heute.

Manuela lächelte. Sie war ihm nicht böse. Und das war schön.

Sie war viel jünger als er, aber er hatte den Eindruck, daß sie ihn schon lang kannte. Da brauchte er gar nichts zu sagen. Sie wußte es schon. Wie ihm zumute war. Er hätte gern seinen Arm um ihre Taille gelegt. Aber dann tat er es doch nicht, und sie verstand auch das.

Im Laufe der Abend- und Nachtstunden, die er in städtischen Grünanlagen verbrachte, lernte er übrigens auch ein paar Unterstandslose kennen. Vielleicht ist es auch etwas übertrieben, in diesem Zusammenhang von Kennenlernen zu reden. Man kannte einander halt nach und nach vom

Sehen. Zu Gesprächen kam es kaum – sie erkannten ja gleich, daß er nicht wirklich einer von ihnen war.

Eines Abends aber redeten ihn doch zwei von diesen Stadtstreichern an.

He, Alter, du mit den Kopfhörern, was hörst du denn da die ganze Zeit?

Natürlich mußte er auch in diesem Fall die Kopfhörer abnehmen, um die Frage zu verstehen. Aber er beantwortete sie durchaus höflich und ernsthaft.

Er höre Opern. Gerade eben höre er eine Oper mit dem Titel *Der Liebestrank.*

Donizetti. Die Stadtstreicher schüttelten die Köpfe und amüsierten sich offenbar glänzend über ihn.

Er hatte die Kopfhörer gleich wieder aufgesetzt, also verstand er nicht, was sie sagten. Aber anscheinend war es nicht ausgesprochen bösartig, denn letzten Endes boten sie ihm sogar einen Schluck aus der Doppelliterflasche Wein an, aus der sie selbst sehr ökonomisch tranken.

IV

NOVAK WAR guter Dinge in diesen schönen Junitagen. So guter Dinge war er, daß er es sogar schaffte, eine Karte an Manuela zu schreiben. Mit den Briefentwürfen fing er immer aufs neue an und kam nie an ein Ende. Doch die paar Zeilen, die auf der Rückseite dieser Ansichtskarte Platz hatten, schrieb er spontan.

Auf der Vorderseite war das Opernhaus zu sehen, mit einem goldenen Schriftzug im blauen Himmel über dem mit Pegasusgruppen verzierten Sims. Eigenartig, daß er diese Karte, die an einem der Drehständer vor dem Zeitungskiosk an der U-Bahn-Station steckte, nicht früher gesehen hatte. Wie oft war er hier vorbeigekommen, wenn er den Weg in den Schloßgarten nicht zu Fuß gegangen, sondern mit der U-Bahn gefahren war! Aber da hatte ihm der Drehständer wahrscheinlich eine andere Seite zugekehrt, mit anderen Ansichtskarten, die ihn nicht ansprachen.

Die Karte mit dem Opernhaus jedoch, so kitschig sie sein mochte, war ein Appell. Er betrat also das Geschäft und kaufte sie. Er verlangte auch gleich die zur Frankierung der Karte nötige Briefmarke. Und eine Tageszeitung, die er dann beim Schreiben als Unterlage benutzte.

Er hatte sich ins nächstbeste Espresso gesetzt, eins dieser häßlichen, in den Komplex der Station integrierten Lokale, in denen man sich vorkommt wie in einem Terrarium. Sessel und Tische aus weißem Kunststoff, die immer schon schmutzig wirken, abgeschmiert, auch wenn die Kellnerin gerade mit einem feuchten Schwamm darübergewischt hat. Aber das sah Novak jetzt nur nebenbei, es war ihm beinah egal. Er wollte, der Anregung durch das Foto auf der Vorderseite folgend, rasch diese Karte schreiben und sie in den nächsten Briefkasten werfen.

Liebe Manuela, schrieb er, ich denke an Sie. Ich denke an Sie und höre viele Opern. Die Kassetten, die Sie mir im Spital geborgt haben, haben etwas in mir ausgelöst. Sie haben mich – ja, das ist schon das richtige Wort – animiert.

Auf eine Weise animiert, die ich vorher nicht für möglich gehalten hätte. Seit Wochen höre ich eine CD nach der anderen. Vielleicht bin ich demnächst reif für einen wirklichen Opernbesuch.

Diesen Satz mußte er schon ziemlich klein schreiben, weil am unteren Rand der Karte kaum mehr Platz war.

Und das war merkwürdig. Damit hatte er etwas hingeschrieben, an das er vorher noch gar nicht gedacht hatte. Der Gedanke, daß er Opern nicht nur hören, sondern auch *sehen* könnte – nicht bloß in seiner Phantasie, die zwar erstaunlich lebhaft war, aber in manchen Details doch recht vage blieb, sondern konkret, auf einer richtigen Bühne *inszeniert* –, dieser Gedanke war ihm soeben erst gekommen. Vielleicht erschrak er sogar ein wenig darüber. Aber da stand es nun, und das war eine neue Perspektive.

Als Adresse schrieb er die Anschrift des Krankenhauses, die er noch im Kopf hatte. *Zu Händen Schwester Manuela, chirurgische Station.* Dann zahlte er das nicht einmal halb ausgetrunkene Glas Mineralwasser, stand auf und ließ die Zeitung auf dem Tisch liegen. Was in der Welt geschah, hatte er seit Wochen nicht mehr recht zur Kenntnis genommen.

Schon stand er vor dem neben der Trafik montierten Briefkasten, als ihm einfiel, daß es vielleicht nicht so günstig war, wenn dritte Personen die an Manuela gerichteten Zeilen lasen. Er betrat das Geschäft noch einmal, kaufte ein Kuvert, das er gleich am Verkaufspult beschriftete, und die zur Beförderung von Briefen erforderliche Marke. Die hatte ohnehin ein schöneres Motiv als die andere, die er vorschnell auf die Karte geklebt hatte. Auf einem grünen Zweig eine singende Amsel.

Der Vogel hatte den schwarzen Kopf anmutig erhoben und den gelben Schnabel apart geöffnet. Novak erinnerte sich jetzt: Diese Marke gehörte zu einem Satz, der vor ein paar Jahren unter dem Titel *Heimische Singvögel* herausgekommen war. Amsel, Drossel, Fink und Star – eine Reihe von Meisen war auch dabei. Da war die Post noch nicht privatisiert gewesen.

Auf die Rückseite des Kuverts schrieb er seinen Namen und die Adresse der Pension. Vielleicht hatte Manuela ja Lust, ihm auch ein paar Zeilen zu schreiben. Natürlich – das konnte er nicht wirklich erwarten. Aber nett wäre es schon, dachte er, während er das Kuvert in den Briefkasten fallen ließ, der offenbar ziemlich leer war, denn es fiel unmittelbar auf den Blechboden und verursachte einen hohlen Ton.

Das war also getan, immerhin – Novak hatte ein gutes Gefühl, als er mit der Rolltreppe zur U-Bahn hinunterfuhr. Der Bahnsteig lag hier in der Mitte, links fuhren die Züge stadtauswärts, rechts fuhren sie stadteinwärts. Eigentlich hatte er ja in den Schloßgarten fahren wollen, wie an allen diesen Tagen hatte er den CD-Player dabei. Doch als er der digitalen Anzeige entnahm, daß der Zug Richtung Zentrum fünf Minuten früher kommen würde als der andere, überlegte er es sich anders.

Und dann fuhr er auch schon. Die Wände des Tunnels flitzten nur so an seinen Augen vorbei. Sechs, sieben Stationen und er war an der Haltestelle Karlsplatz. Stieg aus, fuhr auf einer Rolltreppe, die ihm endlos lang erschien, nach oben. Aber da oben, am Ende der Treppe, wartete das Operngebäude.

Aus dieser Position sah es höher aus, als es war, aber tatsächlich war es ein monumentaler Klotz. Historisierend hingestellt, irgendwann um die Mitte des neunzehnten Jahrhunderts, als man so etwas noch imponierend fand. Neorenaissance oder Neobarock, Novak hatte das in der Schule gelernt, aber so genau konnte er es nicht unterscheiden. Ein Gebäude jedenfalls, das schon durch seine Fassade zu signalisieren schien, daß darin Hochkultur gepflegt wurde und daß man das mit Respekt zur Kenntnis nehmen sollte.

Doch Novak würde sich jetzt nicht einschüchtern lassen. Forsch ging er auf die Loggia zu und versuchte eine der Türen mit den viel zu hoch angesetzten Schnallen zu öffnen. Sie erwies sich als versperrt, desgleichen die Tür nebenan, ebenso eine dritte. Anscheinend konnte man das Opernhaus um diese Zeit nicht von der Vorderseite betreten.

Kein Wunder, besann er sich, es war ja noch früh. Wahrscheinlich öffneten die Tageskassen erst später. Er schaute sich um – daß ihn sein Verhalten als Greenhorn auf dem Opernpfad verriet, war ihm plötzlich peinlich. Doch er sah weit und breit niemanden, der sich darum zu kümmern schien.

Dann ging er im Uhrzeigersinn um die Oper herum. Irgendwo mußte es doch einen Vorverkaufsschalter geben! An zwei Seiten kam er an nichts als Bühneneingängen und Notausgängen vorbei. An der dritten Seite schließlich, an der er sich unter immerhin Schatten spendenden Arkaden wieder der Vorderfront näherte, gab es einige Schaukästen mit Szenenfotos.

Die Sängerinnen und Sänger alle stark geschminkt. Irgendwie unecht kamen sie Novak vor. Gesichter wie Masken. Aber wenn man in einem gewissen Abstand von der Bühne saß, fiel das wahrscheinlich nicht so sehr auf. Man hätte sie nur nicht aus zu großer Nähe fotografieren sollen.

Und Programme gab es in diesen Schaukästen. Programme historischer Aufführungen, aber auch das Programm des heutigen Abends. *Richard Wagner, Die Walküre* – aber ja, dachte Novak, mir ist alles recht. Doch wo man hier Karten kaufen konnte, war ihm nach wie vor ein Rätsel.

Aus dieser Verlegenheit half ihm eine Gruppe Japaner. Das waren vermutlich die Leute, die sich hier auskannten. Zielstrebig überquerten sie die Straße, Novak schloß sich ihnen einfach an. Diese Intuition war richtig, denn fünf Minuten später stand er tatsächlich im Vorverkaufsbüro.

Bloß war es auch dort nicht so einfach, sich zurechtzufinden. Schon das Studium der Programme, von denen hier mehrere affichiert waren, verwirrte ihn. Und erst recht die Tatsache, daß es bei den verschiedenen Vorstellungen verschiedene Preiskategorien gab. Preise C, Preise P, Preise A, Preise B – was sollte denn das heißen?

Die Karten waren ebenfalls in verschiedene Klassen eingeteilt. Die Sektoren auf den Sitzplänen waren durch verschiedene Farben gekennzeichnet. Offenbar waren die etwas erschwinglicheren für die Vorstellungen der kommenden Tage ausverkauft. Aber auch von denen, über deren Preis Novak im ersten Moment erschrak, schien es nur mehr wenige zu geben.

Die *Walküre* heute abend konnte er jedenfalls vergessen. Aber was für andere Möglichkeiten gab es denn überhaupt in absehbarer Zeit? Die *Salome* am Montag, sagte die Frau am Schalter, und die *Butterfly* am Dienstag. Novak hätte nicht sagen können, warum, aber er entschied sich für die *Butterfly*.

Gewiß hatte er eine vage Idee von den beiden Damen. Mag sein, daß ihm die Salome ein wenig unheimlich war, während er für die Butterfly eine diffuse Sympathie empfand. Aber war das wirklich die Grundlage seiner Entscheidung? Vielleicht ließ sie sich eher dadurch erklären, daß er bis zur *Butterfly*-Vorstellung einen Tag länger Zeit hatte und sich noch entsprechend vorbereiten wollte.

Die *Butterfly* also. Aber auch für die gab es, wie sich herausstellte, nicht mehr viele freie Plätze. Dritter Rang, links außen, mit etwas eingeschränkter Sicht, sagte die Frau am Schalter, oder – ja, in der Loge sieben, erster Rang, hätte ich noch etwas in der ersten Reihe … Was blieb Novak übrig, als den Logenplatz zu nehmen. Anständig auf die Bühne sehen wollte er bei seinem ersten freiwilligen Opernbesuch denn doch.

So kam es, daß er mehr als hundert Euro für eine Opernkarte hinlegte – wenn das Herta gewußt hätte! Um dieses Geld, hätte sie gesagt, kann man mit einem halbwegs günstigen Arrangement schon nach Teneriffa und zurück fliegen. Sie hatte öfter von solchen Angeboten geredet, so etwas, hatte sie wiederholt gesagt, sollten wir einmal machen. Aber Novak war nie recht darauf eingegangen, er hatte kein Interesse an Teneriffa.

Damals hätte er allerdings auch kein Interesse an Opern gehabt. Und jetzt … Das war schon skurril! Jetzt zahlte er diesen Betrag für eine einzige Vorstellung! Als er die Karte verstaute, bemerkte er, daß er gerade noch zehn Euro in der Brieftasche hatte. Ein Glück, daß es direkt im Vorverkaufsbüro einen Geldautomaten gab.

Dann saß er in einem Café vis-à-vis und leistete sich einen Cognac. Der war auch um einiges teurer, als er erwartet hatte. Gewiß, er mußte aufpassen, wahrscheinlich hatte er sein Konto diesen Monat schon etwas überzogen. Aber jetzt wollte er sich zuerst einmal auf den Opernbesuch am kommenden Dienstag freuen – es war Mittwochvormittag, erst kurz nach zehn Uhr, da lag also noch fast eine Woche Vorfreude vor ihm.

Der Versuchung, sich zur Vorbereitung auf den Opernabend eine CD mit einer *Butterfly*-Aufnahme zu kaufen, widerstand er. Schon möglich, daß er das auch aus ökonomischen Gründen tat. Aber er fand auch andere Gründe dafür. Es sei vielleicht besser, sagte er sich, nicht alles vorwegzunehmen.

Anderseits wollte er möglichst gut informiert sein. Die Aufführung sollte ja in der Originalsprache stattfinden. *Madama Butterfly, Tragedia giapponese.* Schon wieder Italienisch also, auch wenn die Geschichte in Japan spielte.

Die Inhaltsangabe im Opernführer las er in den nächsten Tagen mehrere Male. Aber er kaufte sich auch ein Reclamheft mit dem Libretto. Das kostete sage und schreibe 3 Euro 50. Diese zusätzliche Investition ließ sich also leicht verantworten.

Von der Handlung der Oper hatte er wohl eine gewisse Vorstellung, aber die bestand im wesentlichen darin, daß die puppenhaft wirkende Heldin in einem japanisch eingerichteten Zimmer auf dem Boden saß und melancholisch in die Ferne blickte. Wahrscheinlich hatte er das auf einem Bild gesehen, das in den Jahren seiner Kindheit noch öfter in den Läden gehangen war, die man im Volksmund als Eissalongalerien bezeichnete. Irgend jemand hatte ihm damals erklärt, daß es sich bei dieser ebenso zierlichen wie traurigen jungen Frau um die Madame Butterfly handle, am ehesten war das die etwas aus der Art geschlagene Tante Marta gewesen, die Novaks Vater nicht nur für eingebildet hielt, sondern – in einer Anwandlung geradezu heiligen Zorns, die der sieben- oder achtjährige Novak damals ebensowenig verstand wie das offenbar böse Wort, das der Vater der Tante im Streit an den Kopf warf – eine Klassenverräterin nannte. Auf dem Bild war neben der zentralen Figur der Butterfly, die im Licht eines lilafarbenen Sonnenuntergangs auf dem Boden saß oder eher kniete, auch ein Messer oder ein Dolch zu sehen gewesen, sozusagen in Reichweite.

Jetzt las er, daß diese Butterfly eigentlich Cio-Cio-San hieß. Und in einer Art Scheinehe mit einem amerikanischen Marineleutnant namens Pinkerton verbunden war. Was damals – die Geschichte spielte gegen Ende des neunzehnten Jahrhunderts, also, so hätte das Novaks Vater sarkastisch genannt, in der guten, alten, imperialistischen Zeit – anscheinend öfter vorkam. Man führte den im Fernen Osten stationierten Offizieren junge Geishas zu, die ihnen dann für die Zeit ihres Aufenthalts zur Verfügung standen – so eine auch von den Behörden des servilen Gastlandes sanktionierte, wenn nicht sogar nahegelegte „japanische Ehe" konnte auf Betreiben des Mannes jederzeit aufgelöst werden.

Novak las das Nachwort noch vor dem Libretto. Was den Operntext selbst betraf, so wirkte die deutsche Übersetzung just in den tragischen Passagen eher komisch. Aber so viel war Novak binnen kurzem klar: daß dieser Pinkerton ein ausgemachtes Arschloch war.

Allerdings war er das nicht so sehr aus persönlichen Gründen. Er verhielt sich einfach so, wie man es von einem jungen Mann seiner Nationalität und in seiner Position unter den gegebenen Umständen erwarten konnte. So war das nun einmal. Die Realität war zynisch. Die Tragödie bestand darin, daß Cio-Cio-San diese Realität nicht wahrhaben wollte.

Fünf Tage war Novak auf diese Weise mit der *Butterfly* beschäftigt. Die Geschichte ging ihm im Kopf herum. Das heißt, *er* ging herum mit dieser Geschichte. Dieser Oper, die er am Dienstag, der immer näherkam, nicht als Tonkonserve, sondern unmittelbar hören würde.

Ging in größeren Kreisen als sonst um sein Quartier

herum. Sein Basislager, wie er die Pension inzwischen scherzhaft nannte. Saß nun weniger und immer nur kurz auf Bänken, sondern ging und ging, etwa in einer weiten Kurve an der Bahntrasse entlang, jenseits des Eros-Centers, das er nach dem ersten Mal nicht mehr besucht hatte. Bewegt von einem musikalischen Drama, das vorläufig ohne Musik durch seine Phantasie lief.

Wohl hatte er sich daran erinnert, daß er ja eine Arie aus der Butterfly auf seiner Callas-CD hatte. Eine Arie, auf die der Operführer besonders hinwies. Und natürlich hatte er sich diese Arie (*Un bel dì vedremo, eines schönen Tages werden wir sehen …*) dann sehr bewußt angehört … Mit einem ganz anderen Bewußtsein als fünf oder sechs Wochen vorher, als er, noch in Grabern, nur diese CD und keine andere gehabt hatte, und die Arien darauf in keinen Zusammenhang mit den Geschichten bringen konnte, aus denen sie hier gewissermaßen herausgeschnitten waren … Und zweifellos war das jetzt anders, die Arie, die er an jenem Abend – es war der, an dem er die Opernkarte gekauft hatte – gleich drei Mal hintereinander hörte, auf dem Bett liegend, mit geschlossenen Augen, ergriff ihn … Aber dabei wollte er es dann lieber bewenden lassen. Vom nächsten Tag an fastete er, entschlossen, sich bis zum Abend der Opernaufführung, die er dann umso mehr genießen wollte, keine weitere Musik mehr zu Gemüte zu führen. Er hatte zwar noch den Nachklang dieser Arie im Ohr, aber weniger als Melodie, die seinem Gehör bald abhanden kam, denn als Stimmung, die bis übers Wochenende anhielt.

Doch dann, am Montagvormittag, wurde Post für ihn durch den Spalt unter der Zimmertür geschoben. Einerseits ein Brief von Herta, den er zu ihren anderen, ungeöffneten Briefen legte, anderseits ein Kuvert, das ihm bekannt vorkam. Er brauchte allerdings ein paar Sekunden, bis er begriff, wieso. Es war dasjenige, das er sechs Tage vorher in den Briefkasten bei der U-Bahn-Station geworfen hatte.

Natürlich! Die Schrift darauf war seine eigene, und die Briefmarke mit der Amsel war die, welche er selbst darauf geklebt hatte. Allerdings war der Vermerk neu, der in blaßroter Schrift unter die Adresse gestempelt war. Das Stempelkissen, dessen man sich hierzu bedient hatte, war sichtlich altersschwach. Wahrscheinlich war das Postamt in Rainfeld auch eines von denen, die man demnächst auflassen würde.

Empfänger nicht angetroffen. Was sollte denn das heißen? Zwar hatte Novak keinen Familiennamen geschrieben, aus dem einfachen Grund, weil er ihn nicht wußte … *Schwester Manuela* hatte er geschrieben, *chirurgische Station* … Doch er war davon ausgegangen, daß das genügte.

Jetzt aber war das Kuvert an ihn zurückgekommen … Was hatte das zu bedeuten? Hatte man es einfach nicht an Manuela weitergeleitet? Saß an der Stelle, an der dort, im Krankenhaus, die Post abgeliefert wurde, vielleicht irgendjemand Neuer, der das Personal noch nicht so gut kannte? Oder jemand, der Manuela nicht leiden konnte und Briefe für sie deswegen nicht annahm?

Oder konnte es sein, daß Manuela die Annahme des Kuverts verweigert hatte? Das war natürlich die allerschlimmste Vorstellung … Aber warum denn? Was hatte sie gegen ihn? Den ganzen Vormittag ging er im Zimmer hin und her und kam nicht zur Ruhe.

Gegen Mittag schließlich raffte er sich auf und ging hinunter zum Telefon. Wählte die Nummer des Krankenhauses und geriet vorerst in die Warteschleife. Draußen war es warm. In der Plexiglaszelle war es heiß. Krankenhaus Rainfeld, sagte eine digitale Stimme, wir helfen Ihnen gleich weiter.

Zwischendurch gab es Musik. Eine Passage aus den *Vier Jahreszeiten*. War das noch der Frühling, oder war das bereits der Sommer? Novak spürte, wie ihm der Schweiß auf die Stirn trat. Bald spürte er auch, daß Schweißtröpfchen von den Achselhöhlen in kleinen Bächen an seinen Seiten hinunter rannen.

Dann endlich meldete sich eine lebendige Stimme. Eine Sekretärin mit fernsehdeutschem Akzent. Vielleicht war es die, mit der er schon vor ein paar Wochen gesprochen hatte. Aber vielleicht war es auch eine andere – der Ton, den sich nach und nach sogar die Supermarktkassiererinnen der jüngeren Generation angewöhnten, war ja inzwischen fast Norm.

Was kann ich für Sie tun?

Können Sie mich bitte mit Schwester Manuela verbinden?

Novak räusperte sich. Auf seiner Stimme lag eine angesichts der herrschenden Temperaturen recht unangebrachte Heiserkeit.

Hier entstand eine kleine Pause. Zumindest kam es Novak im nachhinein so vor.

Tut mir leid, sagte die Sekretärin schließlich, Schwester Manuela ist nicht mehr bei uns.

Aber wieso denn, fragte Novak, seit wann denn …?

Die Sekretärin beantwortete nur den zweiten Teil dieser Frage.

Seit Ende des vorigen Monats. Zu weiteren Auskünften sei sie nicht befugt. Schönen Tag noch.

Damit war das Gespräch beendet.

Schönen Tag! Als Novak die Telefonzelle verließ, fühlte er sich nicht nur verschwitzt, sondern auch schwindlig. Obwohl es schon Mittag war, hatte er noch nichts gefrühstückt. Dazu hatte er nach Empfang der morgendlichen

Post keine Lust gehabt. Doch jetzt war es dringend nötig, daß er einen Bissen zu sich nahm. Auf dem Markt drüben gab es mehrere Stände, an denen man Baguettes und Pizzaschnitten bekam. Auf einen von denen steuerte Novak nun zu. Kurz bevor er dieses Ziel erreichte, mußte er allerdings an einem Stand mit Wild und Geflügel vorbei. Dort hingen gerupfte, nackte Vogelkadaver.

Da fiel er um. Zuerst sah er noch die Markisen der Marktstände. Aber dann verschwanden sie aus seinem Gesichtsfeld, als hätte sie jemand auf erstaunlich rasche und geräuschlose Weise aufgerollt. Gleichzeitig hörte Novak Kirchenglocken. Ihm war nicht klar, ob die real waren oder nur in seinem Kopf klangen.

Ob er sich schon besser fühle, wurde er ein paar Sekunden oder Minuten später gefragt. Marktleute standen um ihn herum, Männer mit Schnurrbärten, Frauen mit Kopftüchern. Er sah die Gesichter aus der Froschperspektive. Ja, ja, danke, sagte er, es geht schon wieder.

Man reichte ihm ein Glas Wasser. Er trank.

Er spürte, wie die Flüssigkeit kühl durch die Kehle rann.

Haben Sie so etwas öfter? fragte ihn jemand.

Nein, sagte er. Aber es sei schon einmal vorgekommen.

Nichts Aufregendes …

Er richtete sich auf und gab das Wasserglas zurück.

Nichts wirklich Schlimmes … Nur eine kleine Blutleere im Gehirn.

Auch das Kissen gab er zurück, das ihm offenbar jemand unter den Kopf geschoben hatte. Ein orientalisches Kissen mit Mond und Sternen.

Danke, sagte er.

Sie sollten anständig essen, sagte eine Frau.

Die klang wie seine Mutter. Oder wie Herta. Bis auf den türkischen Zungenschlag.

Jemand reichte ihm einen Pappteller mit grünen Oliven.

Er aß ein paar davon, bedankte sich noch einmal und ging.

Er spürte, wie die hilfreichen Leute ihm nachschauten. Ehrlich gesagt war er noch etwas schwach auf den Beinen, aber er ließ es sich nicht anmerken. Kam gut über die Straße, atmete auf, als er im schattigen Flur der Pension stand. In die enge und stickige Liftkabine wollte er allerdings nicht, da stieg er lieber behutsam die Stufen bis in den zweiten Stock hinauf.

Oben, in seinem Zimmer, nahm er das Kuvert, das er auf dem Couchtisch liegen gelassen hatte, und legte sich damit aufs Bett. Es war noch dicht verklebt, anscheinend war es wirklich von niemand geöffnet worden. Jetzt öffnete *er* es und nahm die Karte heraus. Liebe Manuela, las er, ich denke an Sie.

UND DANN, trotz allem, am nächsten Abend, die Oper. Zwar war er nahe daran gewesen, nicht hinzugehen und die Eintrittskarte verfallen zu lassen, aber letzten Endes war es ihm doch leid darum. Nicht so sehr um das Geld, das er dann für nichts und wieder nichts ausgegeben hätte. Sondern – ja, doch – um das Ereignis, auf das er sich all die vorangegangenen Tage so sehr konzentriert hatte, auch wenn es ihm nun schwerfiel, die Konzentration darauf auch nur einigermaßen wiederzufinden.

Den ganzen Montagnachmittag und die halbe darauffolgende Nacht hatten ihn bange Gedanken an Manuela beschäftigt. *Schwester Manuela ist nicht mehr bei uns* – was hatte das zu bedeuten? *Nicht mehr bei uns* – je öfter ihm diese Formulierung durch den Kopf ging, desto ominöser klang sie. Wie konnte er in Erfahrung bringen, was da passiert war?

Noch einmal im Krankenhaus anzurufen und von der Sekretärin eine Antwort zu verlangen, war wahrscheinlich sinnlos ... Die würde wahrscheinlich schon abblokken, wenn sie seine Stimme wiedererkannte ... Natürlich war es möglich, daß er an einem anderen Tag eine andere erreichte ... Aber allem Anschein nach gab es ja dort, in Rainfeld, eine Direktive, gewisse Informationen nicht einfach weiterzugeben.

Er überlegte, ob er sich mit dem Oberarzt verbinden lassen und ihn fragen sollte ... Der war doch ein netter und verständnisvoller Mensch ... Aber wahrscheinlich würde man ihn nicht so ohne weiteres mit dem Oberarzt verbinden ... Mit diesem Ansinnen war er ja schon einmal abgeblitzt ...

Er kam sogar auf die Idee, es mit verstellter Stimme zu probieren ... Ja, er konnte doch seine Stimme verstellen und sich unter einem anderen Namen melden ... Aber wenn die Sekretärinnen kapierten, daß er eine Auskunft, die sie ihm nicht geben wollten, zu bekommen versuchte, indem er sich an ihnen, der ersten Instanz, sozusagen vorbeischwindelte ... Eben, dann würden sie vermutlich erst recht auf stur schalten.

Hätte er Manuelas Familiennamen gewußt, so hätte er ihre Privatadresse im Telefon- oder Adreßbuch suchen können. Zwar wußte er auch den Ort nicht, in dem sie wohnte – aber hatte sie nicht gesagt, daß er ungefähr eine Fahrstunde vom Spital entfernt war? Er hätte die Auskunft anrufen können, vielleicht sogar das Meldeamt. Aber er konnte nicht einfach nach einer Krankenschwester namens Manuela fragen.

Auch nach einer Manuela mit indonesischem Familiennamen zu fragen, schien ihm nicht sehr aussichtsreich. Wie klangen denn indonesische Familiennamen überhaupt? Und wenn Manuela verheiratet war – dieser Gedanke verursachte ihm zwar ein gewisses Unbehagen ... Wenn sie mit einem Mann von hier verheiratet war, dann konnte sie auch Hinz oder Kunz heißen.

Was ihm während der Nacht für Gedanken kamen! Im Bett, dessen Federn ächzten, was ihm in all den bisherigen Nächten, die er in der Pension verbracht hatte, nie so aufgefallen war, wälzte er sich von einer Seite auf die andere. Womöglich war es just dieses Geräusch, das ihn an Kratky erinnerte. Vielleicht hatte ja der den Familiennamen Manuelas mitgekriegt!

Sollte er sich überwinden und mit diesem Kotzbrocken Kontakt aufnehmen? – Hallo, hier spricht Novak. Ich war Ihr Bettnachbar im Krankenhaus ... Ja, das war nett! Und auch das Personal war nett ... Bestimmt erinnern Sie sich an die liebe Schwester Manuela ...

Aber so einfach würde das gar nicht sein. Denn zu Kratky fehlte Novak der Vorname. Der war zwar auf der Schiefertafel über Kratkys Bett gestanden. Doch so sehr sich Novak bemühte, sich diese Tafel und die Schrift darauf zu vergegenwärtigen, es gelang ihm nicht überzeugend.

Der Name, so schien ihm, hatte drei Silben gehabt. Leopold? ... Stimmt, Leopold hätte ganz gut zu Kratky gepaßt ... Aber auch Kratky Ferdinand kam in Frage ... Und womöglich war der Name, der dort gestanden war, sogar Ladislaus gewesen.

Fleischhauermeister. Oder bildete sich das Novak nur ein? In einer Fleischhauerei konnte er sich Kratky jedenfalls gut vorstellen. Aber – falls Kratky wirklich Fleischhauer war – in welchem Ort? Kratky hatte das Nest, aus dem er kam, bestimmt genannt, doch gewappnet mit Manuelas Kopfhörern, hatte sich Novak ja nicht nur vor den Vitalgeräuschen geschützt, die von diesem Mann ausgingen, sondern auch vor dessen aufdringlicher Mitteilsamkeit.

Und das hatte er nun davon – jetzt fehlten ihm einfach die nötigsten Informationen. Wer weiß, dachte Novak, wie viele Kratkys es im Hinterland von Rainfeld gibt. Und sich mit gerade *diesem* Kratky in Verbindung zu setzen, und vor allem, ihm gegenüber von Manuela zu sprechen, war ohnehin eine abwegige Idee. Gegen Morgen war er davon abgekommen.

Er war dann auch endlich eingeschlafen und hatte geträumt. Der Traum, den er träumte, war eigenartigerweise tröstlich. Machen Sie sich keine Sorgen, sagte Manuela, wir laufen uns schon wieder über den Weg. Das gab wohl den Ausschlag. Mit diesem Satz im Kopf, der aus dem Traum, den er sonst völlig vergessen hatte, nachklang, fühlte sich Novak am Dienstagmorgen besser.

Zwar fiel ihm im Lauf des Vormittags noch ein, daß er gar nicht die entsprechende Kleidung für einen Opernabend hatte. Bei seinem Auszug aus Grabern hatte er nur ein einziges, ein helles Sakko mitgenommen, dessen Kragen inzwischen schon ziemlich abgenützt aussah, und die Hose, die er Tag für Tag trug, war an den Knien schon recht ausgebeult. Doch schaffte er es, der Resignation, die ihn infolge dieses Umstandes erneut anwandelte, nicht nachzugeben. Raffte sich auf, ging in den Textil-Basar, an dem er im Zuge seiner Spaziergänge schon ein paar Mal vorbeigekommen war, und investierte weitere fünfzig Euro, für die er einen passablen dunklen Anzug (importiert aus Izmir) und ein weißes Hemd bekam.

SO AUSGESTATTET betrat er gegen sieben Uhr abend das Opernhaus. Die Vorstellung begann zwar erst um halb acht, aber Novak war schon um halb sieben in die U-Bahn gestiegen. Erstens wollte er auf keinen Fall zu spät kommen, auch wenn auf der U-Bahn-Strecke, was ab und zu vorkam, für ein paar Minuten der Strom ausfiel. Und zweitens wollte er genug Zeit haben, um in aller Ruhe und ohne sich als Neuling auf diesem Terrain zu verraten, seinen Platz zu finden.

Prompt landete er, weil er die Hilfe der Billetteure nicht in Anspruch nahm, vorerst auf dem falschen Platz. Wieso? fragte er ungehalten, als ihn eine stark duftende Dame, die plötzlich hinter ihm stand, darauf aufmerksam machte. Loge 7, erste Reihe, Platz 1, sagte er und hielt ihr siegessicher seine Karte hin, das ist doch richtig! Ja, sagte sie, nur daß Sie eine Etage höher sitzen sollten – hier ist das Parterre und nicht der erste Rang.

Peinlich. Er beeilte sich also, auf den ersten Rang zu kommen. Die Eile war überflüssig. Es war noch immer genug Zeit. Zwar hatte er dann, als er auf dem richtigen Platz saß, das Gefühl, alles noch einmal von vorne anfangen zu müssen – eine Etage tiefer war er gerade dabei gewesen, sich an den für seine Begriffe unwirklich wirkenden Raum und den Winkel, aus dem er in diesen Raum hineinsah, zu gewöhnen. Aber eigentlich war die Position, aus der er jetzt fast das ganze Parkett und das Oval der in drei Rängen übereinander gebauten Logen überblickte, noch besser als die vorige.

Auch der Blick auf die Bühne würde sehr gut sein. Der eiserne Vorhang war jedoch noch geschlossen. Hingegen waren die Musiker im Orchestergraben schon fast alle versammelt. Das Gefiedel und Gepfeife, mit dem sie sich einstimmten, machte Novak zwar ein bißchen nervös, es kam ihm auf unangemessene Weise ungeduldig vor, doch das gehörte sich anscheinend so.

Die Besucher im Parkett schien die Katzenmusik jedenfalls nicht zu stören. Bei weitem noch nicht alle hatten ihre Plätze eingenommen. Viele der Herren standen betont lässig herum, als wäre da unten im Mittelgang zu stehen und zu plaudern das Normalste auf der Welt. Während manche Damen, die sich schon gesetzt hatten, in nonchalanter Haltung durch ihre Operngläser schauten.

Ganz hinten, am der Bühne entgegengesetzten Ende des Parketts, gab es einen durch eine Balustrade abgegrenzten Sektor. Das war offensichtlich der Stehplatzbereich. Er schien vor allem von jungen Leuten bevölkert zu sein. Novak erinnerte sich jetzt daran, gehört zu haben, daß sich manche schon in den frühen Morgenstunden anstellten, um die Zählkarten für die Vorstellung am Abend zu bekommen.

Das war allerdings schon lang her, er hatte damals noch die vorletzte oder letzte Klasse der Realschule besucht. Zwei Mitschüler, deren Namen ihm nicht mehr einfielen, hatten diesen, in den Augen der Majorität abwegigen, Spleen gehabt. Das seien ja Masochisten! wurde gewitzelt. Nach und nach wurde sogar darüber gemunkelt, daß sie schwul wären.

Ob man sich heute noch so früh anstellen mußte? Oder ob es inzwischen ein anderes System gab, sich Stehplatzkarten zu sichern? Etwa per Internet? Ja, dachte Novak, wahrscheinlich. Das war der Jugend zu wünschen, der die Opernmusik so viel bedeutete.

Schon eigenartig, daß er, Novak, mit seinen fünfundfünfzig Jahren, eine gewisse Nähe zu diesen jungen Menschen empfand. Wie sie so dort standen – die in der ersten Reihe mit den Unterarmen auf die Balustrade gestützt, die in den Reihen dahinter auf weniger komfortable Metallgeländer, fast wie auf einem Fußballplatz –, sah er sie mit viel Sympathie. Die meisten schienen übrigens Japaner zu sein,

Japaner oder Chinesen. Vermutlich viele Studenten darunter, die an einer der Musikhochschulen der Stadt studierten.

Japaner oder Chinesen oder andere Asiaten ... Je länger Novak hinschaute, desto deutlicher nahm er das wahr. Vielleicht lag es ja am Sujet der Oper, die heute abend gegeben wurde, vielleicht aber auch nicht ... Womöglich wären sie an einem Abend, an dem die *Walküre* oder *Salome* auf dem Programm stand, ebenso zahlreich erschienen.

Jetzt wurde der eiserne Vorhang hochgezogen, aber Novak bekam das nur am Rande mit. Soeben hatte er etwas im Stehplatzsektor gesehen, das ihm die Vorgänge auf der Bühnenseite nebensächlich erscheinen ließ. Das Gemurmel im Saal war verebbt, wahrscheinlich erschien jetzt der Dirigent, denn Applaus brauste auf. Aber Novaks Blick war noch immer fixiert auf den Stehplatzbereich, wo er, halblinks in der dritten Reihe, ein Gesicht gesehen hatte, das dem Manuelas frappant ähnelte.

Das heißt, nein – dieses Gesicht *ähnelte* Manuelas Gesicht nicht, es *war* ihr Gesicht ... Es *war* Manuela, die dort auf dem Stehplatz stand ... Mit den Unterarmen aufs Geländer gestützt, ihr dunkles Haar nicht vom Schwesternhäubchen bedeckt, sondern offen, was ihn zuerst noch etwas unsicher gemacht hatte, denn so hatte er sie noch nie gesehen ... Aber sie *war* es – in den paar Sekunden, die er sie jetzt noch sah, mit einem Herzklopfen, das ihm so laut vorkam, daß er befürchtete, die Personen, die auf den Stühlen neben und hinter ihm saßen, könnten es hören, bezweifelte er das immer weniger.

Doch dann wird es dunkel im Zuschauerraum und auf den Stehplätzen besonders. Die Musik setzt ein – ein rasches Fugato der Streicher. Und schon erstrahlt auf der Bühne die Illusion eines sonnigen, japanischen Tages. Leutnant Pinkerton, marineblau kostümiert, läßt sich von Goro, einem dubiosen Heiratsvermittler und Grundstücksmakler, das für seine Scheinehe gekaufte papierene Haus zeigen.

Alles ist Schein. Die Kulissenlandschaft bildet hier eine Realität ab. Goro führt vor, wie sich die Räume durch einfaches Verschieben der Wände verändern lassen. Alles flexibel. Und überall doppelter Boden. Auch wenn so ein Haus ortsüblich ist, scheint es wie geschaffen für Taschenspielertricks.

Pinkerton hat es auf 999 Jahre gekauft, aber er kann den Vertrag jederzeit annullieren. In diesem Land, freut er sich, sind Häuser und Verträge gleichermaßen nachgiebig. Das Personal, das er gleich mitgekauft hat, benimmt sich so servil, wie man es von ihm erwartet. Männlein und Weiblein liegen vor dem Abkömmling der aufstrebenden Weltmacht auf dem Bauch.

Der Sänger, der diesen Pinkerton mimt, singt die ersten Passagen seiner Partie mit etwas aufgesetzt munterer Präpotenz. Allerdings gehört die Bewegung auf der Bühne, die ihm der Regisseur verordnet hat, nicht wirklich zu seinen Talenten. Er bewegt sich wie ein Klotz, seine Körpersprache vermittelt nichts von dem jungenhaften Charme, auf den Butterly hereinfallen soll. Er wirkt sichtlich erleichtert, als er sich fürs erste in einen Korbsessel fallen lassen und mit dem Konsul, der als hoher Gast zum Hochzeitshokuspokus geladen ist, Whisky trinken darf.

Novak sieht das und hört das, doch mit seinen Gedanken ist er woanders. Dort hinten nämlich, im Dunkel des Stehplatzsektors. Dort steht Manuela, denkt er, über deren Verbleib er sich den ganzen gestrigen Tag und die halbe darauf folgende Nacht den Kopf zerbrochen hat. Bis sie ihm im Traum gesagt hat, daß sie sich wieder über den Weg laufen werden, und das scheint sich jetzt zu bewahrheiten.

Auf der Bühne erscheint inzwischen Butterfly, flankiert von Frauen mit Sonnenschirmchen und begleitet von schmelzenden Violinentönen samt Triangelklängen. Das ist hübsch anzusehen, auch wenn das ständige Gefächer ihrer Begleiterinnen ein wenig nervt. Diese Butterfly ist Chinesin, das hat Novak zuvor dem Programm entnommen, doch für europäische Augen wirkt sie als Japanerin recht glaubwürdig. Bloß daß sie erst fünfzehn ist, *quindici*, wie sie, vom Konsul nach ihrem Alter gefragt, antwortet, mit kindlichem Stimmchen und halb bescheiden, halb kokett gesenktem Blick, das wird ihr kaum jemand abnehmen, der den Text aufmerksam hört oder, ins Deutsche, Englische oder Französische übersetzt, mitliest.

Novak könnte das tun, in die Brüstung der ersten Logenreihen sind kleine Bildschirme eingelassen. Er hat den seinen auch eingeschaltet, aber nun läßt er den Text an sich vorbeilaufen. Ihm gelingt es auch weiterhin nicht, sich auf das Geschehen auf der Bühne zu konzentrieren. Immer wieder schaut er in die andere Richtung, auch wenn es dort hinten, auf den vom ersten Rang überwölbten Stehplätzen, noch dunkler ist als im dämmrigen Sitzplatzparkett, in dem man ein Gesicht, das man sucht, vielleicht mit einiger Mühe erkennen könnte.

Zwar hört er, daß die Musik schön ist – auch wenn er nicht wirklich hinhört, berührt ihre Brandung zuweilen die empfindsame Haut seiner Seele. Aber sosehr er sich in der vorangegangenen Woche darauf eingestellt hat, so eine Oper einmal nicht nur als Tonkonserve zu hören, jetzt wünscht er sich inständig, daß die Pause bald da ist. *Pause nach dem ersten Akt* hat er im Programm gelesen. Wie lang soll dieser erste Akt denn noch dauern?

Sobald der letzte Ton verklungen ist, noch während die anderen Logenbesucher applaudieren, wird er jedenfalls von seinem Stuhl aufspringen und nach draußen auf den Gang eilen. Und sich bemühen, möglichst rasch hinunter zum Stehplatzbereich zu kommen. Wenn er daran denkt, fängt sein Herz schon wieder heftig zu klopfen an. Doch die Musik, über der sich Pinkerton und der Schmetterling, den er aufspießen will, schließlich in einem Duett von sage und schreibe 165 Takten emporschrauben (er immer ungestümer drängend, sie, sich seiner Umarmung vorerst noch züchtig entziehend, immer weiter in die Höhe, bis sie schließlich beim dreigestrichenen C ankommt, und da steht sie dann sozusagen mit dem Rücken zur transparenten Wand des Schlafzimmers), diese Musik ist laut genug, um es zu übertönen.

Doch jetzt ist es wirklich so weit. Novak spring auf und eilt hinaus auf den Gang, aber wohin soll er sich nun wenden? Er will so rasch wie nur möglich hinunter zu den Stehplätzen, aber wie kommt man dorthin? Vom ersten Rang ins Parterre, das kann doch nicht schwer sein, er ist ja vorhin auch ohne weiteres vom Parterre in den ersten Rang gekommen. Aber anscheinend hat er jetzt, in der Hast, den falschen Abgang erwischt, denn unversehens findet er sich in einer Zwischenetage, die ihm zuerst gar nicht aufgefallen ist, sieht von da zwar auf eine andere Treppe, die, gegenläufig konstruiert, einen Halbstock weiter hinunterführt, kommt sogar auf einen Absatz, von dem er, wie auf einer kleinen, beide Treppen überspannenden Brücke stehend, in einen Durchgang hinuntersieht, durch den die Leute aus dem Parkett, also auch die Stehplatzbesucher, hinaus in die Pausensäle und zu den Buffets drängen, und wenn ihn nicht alles täuscht, ist Manuela dabei, er erhascht gerade noch einen Blick auf ihren dunklen Scheitel, auf ihre Schultern, sie trägt ein türkises Kleid mit schmalen Trägern, das bringt die Goldfarbe ihrer Haut schön zur Geltung, aber bis er endlich dort unten ist, an der Stelle, an der er sie von da oben gesehen hat, ist sie längst woanders.

Später, wenn sich diese Szene in seinen Träumen wiederholt, wird er sich immer aufs neue durch die großen Säle laufen sehen, die das Treppenhaus der Oper umrahmen. Erst durch den Saal mit den Ölgemälden, dann durch den Saal mit den Gobelins, schließlich durch den Promenadensaal. Und daß man es hier so eilig hat, das gehört sich nicht. Die angemessene Form, sich in diesen Fluchten zu bewegen, ist das Promenieren – allenfalls an den Buffets, an denen sich Menschen in dichten Trauben sammeln, wird ein wenig gedrängt.

Er aber, schon wieder in umgekehrter Richtung unterwegs, hat es eilig, das muß man verstehen. Denn er will Manuela finden, bevor die Pause vorbei ist. Unter all diesen gutbetuchten und – unerachtet der Tragödie, die bald weitergehen wird, denn das Klingelzeichen zum Ende der Pause ertönt nun schon zum zweiten Mal – gutgelaunten Menschen. Er will Manuela finden – die Chance, daß sie sich hier über den Weg laufen, ist 1:2283 (2284 Besucher, das hat er im Programmheft gelesen, umfasst das Auditorium), und das ist eine geringe und doch wieder große Chance, verglichen mit der, einander außerhalb des Opernhauses zu treffen.

Aber dann ertönt das Klingelzeichen schon zum dritten Mal, und jetzt muß er sich beeilen, auf die richtige Seite, in die richtige Etage und in die richtige Loge zurückzufinden. Und das schafft er gerade noch, bevor das Licht im Saal erlischt. Und da sieht er sie wieder, Manuela, auf ihrem Platz im Stehplatzbereich, denn dorthin ist sie inzwischen zurückgekehrt. Doch nun wird es wieder dunkel im Zuschauerraum, und auf der Bühne erscheint wieder Japan.

Das Papierhaus, das man im ersten Akt von außen gesehen hat, sieht man nun von innen. Das Puppenheim, das der Bub Pinkerton für sein Spielzeug eingerichtet hat, aber das ist schon eine Weile her. Die Zeit ist vergangen, wie nichts, im Theater geht das noch schneller als in der Wirklichkeit. Doch Cio-Cio-San wartet, mit rührender Zuversicht, auf den Mann, dem sie sich mit Leib und Seele ausgeliefert hat.

Mit Leibe und Seele, tatsächlich – sogar seine Religion hat sie annehmen wollen. Die ihm eher wenig bedeutet: Wenn er an etwas glaubt, so ist es das Recht des Amerikaners, überall auf der Welt *fun* zu haben. Das Recht des auch infolge der potenteren Währung Stärkeren, die Annehmlichkeiten, die der jeweilige Ort bietet, ohne viel Kopfzerbrechen über Tradition, Mentalität, Pietät und andere vom Fortschritt überholte Kleinigkeiten zu konsumieren. Das ist ein simples Evangelium, hat der bedächtige Konsul Sharpless schon im ersten Akt eingewandt, doch leise, vielleicht als Anregung zum Nachdenken gedachte Töne wie diese, bleiben für einen wie Pinkerton jenseits der Hörgrenze.

Er wird wiederkommen, davon ist Cio-Cio-San, die er Butterfly genannt hat und die sich nun allen Ernstes für Madame Pinkerton hält, überzeugt. Und tatsächlich hat er ihr am Morgen seiner Abfahrt erzählt, daß er wiederkommt. Hat es nicht über sein erdnußbutterweiches Herz gebracht, ihr die Wahrheit zu sagen, hat diese Wahrheit vielleicht vor sich selbst verleugnet, und womöglich besteht ein Teil seiner suggestiven Wirkung auf die Frau, die er zugrunde richtet, darin, daß er sich solche romantischen Lügen selbst glaubt. O Butterfly, meine kleine Frau, ich komme zurück, wenn die Rotkehlchen ihre Nester bauen – das war zwar in Japan inzwischen schon drei Mal der Fall, aber vielleicht haben die Vögel in Gods own Country einen anderen Rhythmus.

Und die Dienerin Suzuki ist skeptisch – noch nie hat man von einem dieser sogenannten Ehemänner gehört, daß er zurückgekehrt wäre. Aber das hätte sie nicht sagen sollen – darauf reagiert ihre Herrin mit einer Heftigkeit, die ihr das Publikum bis dahin nicht zugetraut hätte. Halt den Mund, fährt sie die Arme an, oder ich bring dich um! Und: Hör zu, sagt sie – und dann singt sie eine Arie, die auch Novak, der immer wieder versucht ist, statt auf die Bühne in den Stehplatzbereich zu starren, wo er nichts als Dunkel sieht, dazu zwingt, ihr die gebührende Aufmerksamkeit zu widmen.

Und singt von dem Tag, an dem man eine feine Rauchfahne am äußersten Horizont sehen wird und dann nach und nach ein Schiff, das sich nähert. Ein weißes Schiff, das dann endlich in den Hafen einläuft und Salutschüsse abfeuert. Siehst du? Es ist gekommen! Aber nicht, daß du glaubst, nun laufe ich hinunter. Ich nicht, nein, ich stehe am Rand des Hügels und warte und warte, aber nun fällt mir das Warten nicht mehr schwer.

Und aus der Menge der Leute da unten löst sich ein Mann, ein winziger Punkt, und geht auf den Hügel zu.

Chi sarà? Chi sarà? singt die Sängerin, die Cio-Cio-San ihre Stimme leiht. Wer wird das sein?

Che dirà? Che dirà? singt sie. Was wird er sagen, wenn er dann da ist?

Diese Worte singt die Chinesin auf der Bühne vielleicht nicht mit einer so großen Tragödinnenstimme wie die Callas, aber mit einer, was die Lautstärke betrifft, bis fast zur Grenze des Hörbaren zurückgenommenen und dadurch umso schlimmer zu Herzen gehenden Intensität, sodaß Novak sofort die Tränen kommen, vielleicht, denkt er, liegt das ja an seiner besonderen Gefühlslage, aber dann merkt er, daß die Besucher auf den Plätzen neben ihm auch heulen, der Schmerz dieser Schönheit ist kaum auszuhalten, und wahrscheinlich heult Manuela dort unten im Dunkeln auch.

Und darf denn das sein? Ist das nicht eigentlich eine Unverschämtheit, daß eine so singt und daß einer dieses Stück

Musik so komponiert hat, daß man, wenn man es anhört, heulen muß? Kann so ein Komponist, kann so eine Sängerin nicht auch unsentimentaler mit diesem Sujet umgehen? Novak erinnert sich an eine griechische Sängerin – wie hat sie bloß geheißen? –, die auch so was Ähnliches gesungen hat, ja doch, von einem Schiff, das kommen und ihr den einen bringen wird, den sie so liebt wie keinen. Und das haben sie früher oft im Radio gespielt, und er hat es gern gehört, aber dazu hat er nie weinen müssen.

Und noch ein Lied fällt ihm jetzt ein, während er sich verstohlen die Tränen abtrocknet mit einem Papiertaschentuch, das er in der Tasche seines türkischen Anzugs gefunden hat (das ist übrigens merkwürdig, er hat geglaubt, daß es sich um einen neuen Anzug handelt). Von einer, die Geschirr abwäscht und die Betten macht, irgendwo in einer schmuddeligen Absteige. Aber dabei singt sie von einem Schiff mit acht Segeln – oder sind es zwölf? – und einer imponierenden Anzahl Kanonen. Bloß geht diese Geschichte irgendwie anders aus, zynisch, erinnert sich Novak dunkel (er weiß gar nicht mehr, wo er dieses Lied gehört hat, vielleicht bei einer Veranstaltung der Gewerkschaft, aber das muß ewig her sein), zynisch jedenfalls, aber manchmal ist Zynismus auch ein Trost.

Hier, in der Tragödie der Butterfly, die unten auf der Bühne mit bitterböser Konsequenz dem für die Heldin letalen Ende zutreibt, gibt es keinen Trost. Es gäbe noch einige Stellen zum Weinen, zum Beispiel die, in der die junge Mutter ihrem Kind vom Elend singt, das sie sich und ihm nicht antun will, und schließlich die, in der sie von diesem Kind Abschied nimmt, dessen kleiner, blonder Darsteller hier vielleicht das Trauma verpasst bekommt, das ihn sein weiteres Leben begleiten soll, denn gleich danach wird seine Bühnenmutter hinter dem Wandschirm Harakiri begehen, aber die gehen Novak schon nicht mehr so nah. Das liegt vielleicht daran, daß er inzwischen seine Aufmerksamkeit wieder mehr auf den Stehplatzsektor gerichtet hat. Zwar kann er Manuela, die er dort unten vermutet, nach wie vor nicht sehen, aber sobald das Licht wieder angeht, wird er bereit sein.

Bereit zum Start. Denn dann ist keine Zeit zu verlieren. Wenn er sie dann sieht, wie sie dort zwischen den anderen Stehplatzbesuchern steht und applaudiert, wird er sich rasch von ihrem Anblick losreißen und aus der Loge hinaus auf den Korridor eilen, wo er dann nicht wieder den falschen Abgang erwischen darf. Zwar wird voraussichtlich lang applaudiert werden, denn besonders die Sängerin der Titelrolle hat sich viel Applaus verdient. Aber *wie* lang kann das sein? Und *wie* lang wird er, immer vorausgesetzt, daß er sich nicht aufs neue verirrt, vom ersten Rang rechts in den Sektor Parterre Mitte brauchen?

Das wird sich gleich weisen, schon ist es so weit – er springt auf und läuft und verirrt sich diesmal nicht. Aber so rasch er auch ins Parterre hinunterkommt: Dort ist bereits eine gewisse Bewegung nach draußen in Gang. Anscheinend haben sich die Akteure an der Bühnenrampe gerade zum letzten Mal verbeugt. Entschuldigung, Verzeihung, murmelt er, während er gegen den von Sekunde zu Sekunde stärker anschwellenden Strom drängt.

Natürlich gibt er sich auch Mühe, bei dieser schwierigen Vorwärtsbewegung so gut es geht nach links und rechts zu schauen. Es könnte ja sein, daß Manuela gerade in der Gegenrichtung an ihm vorbeidriftet. Aber es ist nicht leicht, den Überblick zu behalten, offenbar kommen ihm hier nicht nur Stehplatzbesucher entgegen, sondern auch jene, die in den hinteren Reihen des Parketts gesessen sind. Und dann ist er zwar tatsächlich im Stehplatzbereich, wo nur mehr einige Nachzügler herumtrödeln, und nähert sich dem Platz, an dem er Manuela noch wenige Minuten zuvor stehen gesehen hat, aber da ist keine Spur mehr von ihr.

Und er läuft zu den Garderoben, aber auch dort ist sie nicht, und er läuft hinaus ins Foyer. Zwar stehen noch mancherlei Leute umher, einzelne, Paare und kleine Gruppen. Und man wartet noch auf jemanden, etwa auf Damen, die nur noch kurz auf die Toilette wollten und nun doch noch etwas länger brauchen, um sich vor den Spiegeln über den Waschbecken die letzten Tränen abzutupfen und die Gesichtsfassade wieder in Ordnung zu bringen. Und die Chinesen oder Japaner oder Indonesier oder Philippiner nehmen Aufstellung vor der Festtreppe und fotografieren einander in hurtig wechselnden Formationen, aber Manuela ist nicht dabei.

Und dann steht er draußen auf der Rampe vor der Loggia, ratlos. Auch wenn Manuela schon gegangen ist, kann sie noch nicht sehr weit sein. Wenn er ihr nachliefe, könnte er sie noch einholen. Aber in welcher Richtung, das ist die Frage.

Hat sie sich nach links gewandt, um noch ein paar Schritte durch die Innere Stadt zu flanieren? Oder nach rechts, um vielleicht unter den die Ringstraße säumenden Bäumen noch ein wenig laue Nachtluft zu genießen? Ist sie mit öffentlichen Verkehrsmitteln hierher gekommen oder mit dem Auto? Geht sie geradeaus zur U-Bahn-Station oder um die Ecke zur Tiefgarage?

Und dann sieht er sie. Oder nein: Was er zuerst wahrnimmt, ist ihr Kleid. Ein Schimmer Türkisgrün am linken Rand seines Gesichtsfeldes. Oder vielleicht ist das Kleid gar nicht grün, sondern eher blau. Im Licht der Bogenlampen hier draußen sieht es etwas anders aus als drinnen.

In diesem Kleid, in dem ihre Figur besser zur Geltung kommt als in der Schwesterntracht, steht sie in der Nähe des Brunnens. Dort stehen noch manche der Opernbesucher und rauchen. Der Brunnen ist ein Springbrunnen, in der Mitte, auf einer von steinernen Pflanzen umrankten Säule, sitzt eine Nixe. Früher, als er noch in der Stadt gewohnt hat, ist Novak hier manchmal vorbeigekommen, aber diese Nixe ist ihm nie aufgefallen.

Manuela steht halb von ihm abgewandt, aber er sieht die Rundung ihrer Wange. Sie scheint zu lächeln. Offenbar ist sie mit jemandem im Gespräch. Oder sie hat sich gerade von jemandem verabschiedet. Denn im nächsten Augenblick geht sie bereits Richtung Stadtzentrum davon.

Novak ihr nach. Er will sie erreichen, bevor sie in die Fußgeherzone taucht. Dort ist in einer schönen Frühsommernacht wie dieser wahrscheinlich noch viel los. Getümmel, Gewimmel, das mag er an sich nicht so gern. Und vor allem will er doch mit Manuela reden.

Er muß sie ja einiges fragen. Und er möchte ihr etwas sagen. Und er möchte – ach, es ist schwer zu sagen, was er möchte … Jedenfalls läuft er hinter ihr her unter den das Opernhaus flankierenden Arkaden. Und da klappern ihre Schritte, obwohl ihre Schuhe gar keine sehr hohen Stöckel haben.

Als sie sich umdreht, kommt sie ihm allerdings trotzdem etwas zu groß vor. Jedenfalls größer, als er sie in Erinnerung hat. Aber wahrscheinlich liegt das an diesem Kleid. Tailliert geschnitten, wie es ist, macht es schlanker und wahrscheinlich auch größer als die gerade geschnittene Schwesternkluft.

Sie hat offenbar bemerkt, daß jemand hinter ihr herläuft, und ist stehengeblieben. Und jetzt steht sie ihm gegenüber, größer, als er sie in Erinnerung hat, und sieht ihn groß an. Befremdet sieht sie ihn an und gleichzeitig befremdend. Manuela! sagt er. Aber sie sieht ihn an, als würde sie ihn nicht kennen.

Und das versteht er nicht. Daß sie ihn nicht kennen will. Was hat sie denn gegen ihn? Was hat er ihr getan? Verzeihung, sagt er. Ich habe gedacht, Sie erinnern sich noch an mich. Aber sie schüttelt nur den Kopf, und dann dreht sie sich um und geht rasch über die Straße.

V

SEIT ER WIEDER daheim war, hatte Novak zugenommen. Herta freute sich: Daß er nur wieder zu Kräften kam! Das sei das Wichtigste. Alles andere sei nebensächlich. Über alles andere sollten sie am besten gar nicht mehr reden.

Sie und er.

Mit ihrer Freundin Renate redete sie allerdings sehr wohl darüber.

Du kannst dir nicht vorstellen, sagte sie, wie dieser Mann heruntergekommen war. Richtig vom Fleisch gefallen sei er gewesen. Daß sie ihn von dort, aus dieser grindigen Pension, zurückgeholt habe, sei allerhöchste Zeit gewesen.

Sie habe halt gespürt, daß er sie brauche, auch wenn er es nicht zugegeben habe. Auf ihre Briefe habe er nicht geantwortet. Aber zwischen Personen, die so lang zusammengelebt haben, bestehen halt noch andere Verbindungen. Auch wenn eins von beiden kurzfristig aus der Beziehung ausschert.

Er brauche sie – Anfang Juli, als es – typisch zu Urlaubsbeginn – wieder kalt und regnerisch geworden sei, habe sie das gespürt. Zwar habe sie sich eine Zeitlang gegen dieses Gefühl gewehrt – sie habe ja auch ihren Stolz, nicht wahr, und nach ihrem ersten, vergeblichen Besuch in seiner Absteige habe sie sich geschworen, nie wieder einen Fuß in dieses miese Quartier zu setzen. Aber dann habe eben die Sorge um ihn überhand genommen. Und sie sei ins Auto gestiegen und noch einmal dorthin gefahren und sei mit dem wackligen Lift, den sie dort hätten, wieder in den zweiten Stock hinauf und habe noch einmal an seine Tür geklopft.

Er aber habe nicht aufgemacht: Stell dir das vor! … Ja, ja, es hat auch beim ersten Mal eine Weile gebraucht, bis er mich gehört hat ... Aber dieses Mal war es irgendwie anders ... Ich hab geklopft und gewartet. Ich hab geklopft und an der Tür gehorcht ... Von drinnen kein Mucks ... Allmählich hab ich es mit der Angst zu tun gekriegt ... Bin wieder hinunter ins Parterre und hab an der Rezeption geklingelt ... Das ist vielleicht ein Betrieb dort – als ich zuvor hereingekommen bin, war kein Mensch da ... Und auch jetzt hat es gedauert, bis die Vermieterin, so eine alte, vertrocknete Chinesin, endlich erschienen ist.

Hören Sie, sage ich, Ihr Mieter von Nummer 11 – ist der in seinem Zimmer?

Weiß ich nicht, sagt sie.

Aber sein Schlüssel hängt nicht am Schlüsselbrett, sag ich.

Ah ja, sagt sie. Aber vielleicht hat er ihn eingesteckt und ist damit weggegangen.

Tut er das sonst auch? sag ich.

Nein, sagt sie. Ich glaub nicht.

Wann haben Sie ihn denn zum letzten Mal gesehen? frag ich.

Weiß sie nicht, sagt sie. Vielleicht vorgestern. Vielleicht vorige Woche ... Ihre Mieter sind erwachsene Menschen ... Manche gehen früh weg und kommen spät zurück.

Aber vielleicht, sag ich, geht es dem Mieter auf Nummer 11 nicht gut ...

Sie zuckt die Achseln. Was geht Sie das an? fragt sie. Wer sind Sie denn überhaupt?

Jetzt hören Sie einmal zu, hab ich gesagt, ich bin seine Frau! Und wenn Sie mir da oben nicht augenblicklich die Tür aufsperren, dann hol ich die Polizei!

Hat sie also den Zweitschlüssel von irgendwo hinten geholt und ist mit mir wieder hinauf in den zweiten Stock. Wenn Ihr Mann, hat sie im Lift gesagt, irgendeinen Blödsinn gemacht hat, können Sie ihn gleich mitnehmen wie er ist! Oben hat sie versucht, die Tür aufzusperren, aber innen ist der Schlüssel gesteckt. Was soll ich dir sagen! Schließlich hat sie den Mieter aus dem Nebenzimmer herausgeklopft, so einen bulligen Bulgaren oder Russen mit über der Nasenwurzel zusammengewachsenen Augenbrauen, und der ist mit der Schulter gegen die Tür gerannt.

Herta hatte das ihrer Freundin Renate vorerst atemlos am Telefon erzählt. Aber natürlich hatte es damit nicht sein Bewenden. So etwas mußte einfach öfter und ausführlicher erzählt werden. Und nicht bloß am Telefon, sondern auch, wenn sie einander gegenübersaßen, sodaß Renate ihr Minenspiel sah, in dem sich die Dramatik des Erlebten und Gott sei Dank Überstandenen widerspiegelte.

Anfangs telefonierte Herta von ihrem Frisiersalon aus, aber im Magazin, in das sie sich vor den Balkantussis zurückzog, war der Handyempfang schlecht. Daheim, wo sie dann immer häufiger blieb, weil ihr Mann, so stellte sie es dar, nach einem Kollaps, den sie nicht näher beschrieb, rekonvaleszent sei, und sie nun etwas mehr auf ihn schauen müsse, konnte sie Renate vom Festnetztelefon aus anrufen. Natürlich tat sie das nicht, wenn Franz in der Nähe war. Am besten ging es, wenn sie ihn zum Einkaufen ins Ortszentrum geschickt hatte.

Zwar gab es dort immer weniger von den alten Geschäften, in denen man noch bis vor kurzem zumindest den täglichen Bedarf an Lebensmitteln hatte decken können, eins nach dem anderen sperrte zu. Und natürlich war es praktischer, ins Auto zu steigen und in den Supermarkt zu fahren, der seit neuestem sogar *Mega*-Supermarkt hieß. Und gewiß waren die Preise in den kleinen Läden, die ums Überleben kämpften, eine immer größere Zumutung, vor allem über das sogenannte *Bio-Eck* alterierte sich Herta, in dem Obst und Gemüse umso teurer sei, je verschrumpelter es aussehe.

Aber selbst dort schickte sie ihren Franz hin, denn dieses Geschäft, das früher eine simple Greißlerei gewesen war, lag auf dem Gegenhang, und auf die zwei, drei Euro, um die sie sich geprellt fühlte, kam es ihr letzten Endes weniger an als darauf, daß der Mann, der sich sonst kaum aus dem Haus rührte, ein wenig Bewegung machte.

Außerdem war er dann eben eine Weile weg, ohne daß sie Angst haben mußte, daß er wieder auf Abwege geriet. Und sie konnte in aller Ruhe mit Renate reden. Saß sie am Fenster, so sah sie ihn, wenn er zurückkam, schon von weitem, immer ein wenig gerührt darüber, wie er mit der vollen Einkaufstasche die Steigung heraufstapfte, was ihm, das war ihm anzusehen, manchmal gar nicht mehr so leichtfiel. Jetzt kommt er wieder, sagte sie dann zu Renate, jetzt muß ich mich wieder ein bißchen um ihn kümmern, aber ich kann dir ja am Donnerstag weitererzählen.

Donnerstag nämlich trafen sie einander im *City Café*. Zwar konnte in dem Ort, in dem Herta ihren Frisiersalon hatte, von einer City fast ebenso wenig die Rede sein wie in Grabern. Doch im Zentrum gab es ein paar Innenhöfe, die man auf Initiative des ehrgeizigen Bürgermeisters zu einer hochtrabend als Shopping-Mall bezeichneten Strecke verbunden hatte. Dort war das *City Café*, und dort saßen Herta und Renate jeden Donnerstagnachtmittag.

Diese regelmäßigen Treffen hatten sich im Frühsommer ergeben, als es Herta, der von ihrem Franz Verlassenen, richtig schlecht gegangen war. Renate hatte gefunden, daß die Freundin so etwas brauchte. Wenn einer Frau, sagte sie, Bitteres widerfährt, soll sie sich was Süßes gönnen. Trost bei einer guten Tasse Kaffee und einem hübschen Stück Torte.

Nun – es wurde August und es wurde September – ging es Herta zwar wieder besser, weil sie ihren Franz zurückhatte. Aber die Treffen im Café wurden beibehalten. Da saßen Herta und Renate donnerstags zwischen halb drei und halb fünf. Früher hatte Herta ihren Salon um diese Zeit offengelassen, aber ehrlich gesagt lohnte das schon lang nicht mehr.

Herta und Renate, die eigens mit dem Auto angefahren kam – von Flein, wo sie wohnte, waren es immerhin vierzig Kilometer, das machte also achtzig hin und zurück, aber Renate war eine wirklich gute Freundin –, Herta und Renate saßen in einer Ecke an einem etwas abgesonderten Tisch, der für sie reserviert war. Und da konnte Herta ihr Herz erleichtern. Wenn auch mit gedämpfter Stimme, was nicht ganz ihrem Naturell entsprach. Aber im Lauf der Wochen, mit denen der Sommer verging, hatte sie sich darauf eingestellt.

Bis in den Oktober hinein erzählte sie raunend wieder und wieder, wie sie, nachdem der Russe oder Bulgare die Tür aufgebrochen hatte, in diesem stickigen Zimmer gestanden seien. In diesem stickigen und finsteren Zimmer, in dem im ersten Moment fast gar nichts zu sehen war, denn der Vorhang war zugezogen und die Fensterläden waren geschlossen. Und erst als die Chinesin das Fenster aufgerissen habe – das erzählte sie immer aufs neue erschüttert –, habe sie, Herta, ihren Franz auf dem Bett liegen gesehen. Und – meiner Seel, sagte sie, wie er so dagelegen ist, so starr und so stumm und so blaß, da hab ich geglaubt, er ist tot.

Dann habe sie aber gesehen, wie seine Brust sich hob und senkte. Er war also *nicht tot*, gottlob! Er habe ja geatmet. Aber in welchem Zustand er da lag, das durfte doch nicht wahr sein! Schlief er wie ein Karnickel mit offenen Augen?

Sie habe ja anfangs direkt eine gewisse Scheu gehabt, ihn zu berühren. Aber dann habe sie sich zu ihm an den Bettrand gesetzt und habe ihn an den Schultern gepackt und ihn gerüttelt. Franz! habe sie gesagt, Franz! jetzt komm zu dir, jetzt komm zurück, du machst mir ja Angst! Und sie habe seine Wangen getätschelt, seine stachligen Wangen, denn er habe sich seit mindestens einer Woche nicht rasiert gehabt.

Vielleicht habe er in diesem Augenblick kapiert, also begriffen und gespürt, daß sie (und keine andere) seine Frau sei. Immerhin sei er dann aufgestanden, wenn er auch noch eine ganze Weile gewirkt habe wie ein Traumwandler. Jedenfalls habe er keinen Widerstand geleistet, als sie damit begonnen habe, seine Sachen zusammenzupacken. Komm, habe sie dann zu ihm gesagt, wir fahren nach Haus.

Novak wußte nicht mehr, wie lang er so auf dem Bett gelegen war. Er wußte nicht mehr, wie viel Zeit vergangen war, seit jenem Abend in der Oper. Es war auch egal, es war überhaupt nicht wichtig. Draußen, jenseits der Vorhänge und Fensterläden, wurde es wahrscheinlich Tag und Nacht, aber drinnen, im Dunkel des Zimmers, herrschte ein stetiger Dämmerzustand.

Und das war gut so. Das war einigermaßen auszuhalten. Das tat nicht weh. Diesem Zustand konnte man sich angleichen. Dämmern. Sonst nichts. Einfach so daliegen und dämmern. Nichts sehen, nichts hören, nichts riechen, nichts schmecken, nichts fühlen.

Er erinnerte sich, daß er einmal etwas über den Winterschlaf der Tiere gelesen hatte. Wie sie sämtliche Körperfunktionen auf ein Minimum reduzierten. Wie sie es schafften, möglichst wenig Energie zu verbrauchen. Das gelang ihm zwar nicht vollends – ab und zu mußte er aufstehen und einen Schluck Wasser trinken, und zwischendurch tastete er nach einer Scheibe Knäckebrot aus der Packung, die neben dem Bett auf dem Boden lag –, aber es schien ihm ein erstrebenswerter Zustand.

Vage erinnerte er sich auch daran, daß draußen Sommer war. Und das war vielleicht der Grund, warum es nicht ganz funktionierte. Ein Winterschlaf im Sommer, das ging vielleicht doch nicht so ohne weiteres. Jedenfalls mußte er auch manchmal auf die Toilette, allerdings, wie ihm schien, immer seltener.

Nichts sehen, nichts hören, nichts riechen, nichts schmecken, nichts fühlen. Und vor allem – dieses Problem hatten die Tiere vielleicht weniger – nichts denken. Ja, das war es: Es war ihm nicht gelungen, das Denken abzuschalten. Obwohl es ein dämmriges Denken war, ein traumverlorenes Denken, das manchmal buchstäblich im Traum verlorenzugehen und zu versinken schien – es tauchte immer wieder auf.

Sein Denken kreiste. Es kreiste zum Beispiel um die Frage, wie das mit Manuelas Muttermal gewesen war. Ob er es nämlich gesehen hatte, dort in der Oper. Natürlich, aus der Loge hatte er es gar nicht sehen können ... Die Entfernung zum Stehplatzbereich war zu groß und die Beleuchtung dort unten war zu schwach ...

Aber dann draußen, als er schon geglaubt hatte, sie aus den Augen verloren zu haben ... Wie sie dort gestanden war, in der Nähe des Brunnens ... Dieses Brunnens, an dem er früher, als er noch in der Stadt gewohnt hatte, öfter vorbeigekommen war. Ohne daß er den Brunnen wirklich beachtet hätte, und ohne daß ihm die Nixe, die da oben auf der Säule in der Mitte des Brunnens saß, je aufgefallen wäre ...

Dort war sie gestanden, Manuela, er versuchte sich dieses Bild genau in Erinnerung zu rufen ... Sich dieses Bild möglichst genau in Erinnerung zu rufen und festzuhalten ... Er gab sich die größte Mühe, aber das war anstrengend in seinem Dämmerzustand ... Sobald er das Bild einigermaßen vor Augen hatte, wollte es sich schon wieder verflüchtigen.

Da war sie also gestanden, halb von ihm abgewandt ... Aber hieß das nicht ebensogut, halb ihm zugewandt? Im

Halbprofil eben – er erinnerte sich an die Rundung ihrer Wange ... Aber welche Wange war das gewesen – die linke oder die rechte?

Hätte er, angenommen, sie hätte ihm die richtige Wange zugewandt, das Muttermal, das auf der Höhe des Jochbeins saß, eigentlich apart, wie ein Schönheitspflästerchen, nicht doch sehen müssen? Aber an welcher Wange hatte sie dieses Muttermal eigentlich – an der rechten oder an der linken? Merkwürdig, daß er das nicht mehr mit Sicherheit wußte ... Er versuchte sich zu vergegenwärtigen, wie er neben ihr auf der kleinen, weißen Bank gesessen war, da war er doch, schien es ihm, immer links von ihr gesessen, auf der Herzseite, aber wenn er sozusagen aus sich selbst heraustrat, zurücktrat, um diese Szene möglichst objektiv zu sehen, sah er sie wie in einem Spiegel oder wie in der Spiegelreflexkamera, die er einmal, vor Jahren, gehabt hatte, und da war doch links eigentlich rechts oder vielmehr rechts eigentlich links und zu allem Überfluß stand das Bild auf dem Kopf.

Das Muttermal jedenfalls hatte ihn lang beschäftigt ... Das Muttermal, Manuelas besonderes Kennzeichen ... Hatte er es gesehen oder nicht? Hatte sie es gehabt oder nicht? ... Daß er es nicht *gesehen* hätte, hieß übrigens nicht, daß sie es nicht *gehabt* hätte, und selbst wenn sie es nicht gehabt hätte – was hätte das schon gesagt?

Das hätte bloß gesagt, daß sie es *nicht mehr* gehabt hätte ... Vielleicht hatte sie es ja inzwischen wegnehmen lassen ... Ihn hatte es zwar nicht gestört, er hatte es sogar sehr nett gefunden ... Aber manche Leute hielten so etwas ja für einen Schönheitsfehler ... Und vielleicht hatte es ja auch einen medizinischen Grund zur Entfernung dieses Muttermals gegeben ... Vielleicht hatte ihr ein Hautarzt aus nicht nur ästhetischen Gründen dazu geraten ... Ja, das konnte doch sein, so was kam doch vor ... Mit einem Wort: Selbst wenn da *kein* Muttermal zu sehen gewesen wäre, weder auf der rechten Wange noch auf der linken, hätte das nichts bewiesen.

Zu diesem Ergebnis kam Novak immer aufs Neue. Obwohl jener Dämmerzustand schon einige Zeit zurücklag. Wenn er darüber nachdachte, kam er zu diesem Ergebnis. Allerdings gab er sich Mühe, möglichst wenig darüber nachzudenken. Jetzt, seit er wieder zurück in Grabern war. Auf dem Wege der Besserung, wie das seine Frau nannte. Er dachte nicht oft darüber nach, aber manchmal fiel es ihm doch wieder ein. Und dann war es nicht leicht, die Gedanken auf etwas anderes zu lenken.

Zum Beispiel gerade jetzt, als er mit der Einkaufstasche die Anhöhe hinaufstieg. Und kurz innehielt, weil die Flaschen mit dem gesunden Apfelsaft und die Gläser mit dem Waldhonig aus dem Bioshop doch einigermaßen schwer waren. Herta saß schon am Fenster und hielt nach ihm Ausschau. Aber das nützte nichts: Akkurat jetzt kam es ihm wieder in den Sinn.

Dieses flüchtige Bild: Manuela am Brunnen ... Vielleicht lag es daran, daß er einen Augenblick stillstand und ein paar Atemzüge lang nicht mehr das Geräusch seiner Schritte hörte, sondern das Plätschern des Kitschbrunnens aus dem Nachbargarten ... Herta winkte ... Oder wollte sie etwas auf der Fensterscheibe wegwischen? Einen Moment lang kam es ihm so vor, als wollte sie seine Gedanken wegwischen.

ENDE AUGUST begannen die Amseln zu sterben. Die erste fand Novak unter dem Apfelbaum. Er ging jetzt manchmal im Garten hin und her, vom Kirschbaum zum Apfelbaum und wieder zurück. Die Kirschen waren am Baum vertrocknet, die Äpfel hingegen waren noch unreif und grün.

Novak stand lang und sah die Amsel an. Sie lag da, das Köpfchen etwas zur Seite gekippt, den Schnabel leicht geöffnet. Es war früher Abend, aber es dämmerte nun schon vor dem Nachtmahl, zu dem ihn Herta gleich ins Haus rufen würde. Der Wind, der mit dem Sonnenuntergang aufkam, strich dem Vogel sanft durchs Gefieder.

Am nächsten Vormittag fand er die zweite tote Amsel. Er holte eine Schaufel aus dem Schuppen und begrub beide. Abends, vor dem Fernsehen, las ihm Herta einen Artikel aus der Bezirkszeitung vor. Er hätte die Amseln nicht begraben, sondern ans Veterinärmedizinische Institut schicken sollen.

Das Virus, das sich unter den Amseln ausbreitete, hieß *Usulu*. Es kam aus Afrika, wahrscheinlich eingeschleppt durch Zugvögel. Aus Afrika! sagte Herta. Na eben! Na typisch! Das wisse man ja, daß von dort nichts Gutes komme.

Man sollte die toten Vögel in Plastik verpacken und entweder an die Pathologie oder an die Virologie adressieren. *Veterinärmedizinisches Institut* – Herta diktierte ihrem Mann die Anschrift. Für den Fall, daß er in den nächsten Tagen weitere Amselleichen fände. Ja, ja, sagte Novak. Aber er begrub die fünf Amseln, die er im Lauf der folgenden Woche noch fand, ebenso pietätvoll wie die zwei ersten.

Anfang September kühlte es deutlich ab. Da starben die Stechmücken, die das Virus übertrugen. Vielleicht starben sie auch nicht, sondern zogen sich nur vorläufig zurück. Jedenfalls fand Novak nun keine toten Amseln mehr.

Es gab aber leider nur wenige überlebende. Ab und zu landete trotzdem eine auf der alten Fernsehantenne. Sang ein paar Takte und schien dann auf Antwort zu warten. Blieb diese Antwort aus, so flog sie bald wieder davon.

Der Gesang der Amseln ging ihm ab, aber fast alle anderen Geräusche gingen ihm auf die Nerven. Erst war ein neues

Reinigungsfahrzeug der Gemeinde unterwegs, um die Straßen vom Staub der zu Ende gehenden Sommersaison zu befreien. Es war riesengroß, in seinem aufdringlich lackierten Blechleib rotierten Batterien von Besen und Bürsten. Nicht genug damit, daß es die Häuser ganzer Straßenzüge in Vibration versetzte, gab es jedes Mal, wenn der Fahrer im Rückwärtsgang fuhr, idiotische Piepstöne von sich.

Dann wurden im ganzen Viertel die Strom- und Gasleitungen kontrolliert. Zwar hatte Novak den Eindruck, daß die erst vor einem oder maximal zwei Jahren neu verlegt worden wären, aber vielleicht waren auch die vergangenen Jahre in seiner Erinnerung etwas zu eng zusammengerückt. Jedenfalls mußte man deshalb die Straßen wieder einmal aufreißen, das ging nicht anders, Teilstück für Teilstück rückten die Preßluftbohrer und Bagger vor. Und es war doch wohl im Interesse aller, daß die Sicherheit überprüft wurde und daß die Energieversorgung in der kommenden Heizperiode klaglos funktionierte.

Diese kommunale Werktätigkeit wirkte offenbar anregend. Der Nachbar an der Ostseite, dessen Arbeitszeiten ins Gleiten geraten waren, nutzte die Muße, die er nun hatte, um sich gewissen Reparaturen und Umgestaltungen im Eigenheim zu widmen. Natürlich war er stolzer Besitzer einer *Black & Decker*, wenn er vor die Tür trat, um eine Zigarette zu rauchen, wozu er die rechte Hand brauchte, so hielt er das Werkzeug etwa so in der Linken wie ein Cop aus einer TV-Serie seine MP, wenn er sie gerade auf niemanden richtete, lässig, aber jederzeit bereit. Ins Haus zurückgekehrt, arbeitete er dann munter weiter, natürlich bei offenen Fenstern, denn bei der Arbeit wurde ihm heiß, und natürlich bei laut aufgedrehtem Radio, in dem einander zwei ständig gutgelaunte Moderatoren in den Pausen, die ihnen die Werbeeinschaltungen ließen, an Witzigkeit überboten.

Was die Nachbarn an der Westseite betraf, so waren sie gottlob noch vollbeschäftigt. Doch wenn sie nach Haus kamen, vergnügten sich die Kinder im Garten. Der Kleinere, der sich schließlich auch schon bald den Herausforderungen des Zeitalters stellen und darauf möglichst gut vorbereitet sein sollte, hatte sehr avancierte Spielzeuge. Zum Beispiel ein per Funkgerät, das der Knirps mit erschreckend ernsthafter Miene betätigte, lenkbares Raupenfahrzeug, in dem ein Roboter saß, der jeden der Befehle, die er derart empfing, mit *Aye Aye Sir* oder *Roger* beantwortete.

Daß rundherum emsig Rasen gemäht wurde, war ohnehin selbstverständlich. Manche der Anrainer schienen es zu betreiben wie die tägliche Rasur. Einige tatsächlich schon zeitig am Morgen, das hatten sie sich anscheinend im Sommer angewöhnt. Aber die, welche es morgens nicht geschafft hatten, taten es mit Sicherheit gleich nach ihrer Heimkehr am frühen Abend.

Natürlich konnte sich Novak da auch nicht ausschließen. In den ersten Wochen nach seiner Rückkehr nach Grabern hatte ihn Herta noch geschont und das ihrerseits erledigt. Aber wie sah denn das auf die Dauer aus? Du bist der Mann, sagte sie. Und schön langsam könntest du wieder ganz zu dir kommen.

Ganz zu sich. Damit meinte sie gewiß etwas anderes als er. Er hatte das Gefühl, daß das für ihn etwas völlig anderes bedeuten könnte. Aber er war nach wie vor halb betäubt, sein Kopf, wie er so zwischen den Schultern saß, fühlte sich seltsam an. Vielleicht lag das ja an dem Sturz auf dem Markt, von dem er Herta nichts erzählt hatte.

Er hatte ihr ja fast überhaupt nichts erzählt. Und sie hatte ihn fast überhaupt nichts gefragt. Über die Zeit seiner Abwesenheit wurde einfach kaum geredet. Ob das Herta aus Rücksicht ihm gegenüber so hielt, aus Vorsicht, aus einer Behutsamkeit, die ihr eigentlich gar nicht ähnlich sah, oder aus Taktik, die ihr vielleicht ihre Freundin Renate empfohlen hatte, mit der sie so viel telefonierte – was er sehr wohl merkte, denn so betäubt, daß er das nicht mitbekam, war er auch wieder nicht –, das konnte ihm eigentlich egal sein, er fühlte sich jedenfalls nicht in der Verfassung für Auseinandersetzungen.

Also ließ er sich wieder zum Rasenmähen einteilen. Zwar litt er unter dem Lärm, den er selber verursachte, ertrug ihn nur mit zusammengebissenen Zähnen, aber er erledigte seinen Auftrag. Das heißt Hertas Auftrag. Und wurde dafür belohnt. Sie fütterte ihn mit Süßspeisen und bemühte sich auch im Bett wieder um ihn, auch diesbezüglich, vermutete er, von Renate beraten.

Er ließ es geschehen. Es war ja nicht unangenehm. Manchmal raffte er sich sogar zu einer ihn selbst überraschenden Aktivität auf. Sie nahm das mit aus der Tiefe ihres Körpers und ihrer Seele aufsteigender Genugtuung zur Kenntnis. So ist es gut, sagte sie. Du bist der Mann, sagte sie. Du bist noch immer mein Mann.

Eine seit Jahren nicht abgerufene Weiblichkeit, ja Weibchenhaftigkeit kam da zum Nachschein. Ihre Stimme erklang in einer anderen Tonlage. Manchmal klang sie fast so wie die Stimme der jungen Herta, an die er sich jetzt erinnerte. Die Stimme eines erst vor kurzem aus dem Ohrfeigenregime eines sonst hilflosen Vaters entkommenen Mädchens, einer von ihrem Lehrherrn, einem gewissen Herrn Stephan, auch eher rauh angefaßten und gelegentlich angegrapschten jungen Frau, die sich einen Mann wünschte, an den sie sich anlehnen konnte, der seinen Arm um sie legte und sie im Bedarfsfall beschützte.

Nicht nur zur Arbeit mit dem Rasenmäher mußte sich Novak überwinden, sondern auch zu der mit dem Laubsauger. Der Laubsauger war neu. Sie hatten ihn erst Anfang Oktober angeschafft. Vereinzelt hatte es auch schon im vergangenen Jahr Laubsauger gegeben. Aber heuer gab es sie im Baumarkt unten an der Landstraße sogar als Sonderangebot des Monats.

Dort wußte man eben, was anständige Leute, die ihren Garten in Ordnung halten wollten, brauchten. Der Wind wurde heftiger und blies die Blätter von den Bäumen. Man konnte das Laub doch nicht einfach auf dem Rasen oder gar in den asphaltierten, wenn nicht verfliesten Vorgartenbereichen liegenlassen! Und es mit dem Rechen zu beseitigen wie früher, war nicht nur mühsam, sondern angesichts der fortgeschrittenen Möglichkeiten geradezu blamabel.

Also saugte Novak draußen im Garten und sogar auf dem Gehsteig vor der Gartentür Laub. Während Herta drinnen im Haus Staub saugte. Das war zwar ein doppelter Mißklang, und anfangs stellten sich ihm dabei die kurzen Haare im Nacken auf. Aber nach und nach empfand er es fast als Harmonie.

ENDE OKTOBER aber, nach ein paar letzten, sonnigen Tagen, folgte die Phase der Verfinsterung. Sie begann buchstäblich an dem Wochenende, an dem in den Zeitungen, im Radio und im Fernsehen darauf hingewiesen wurde, daß man nicht vergessen solle, die Uhren eine Stunde zurückzustellen, weil nun wieder die Winterzeit begann. Das hatte zwar zur Folge, daß man am nächsten Morgen eine Stunde länger im Bett bleiben konnte. Aber dafür wurde man durch die am Abend bereits eine Stunde früher hereinbrechende Dunkelheit bestraft.

Daran mußte man sich erst wieder gewöhnen. Zwar, erinnerte sich Novak – und daran erinnerte er auch seine

Frau, mit der er neuerdings wieder mehr redete –, zwar sei ja eigentlich die Winterzeit die *reale* Zeit und die Sommerzeit eine Illusion, beziehungsweise eine bloße, nicht zuletzt im fragwürdigen Interesse der Wirtschaft beschlossene Übereinkunft. Aber das hatte man im Lauf der Jahre, seit die Sommerzeit eingeführt worden war, schon halb und halb vergessen. Und die Feststellung, daß die Welt ja *in Wirklichkeit* so finster sei, war nicht eben tröstlich.

Bevor die Sommerzeit eingeführt worden ist, sagte Herta, ist uns die Winterzeit jedenfalls nicht so aufgefallen. Da sind die Tage allmählich kürzer geworden. Aber jetzt … So von einem Tag auf den anderen … Das sei nicht recht. Das sei eigentlich eine Gemeinheit!

Na ja, sagte Novak. Das Wort *Gemeinheit* sei in diesem Zusammenhang vielleicht übertrieben.

Doch, sagte Herta. Das ist doch eigentlich ein Betrug! Irgendwie werden wir immer hereingelegt.

Vielleicht war das gar nicht so falsch. Aber in Novaks Kopf klingelte eine Alarmglocke.

Er kannte das leider. Er kannte das nur zu gut … Wie sich in Hertas Gemüt etwas zusammenbraute … Ein Gewölk von vorerst diffuser Entrüstung … Das sich früher oder später entladen würde, und da war es gut, sich rechtzeitig wegzuducken.

So hatte er das jedenfalls früher gehalten. Denn irgendwie traf der Blitz dann meistens auch ihn. Selbst wenn er mit dem Anlaß der Erregung nichts zu tun hatte (und meistens hatte er nicht das Geringste damit zu tun). Etwas davon bekam er auch ab, das war eine Erfahrungstatsache.

In den letzten zwei Monaten war es zu keinem derartigen Gewitter gekommen. Aber da hatte sich Herta zurückgehalten. Mit für ihr Temperament erstaunlicher Selbstbeherrschung. Jetzt kündigte sich an, daß es damit vorbei war.

Eigentlich eine Gemeinheit, ein Betrug! Bei solchen Worten drang Hertas Stimme bereits wieder in bedenkliche Frequenzbereiche vor. Die Sommerzeit. Oder die Winterzeit. Oder die Umstellung von der einen auf die andere. Daß es nun so plötzlich finster wurde, zu einer Stunde, um die man es nach der Täuschung der Sommerzeit noch nicht gewohnt sei, begünstige auf jeden Fall die Einbrecher.

Ja, sicher, sagte sie, hast du das nicht gelesen? Ich hab dir den Artikel doch extra hergelegt!

Welchen Artikel? fragte Novak. Wohin?

Na, den Artikel aus der Bezirkszeitung, sagte Herta. Mitten auf den Tisch!

Da klang sie schon etwas ungeduldig mit ihm.

Also die Einbrecher, sagte sie. Genauer, die organisierten Einbrecherbanden ... Die aus dem Osten. Die sie jetzt alle hereinlassen ... Dieses Gesindel, dem sie die Grenzen sperrangelweit aufmachen! ... Also die würden jetzt sicherlich wieder zuschlagen ... Die letzte große Einbruchswelle habe es übrigens im Juli gegeben ... Am Anfang der Ferienzeit, klar, da fahren viele Leute weg ... Da hat auch der Kriminaltourismus Saison ...

Ganz hier in der Nähe sei eingebrochen worden. Einmal in der Parallelgasse hangaufwärts und einmal in der Parallelgasse hangabwärts. Ja, sagte Herta, das weißt du natürlich nicht. Du hast dich damals ja woanders aufgehalten.

Wie sie das sagte: *Woanders aufgehalten* ... Aber so war's doch. *Das habe er vorgezogen* ... Während sie, seine Frau, allein zu Haus gesessen sei ... Und sich nächtelang gefürchtet habe.

Ja, natürlich habe sie sich gefürchtet ... Zwei Mal sei die Polizei aufgefahren, mit Blaulicht und Alarmsirenen und allem, was dazugehöre ... Aber beide Male natürlich zu spät ... Bis die daherkämen, seien die Täter schon am nächsten Tatort ... Sie habe sich gefürchtet, eine Frau allein in diesem Haus ... Ohne männlichen Schutz, denn der Mann war woanders ... Dem Mann sei das egal gewesen, der habe sie einfach hier sitzenlassen ... Während andere in die Ferien gefahren seien, aber davon war halt heuer keine Rede ...

Und so fort. Jetzt war es also so weit. Jetzt fing sie an, ihm die Vorwürfe zu machen, die sie die ganze Zeit über zurückgestaut hatte. Mit für nahezu drei Monate durchgehaltener Disziplin. Aber es war klar gewesen, daß dieser falsche Friede nicht ewig dauern konnte.

Die Zunahme der Haus- und Wohnungseinbrüche war das Thema der folgenden Tage und Wochen. Nicht nur Herta tischte es täglich auf. Berichte darüber erschienen nicht bloß in der Bezirkszeitung, sondern auch in den überregionalen Boulevardblättern. Postwurfsendungen empfahlen die Anschaffung von Sicherheitsschlössern und Alarmanlagen.

Eines Abends gab es dazu sogar eine TV-Diskussion. Inmitten einer Runde einander ständig ins Wort fallender Damen und Herren aus politischen Parteien und Medien saß der Direktor des Bundeskriminalamtes. Ein Mann mit Kahlkopf und Schnurrbart, der redlich um Beruhigung bemüht war. Was ihm allerdings nicht so ohne weiteres gelingen wollte.

Dies nicht zuletzt deshalb, weil er Probleme hatte, unmißverständlich über den Bildschirm zu bringen, was er meinte. Eigentlich, sagte er, sind wir mit der Kriminalitätsentwicklung zufrieden. Es war klar, daß er nicht meinte, was ihm daraufhin ein Teil der Diskutanten unterstellte. Aber besonders für den Vertreter der am hemmungslosesten mit den Ängsten der Bevölkerung operierenden Partei, einen bewußt rauhbeinig auftretenden jungen Mann, der sich vor seinem Quereinstieg in die Politik als Fußballfunktionär und im Sportwettenbereich umgetan hatte, war das ein aufgelegter Elfmeter.

Daraufhin suchte der Major – das war der Rang des Bundeskriminalamtsdirektors in der Polizeihierarchie –, die Rückendeckung der Statistik. Im dritten Quartal des laufenden Jahres habe die Zahl der Einbrüche relativ zum dritten Quartal des Vorjahres zwar wirklich zugenommen. Doch die Entwicklung sehe gleich etwas weniger dramatisch aus, wenn man nicht das entsprechende Vorjahrsquartal, sondern das unmittelbar vorangegangene Quartal zum Vergleich heranziehe. Außerdem, fügte er der Ordnung halber hinzu, erfasse diese Statistik natürlich nicht die objektive Zahl der Einbrüche, sondern nur die der Anzeigen.

Was immer er damit sagen wollte, auch das kam nicht so gut an.

Wollen Sie damit sagen, daß es noch viel mehr Einbrüche gibt, als offiziell zugegeben wird?

Nein, das hatte der Major sicher auch nicht sagen wollen. Mit der sogenannten Kommunikation war es halt ein Kreuz, und das nächste Mal, das war ihm fast anzusehen, würde er lieber wieder seinen Pressesprecher in so eine Fernsehrunde schicken.

Und schon war von einer Dunkelziffer von Einbrüchen die Rede und dem Interesse der Polizei, diese Ziffer nicht an die Öffentlichkeit dringen zu lassen. Und davon, daß die Präsenz der Polizei überhaupt zu gering sei. Und die Aufklärungsquote bei den letzthin alarmierend zunehmenden Einbruchsdelikten sei geradezu lächerlich. Und der rauhbeinige junge Mann, der auch ein paar Jahre als aktiver Fußballer hinter sich hatte, wobei er vor allem durch seine Fouls aufgefallen war, ereiferte sich darüber, daß bei den mit immer brutalerer Gewalt durchgeführten Einbrüchen nicht nur Eigentum, sondern auch Leib und Leben der Geschädigten gefährdet seien, was sowohl von der hilflosen

Polizei als auch von der ratlosen Regierung bagatellisiert werde.

Siehst du! sagte Herta. Genau, was ich sage! Aber du willst das alles ja lieber nicht wahrhaben! Das interessiert dich nicht! Das hat dich ja auch im Sommer nicht interessiert! Wenn es nach dir gegangen wär, hätt mir wer weiß was passieren können.

Was glaubst du, wie es mir damals gegangen ist? Ja, sagte sie, manchmal hab ich richtig gezittert! So heiß es im Juli war! So allein im Bett! Wenn ich draußen im Garten irgendwas gehört hab, hat mich fast der Schlag getroffen.

Aber du hast das halt alles nicht mitgekriegt ... In deiner Abwesenheit ... In deiner *Auszeit* oder wie man das heutzutage nennt ... Wie praktisch! Der Herr hat sich ganz einfach eine Auszeit vom Eheleben genommen ... Nur, wenn er Pech gehabt hätte, wär seine Frau inzwischen als Opfer so eines Brachialeinbruchs umgekommen.

Ja, ja, sagte Herta, so was kann böse enden! Irgendwann packt den Mann doch noch die Sehnsucht nach seiner Frau oder ihrer guten Kost und nach dem gemütlichen Eigenheim ... Aber dort hat sich die Gemütlichkeit inzwischen aufgehört, denn da liegt seine arme Frau tot auf dem Boden, in einer Blutlacke ... Und dann wird es ihm leid tun, aber dann ist es zu spät, und das kommt dann davon.

Dann kamen die Berichte über den Trafikanten. Den *tapferen* Trafikanten nannte ihn das zweitgrößte Boulevardblatt. Das größte verwendete zu seiner Charakterisierung sogar das sonst nur mehr selten verwendete Wort *beherzt*. Emil K. (72) hatte, als ein vermummter Mensch in eindeutig räuberischer Absicht seinen Tabakwaren- und Zeitungsladen betreten hatte, nicht lange gezögert und zur Waffe gegriffen.

Er hatte nicht nur zur Waffe gegriffen, die er unter dem Ladentisch liegen hatte, sondern auch geschossen. Aber (so

K.) hätte ich warten sollen, bis der andere schießt? Stimmt, der andere hatte auch eine Waffe. Allerdings hatte der nicht geschossen, das heißt, er war nicht mehr zum Schießen gekommen.

Und vielleicht, mutmaßten differenzierter urteilende Zeitungen, vielleicht habe der gar nicht die Absicht gehabt zu schießen. Aber darauf hatte sich K. eben nicht verlassen wollen. Die Waffe unter dem Ladentisch habe er dort *für alle Fälle* liegen gehabt. Das heißt, eben für einen Fall wie diesen, der ja, wie sich nun gezeigt habe, eintreten könne, schneller, als man glaubt, da tritt einer ein, zieht sich das Halstuch übers Gesicht, fuchtelt mit der Pistole und meint, er kann da den starken Mann spielen – aber mit mir nicht, so der tapfere Trafikant, mit mir nicht!

An dem, sagte Herta, könntest du dir ein Beispiel nehmen.

Oh Gott, dachte Novak. Worauf will sie jetzt hinaus?

Natürlich, sagte Herta, da stellst du dich taub! Aber was der getan hat, ist genau das, was ein Mann in Zeiten wie diesen tun sollte.

Gleich schießen?

Na, jedenfalls rechtzeitig Vorsorge treffen. Um im Fall des Falles sein Haus und seine Familie verteidigen zu können.

Dieser Trafikant, wandte Novak ein, habe gar nicht sein Haus und seine Familie verteidigt, sondern sein Geschäft und die Kassa mit der Tageslosung. Na ja, und vielleicht habe er auch sich selbst verteidigt, obwohl er vielleicht gar nicht so gefährdet gewesen wäre und das Geld wahrscheinlich von der Versicherung zurückbekommen hätte.

Ach du! sagte Herta. Du mit deinen Gutmenschenargumenten! Weißt du, was der tapfere Trafikant dazu sagt? Das sind die Ausreden der Waschlappen! Ja, sagte sie triumphierend, das habe sie in einem Interview mit dem gelesen. In einem Interview in der bunten Samstagsbeilage.

Und es sei eine Freude, wie gesund der aussehe mit seinen roten Wangen. Und wie frisch von der Leber weg der sagt, was Sache ist: Daß man sich ja nicht alles gefallen lassen solle, sondern daß man gewisse Sachen selbst in die Hand nehmen müsse. Gegebenenfalls eben auch eine Pistole oder einen Revolver.

In den folgenden Tagen nervte sie ihn fast jeden Abend mit dem gleichen Satz. Daß er sich nicht um seine Verantwortung drücken und eine Waffe besorgen solle. Das war wie das Wort zum Tag vor dem Hauptabendprogramm. Wenn sie es einmal vergaß, so wurde sie (aber auch er) durch den folgenden Film daran erinnert.

In den Krimis gab es selbstverständlich jede Menge Handfeuerwaffen. Und selbst in den Filmen, die nicht von vornherein als Krimis erkennbar waren. Schon seltsam! Früher war das Novak nie derart aufgefallen. Doch jetzt nahm er die Revolver oder Pistolen, die ihn sonst kaum interessiert hatten, auf einmal bewußt wahr.

Aber so einfach, gab er zu bedenken, sei die Anschaffung einer derartigen Waffe gar nicht. In einem Land, in dem nicht alle einfach unkontrolliert herumballern dürfen, brauche man dazu einen Waffenschein.

Ja und? sagte Herta. Den müßtest du doch bekommen! Du bist unbescholten, du machst einen seriösen Eindruck, warum solltest du den nicht kriegen?

Ich weiß nicht, sagte er. Wahrscheinlich braucht man einen triftigen Grund.

Und *ist* das kein triftiger Grund, ereiferte sich Herta, daß ein Mann imstande sein will, sein Haus und seine Frau im Ernstfall zu beschützen?

Ich weiß nicht, sagte Novak. Vielleicht muß man dazu bei irgendeinem Sportschützenverein sein.

Dann tritt einem bei! sagte Herta.

Ich werd mir das überlegen, sagte Novak.

An manchen Abenden sagte er auch, er werde sich über die Bedingungen erkundigen, die man erfüllen müsse, um einen Waffenschein zu bekommen. Versprochen! sagte er. Morgen telefonier ich! Aber am nächsten Tag tat er es nicht, und am übernächsten Tag tat er es auch nicht. Wohin mußte man sich mit so einem Anliegen überhaupt wenden? An die Polizei? Ans Innenministerium?

Die Aussicht auf eine wahrscheinlich mit Amtswegen verbundene Prozedur war ihm ausgesprochen unangenehm. Doch daß ihn Herta mit jedem Tag vorwurfsvoller und, wie ihm manchmal schien, verächtlicher ansah, war ihm erst recht unangenehm. Zwar redete sie jetzt nicht mehr auf ihn ein wie auf ein krankes Roß (so ihre Formulierung, die vielleicht etwas damit zu tun hatte, daß ihr Großvater in einer inzwischen kaum mehr vorstellbaren Zeit Fuhrwerker gewesen war) – aber ihr Schweigen war beredt. Die letzten Oktobertage waren für Novak Tage wachsenden Unbehagens.

Und auch der Lärm, der ihn quälte, nahm ständig zu. Eine Zeitlang flog ein Hubschrauber beunruhigend tief über die Gartensiedlung, kurvte in bedenklicher Schieflage. Herta meinte, daß es sich um einen Polizeieinsatz handle, wegen ausländischer Schlepperbanden, die vielleicht in den verlassenen Gärten am Waldrand Illegale versteckten. Außerdem seien ihr letzthin, bei der Sperrmüllsammlung, jede Menge Ausländer aufgefallen, nichts als Zigeuner, sagte sie, dunkle Fratzen, die durch die dreckigen Fensterscheiben klappriger Ostblockautos alles ausspionierten, und wahrscheinlich hätten sich einige Dutzend von denen jetzt irgendwo eingenistet.

Dann war immer häufiger das Gejeier von Alarmsirenen zu hören, sei es aus Häusern, sei es aus Autos – anscheinend neigten die neu installierten Anlagen zu Fehlleistungen. Und dann kam der Halloween-Rummel, der sogar in Grabern von ein paar Jugendlichen, die nicht erst auf Silvester warten wollten, als Vorwand zum Krawallmachen benutzt wurde. Trotz der am Abend bereits fast frostigen Kälte rasten offene Autos durch die Siedlung, bis oben voll mit grölenden, als Vampire oder Zombies verkleideten Burschen und Mädchen. Knallkörper wurden auf die Straße und auf die Gehsteige geworfen, aufgeregte oder verängstigte Hunde bellten und heulten und ließen sich lang nicht beruhigen.

ABER ES KONNTE immer noch schlimmer kommen. Anfang November folgte die von der im Rathaus regierenden Koalition angefachte Sturmpanik. Im Jahr davor hatte ein für diese gemäßigten Breiten zugegeben ungewöhnlich starker Sturm einige Bäume umgeworfen. Das war zwar an einer Stelle passiert, an der man vorher zur Erschließung neuer Baugründe in erst vor kurzem umgewidmetem Wald- und Wiesenland großflächig abgeholzt hatte, die paar Ulmen, die stehen bleiben durften, waren dem Wind, der dort bereitwillig einfiel, fast schutzlos ausgeliefert. Doch diese Kritik wurde im wahrsten Sinne des Wortes in den Wind geschlagen, die Opposition sollte nicht durch ihre ewige Nörgelei in bezug auf innere Angelegenheiten von den Gefahren ablenken, die von außen drohten – Stürme, die voraussichtlich auch dieses Jahr über ganz Europa hinwegfegen würden.

Für heuer empfahl der Bürgermeister seiner Gemeinde, alle Bäume in den Gärten, die über die normale Obstbaumhöhe hinausragten, auf die Hälfte zurückzustutzen. Also vor allem die alten Nadelbäume wie Fichten, Tannen, Lärchen, aber auch Laubbäume wie Weiden und namentlich Pappeln. Er ging gleich mit gutem Beispiel voran und ließ die Bachpromenade sowie die zum Friedhof führende Allee verunstalten. Es traf sich, daß man eine auf Baumschnitt spezialisierte Gärtnerei damit beauftragen konnte, deren Eigner und Chef im Gemeinderat saß.

Im Vorjahr hätte sich Novak noch über derlei Machenschaften ereifert, hätte der Partei, die er lange gewählt hatte, den Genossen, die längst nicht mehr so angesprochen werden wollten, vorgeworfen, daß sie solchen Anträgen zustimmten. Dieser Fraktion im Gemeinderat, die – gartenzwergenhafte Karikaturen ihrer etwas größeren Brüder im Nationalrat – letzten Endes alles guthießen, auch wenn sie nicht davon überzeugt waren. Aber *wovon*, hätte er dann vielleicht rhetorisch gefragt, *seid* ihr denn überhaupt noch überzeugt? Nun kam er nicht mehr auf solche Ideen, oder für den Fall, daß er doch darauf kam, dachte er nicht daran, sie zu artikulieren – erstens fehlte ihm die Energie dazu und zweitens war es ohnehin müßig (wahrscheinlich schnitt auch der Vizebürgermeister, der in der Bauwirtschaft tätig war, bei diesem Baumschneidedeal mit).

Also wüteten die Motorsägen. Novak litt. Doch er konnte es nicht ändern ... Aber sich ein wenig vor dem Lärm schützen, sich davor zurückziehen, sich verschanzen, das konnte er doch. Zwar dauerte es einige Tage, bis er sich wirklich dazu entschloß, doch dann öffnete er die Reisetasche, die er seit seiner Rückkehr nach Grabern, seit seiner Heimholung durch Herta, nicht angerührt hatte, und suchte die Kopfhörer.

Da drinnen mußten sie ja noch irgendwo sein. Damals, an dem Nachmittag, an dem Herta in der Fremdenpension aufgekreuzt war und ihn zurückgeholt hatte (von irgendwo tief unten wieder nach oben, jedenfalls an die Oberfläche), da hatte er seine Sachen hastig in die Reisetasche gestopft. Alles rasch weggepackt, vielleicht auch, um es vor den Blikken jener zu schützen, die so brutal in seine Höhle eingedrungen waren. Mit einem Krach in seine persönliche Sphäre eingebrochen, auch wenn er das Splittern des Türblattes erst mit Verzögerung mitbekommen hatte.

Die chinesische Vermieterin, der rumänische oder der bulgarische Nachbar, selbst und gerade Herta – was ging sie das alles an? Der CD-Player und die Kopfhörer, die CDs, die ungeöffneten Briefe, die Briefentwürfe und Notizen. Und der dunkle Anzug, den er für seinen Opernbesuch gekauft hatte. Wozu hast du denn *den* gebraucht? hatte Herta gefragt. Warst du bei einem Begräbnis?

Der war nun verdrückt, dieser Anzug, aber das war Nebensache. Er warf ihn achtlos auf die Couch, er suchte die Kopfhörer. Sie lagen zuunterst. Der Bügel kam ihm ein bißchen verformt vor. Aber vielleicht fühlte es sich nur so an, und was sich inzwischen, seit er sie zum letzten Mal aufgehabt hatte, verformt hatte, war sein Kopf.

Er saß auf der Couch, neben dem verdrückten türkischen Anzug, hatte die Kopfhörer auf und hielt den CD-Player im Schoß. Und nun hätte er nur eine der Opern-CDs einlegen brauchen, die er im Frühsommer gekauft hatte. Sie lagen noch in der Reisetasche, zwar durcheinander, manche sogar ohne Hülle, aber da waren sie. Er hätte nur eine davon in den Player schieben müssen – aber er tat es nicht.

Eine eigenartige Scheu hielt ihn davon ab, beinahe eine Berührungsangst. Vielleicht hatte sie damit zu tun, daß er nicht wollte, daß alles wieder von vorne anfing. Im Bewußtsein, wozu das geführt hatte, und mit einer Ahnung, wozu das noch führen würde. Vielleicht war es auch eine fast heilige Scheu, die ihn davon abhielt, diese CDs jetzt anzurühren.

Es gab doch auch ein profanes CD-Regal. Zwar hatten Herta und er lange Zeit nur die alten Schallplatten gehabt, die sie in den früheren Jahren ihrer Ehe angeschafft hatten, und die standen nach wie vor im verglasten Plattenschrank. Aber mit der Zeit, als es immer schwieriger geworden war, die Saphirnadeln für den gediegenen Plattenspieler zu bekommen, hatten auch sie sich umgestellt. Und hatten nicht wenige von den Alben, die sie schon als LPs besaßen, als CDs wieder gekauft.

Nun durchsuchte Novak diese Bestände. Da würde sich doch etwas finden, was den Zweck, dem quälenden Lärm von draußen entgegenzuwirken, auch erfüllte ... Und das war alles, glaubte er, was er jetzt brauchte. Darüber hinaus wollte er sich auf nichts mehr einlassen.

Fürs erste waren Tina Turner und Joe Cocker ganz hilfreich. *We don't need no other heroes*, genau, *With a little help from my friends* ... Gar nicht schlecht, was er früher recht gern gehört hatte ... Mithilfe dieser guten, alten Freunde gelang es ihm, den Lärm von draußen wenigstens einigermaßen auf Distanz zu halten.

Nicht so, daß er die Motorsägen im Hintergrund nicht trotzdem hörte. Aber in dieser Phase waren sie tatsächlich noch etwas weiter weg. Nach und nach jedoch fraßen sie sich auch durch die Gärten der näheren Umgebung. Es kam ihm so vor, als ob sich die Baumschneidehysterie in konzentrischen Kreisen vom Rathaus bis an die zersiedelten Waldränder ausbreitete.

Und je mehr Bäume verstümmelt wurden, desto hörbarer wurde das Rattern der Lastautos von der Landstraße. Denn die fuhren ja nach wie vor emsig hin und her. Waren sie leer, so schepperten die Ladeflächen lustig, waren sie mit dem Aushub von der Tunnelbaustelle beladen, so signalisierte das Gebrumm, das der Wind nun fast ungehindert über den Hang herauftrug, den Ernst ihrer Arbeit. Auf der kleinen Steigung vor der westlichen Ortseinfahrt mußten sie sich manchmal echt anstrengen.

Vielleicht war es auch so, daß selbst die Arrangements dieser Songs für den Effekt, den Novak von ihnen erhoffte, nicht dicht genug waren. Bei aller Power, die sich da manchmal entlud. Es gab ja auch stille, zuweilen fast lyrische Passagen. Und da drang der Krawall von draußen erst recht durch.

In dieser Not half nur etwas Stärkeres, Massiveres. Deshalb ging Novak eines nachmittags Ende November in den Keller. Dort unten war er schon lange nicht mehr gewesen. Früher, als sie im Keller noch Kohlen gelagert hatten, war er in der kalten Jahreszeit jeden zweiten Tag hinuntergestiegen, um Nachschub für den Kanonenofen zu holen, aber seit sie sich an die Erdgasleitung anschließen hatten lassen, war das nicht mehr notwendig.

Herta und er waren auch davon abgekommen, im Keller größere Mengen Erdäpfel aufzubewahren. Erstens waren die Sorten, die es jetzt zu kaufen gab, nicht mehr so lagerungsfähig wie die früheren (auch wenn es unten noch so kühl und dunkel war, trieben sie binnen kurzem aus). Und zweitens war es ohnehin einfacher, Kartoffeln abgepackt im Supermarkt zu kaufen. So hatte der Keller fast jede Funktion verloren.

Allerdings gab es dort unten noch immer Bernds Zimmer. Und in dieses Zimmer wollte Novak nun. *Bernds Bude*, stand an der Tür. *Eintritt für Unbefugte verboten*. Aber der Bub, der darauf Wert gelegt hatte, daß sich seine Eltern an dieses Verbot hielten, war inzwischen dreißig und in Kanada.

Novak hätte nicht genau sagen können, wann er dieses Zimmer zum letzten Mal betreten hatte. Er wußte auch nicht mehr, *warum* er es damals betreten hatte. Zum Unterschied von jetzt hatte er nichts Bestimmtes darin gesucht. Seiner Erinnerung nach war er einfach eine Weile darin herumgestanden …

Jetzt jedenfalls sah es kaum anders aus als damals. Nur etwas staubiger vielleicht und etwas verwunschener. Das Hochbett, die Zielscheibe für die Dart-Pfeile, die Posters mit den schweren Maschinen. Und der Perückenkopf aus Hertas Frisiersalon, dem der blöde Bub einen Wehrmachtshelm aufgesetzt hatte.

Wo hat er den überhaupt her? hatte Novak gefragt.

Den Kopf? hatte Herta gesagt. Na, natürlich von mir!

Nicht den Kopf, hatte Novak gesagt, den Helm!

Mein Gott!, hatte Herta gesagt. So was kriegst du in jedem Armyshop …

Das gefällt mir nicht, hatte Novak gesagt.

Ach was, hatte Herta gemeint, das mußt du nicht so ernst nehmen. Er ist halt ein Bub, unser Bub! Warst du nicht auch so in seinem Alter?

Nein, hatte Novak gesagt. Nein, ich war *nicht* so.

Und dann war dieser Bub beinahe schon gar kein Bub mehr gewesen. Und die Sammlung von fragwürdigen Devotionalien, die er im Lauf der Jahre zusammengetragen hatte, gefiel Novak immer weniger. Aber eigentlich sollten er und Herta, die in den Augen des Sprößlings bestimmt keine Befugten waren, diesen Raum ja gar nicht betreten. Und irgendwann war der Zeitpunkt, an dem sich Novak in seiner Eigenschaft als Vater zum Bruch dieses Tabus hätte bekennen und die in seinen Augen bedenklichen Dinge hätte beim Namen nennen können – den SS-Dolch zum Beispiel, der auch jetzt noch an der Wand hing –, irgendwann war dieser Zeitpunkt vorbei gewesen.

Auch der Zeitpunkt, an dem man Bernds Zimmer hätte ausräumen können, war irgendwann vorbei gewesen. Als er just am Tag nach seinem achtzehnten Geburtstag ausgezogen war, hatte Herta das noch nicht recht wahrhaben wollen. Und auch im Jahr danach noch nicht. Und ebensowenig im darauf folgenden Jahr. Er sei doch noch so jung und unselbständig, hatte sie gesagt, und so gut wie daheim gehe es ihm in der Schweiz, wo er zuerst hingegangen war, um im Gastgewerbe Geld zu verdienen, bestimmt nicht, vielleicht komme er ja demnächst wieder zurück.

Aber was sollte denn das, dieses Sinnieren über Verabsäumtes und Vergangenes? Bernds Zimmer war all die Jahre so geblieben, wie er es verlassen hatte. Also war all das fragwürdige und unappetitliche Zeugs noch da. Doch daß sie hier nie entrümpelt hatten, Herta und er, das konnte Novak jetzt doch ganz recht sein – wo sonst außer in Bernds Ikea-Regalen würde er so schnell eine so reiche Auswahl an Heavy-Metal-Musik finden?

Anthrax, *Annihilator*, *Armored Saint*, *Bad News / Celtic Frost*, *Dark Throne*, *Danzig*, *Death SS / Dio*, *Empire*, *Enforcer*, *Exciter / Fallout*, *Glenmore*, *Grave Digger*, *Gravestone*

Und so weiter und so fort. Ein paar von den CDs, die der Herr Sohn anscheinend besonders oft oder zuletzt noch gehört hat, liegen kreuz und quer über den anderen. Etwa *Megadeath* und *Overkill*, etwa *Slaughter* und *Slayer*. Novak greift zu – im Grunde ist es ja egal, was er erwischt. Hauptsache, es ist laut, denkt er, Hauptsache, es übertönt alles andere, Hauptsache, es ist heavy.

Und möchte schon gehen mit dieser Zufallsausbeute. Aber da sieht er etwas, das auch quer über den CDs liegt. Heavy Metal, auch das. Mit etwas ermattetem Glanz zwar. Aber ein solides Stück, das spürt man gleich, wenn man es in die Hand nimmt.

Ist das zu fassen? Aber ja, es *ist* zu fassen! Im Grunde genommen ist es doch gar nicht so überraschend. Daß der Rotzbub auch so was hier unten gehabt hat. Eine Pistole aus alten Wehrmachtsbeständen.

Gut erhalten. Pietätvoll gepflegt. Gediegene Handfeuerwaffe mit Magazin. *Walther P38*. Was für ein schöner, deutscher Name! *Made in Germany* hat man, als Waffen wie die von der Werkbank gekommen sind, noch nicht auf deutsche Produkte geschrieben.

Griffstück mit Bakelit verschalt, aber dann dieser selbstbewußt hervortretende schwarze Lauf. Gehärteter Stahl. Kaliber 9 mm. Falls 38 das Baujahr ist, hatte so eine Pistole vorerst noch an der Heimatfront zu tun. Aber schon bald kam die Zeit, wo du als Waffe wirklich weit herumgekommen bist.

Erst Polen, dann Frankreich, dann Skandinavien, und dann natürlich Russland. Wir lagen schon vor Leningrad, wir standen schon vor Moskau. Das war was, kann ich dir sagen! Da war noch was los! Auch im Hinterland waren wir emsig im Einsatz!

Manche von uns waren auch in Afrika oder auf dem Balkan. Oder dazwischen. Auf Kreta bei Sturm und bei Regen. Wir waren in jedem Klima gut, bei jedem Wetter. Auf uns war Verlaß, mit uns in der Hand hast du dich sicher und verwegen und überlegen und stark und groß gefühlt.

Ob Bernd und seine Freunde das ungefähr so empfunden haben? Aber so viel Geschichte hat diese Generation ja gar nicht mehr mitgekriegt! Denkt Novak, trotz allem bereit, seinen Sohn ein wenig zu entlasten. Aber irgendwas vertrackt Romantisches haben der und seine fragwürdigen Kameraden wohl mit Waffen wie dieser verbunden.

Und jedenfalls haben sie dann oben im Wald damit herumgeknallt … Er hat ja so was geahnt, wenn er sie mit dem Jeep wegfahren gesehen hat … Beim Spazierengehen hat er ja auch manchmal ihre Spuren gefunden … Stellen, an denen sie biwakiert haben, Bierdosen, Patronen.

Die hätten allerdings auch von Wilderern oder sogar von richtigen Jägern stammen können … Man kann die einen ohnehin nicht mehr von den anderen unterscheiden … Alle in diesem Military-Look, in Khakibraun oder mit Tarnanzügen … Als Novak ein Kind war und – selten, aber doch –

mit seinen Eltern Ausflüge in den sogenannten Grüngürtel gemacht hat, da haben die Jäger noch Trachtenjanker und Kniehosen getragen.

Herumgeballert haben sie halt da oben ... Unwillkürlich kontrolliert Novak das Magazin. Das ist ein Handgriff, den er beim Heer gelernt hat. Er wäre lieber mit einem Sanitätsauto umhergefahren oder hätte Essen auf Rädern ausgeteilt, aber damals, als sein Jahrgang dran war, hat es noch keinen Ersatzdienst gegeben.

Er kann das also. Er ist, wie man so sagt, ausgebildet. Zwar ist die Magazinhalterung hier mit einem Schieber zu lösen, aber das schafft er. Er nimmt das Magazin ab und sieht, daß es voll ist. Er zieht den Verschluß zurück: Da ist keine Patrone mehr im Lauf.

Er fügt das Magazin wieder an und steckt die Pistole ein. Sie beult die Tasche seiner Hausjacke aus. Dann nimmt er den Stoß CDs, den er nur kurz beiseite gelegt hat. Und steigt wieder hinauf in sein ziviles Leben.

Es war noch hell gewesen, als er in den Keller hinuntergestiegen war. Nun war es schon dunkel. Erst kurz nach halb fünf. Vor den Fenstern sah es schon aus wie Nacht. Dessenungeachtet wüteten die Motorsägen.

Auch einige Preßluftbohrer waren noch im Einsatz. Und irgendein Idiot raste mit einem schweren Motorrad durch die Gassen der Siedlung. Na fein! dachte Novak. Genau das kam ihm gerade gelegen. Da konnte er gleich eine Probe aufs Exempel machen.

Ob diese CDs da hielten, was sie versprachen ... Er betrachtete die Covers, die er vor sich auf dem Couchtisch hatte, mit grimmiger Lust ... Eins war ihm, ehrlich gesagt, unsympathischer als das andere ... Die Namen der meisten Bands kannte er nicht, manche allenfalls vom Hörensagen ...

Aber darauf kam es jetzt überhaupt nicht an ... Er würde sich überwinden und eine nach der anderen hören ... Dem Lärmteufel würde er mit dem Beelzebub begegnen ... Ja, er würde sich mit Heavy Metal zudröhnen.

Und das wirkte. Das wirkte vorläufig Wunder. Die Motorsägen, die Preßluftbohrer, das Motorrad – alles war weg. Da war nur dieser Sound, *wie schweres Metall, das vom Himmel fällt*. Dieser Vergleich war nicht ihm eingefallen, er hatte das auf einem der Covers gelesen, aber er fand ihn sehr zutreffend.

Weg war übrigens nicht nur die Lärmbelästigung, sondern auch die Gedankenbelästigung. Ja, gerade in den vorangegangenen Tagen waren einige bedenkliche Gedanken aus dem Halbdunkel, in das sie vorübergehend versunken waren, wieder aufgestiegen. Das heißt, genau genommen waren es keine Gedanken, sondern eher Bilder. Etwa das flüchtige Bild Manuelas, die vor irgend etwas, aber nicht vor ihm, davonlief.

Das wurde jetzt vorläufig wieder zurückgedrängt. Zurück in den Luftschutzkeller – oder hieß das Lärmschutzkeller? Schweres Metall fiel vom Himmel und traf auf die Erde. Und die Erde sah aus wie eine Steinwüste oder wie ein fremder Stern.

Herta mußte natürlich auch *da*von nichts wissen. Bevor sie nach Hause kam, nahm er die Kopfhörer ab. So hatte er es gehalten, als er noch Tina Turner und Joe Cocker gehört hatte. Und so, das stand für ihn fest, würde er es jetzt erst recht halten.

Sie mußte nicht wissen, daß er sie wieder verwendete. Daß er sozusagen auf die Kopfhörer zurückgegriffen hatte. Sie sollte auf keinen Fall irgendeinen Verdacht schöpfen. Die Heavy-Metal-Musik war zwar etwas anderes als die Opernmusik, aber wahrscheinlich war sie ihr erst recht verdächtig.

Die Waffe hingegen mußte er nicht vor ihr verstecken.

Übrigens, sagte er, ich hab die Pistole besorgt.

Ganz unaufgeregt sagte er das. Als wäre es das Selbstverständlichste auf der Welt. Das war nach dem Abendessen. Da legte er seinen Trumpf auf den Tisch.

Ein schöner Augenblick – ja, er erlebte es so. Wie er mit dieser Pistole seine Frau von einem Moment auf den anderen – dieses Wort kam ihm dabei in den Sinn, und er mußte sich zusammennehmen, um nicht laut aufzulachen – *entwaffnete*. Wie ihre Augen aufgingen wie zwei Sterne. In Sekundenschnelle hatte er ihre Achtung zurückgewonnen.

Ja, aber, sagte sie, woher hast du die …

Jetzt durfte er lächeln. Er habe halt seine Verbindungen … Ein alter Bekannter, der ihm auf einmal eingefallen sei … Von dem habe er die Knarre jedenfalls einfacher bekommen als auf dem Amtsweg.

Sagte er wirklich *Knarre*? Er kam sich vor wie im Kino.

Und, sagte Herta. Funktioniert die auch?

Darauf kannst du dich verlassen, sagte Novak. Im Bedarfsfall. Aber wir wollen hoffen, daß dieser Bedarfsfall nie eintritt.

SO HÄTTE alles zwischen den beiden noch gutgehen können. Ja, für ihre nähere Zukunft gab es sogar recht schöne Perspektiven. Ein paar Tage, nachdem Franz seine Herta mit der Pistole überrascht hatte, kam auch sie mit einer Überraschung daher. Weißt du, was ich getan hab? sagte sie. Ich hab für uns zwei eine Reise nach Teneriffa gebucht!

Nun erinnerte sich Novak zwar daran, daß er nie nach Teneriffa gewollt hatte. Teneriffa kam ja manchmal im Fernsehen vor, und was er da gesehen hatte, das hätte ihm völlig gereicht. Außerdem wäre er lieber vorher gefragt und nicht einfach vor die mit dieser Buchung mehr oder minder vollendete Tatsache gestellt worden – wir fliegen am 26. Dezember, sagte Herta, und kommen am 8. Jänner zurück. Aber sie hatte ihn ja überraschen wollen, und das war doch zumindest gut gemeint, und sie freute sich doch so.

Dazu kam, daß ihn die Heavy-Metal-Musik, die er untertags, wenn Herta nicht da war, stundenlang hörte, eigenartigerweise beruhigte. Das war vielleicht eine inadäquate Reaktion, aber so etwas soll vorkommen. Sie beruhigte ihn und stimmte ihn milde. Vielleicht war Teneriffa ja doch nicht ganz so schlimm, und er würde die vierzehn Tage dort schon aushalten.

Er war ja auch sonst wieder kompromißbereit. Bereit, um der Ruhe und des Friedens willen gegen seine Instinkte zu handeln. Natürlich war die Baumschneidehysterie auch an Herta nicht spurlos vorbeigegangen. Nachdem sie ihm wochenlang erzählt hatte, daß sie nicht schlafen könne, weil ein Ast der unmittelbar neben ihrem Haus stehenden Fichte immer hörbarer am Dach kratze, hatte er sich eines Tages die Motorsäge des Nachbarn ausgeborgt und – Kopfhörer an den Ohren, zu den Klängen von *Sin after Sin* – wenigstens diesen Ast beseitigt.

Insgesamt nahm der Lärm, den die Motorsägen verursachten, in den ersten Dezembertagen ab. Vielleicht lag das am Frost, der die Arbeit erschwerte, wahrscheinlich aber auch daran, daß es bis dahin nicht mehr viele Bäume gab, die hoch genug in den Himmel wuchsen, um von allfälligen Stürmen erfasst werden zu können. Da brauchten die Stürme also erst gar nicht zu kommen. Und tatsächlich, so war es. Sie blieben in diesem Jahr einfach aus.

Auch der Lärm, den man von den Tunnelarbeiten hörte, wurde weniger. Anscheinend war die Aushubphase beendet, oder man legte eine Pause ein, weil der Boden um diese Zeit schon zu hart war. Jedenfalls fuhren deutlich weniger Lastautos. So schien sich doch alles irgendwie zu beruhigen.

Zwar wurden die Tage weiterhin kürzer und finsterer, aber das Ende der Verfinsterung war jetzt schon absehbar. Und daß sie am 26., also gleich nach der Wintersonnenwende, in den Süden fliegen würden, war eigentlich doch eine recht schöne Aussicht. Im Schnitt, las ihm Herta vor, gäbe es Ende Dezember und Anfang Jänner auf den Kanarischen Inseln mehr als fünf Sonnenstunden pro Tag. Die durchschnittliche Lufttemperatur läge bei neunzehn und die durchschnittliche Meerwassertemperatur bei zwanzig Grad.

UND TROTZDEM – ein Rest von Unruhe blieb. Manchmal glaubte Novak ein leises Beben zu spüren, das nicht von der Heavy-Metal-Musik herrührte. Dann nahm er die Kopfhörer ab, drehte die Lautstärke auf Null und lauschte. Auch mit der Heizung, dem Kühlschrank oder der Waschmaschine hatten diese Vibrationen nichts zu tun.

In solchen Stunden trieb es ihn in den Wald. Vielleicht wurden die Arbeiten am Tunnel da draußen doch noch über den Winter fortgesetzt. Zwar lag alles still, die Bauhütten sahen verlassen aus, die Geräte waren mit Planen geschützt. Aber vielleicht herrschte die Stille nur an der da und dort schon mit einer dünnen Schneeschicht bedeckten Waldbodenoberfläche, vielleicht war alles nur ein Trick, und im Untergrund schütterten irgendwelche maulwurfsartigen Bulldozer.

Dann wieder trieb es ihn im Haus herum. Da suchte er etwas, obwohl er nicht wußte, was. Er suchte in der Küchenkredenz, er suchte im Bücherregal im Wohnzimmer, er suchte im Wäscheschrank im Schlafzimmer. Er fand nichts. Bis er auf den Gedanken kam, noch einmal seine Reisetasche zu öffnen.

Gewiß, da waren noch immer die Opern-CDs, aber die ließ er auch jetzt beiseite. Der Tag, an dem er sich ihnen wieder zuwandte, sollte noch kommen, doch so weit war es noch nicht. Jetzt hatte er etwas anderes zu tun, etwas immer noch Unerledigtes. Das war ihm bis vor wenigen Minuten nur dunkel bewußt gewesen, fast ein halbes Jahr lang hatte er es an den verschatteten Rand seines Bewußtseins gedrängt, nun aber war es auf einmal ins Zentrum gerückt, stand unversehens auf der Tagesordnung, duldete keinen weiteren Aufschub.

Die Briefe lagen zuunterst, auf dem Grund der Tasche. Hertas immer noch ungeöffnete Briefe. Mit Poststempeln von Ende Mai und von Anfang Juni. *Herrn Franz Novak.* Unter der Adresse der Fremdenpension.

Jetzt öffnete er diese Briefe. Und jetzt las er sie. Las diese Briefe mit von Zeile zu Zeile wachsender Scham. Wäre es richtig zu sagen, daß er sich *fremdschämte*? Nein! Es war schließlich seine Frau, die das geschrieben hatte, und die war ihm alles andere als fremd.

Es wunderte ihn auch nicht wirklich, was er da las. Was sie da geschrieben hatte, war nicht eigentlich überraschend. Es sah ihr ähnlich. Es sah ihr nur allzu ähnlich. Und vielleicht war gerade diese Erkenntnis das Erschrekkende.

Lieber Franz! Ich habe Erkundigungen über Deine Flamme eingezogen …

Lieber Franz! Nicht, daß Du glaubst, daß Deine Frau blöd ist. Nicht, daß Du glaubst, sie läßt sich alles gefallen! Nicht, daß Du glaubst, sie läßt sich austricksen und sagt noch danke schön …

Lieber Franz! Ich hab an die Leitung des Krankenhauses geschrieben. Ja, ans Krankenhaus und an die Bezirksleitung der Polizei! Ich tu das mit gutem Gewissen. Es gibt Dinge, die einfach ans Licht müssen. Damit Du es weißt! Vielleicht werde ich auch ans Innenministerium schreiben.

Lieber Franz! Ich lege Dir die Kopie meines Briefs an die Polizeidirektion bei. Damit Du nicht glaubst, ich rede nur so daher …

Sehr geehrte Polizeidirektion! Ich mache Ihnen hiemit eine Mitteilung, zu der ich mich als Staatsbürgerin gedrängt fühle. Es geht um eine gewisse Frau Manuela Mandra, wohnhaft in 3172 Kleinhain, Bachzeile 5. Krankenschwester im Krankenhaus Rainfeld, chirurgische Station …

So war das also. Jetzt hatte er es schwarz auf weiß. Aber hatte er nicht die ganze Zeit über so etwas geahnt? Geahnt hatte er es, aber nicht wahrhaben wollen. Und jetzt saß er da und las diese Briefe nicht nur mit wachsender Scham wegen seiner Frau, die zu so etwas fähig war – so etwas zu schreiben und weiß Gott, weiß der Teufel was damit auszulösen –, sondern auch wegen sich selbst, der das hatte geschehen lassen, indem er einfach auf Tauchstation gegangen war.

VI

SUCHEN SIE jemand? fragte die Frau am Fenster.

Das Fenster hatte sich hinter Novak geöffnet.

Novak stand vor dem Haus Bachzeile Nummer 5 in Kleinhain.

Von einem Bach war hier nichts mehr zu sehen, wahrscheinlich floß er unterirdisch.

Ein Haus neben dem anderen. Alle sahen sie gleich aus. Nur vor dem Haus Nummer 5 war der Schnee nicht weggekehrt. Auch der Vorgarten wirkte leider vernachlässigt. Die zwei schönen Terrakottatöpfe mit den Oleanderstöcken hätte man längst nach drinnen tragen müssen, und die Farben des Windrades, das in einem der Beete steckte wie eine vergessene und vertrocknete Blume, waren verblaßt.

Novak hatte das Auto etwas weiter oben geparkt. Dann war er die Gasse hinuntergeschlendert, wie einer, der sich einfach ein wenig die Füße vertreten will. Zuerst war er an Nummer 5 vorbeigegangen, als hätte er überhaupt keinen Grund, gerade diesem Haus besondere Beachtung zu schenken. Und dann hatte er umgedreht, so als wäre ihm bewußt geworden, daß die Gasse auch weiter unten nicht interessanter wurde.

Nun aber stand er offenbar schon etwas zu lang vor diesem Haus mit dem von Werbematerial oder Gratiszeitungen überfüllten Postkasten. Vor diesem Haus mit den heruntergelassenen Rolläden. Die Bachzeile war eine schmale Gasse, er hatte gehört, daß hinter ihm, auf der anderen Straßenseite, ein Fenster geöffnet worden war. Aber wahrscheinlich hatte ihn die Frau, die ihn jetzt, da er sich unwillkürlich umgedreht hatte, anredete, schon durchs geschlossene Fenster beobachtet.

Suchen Sie jemand? wiederholte sie.

Sie sprach zu ihm in die Kälte hinaus. Ihr Atem gefror.

Entschuldigung, sagte er, ich suche die Frau Mandra.

Ah die! sagte die Nachbarin und hob die Augenbrauen. Die wohnt nicht mehr hier.

Aber wieso denn? fragte Novak. Seit wann denn?

Seit wann? sagte die Nachbarin. Na, daß die hier weggezogen sind, sie und ihr Lebensgefährte und das kleine Kind, das ist schon wieder eine Weile her ... Im Sommer war das ... Ende Juni oder Anfang Juli ... Und wieso? Ach Gott, das ist eine traurige Geschichte!

Sie seufzte.

Aber wer sind Sie denn, fragte sie, und warum wollen Sie das wissen?

Ich bin, das heißt ich war, sagte Novak, ein Patient der Schwester ... Der Schwester Manuela, sagte er, ich meine der Frau Mandra ... Ich bin gerade zufällig in der Gegend und wollte nur sehen ...

Ah so, sagte die Nachbarin. Ein Patient waren Sie also ... Ein Patient im Krankenhaus oder ein – hier räusperte sie sich – ein privater?

Natürlich im Krankenhaus! sagte Novak. Er spürte, wie etwas Heißes in ihm aufstieg. Obwohl ihm eigentlich kalt war. Sogar sehr kalt.

Na ja, sagte die Nachbarin, gar so selbstverständlich ist das nicht ... Wissen Sie, sagte sie, es hat da gewisse Gerüchte gegeben ... Aber wollen Sie nicht einen Sprung hereinkommen? Sie sehen aus, als könnten Sie einen Schluck warmen Tee brauchen.

Und schon war sie aus dem Fensterrahmen verschwunden und erschien an der Tür. Ein gehäkeltes Tuch über den Schultern, Hausschuhe aus Filz an den Füßen. Die Unscheinbarkeit selbst, aber nun auf einmal auch die Freundlichkeit selbst. Kommen Sie, kommen Sie, den Mantel können Sie hier an die Ablage hängen!

Da stand Novak im Vorzimmer dieser fremden Wohnung, und schon hier schlug ihm ein Geruch nach alten Möbeln und Mottenkugeln und irgendeinem süßlichen Raumspray entgegen. Er hätte seinem Gefühl folgen und lieber nicht ablegen sollen. Nicht ablegen und sich nicht weiter ins Wohnzimmer komplimentieren lassen, wo dieser Geruch für ihn noch beklemmender wurde. Erst recht, als die Frau das Fenster schloß, durch das sie ihn zuvor an der Tür des gegenüberliegenden Hauses gesehen und angesprochen hatte.

Aha, sagte sie, ein Patient der Frau Mandra waren Sie also ... Ein dankbarer Patient ... Ein dankbarer Krankenhauspatient ... Da sind Sie also auf ihrer Station im Krankenhaus gelegen ... Kommen Sie doch weiter und nehmen Sie Platz, der Tee ist gleich fertig.

Gehäkelte Untersätze allenthalben, darauf Vasen und Schalen aus Bleikristall. Und einige Dutzend entzückende Nippesfigürchen. Auf dem Tisch ein Adventkranz, zwei Kerzen hatten schon gebrannt. So setzen Sie sich doch, sagte die Frau, fühlen Sie sich wie daheim.

Ein Krankenhauspatient sind Sie, ja, ja, das ist natürlich was anderes ... Wenn Sie so ein Privatpatient gewesen wären, so ein – wie sagt man ... so ein Massagekunde ... Entschuldigung schon, Sie sehen ja nicht so aus ... Aber da hätt ich Sie natürlich nicht zu mir hereingelassen.

Sie sind im Spital gelegen, das ist seriös ... Was haben sie Ihnen denn herausgeschnitten, wenn man fragen darf? ... Die Galle – ah ja, die kann einem schon zu schaffen machen ... Da können Sie froh sein, daß Sie die jetzt los sind.

Und die Frau Mandra war also nett zu Ihnen ... Ja, stimmt, sie war ja auch eine nette Person ... Ich hab, ehrlich gestanden, nicht allzuviel Kontakt zu ihr gehabt, sie war, wie soll ich sagen, mir gegenüber ein bißchen zurückhaltend … Aber daß sie eine nette Person war und freundlich im Umgang mit Patienten wie Ihnen, das glaube ich schon.

Es hat halt, wie schon gesagt, Gerüchte gegeben … Sie haben schon recht, man muß das nicht alles glauben … Aber man hört halt so manches – was soll man machen … Und wenn dann gewisse Dinge passieren, macht man sich schon seine Gedanken

Die Polizei, wissen Sie, die Polizei war da … Nicht gerade eine Razzia, nein, die haben sie unten im Eros-Center gemacht … Aber das war vielleicht ein ganz anderer Einsatz. Zwei Paar Schuhe, wie man so sagt – vielleicht hat das eine gar nichts mit dem anderen zu tun gehabt …

Da drüben haben sie keine Türen eingetreten oder so was … Nein, sie haben ganz einfach angeklopft … Eine Spur heftiger vielleicht, als Sie oder ich anklopfen würden … Ich meine, ich habe es gehört, weil ich zufällig gleich gegenüber wohne und weil ich einen leichten Schlaf hab.

Nein, es war nicht in der Nacht, es war in der Früh … Na ja, bei der Polizei sind sie Frühaufsteher … Morgenstund hat Gold im Mund – wenn die etwas zu erledigen haben, gehen sie es gern früh an … Zwei Polizisten waren das, die wollten die Frau Mandra sprechen.

Die Frau Mandra war allerdings nicht zu Haus … Sie hat Nachtdienst, hat der junge Mann, ihr Lebensgefährte, gesagt, das hab ich noch gehört … Bis sie nach Haus kommt, hat er gesagt, kann es sieben, halb acht werden … Die beiden Polizisten haben gesagt, es würde ihnen nichts ausmachen, auf sie zu warten.

Der junge Mann hat die Achseln gezuckt und sie ins Haus gelassen. Das hätte er vielleicht gar nicht müssen, aber er war höflich … Außerdem ist es nicht gut, sich mit der Polizei anzulegen … Erst recht, wenn vielleicht doch irgendwas Ungerades vorliegt.

Nein, sagte die Nachbarin, mißverstehen Sie mich nicht … Ich will ja gar nichts unterstellen oder gar behaupten … Und vielleicht war das alles nur dummes Gerede … Doch irgendwer hat es anscheinend ernst genommen …

Nur – ob da jetzt etwas Wahres dran war oder nicht … Die Geschichte war heikel – die Polizei ist ja nicht nur hier, sondern angeblich auch im Krankenhaus aufgetaucht … Das wird dort keinen so guten Eindruck gemacht haben … Ich hab das ja alles nur am Rande mitbekommen …

Irgendwer hat halt anscheinend die Anzeige gemacht … Und da hat man der Sache halt nachgehen müssen … Und da war dann halt noch etwas mit der Arbeitsgenehmigung oder mit der Verlängerung des Visums oder mit der Aufenthaltsbewilligung … So was braucht man nämlich sogar für ein kleines Kind, und daran haben die zwei da drüben offenbar nicht rechtzeitig gedacht.

Den Rest wollte Novak eigentlich gar nicht mehr hören. Daß da noch irgendwas mit der sogenannten Drittlandregelung eine Rolle gespielt habe. Weil die Frau Mandra, wie die Nachbarin wußte, ja zuerst in Italien gelandet sei. Und dort habe sie bereits zwei Jahre unter – so sei hier jedenfalls gemunkelt worden – auch etwas fragwürdigen Verhältnissen gelebt.

Sehen Sie, so etwas hängt so einer armen, jungen Frau dann halt nach … Wenn sie vielleicht, wie sagt man, ein bißchen vom Weg abgekommen ist … Aber Sie werden doch nicht schon gehen wollen! Sie haben ja Ihren Tee noch nicht einmal ausgetrunken …

Na, wie Sie glauben, sagte die Nachbarin, warten Sie, ich bring Sie noch zur Tür … Hören Sie, mir ist das ja auch irgendwie nahegegangen … Obwohl wir, wie gesagt, nicht viel Kontakt miteinander gehabt haben ... Aber als ich dann mit ansehen hab müssen, wie sie von einem Tag auf den anderen ihre Siebensachen packen, da hätt ich bald zu weinen angefangen.

Ob sie dann wirklich so schnell weg hätten müssen? Die Frau und das Kind jedenfalls – der junge Mann hätte ja ohne weiteres da bleiben dürfen ... Ob sie sich nicht einen guten Anwalt hätten nehmen können, der Berufung gegen den Bescheid eingelegt hätte? ... Aber so viel ist wahr, sagte die Nachbarin, so was kostet Geld, und es kostet natürlich auch Nerven ...

Und mit den Nerven dürfte die arme Frau dann schon ziemlich fertig gewesen sein ... Ja, eigentlich war sie eine nette Person ... Und Sie, als dankbarer Patient, haben sie ja offenbar in allerbester Erinnerung ... Auf Wiedersehen, fahren Sie vorsichtig, passen Sie auf, womöglich gibt es Glatteis!

Und Novak fährt. Tatsächlich kommt er einige Male ins Schleudern. Und wenn schon, denkt er. Wenn er nun wirklich gegen einen Baum fährt ... Gegen den Baum, der irgendwo auf ihn wartet ... Dann wäre vielleicht das Denken vorbei, dann wäre hoffentlich das Grübeln vorbei, dann wären die Selbstvorwürfe vorbei.

Wenn er Manuela damals im Krankenhaus nicht angesprochen hätte ... Wenn er die im Prinzip doch läppische Ruhestörung durch diesen Plumpsack Kratky einfach ertragen hätte ... Oder wenn er sich mit Ohropax und mit Schlafpulvern zufriedengegeben hätte ... Ohne die Opernkassetten, denkt er, wäre das alles nicht passiert.

Die Opernkassetten, die ihm Manuela zur Verfügung gestellt hat, freundlich wie sie war ... Wie gefallen Ihnen die Aufnahmen? hat sie ihn gefragt ... Da hätte er noch eine Chance gehabt, die ungeahnten Folgen dieser Freundlichkeit zu vermeiden ... Er hätte nur zuzugeben brauchen, daß er mit Opernmusik nichts anfangen konnte ...

Aber wie hätte er damals absehen sollen, daß sich alles so entwickeln würde! ... Sich so entwickeln und dermaßen *ver*wickeln ... Einen Moment lang sieht er die Kassetten vor sich, sie sind anscheinend defekt, die Magnetbänder sind aus dem Gehäuse geraten ... Doch dann muß er scharf bremsen, denn vor ihm senkt sich ein Bahnschranken, und den hätte er beinahe übersehen.

HERTA IST schon zu Hause, als er zurückkommt. Das heißt, sie erwartet ihn schon am Gartentor. Er hat vergessen, das Fernlicht auszuschalten, also blendet er sie. Sie hat mit in die Hüften gestemmten Armen auf ihn gewartet, aber im grellen Licht, das sie nun anstrahlt, muß sie die Hände schützend vors Gesicht halten.

Er sieht sie im Scheinwerferlicht. Erst mit Verzögerung schaltet er es ab. Er kommt sogar in Versuchung, es wieder einzuschalten. Fährt nicht in die Garage, sondern parkt das Auto am Straßenrand. Befreit sich vom Sicherheitsgurt, steigt aus, schlägt die Wagentür hinter sich zu.

Sie kommt ihm entgegen, aber nicht wie eine liebende Gattin. Bist du verrückt, wieder allein mit dem Auto zu fahren, wo warst du?! Ihre Stimme ist eine einzige Zumutung.

Ich war in Kleinhain, Bachzeile Nummer 5, sagt er, die Adresse dürfte dir ja bekannt sein.

Wie er das gesagt hat ... Er kommt sich ganz unwirklich vor ... Gar nicht wie er selbst. Eher wie ein Schauspieler in einem Fernsehfilm ... Aber es wirkt. Es verschlägt ihr vorerst die Sprache. Und er schiebt sie beiseite und geht durch die Gartentür und geht ins Haus voraus.

Und hört, wie sie hinter ihm herkommt, doch er dreht sich nicht um. Geht in die Küche und legt ihren Brief auf den Tisch. Weißt du eigentlich, sagt er, was du damit angerichtet hast?! Daß du dich nicht genierst, sagt er, daß du dich nicht bis in deine alten Knochen hinein genierst!

DAS TRAF sie natürlich. Ja, das nagte an ihr. Oder man könnte auch sagen, daß *sie* daran nagte. Alte Knochen! So glaubte er, mit ihr reden zu dürfen! Und dabei waren seine Knochen sieben Jahre älter als ihre.

Das nagte noch an ihr, oder daran nagte sie noch, als sie zwei Wochen später zum Flughafen fuhr. Ja, sie allein. Das zweite Ticket würde eben verfallen. Da wollte dieser Mann doch tatsächlich nicht mitfliegen! Na bitte! Wenn er nicht wollte … Dann sollte er eben daheim bleiben.

Sie legte ohnehin keinen Wert auf seine Gesellschaft. Er würde ihr womöglich den ganzen Urlaub lang Vorwürfe machen. Oder schweigen. Am Strand sitzen und böse dreinschauen. So war dieser Mann. Auf so einen Mann konnte sie verzichten.

Trotzdem hatte sie ihn noch heute früh gefragt, ob er nicht doch mitkommen wolle. In einem schwachen Moment, in dem es ihr leid getan hatte, ihn hier in der grauen Kälte zurückzulassen. Während sie schon nach vier Stunden Flug in Teneriffa landen würde. Wo um diese Jahreszeit die Sonne schien und das postkartenblaue Meer warm genug zum Baden war.

Ja, einerseits hatte sie natürlich gedacht, daß er sie gern haben könne! Dieser Mann, der ihr in den letzten vierzehn Tagen demonstrativ ausgewichen war. Der auf geradezu kränkende Art jede Berührung mit ihr gescheut hatte. Der sich untertags nicht mit ihr an einen Tisch setzen und bei

Nacht nicht zu ihr ins Bett hatte legen wollen. Und das bitte schön in der Adventzeit, wo man doch guten Willens sein sollte! Sie hatte Kekse gebacken und einen Christbaum gekauft. Und eine Garnitur neuen Christbaumschmuck, den es im Supermarkt im Sonderangebot gegeben hatte, und je eine Schachtel rote und weiße Kerzen. Aber er hatte nicht ein einziges von den Keksen gegessen, und den Christbaum hatte er sie allein aufputzen lassen.

Einerseits hatte sie also gedacht, daß er ihr den Buckel hinunterrutschen solle. Aber anderseits hatte sie die ganze Zeit über doch noch gehofft, daß er es sich anders überlegen würde. Und heute früh hatte sie ihrem Herzen noch einen Stoß gegeben und die Tür zum Wohnzimmer, wo er sein Nachtlager wieder auf der Couch aufgeschlagen hatte, noch einen Spalt aufgemacht. Es ist fünf Uhr, hatte sie gesagt, der Bus fährt um halb sieben, wenn du jetzt aufstehst und rasch ein paar Sachen einpackst, kannst du immer noch mitkommen!

Keine Antwort. Er hatte sich nur brummend (oder stöhnend?) umgedreht. Lag schlecht auf der Couch. Das war bestimmt nicht gut für sein Kreuz. Nicht gut für seine alten Knochen. Genau, das hätte sie ihm noch sagen sollen. Aber jetzt, da sie schon im Bus saß und zum Flughafen fuhr, war es zu spät dazu.

Zu spät auch, um Renate zu fragen, ob sie nicht mit ihr fliegen wolle. Das war ihr ein paar Mal in den Sinn gekommen, aber sie hatte es immer wieder aufgeschoben. Weil sie nach wie vor gehofft hatte … ach was, damit war jetzt Schluß! Sie würde eben allein nach Teneriffa fliegen und von all den Unbillen der letzten Monate Abstand gewinnen und sich ein paar schöne Tage gönnen.

Mit Renate wäre es vielleicht lustig und anregend gewesen, Renate war eine heitere und unternehmungslustige Person. Aber sie würde es sich auch so schön machen, dazu war sie jetzt entschlossen. *Teneriffa wartet auf dich* stand auf dem Prospekt, den sie mit den Tickets bekommen hatte. Sie würde es ihrem Franz schon zeigen, was sie mit ihren alten Knochen noch anfangen konnte.

Alte Knochen, von wegen! Sie hatte auch noch einiges Fleisch drumherum. Dieses Jahr war zwar extrem strapaziös gewesen, und sie war nur wenig dazu gekommen, sich zu pflegen. Aber etwas davon würde sie jetzt nachholen, in dem Hotel, das sie gebucht hatte, gab es nicht nur einen Indoor-Pool, sondern auch eine Wellness-Oase. Und die Luft und die Sonne am Strand würden ihr bestimmt guttun.

Wenn ihre Haut etwas Farbe bekam, sah sie noch immer recht akzeptabel aus. Da sah man verschiedene kleine Defekte nicht oder jedenfalls weniger deutlich. Sie war 48, schon wahr, mit diesem Alter war ihre Mutter eine alte Frau gewesen. Aber das war heutzutage doch ganz anders, die Kosmetik, von der sie einiges verstand, hatte so manche Hilfe zu bieten, und mit dem entsprechenden Selbstbewußtsein kam das weibliche Geschlecht im reiferen Alter sogar zu einer zweiten Blüte.

Bewegung würde ihr auch guttun, denn ein wenig Fleisch um die Knochen war ihr schon recht, aber gar zu üppig mußte es auch nicht sein. Sie würde schwimmen, egal ob indoor oder outdoor. Und sie würde radfahren. Ja, sie hatte gelesen, daß man sich in dem Hotel Räder ausborgen konnte, sowohl normale Tourenräder als auch Mountainbikes. Und die Umgebung sollte hübsch sein, einerseits eine Gartenlandschaft mit Palmen, anderseits Gebirge mit schönen Fernblicken, vielleicht, sogar wahrscheinlich, würde sie Partnerinnen oder Partner für Ausflüge finden.

Und vielleicht nicht nur für Ausflüge. Sie würde dort nicht als Kind von Traurigkeit auftreten. Auch wenn ihr Mann inzwischen die Scheidung einreichen sollte – falls er das wirklich wollte, dann sollte er doch! Sie würde sich nichts abgehen lassen, bei diesen Aussichten erst recht nicht.

Auch nichts von dem, was ihr mit ihm meistens abging. Und schon gar, wenn er auf dem Sofa schlief. Ob er jetzt schon wach war? Ob es ihm nicht doch leid tat, daß er nicht mitgekommen war? Sie sah ihn vor sich, wie er ins Badezimmer schlurfte und den Pyjama abstreifte, seine weiße Haut, der ein wenig Sonne, seine schlaffen Muskeln, denen ein wenig Bewegung gewiß auch gutgetan hätte, aber das hätte er sich früher überlegen müssen, denn jetzt war es wirklich zu spät.

Jetzt würde sie eben nach Teneriffa fliegen und all das womöglich mit jemandem anderen machen. Schwimmen und radfahren und so und vielleicht manches andere auch. Und es mußte ja nicht so ein alter Sack sein, nicht so ein öder deutscher oder österreichischer Pensionist mit Sonnenbrand auf der Glatze und grottenolmfarbenen Waden. Die Bewohner von Teneriffa sollen ein recht hübscher Menschenschlag sein, und in solchen Gegenden, hatte Renate gesagt, gebe es immer junge Männer, die das Nützliche mit dem Angenehmen zu verbinden wissen oder das Angenehme mit dem Nützlichen, und da war Herta zwar rot geworden und hatte ein bißchen schrill lachen müssen ... Nein, also ich bitt dich! ..., aber anderseits, wenn es sich irgendwie ergab, warum sollte sie so eine Gelegenheit nicht nützen?

VII

NOVAK STAND im Badezimmer und putzte sich die Zähne. Er putzte sie lang. Er wollte den Geschmack der Nacht loswerden. Brackig. Es war der Geschmack einer Nacht, in der er schlecht geschlafen hatte. Abgesehen davon, daß die Couch auf die Dauer zu weich und zu schmal war, tat ihm das Essen im Gasthaus, in dem er gestern abend gewesen war, nicht gut.

Das Gasthaus *Zum Geiger*, wo es, bei allem, was ihn sonst manchmal störte, immerhin eine gediegene Küche gab, hatte über die Weihnachtsfeiertage zugesperrt. Und der Koch in der *Schnitzel-Hütte*, die als einziges Lokal im Umkreis offen hatte, kochte anscheinend immer noch mit dem Fett vom letzten Wochentag. Zum Ausgleich noch einen Schnaps zu bestellen war auch nicht die beste Idee gewesen. Nach einer Stunde, als er endlich die richtige Position zum Einschlafen gefunden zu haben glaubte, hatte Novak wieder aufstehen müssen, um die Tabletten gegen Sodbrennen zu suchen.

Damit nicht genug, war ihm alles mögliche im Kopf herumgespukt. Vor allem natürlich Hertas bevorstehender Aufbruch. Der hätte ihn, wie er sich in den letzten Tagen des öfteren gesagt hatte, eigentlich erleichtern können. Aber in der Nacht hatte ihn der Gedanke daran dann doch belastet.

Irgendwann zeitig früh, als er, so sein Eindruck, gerade erst einigermaßen eingeschlafen war, hatte sie ihn noch aufgeweckt. Ob er nicht doch noch mitkommen wolle – was für eine Idee! Aber gut gemeint war es, das war für ihn spürbar. Gerührt von der ungewohnten Zartheit, mit der seine Frau ihn an der Schulter berührt hatte, hatte er sich rasch von ihr weggedreht.

Danach jedoch war er erst recht nicht mehr richtig eingeschlafen. Irgendwann hatte er die Haustür gehört, dann die Gartentür, und als er das nächste Mal aufschreckte, war ihm bewußt geworden, daß er jetzt wirklich allein im Haus war. Ab und zu hatte er nach dem Fenster geschielt, zuerst war es draußen immer noch finster gewesen, dann war ein trübes Licht aufgegangen. Und die Krähen hatten zu schreien angefangen.

Die Krähen, die Krähen – seit dem Verschwinden der Amseln waren die Krähen die Vögel, die er am ehesten wahrnahm. Zwar gab es auch Meisen, die zum Futterhäuschen kamen, doch die hatten um diese Jahreszeit sehr kleinlaute Stimmchen. Die Krähen aber waren in ihrem Element. Er hörte sie auch jetzt, im Badezimmer, so nah, als säßen sie unmittelbar hinter der Milchglasscheibe.

DIE KRÄHEN neben der Flughafenautobahn … Diese Rabenviecher! dachte Herta. In den kahlen Feldern saßen sie und in den kahlen Bäumen. Saßen da, stelzten vor sich hin, pickten, flatterten auf und ließen sich wieder nieder, als ob sie hierher gehörten.

Vor gar nicht so langen Jahren, als Herta noch ein Kind gewesen war, hatte es geheißen, die Krähen kämen nur für die kalte Jahreszeit. Ende Februar würden sie wieder zurückfliegen. Nach Rußland, wo sie Anfang November hergekommen wären, so um die Friedhofstage Allerheiligen und Allerseelen, zu denen sie ja paßten. Aber inzwischen stimmte das längst nicht mehr, und die Krähen waren das ganze Jahr über da, auch wenn sie im Winter stärker auffielen.

Typisch, dachte Herta. Man gewöhnt sich daran, und mit der Zeit hält man etwas, das früher anders war, für alltäglich. Und diese Rabenviecher fliegen nicht mehr hin und her, sondern bleiben einfach da, weil sie es hier bei uns bequemer haben. Und weil es ihnen hier bei uns halt besser gefällt. Irgendwie, dachte sie, ist das Land hier doch freundlicher und wohnlicher als wahrscheinlich bei denen daheim in Sibirien.

Obwohl man davon auf der Flughafenautobahn nicht viel bemerkte. Zumindest jetzt, um diese Jahreszeit. Die Landschaft langweilig flach, die Erde graubraun, der Himmel grau. Eigentlich, um ehrlich zu sein, eine einzige Trostlosigkeit.

Aber deswegen fuhr sie ja jetzt woandershin. Zum Trost. Nein, natürlich nicht nur zum Trost über diese öde Umgebung. In Grabern war es ja Gott sei Dank etwas schöner. Aber so schön auch wieder nicht. Jedenfalls nicht unter diesen Umständen.

Diese Umstände konnten einer Frau wie ihr die Freude an der relativ hübschen Umgebung schon gründlich verderben. Da hat sie mehr als ihr halbes Leben mit einem Mann zusammengelebt, den sie durch und durch zu kennen geglaubt hat, und auf einmal ist da etwas Fremdes zwischen ihnen. Etwas *Fremdes*, ausgelöst durch *eine Fremde*. Und ob der Mann nun wirklich was gehabt hat mit dieser entenarschwackelnden Nanoperson oder nicht, darauf kommt es gar nicht an, vielmehr kommt es darauf an, *was* die bei ihm ausgelöst hat, nämlich einen Spleen, einen Wahn, der überhaupt nicht zu ihm paßt und alles, was zwischen ihnen, Franz und seiner ihm ordnungsgemäß angetrauten Frau, war und noch sein könnte – dieses (und wenn schon!) kleine, bescheidene, aber ihresgleichen angemessene Glück – in Frage stellt.

Und das kennt man schon, daß die Männer sagen, da war nichts … Hat doch sogar ein amerikanischer Präsident behauptet, er hätte keinen Sex gehabt mit dieser Person, wie hat sie bloß geheißen, na, mit dieser üppigen Sekretärin … Und das ist ja der Gipfel, zu sagen, es ist kein Sex, wenn es sich um irgendeine Variation oder Perversion oder – wie heißt das? – um irgendeine Obsession handelt. Und daß diese Manuela auch zum Abartigen neigt, ist doch offensichtlich, oder ist das unter indonesischen Krankenschwestern etwa normal, daß sie eine Leidenschaft für Opern haben?

Stimmt, Herta versteht nichts von Opernmusik, und dazu steht sie. Aber irgendwie, hat sie das Gefühl, sind Opern doch so etwas wie europäisches Kulturgut. Und da kommt so eine dahergelaufene oder dahergeflogene Exotin … Also, alles was recht ist. Irgendwas stimmt mit der nicht.

Und mit so einer hat sie doch überhaupt kein Mitleid! Für den Fall, daß ihre Briefe wirklich was bewirkt haben sollten … Da hat sie nicht das geringste schlechte Gewissen! Der geschieht ganz recht, und womöglich hat sie ja auch noch anderen Männern mit irgendeinem Hokuspokus den Kopf verdreht.

Und wozu führt denn das bitte? Das sieht man ja jetzt! Das führt dazu, daß ihr Mann, der bis vor einem Dreivierteljahr ein herzensguter und engelsgeduldiger Mensch gewesen ist, daß sich dieser Mann, der sich durch nichts aus der Ruhe hat bringen lassen, auch wenn es manchmal zu kleinen Meinungsverschiedenheiten gekommen ist, aber so etwas kommt in den besten Ehen vor, nun von der Frau, mit der er es dreißig Jahre lang gut ausgehalten hat, scheiden lassen will … Aber schon recht, wenn er glaubt, dann soll er die Scheidung einreichen … Sie wird ihn nicht hindern, sie hat jetzt nämlich was Besseres zu tun. Sie fliegt jetzt nämlich nach Teneriffa.

Und dort wird es schön sein, nicht so trist wie hier. Schön blöd ist man, wenn man um diese Jahreszeit hier bleibt. Dort herrscht, hat sie sich sagen lassen, immer so eine Art von Frühling. Und den wird sie jetzt entsprechend genießen.

Dort wird sie tun, was ihr guttut und was ihr Spaß macht. Schwimmen und radfahren und wandern und vielleicht auch noch etwas anderes. Sollte sich etwas ergeben, so wird sie nicht nein sagen. Sie kann ja immer noch behaupten, es war kein Sex!

Sie kann es gar nicht erwarten – Abflug 9 Uhr 05, Ankunft 13 Uhr 10 – das geht ja wirklich wie im Flug. Schon heute nachmittag wird sie am Strand promenieren. An der Playa de las Teresitas, das ist der Hausstrand der Inselhauptstadt Santa Cruz, liest sie im Reiseführer. Der, für den sie ein paar tausend Tonnen Saharasand herangekarrt haben.

Sie hat den Reiseführer in den letzten Wochen schon ein paar Mal kreuz und quer gelesen, und jetzt blättert sie wieder darin. Damit ihr nicht fad wird – seit einer Weile fährt der Shuttlebus nur mehr im Schrittempo. Da vorn ist irgendwo ein Stau, es geht kaum mehr weiter. Akkurat hier noch, an der Flughafenauffahrt.

Nun, sie sind ja fast schon da, da kann nicht mehr viel passieren. Und es ist erst knapp sieben, also noch genug Zeit zum Einchecken. Obwohl die Kontrollen jetzt angeblich immer länger dauern. Aber bei einem Charterflug werden sie schon nicht so einen Aufwand treiben.

Noch kein Grund zur Nervosität also – trotzdem ist diese Verzögerung ärgerlich. Vorn, wo der Stau beginnt, blinkt anscheinend Blaulicht. Was ist denn da los? fragt jemand den Fahrer, was hat denn das zu bedeuten? Was weiß ich?! antwortet der. Mir kommt vor, wir werden umgeleitet.

NOVAK HATTE es inzwischen geschafft, sich anzuziehen. Kleidungsstück für Kleidungsstück. Bei ihm dauerte heute alles länger. Er kam sich an diesem Morgen vor, als lebe er in Zeitlupe. Jeder Handgriff erforderte eine ungewöhnliche Konzentration.

Eine Konzentration, zu der er sich anhalten mußte. Sonst brachte er das, was er gerade begonnen hatte, nicht zu Ende. Das Anziehen der Socken zum Beispiel, zwei Paar, nämlich ein Paar Baumwollsocken und ein paar Wollsocken. Zuerst hätte er den Baumwollsocken am rechten Fuß beinahe vergessen, dann den Wollsocken am linken.

Jetzt stand er in der Küche am Herd und versuchte, seine Aufmerksamkeit auf die Milch zu richten. Die Milch, die er wärmen, aber nicht übergehen lassen wollte. Und dann, wenn ihm das gelungen war, durfte er nicht vergessen, die Kochplatte abzuschalten. Sonst glühte sie weiter und konnte sogar einen Brand verursachen, wenn er sie lang genug glühen ließ.

Ein wenig kam er sich auch so vor, als wäre er noch nicht recht aufgewacht. Als wollte er nicht recht aufwachen in diesen Tag hinein. Den Tag, an dem Herta nun also wirklich weg war. Das heißt, nein, ganz weg war sie noch nicht, es war ja noch nicht einmal halb acht, wahrscheinlich war sie gerade noch beim Einchecken am Flughafen.

Er sah sie vor sich, wie sie mit ihrem Koffer in einer der Schlangen vor den Charterschaltern stand. Und wie sie, dann endlich in die erste Position vorgerückt, den Koffer aufs Fließband hievte. Diesen Koffer, in den sie sicher wieder viel zuviel gepackt hatte. Diesmal hatte sie ihn nicht dabei, dem sie das prall gefüllte Gepäckstück in solchen Situationen gern überließ.

Oh doch, er war froh, daß ihm das für diesmal erspart blieb. Natürlich ging es nicht nur um den Koffer, obwohl er damit auch nach dem Auschecken und bei der Fahrt ins

Hotel beschäftigt sein würde, für die sie sicher kein Taxi nehmen wollte, denn so etwas war eine überflüssige Ausgabe. Er war der Mann, okay, obwohl sie ja alles andere als eine schwache Frau war. In solchen Situationen mutete sie nicht nur seinen Muskeln einiges zu und seinen Bandscheiben, auf die er eigentlich aufpassen sollte, sondern auch seinen Nerven.

Denn da gab es ja auch immer etwas oder jemanden, über das oder den sie sich maßlos aufregte. Beim Boarding irgendwelche Mitreisenden, die sich vordrängten, während des Flugs irgendwelche Stewardessen, die sie nicht gebührend beachteten, und nach der Ankunft irgendwelche verdächtigen Subjekte, die sie bestimmt betrügen oder bestehlen wollten. Ja, es war anstrengend, sie zu bremsen, wenn sie in Fahrt kam. Und es brauchte viel Energie, sie zu beschwichtigen und wieder in eine halbwegs entspannte Ferienstimmung zu bringen.

Das ersparte er sich also diesmal. Und doch gelang es ihm nicht so recht, darüber froh zu werden. Oder jedenfalls gelang es ihm *noch* nicht. Im Gegenteil, er fühlte sich eigenartig traurig. Vielleicht war es diese Traurigkeit, die im bisherigen Verlauf dieses Morgens auf allen seinen Verrichtungen lag und sie beschwerte, verlangsamte, fast lähmte.

Eine Traurigkeit, die wahrscheinlich von dem Moment herrührte, als er sich von Herta und ihrer Frage, ob er nicht doch noch mitkommen wollte, abgewandt hatte. Sich einfach weggedreht und so getan, als hätte er das im Halbschlaf gar nicht so richtig kapiert. Ja, das war es vermutlich, das hing ihm jetzt nach. Andererseits war es aber vielleicht auch eine etwas vorwegnehmende Traurigkeit, wer weiß.

Was, fiel ihm ein, wenn das Flugzeug, in dem Herta nun bald sitzen würde, und zwar ohne ihn, der ihren letzten Appell, doch noch mitzukommen, ignoriert hatte, abstürzte?

Konnte er dann seines Lebens (Überlebens) noch froh werden? Mußte er sich dann nicht Vorwürfe machen, daß er etwas verabsäumt hatte? Zwar wußte er nicht genau, was – sie in dieser Situation am Morgen zurückzuhalten, wäre ihm wohl kaum gelungen, so attraktiv war die Perspektive, mit ihm auf der Couch zu kuscheln, bestimmt nicht, und doch noch aufzustehen und mit ihr zu fliegen, weil er zu ihr gehörte, auf den Platz, der nun im Flugzeug frei bleiben würde, hätte ja auch nichts genützt, auch wenn es vielleicht doch irgendwie richtiger gewesen wäre.

Zwar hatte er ihr gesagt, daß er sich scheiden lassen wolle, und das hatte er nach wie vor im Sinn. Und wenn nun ihr Flugzeug abstürzte, würde er sich auch das ersparen. (Vor dem Aufwand, den man um so eine Scheidung treiben mußte, graute ihm ohnehin.) Aber so durfte es nicht passieren, nein, er wollte nicht einfach als Witwer mit schlechtem Gewissen übrigbleiben.

Das würde er, denkt er, so bestimmt nicht ertragen. So praktisch es in gewisser Hinsicht auch wäre ... Was aber, wenn dieser Fall nun wirklich eintritt? Für diesen Fall, denkt er, müßte ich mich glatt erschießen.

Das schießt ihm so ein, und erst im Nachhinein geht ihm auf, was er da gerade gedacht hat.

Das denkt man so, denkt er, und dann tut man es nicht.

Weil man zum Beispiel keine Pistole im Haus hat.

Aber er hätte ja eine. Das hat er Herta zu verdanken.

Herta und natürlich auch seinem sauberen Herrn Sohn. Der jedoch hat sich nach Kanada abgesetzt und hat mit all dem nichts mehr zu tun. Zumindest hofft das Novak für seinen Bernie. Daß er aber die von ihm hinterlassene Waffe mit herauf in die Wohnung genommen hat, liegt an Herta.

Und vielleicht war das ja der verborgene Sinn ihrer Beharrlichkeit ... Die Einbrecher, ach was – die Einbrecher sind ebensowenig gekommen wie die vom Bürgermeister beschworenen Stürme ... Herta hat das natürlich nicht wissen können ... Aber irgendeine Ahnung hat sie vielleicht doch gehabt.

Die Pistole, gewiß doch, für alle Fälle. Auch für den Fall eines Absturzes, der ja ein besonderer Fall wäre. Ein Fall ins Bodenlose, auch für ihn. Gut, daß er sie hat, die Pistole, gut daß sie für den Ernstfall bereitliegt.

Sie liegt in einer der Schubladen in der Veranda, griffbereit für den Fall, daß *von draußen* Gefahr droht.

Für den Fall, der ihm nun in den Sinn gekommen ist, wird er sie aber eher anderswo brauchen.

Wo erschießt man sich am besten – nur einmal angenommen, daß dieser Fall tatsächlich eintritt?

Doch lieber irgendwo drinnen, vielleicht am ehesten im Wohnzimmer.

Da sitzt er dann eine Weile mit der Pistole in der Hand. Der Bakelitgriff ist vorerst noch kalt, die Veranda wird ja nicht geheizt. Aber in seiner Hand erwärmt er sich nach und nach. Und man muß zugeben, er paßt recht gut in diese Hand.

Novak sitzt da, sein Denken ist immer noch etwas verlangsamt, aber er wird jetzt wacher. Ein Mann mit einer Pistole in der Hand und mit unversehens erwachtem technischem Interesse. Nur für den Fall: Wie würde denn das funktionieren? Ja, klar, so ähnlich wie das Gewehr beim Heer: Ein simpler, fast automatischer Handgriff, und schon wandert die Patrone in den Lauf.

In diesem Augenblick wurde ihm bewußt, daß draußen irgendwo eine Amsel sang. Auch jetzt war seine Reaktion noch ein bißchen verzögert. Vielleicht lag das auch daran, daß er es zuerst nicht recht glaubte. Womöglich sang diese Amsel ja nur in seinen Ohren.

Dann aber legte er die Pistole beiseite, auf den Couchtisch. Und stand aus dem Lehnsessel auf und ging zum Fenster. Und öffnete das Fenster und horchte und schaute hinaus. Möglicherweise saß die Amsel in der Fichte, deren Ast er amputiert hatte.

Rasch ging er zurück ins Zimmer, warf einen Mantel über und war schon im Garten. Tatsächlich – jetzt sah er die Amsel. Sie saß auf dem Wipfel. Da saß sie und sang. Obwohl sie vorläufig keine Antwort bekam. Aber das konnte noch werden. Es war ein sonniger Tag.

Erstaunlich. Als er am Morgen aus dem Fenster gespäht hatte, ins trübe Halbdunkel, hatte er den Eindruck gehabt, daß dieser Tag wieder so grau werden würde wie die vergangenen. Doch jetzt hatte sich der Nebel gehoben, der Himmel war fast frühlingshaft blau. Und die Amsel sang. Sie sang hell und rein und geduldig. Und dann – hast du nicht gehört?! – meldete sich tatsächlich eine zweite.

Aus einem Nachbargarten – Novak konnte nicht ausnehmen, aus welchem. Doch so viel stand fest: Daß sie auf den Gesang der ersten Amsel reagierte. Und umgekehrt. Und das war schön. Das war geradezu beglückend. Dann flog die eine Amsel zwar weg, und das war schade, aber vielleicht verließ nun auch die andere den Baum oder Strauch, auf dem sie gesessen war, und sie trafen einander irgendwo in der Mitte.

Als Novak ins Haus zurückkehrte, war ihm die trübe Stimmung von zuvor ganz vergangen. Er fühlte sich heiter und leicht. Die Kraft, die ihn zuerst niedergedrückt hatte, war kaum mehr spürbar. Er hatte jetzt Lust auf ein Frühstück und auf den Tag. Die Rückkehr der Amseln war doch ein gutes Omen.

Er schaute auf die Uhr. Es ging nun schon auf halb zehn. Wenn Hertas Maschine pünktlich gestartet war, mußte sie jetzt schon unterwegs sein. Womöglich – das ging ja schnell – schon irgendwo über den Alpen. Und das war bei diesem Wetter gewiß wunderschön, und er wünschte ihr einen guten Flug.

Wieso war er zuvor bloß auf die Idee gekommen, daß sie abstürzen könnte? Natürlich konnte sie das. Aber statistisch war es unwahrscheinlich. Erst unlängst hatte er wieder irgendwo gelesen, daß es weit wahrscheinlicher war, im Straßenverkehr ums Leben zu kommen. Na eben! Sie würde nach Teneriffa fliegen und dort hoffentlich schöne Tage haben und braungebrannt zurückkehren.

Und dann? Ach was, dann! Dann würde man schon sehen, wie alles weiterging. Jetzt ging es vorerst darum, diese Tage zu nützen. Ja, genau, auch für ihn waren diese vierzehn Tage doch eine Gelegenheit! Nicht nur, noch einmal über alles nachzudenken, das kam vielleicht später, aber zuallererst die Möglichkeiten zu nutzen, die ihm dadurch geschenkt wurden.

Und was waren das für Möglichkeiten? Das schöne Wetter machte natürlich Lust, ins Freie zu gehen. Er würde heute noch eine größere Wanderung machen. Aber zuerst – ja, zuerst würde er etwas anderes tun, etwas, von dem ihn in den vergangenen, finsteren Monaten eine gewisse Scheu, eine gewisse Hemmung abgehalten hatte, aber das war jetzt vorbei, er spürte es, er brauchte der Versuchung nicht länger zu widerstehen, er konnte es wieder versuchen.

Und noch einmal öffnete er die Reisetasche. Und nahm die CDs heraus, die er in den Monaten Mai und Juni gekauft hatte. Eine beachtliche Kollektion, tatsächlich! Er hatte sie damals gar nicht mehr alle hören können.

Das würde er jetzt nachholen. Er würde die CDs hören, die er noch nicht gehört hatte. Und von denjenigen, die er schon gehört hatte, würde er die, die ihm besonders gefallen hatten, noch einmal hören. Da lag einiges vor ihm. Da würde er einiges zu hören haben. Schon der erste Überblick erfüllte ihn mit großer Vorfreude.

Er würde das alles mit einer Freiheit hören, die er noch nie gehabt hatte. Nämlich ganz offen und ungeniert – ohne Kopfhörer. Die guten, alten Boxen im Wohnzimmer konnten ja einiges. Wenn man sie richtig ausbalancierte und sich bezüglich der Lautstärke keinen Zwang auferlegte, versprachen sie große Klangerlebnisse.

Die Frage war nur noch: Was sollte er zuerst hören? Novak beschloß, das dem Schicksal zu überlassen. Er bemühte sich, die CDs, die vor ihm lagen, gründlich durcheinanderzubringen. Und dann schloß er die Augen und ließ die rechte Hand über dem Berg von CD-Hüllen kreisen und zog eine.

HERTA WAR wütend. Herta war so was von wütend! Ihr Lebtag war sie noch nicht so wütend gewesen. Und dabei neigte ihr Temperament dazu, manchmal auch aus vergleichsweise läppischen Gründen, wie man so sagt, überzuschäumen. Aber das – das durfte doch wirklich nicht wahr sein!

Da will eine Frau sich nach anstrengenden Wochen und Monaten endlich einmal ein bißchen erholen … Will durchatmen und vielleicht auch ein wenig nachdenken und sich ein paar bescheidene Freuden gönnen … Eine Frau, die sich in den vergangenen Monaten buchstäblich aufgeopfert hat für ihren Mann … Die ihren heiligen Ehegattinnenzorn zurückgenommen und nobel hinweggesehen hat über gewisse außereheliche Verirrungen … Was aber gar nicht entsprechend gewürdigt wurde … Denn nun will sich der Mann, dieses undankbare Geschöpf, von ihr scheiden lassen … Und das ist der Dank, das hat sie von ihrer

Güte ... Und da hat sie gedacht, jetzt reicht es ihr aber, jetzt fliegt sie nach Teneriffa ...

Und denkt, jetzt wird er schon sehen, was sie sich ohne ihn alles leistet ... Und ist mit dem Kopf schon beinah dort, auf den Kanaren, und freut sich schon auf ein Mittagessen mit Meeresfrüchten ... Und dann das, bitteschön – ihr Flugzeug fliegt nicht! ... Bis auf weiteres fliegt von diesem blöden Flughafen nämlich überhaupt kein Flugzeug, denn der Flughafen ist gesperrt wegen einer idiotischen Terrordrohung!

Der Shuttlebus brachte die enttäuschten Passagiere zum City-Air-Terminal zurück. Das ging vorerst langsam, denn natürlich entstand durch den zurückflutenden Verkehr, der nun eingesetzt hatte, ein Stau, man kam sich vor wie auf einem Trauerzug. Nach und nach aber lockerte sich nicht nur der Verkehrsfluß, sondern auch die Stimmung – die Mehrzahl der verhinderten Urlauber war nun nicht mehr nur enttäuscht, sondern auch erleichtert. Daß man immerhin aus der Gefahrenzone weggebracht wurde, postwendend sozusagen, war ja vielleicht doch das kleinere Übel – womöglich flog da hinten am Flughafengelände inzwischen alles in die Luft.

Im Radio, das der Fahrer eingeschaltet hatte, kam allerdings keine diesbezügliche Meldung. Und selbst wenn der Rundfunk eine allfällige Katastrophe vorläufig verschwiegen hätte, hätte man was bemerkt. Das war jedenfalls die unter den Fahrgästen überwiegende Meinung. Wenn da draußen eine Bombe explodiert wäre, hätte man die Detonation gehört und wahrscheinlich auch gespürt.

Aber das wäre ja noch schöner! ereiferte sich Herta. Wenn sie unsere Flüge nicht starten lassen und dann passiert gar nichts! Terrordrohung! Was heißt schon Terrordrohung? Womöglich hat nur irgend so ein Witzbold bei der Polizei angerufen!

Das hielt auch die Taxifahrerin, der sie sich anschließend anvertraute, für möglich. Stimmt, Herta nahm sonst fast nie ein Taxi, und die Fahrt vom City-Air-Terminal nach Grabern würde sie eine Stange Geld kosten, aber unter den gegebenen Umständen machte sie eine Ausnahme. Ihr Handy hatte sie zu Hause gelassen, vielleicht, um gar nicht erst auf die Idee zu kommen, mit ihrem Mann zu telefonieren, der es nicht wert war. Aber nun, dachte sie, würde er sich womöglich Sorgen machen, für den Fall, daß im Radio doch noch irgend etwas verlautbart wurde, und überhaupt wollte sie jetzt möglichst rasch wieder daheim sein.

Das ist schön, daß ich mit Ihnen reden kann, sagte Herta zur Taxifahrerin. Am Standplatz hatte sie sich gegen den in der ersten Position wartenden Lenker entschieden, nicht nur weil er einen Turban trug, sondern auch, weil er ein Mann war. Daß sie schon im zweiten Taxi der Kolonne eine Frau am Steuer sitzen gesehen habe, das sei ihr gerade in der gegenwärtigen Situation sehr recht gewesen. Von Frau zu Frau kann man sich über manche Dinge doch besser verständigen.

Die Fahrerin hatte weißblond gefärbtes Haar. Nicht besonders gepflegt. Die Spitzen gespalten. Herta war versucht, ihr ein gutes Shampoo zu empfehlen. Aber das konnte sie später noch tun, sie hatten ja eine lange Fahrt vor sich.

Jetzt lagen ihr ganz andere Dinge am Herzen. Und wovon das Herz voll ist, davon geht der Mund über. Oder so ähnlich. Das hatte sie auch irgendwo gelesen. Sie hatte jedenfalls das Bedürfnis, sich einiges von der Seele zu reden.

Im Rückspiegel sah sie die Augen der Taxlerin. Blaßblaue Augen, mit weiß verputzten Fältchen rundherum. Darüber mit dunklem Stift nachgezeichnete Augenbrauen, auch nicht gerade das Werk einer begnadeten Visagistin. Aber die Augen sahen so aus, als wäre die Frau, die ungefähr in ihrem Alter sein mußte, durchaus geneigt, ihr ein Ohr zu leihen.

Haben Sie einen Mann? eröffnete Herta das Gespräch.

Die Lippen der Frau sah sie nicht im Rückspiegel, doch in den Augen erschien ein grimmiges Lächeln.

Sie habe viele Männer gehabt. Falls man das so nennen könne. Jedenfalls habe sie ihre Erfahrungen mit Männern.

Jetzt lachte die Fahrerin laut. Erfahrungen mit dem männlichen Geschlecht. Ja, sagte sie, das kann man wohl sagen. Die hab ich.

Ach so, sagte Herta. Na und, dachte sie, und wenn schon. Das hatte sie schon gehört, daß manche dieser Damen beizeiten ins Taxigeschäft wechseln.

Wissen Sie, sagte die Geschlechtsgenossin, ich bin eine ehrliche Haut. Sie auch?

Ja, sagte Herta. Eigentlich schon.

Na dann, sagte die Taxlerin. Quatschen Sie sich aus. Reden Sie frisch von der Leber weg. Was haben Sie für Probleme?

Und Herta erzählte ihr einiges auf dieser Fahrt. Wie sie ihren Mann kennengelernt hatte und wie sie miteinander jung gewesen waren und wie sie sich auf einer Wiese im Grüngürtel der Stadt geliebt hatten. Und wie sie dann schwanger gewesen sei und wie dann Bernd gekommen sei und was für ein brüllendes, ihr und Franz den Schlaf raubendes Baby er gewesen sei. Aber dann sei er lieb gewesen, wenn auch leider nur für kurze Zeit.

Und so weiter. Sie erzählte davon, wie sie in das Haus nach Grabern gezogen waren. Und wie brav ihr Franz damals war, geradezu ein Muster von einem Ehemann. – Auch im Bett? – Aber ja, auch im Bett, da war nichts an ihm auszusetzen. Doch darüber hinaus habe er gebastelt und den Garten gepflegt, und mit dem Buben sei er wandern und zum Drachensteigen und ins Museum oder auf den Fußballplatz gegangen.

Und so fort. Sie war nahe daran, ihr Leben zu rekapitulieren. Ihr war – und das war ein merkwürdiger Gedanke –, als wäre das noch eine Gelegenheit. Während draußen die Landschaft vorbeizog, für ihr Gefühl in der verkehrten Richtung. Denn den Weg, den sie erst am Morgen zurückgelegt hatte, tatsächlich *zurückgelegt*, hinter sich gelassen, wenigstens für vierzehn Tage, wie sie geglaubt hatte, fuhr sie jetzt, viel eher, als sie gedacht hatte, wieder in der Gegenrichtung.

Aber vielleicht, fiel ihr ein, war das doch irgendwie Schicksal. Vielleicht konnte gerade dadurch alles doch noch anders werden zwischen ihr und ihrem Franz … Vorhin, als der Shuttlebus knapp vor dem Flughafen immer langsamer geworden war, sie aber immer noch geglaubt hatte, daß sie noch heute unter Palmen wandeln und zumindest ihre Füße im Meer baden würde, hatte sie in der Gratiszeitung, die sie beim Einsteigen auf dem City-Terminal eingesteckt hatte, ihr Horoskop gelesen. Da war etwas von einer schicksalhaften Entwicklung gestanden.

Weil es da theoretisch nur mehr wenige Minuten gewesen wären, bis sie am Flughafen aussteigen und einchekken hätte können, hatte sie den Orakelspruch zuerst noch etwas anders aufgefaßt als jetzt. Ich hab mir ja schon überlegt, erzählte sie der Taxilenkerin, mich in Teneriffa, falls es dort wirklich so schön ist, wie es heißt, um eine kleine Immobilie umzuschauen. Wenn sich mein Mann wirklich von mir scheiden lassen will, hab ich gedacht, was hält mich denn noch hier? Wissen Sie, ich hab einen kleinen Frisiersalon, und das Geschäft geht, ehrlich gesagt, schon lang nicht mehr so richtig gut, also was soll's? Muß ich mir das wirklich noch bis zur Pension antun? Ich könnt den Laden verkaufen …

Aber jetzt werden wir einmal abwarten, sagte sie. Jetzt werden wir einmal sehen, wozu das alles führt … Vielleicht, sagte sie, wird ja alles noch gut … Halten Sie was von Horoskopen? Meinen Sie, daß da was Wahres dran ist?

Wissen Sie, sagte sie, ich hab mich immer bemüht … Oder jedenfalls hab ich es meistens gut gemeint … Was glauben Sie, hab ich irgendwas falsch gemacht?

Ego te absolvo, sagte die Taxilenkerin. Aber das verstand Herta nicht.

Jetzt sind wir bald da, sagte sie etwas irritiert. Es sind noch zwei, nein, warten Sie, drei Kreuzungen … Zwei davon mit Ampeln … Bei der zweiten Ampel biegen Sie rechts ab … Und dann geht es noch ein Stück den Hang hinauf.

ES WAR zehn Minuten nach elf – vor ungefähr einer halben Stunde hatte Novak die *Traviata* zu hören begonnen. Das war die CD, die er blindlings erwischt hatte. Und er war sicher, kein bißchen geblinzelt zu haben. Als er die Augen wieder geöffnet hatte, war er fast erschrocken.

Das war eine von den CDs, die er damals *nicht* gehört hatte. Das Hören dieser Aufnahme hatte er immer wieder aufgeschoben. Er hatte sie für eine besondere Stunde aufgehoben. Er hatte damals nicht damit gerechnet, daß es damit so lang dauern würde, aber jetzt war diese Stunde offenbar gekommen.

Seine Hand hatte ein wenig gezittert, als er CD Nummer 1 aus der Hülle genommen und in den Player gelegt hatte. Und bereits als die Ouvertüre erklang, die ihn, nach dem ganz zarten, innigen Anfang, stellenweise an eine Drehorgelmusik erinnerte, die er vielleicht als Kind gehört hatte, als es noch Straßenmusikanten mit solchen Instrumenten gab, oder etwas später, als Heranwachsender, der gern ins Kino gegangen war, in einem dieser schönen italienischen oder französischen Schwarzweißfilme aus den Fünfziger- oder Sechzigerjahren, hatte er sich, diese Wirkung stellte sich sofort ein, in seinem Innersten getroffen gefühlt. Die Droge, die er so lang entbehrt hatte, wirkte jetzt anscheinend noch rascher. Dann hob die Musik allerdings ab, das Fest, zu dem Violetta ihre Gäste empfing, war laut, turbulent, wie es schien oberflächlicher, das ging ihm, fürs erste, weniger nah.

Dann aber kam das Duett zwischen Violetta und Alfredo. Sie, von einer plötzlichen Schwäche erfaßt, die vor dem Walzer im Hintergrund durch eine Nuance bis dahin nicht vermuteter Angst in der Stimme der Sängerin hörbar wurde, schickte die Gäste zum Tanzen in den Nebenraum. Nur Alfredo, der verrückte Mensch, der in sie verliebt war, obwohl er sie doch kaum kannte, sie nur einmal, vor einem Jahr, wie er behauptete, gesehen hatte, aber das reichte, da war der Funke übergesprungen, wenn auch vorläufig bloß in einer Richtung, nur Alfredo wollte sie nicht allein lassen. Und das war dann eben das Duett, in dem er ihr von der Liebe sang, die durchs All pulsierte, und da konnte Novak gar nicht anders, als sich daran zu erinnern, wie er auf der kleinen, weißen Bank im Krankenhaus neben Manuela hatte sitzen dürfen. Und sie hatte ihm akkurat dieses Duett zu erläutern versucht, und ihm war bewußt geworden, daß er nur seine Hand ausstrecken hätte müssen, um sie – ja, nur ein ganz klein wenig – zu berühren, aber er hatte sich ohnehin nicht getraut.

Und jetzt hörte er diese Stelle schon zum dritten Mal. Immer wieder ließ er das Duett aufs neue beginnen. Und er hätte es wahrscheinlich noch einige weitere Male gehört. Aber mitten in diesem dritten Mal, an der Stelle, an der Violetta Alfredo, den sie bis dahin mit einer gewissen Ironie behandelt hat, unversehens ernst zu nehmen beginnt, was sie merkbar verunsichert, stand plötzlich Herta im Raum.

SIE HATTE ja den Krawall schon von draußen gehört. Na, hatte die Taxifahrerin gesagt, Ihr Mann ist ja offenbar ein Musikliebhaber. Das darf doch nicht wahr sein! hatte Herta wieder gedacht. Zum zweiten Mal an diesem Tag. Und das war schon etwas zuviel.

Sie zahlte in aller Hast, wartete nicht auf das Wechselgeld. Hätte beinahe den Koffer im Kofferraum vergessen. He, sagte die Taxlerin, Sie haben es aber eilig, Ihren Mann wieder in die Arme zu schließen! Herta gab keine Antwort. Ihr war jetzt nicht nach Scherzen zumute.

In ihr stieg nun die ganze Wut wieder auf. Die Wut, die sie vor ein paar Stunden empfunden hatte, dort vor dem Flughafen, als man sie nicht aus dem Shuttlebus hatte aussteigen lassen wollen, und sich herausgestellt hatte, daß sie heute nicht mehr in Teneriffa landen würde. Und die Wut, die sie damals empfunden hatte, im vorigen Frühling, als sie, ähnlich wie jetzt, nach Haus gekommen war, allerdings nicht mit dem Taxi, sondern zu Fuß, und schon von weiter unten auf der Straße diesen widernatürlichen Gesang gehört hatte, dieses Geschmettere und Gegirre, das sie aufs Blut nicht ausstehen konnte. Und damals hatte doch alles angefangen, damals jedenfalls war sie ihrem Mann draufgekommen, was er da hörte in ihrer Abwesenheit und – ja, es schien ihr jetzt so, als hätte sie auch das schon damals geahnt – welchen Phantasien er sich dabei hingab.

Und nun, kaum daß sie ihm den Rücken gekehrt hat, ist er offenbar rückfällig geworden. Und wenn sie jetzt vierzehn Tage in Teneriffa wäre, würde er sich vierzehn Tage mit so was aufgeilen! Und natürlich hört er die Klingel nicht, genau wie damals. Und ihr Klopfen würde er auch nicht hören, aber die Tür ist ohnehin offen.

Und Herta stellt den Koffer ab und holt noch einmal tief Luft. Und dann steht sie eben plötzlich mitten im Zimmer. Der Mann hat sie ja nicht gehört, als sie eingetreten ist, als sie über die Schwelle getreten ist. Der sitzt ganz versunken in seinen Lehnstuhl und in die Musik.

Neben dem Couchtisch sitzt er, auf dem Couchtisch liegt irgendwas. Doch das erscheint ihr vorläufig nebensächlich ... Ihr Franz hört dieses Geschrei doch tatsächlich mit voller Lautstärke! Die Boxen vibrieren. Aber das wird jetzt gleich ein Ende haben.

Gleich ein Ende. Ja. Mit zwei raschen Schritten geht sie an ihm vorbei, stracks auf die Stereoanlage zu. Und mit einem entschlossenen Griff zieht sie das Kabel aus dem Stecker. Das muß ich jetzt, sagt sie, wirklich nicht auch noch haben! Sagt es, als hätte sie ihm bereits erzählt, was ihr heute schon alles widerfahren ist.

Aber das kann sie ihm ja später noch erzählen. Denkt sie. Oder vielleicht doch nicht? In diesem Moment greift Novak zur Pistole. Ihr Mann. Ihr Franz. Das hätte sie ihm nicht zugetraut. Das kann er doch nicht machen, denkt sie. Das darf doch nicht wahr –

NOVAK STAPFTE durch den verschneiten Wald. Wo die Sonne durch die Baumwipfel fiel, glitzerte der Schnee. Schön, aber kalt. Novak sah den Hauch vor seinem Mund. Er hörte das Knirschen des Schnees unter seinen Tritten.

Der Weg führte erst mäßig und dann etwas steiler bergauf. Als Novak das letzte Mal hier gegangen war, hatte ein Kuckuck gerufen. Er erinnerte sich daran, daß er die Rufe gezählt hatte. Jetzt würde kein Kuckuck rufen, natürlich nicht.

Novak kam gut voran. Er kam kaum außer Atem. Obwohl er einiges im Rucksack trug. Den CD-Player, die Kopfhörer, eine Auswahl CDs und ein wenig Proviant. Vollkornbrot, Dauerwurst, Mineralwasser und ein paar von den rotbackigen Äpfeln, die Herta zur Dekoration unter den Weihnachtsbaum gelegt hatte.

Zwei Kerzen vom Christbaum hatte er noch links und rechts neben sie hingestellt. Damit sie nicht einfach so daliegt, hatte er gedacht. Dann hatte er die Kerzen angezündet, und dabei war ihm fast feierlich zumute gewesen. Doch dann hatte er sich rasch von seiner Frau abgewandt und den Rucksack gepackt.

War er in besonderer Eile gewesen, als er das Haus verlassen hatte? Seinem Gefühl nach nicht, aber der Foxterrier des Nachbarn hatte noch hysterischer gebellt als sonst. Dem Impuls, das dumme Tier kurz und bündig zum Schweigen zu bringen, hatte er widerstanden. Auch den Idioten, der selbst am zweiten Weihnachtsfeiertag auf seinem Motorrad durch die Gassen der Siedlung knattern mußte, hatte er nicht abgeknallt.

Er hatte noch sieben Patronen, aber mit denen durfte er nicht leichtsinnig umgehen. Es konnte ja sein, daß er die noch brauchen würde. Er hatte die Pistole gesichert und in die Tasche seines Anoraks gesteckt. Da steckte sie immer noch. Er spürte sie bei jedem Schritt.

Dann sah er die Aussichtswarte bereits vor sich. Sie kam ihm jetzt höher vor als damals im Frühling. Vielleicht lag das daran, daß die meisten Bäume in ihrer Umgebung jetzt kahl waren. Außerdem hatte man offenbar noch mehr geschlägert.

Der Himmel hatte sich inzwischen bewölkt. Wenn Novak den Kopf in den Nacken legte und an der Warte hinaufschaute, merkte er, wie schnell die Wolken zogen. Was für ein Tempo! Das war wirklich beeindruckend. Verharrte er allerdings zu lang in dieser Stellung, so wurde er schwindlig und hatte den Eindruck, daß die Bäume und die Warte auf ihn zu fielen.

Vielleicht ist es auch so, denkt er, daß ich auf einmal die Erdbewegung spüre. Daß sich die Erde dreht, nimmt man für gewöhnlich nicht wahr. Ja, für gewöhnlich, denkt er, das mag schon sein. Aber heute ist eben ein ungewöhnlicher Tag.

Er spürt ja auch sonst einiges, was er für gewöhnlich nicht gespürt hat. Zum Beispiel die Schwerkraft. Das heißt: die geringere Schwerkraft. Er kommt sich auf einmal eindeutig leichter vor. Leichter als noch heute früh, leichter als all die vergangenen Wochen und Monate. Vielleicht leichter als in seinem ganzen bisherigen Leben.

Daß die Tür zum Treppenhaus der Warte im Winter versperrt ist, hätte er sich denken können. Aber es gibt ja noch eine Außentreppe. Um auf diese Treppe zu kommen, muß man zwar über ein Gitter klettern. Doch so leicht, wie er sich jetzt fühlt, schafft das Novak ohne weiteres.

Und das, obwohl er den Rucksack am Rücken trägt. Den Rucksack, den er nicht einfach ablegen und über das Absperrgitter werfen will. Vor allem wegen des CD-Players und der Kopfhörer. Er will nicht riskieren, daß ihm die noch im letzten Moment kaputtgehen.

Denn dort oben wird er sie auspacken, die Kopfhörer und den CD-Player. Und dann wird er zuerst die CD einlegen, die er gehört hat, bevor Herta unten im Haus den Stecker aus der Steckdose gezogen hat. Zumindest die *Traviata* will er in Ruhe zu Ende hören. Und wenn sie kommen, um ihn zu holen, sollen sie ihn ja nicht dabei stören!

Und wer weiß, vielleicht kommen sie ja gar nicht so bald. Herta jedenfalls kann die Polizei nicht mehr rufen. Und die Nachbarn haben den Schuß anscheinend gar nicht gehört. Womöglich haben sie ihn für einen etwas verfrühten Silvester-Knaller gehalten.

Und Novak steigt höher und höher, Stufe für Stufe. Ein bißchen aufpassen muß er schon, weil die Stufen vereist sind. Aber er kann sich ja am Geländer festhalten. Außerdem gibt es seiner Erinnerung nach auf halber Höhe ein Fenster, durch das kann er vielleicht doch noch ins Treppenhaus einsteigen.

Das wäre ihm lieber. Denn hier draußen ist es auf die Dauer recht kalt. Allerdings wird die Aussicht immer schöner. Dort drüben, das muß Grabern sein, dort brennt anscheinend ein Haus. Aber das ist sehr weit weg, und vielleicht ist es doch nicht Grabern.

Vielleicht kommen sie ja erst morgen, denkt Novak, vielleicht kommen sie erst übermorgen. Stimmt, sie könnten seinen Spuren im Schnee folgen. Doch falls es wieder schneit, werden diese Spuren bald verdeckt sein. Dann hat er vielleicht noch Zeit für weitere Opern.

für Eva

Peter Henisch Die schwangere Madonna Roman

Ein Mann, ein Mädchen, ein gestohlenes Auto: die Geschichte einer abenteuerlichen Fahrt quer durch Italien.

nominiert für den Deutschen Buchpreis 2005

Lest Peter Henisch! Seine Schwangere Madonna ist leicht und luftig und schmeckt, obwohl der Roman im November spielt, nach Sommer.

Hubert Winkels, *Die Zeit*

Ein Roman, der den Leser nie unter Niveau ergötzt.

Sigrid Löffler, *Literaturen*

Ein einziges Vergnügen

Der Spiegel

Das Bezwingende an diesem Roman ist die Leichtigkeit raffinierter Prosa. Mit souveräner Eleganz verknüpft der Erzähler die Handlungsstränge, jedes Motiv greift ins andere – so perfekt und leise wie Zahnrädchen in einem Uhrwerk von Meisterhand. Intelligente, genaue Beobachtungen verstehen sich bei Peter Henisch von selbst, sie sind sozusagen gratis. Wir haben ihm allerdings für noch mehr zu danken: für das Geschenk höheren Humors.

Ulrich Weinzierl, *Die Welt*

autor**in**residenz

Evelyn Grill Das Antwerpener Testament Roman

Dieser Roman ist ein großes Gemälde, und Evelyn Grill beweist darin ihre ganze Meisterschaft. Sie erzählt die Geschichte einer Ehe, den Roman einer Familie voller Risse, in denen die Abgründe eines ganzen Jahrhunderts erkennbar werden.

Das Leben aus zweiter Hand: ein großes, packendes Thema. Evelyn Grills Roman läuft leichtfüßig durch ein Gewirr an Irreführung und Selbstbetrug und findet darin seine ganz eigene Linie. Es macht Eindruck.

Susanne Schaber, *Die Presse*

Evelyn Grill ist eine grossartige Autorin. Ihre Story ist so erzählenswert wie der Roman klug konstruiert.

Judith Leister, *NZZ*

Evelyn Grill ist es fabelhaft geglückt, einen Roman mit den Augen eines Historikers zu schreiben. Das ist nicht zuletzt auch eine Hommage an ihren Protagonisten.

Bettina Schulte, *Badische Zeitung*

Grill ist eine Meisterin der Spannung, die ihre Romane bis ins kleinste Detail durchkomponiert. Grills unbarmherzige Kunst packt einen wieder derart, dass man den Roman mit angehaltenem Atem zu Ende liest, mit klammem Herzen beiseitelegt und eine Weile braucht, um sich davon zu erholen.

Kristin Breitenfellner, *Falter*

O. P. Zier Mordsonate Roman

Im Schatten Mozarts wird sogar ein Mord zum Kunstwerk.

Ein hinreißend bösartiges Buch (nicht nur) über Salzburger Zustände vor. Kritisch gegenüber Bürokratie und Protektionismus, nützt der vielschichtige Roman den Krimiplot für eine satirische Abrechnung – und wartet mit einer überraschenden Schlusspointe auf.

Kieler Nachrichten

O. P. Zier glossiert entlang einer packenden Kriminalstory die sozialen Zustände in einer klimatisch benachteiligten Bananenrepublik. Man darf sich freuen!

Erich Demmer, *Die Presse*

Eine herrliche Analyse der Mechanismen in der Provinz. Spannend!

Michaela Knapp, *Format*

Genial fesselnd

Echo

Ein Sittenbild der besonderen Art. Ein zorniger Text, ganz ohne Mozartkugeln.

Ingeborg Sperl, *Der Standard*

Ein bissiger Roman. Grotesk und wahr!

Helmuth Schönauer, *Buchkultur*

autor**in**residenz

Peter Rosei Das große Töten Roman

Peter Rosei erzählt vom langsamen Heranreifen fantastischer und ganz und gar vorstellbarer Katastrophen. Paul Wukitsch und Alexander Altmann: zwei Karrieren mit Brüchen, zwei Lebenswege, wie sie unterschiedlicher nicht sein könnten. Eigentlich beginnt alles ganz harmlos, aber als diese Wege sich kreuzen, nimmt die Geschichte einen überraschenden Verlauf …

Eines der zwingendsten Bücher dieses Herbstes
Falter

Peter Rosei legt mit seinem neuen Roman einen weiteren großartigen Abschnitt seiner Erzählchronik über die österreichischen Verhältnisse vor.
Der Standard

Roseis Roman ist von sprachlicher und erzählerischer Kunstfertigkeit, die seinesgleichen sucht.
literaturhaus.at

In einer derart komprimierten Form wurde selten zuvor ein vergleichbar umfassendes Erzählpanorama geschaffen.
Die Furche

Kurt Palm Bad Fucking Krimi

Am Arsch der Welt spielt es sich ganz schön ab: Die Innenministerin verschwindet, ein Einsiedler liegt tot in seiner Höhle, die Philharmoniker fallen vom Himmel, und beim Fleischhacker stapeln sich die Leichen. Willkommen in Bad Fucking!

Friedrich-Glauser-Preis 2011

»Bad Fucking« ist eine herrlich schräge Groteske, mit der sich Kurt Palm in die Liga der Herren Heinrich Steinfest, Stefan Slupetzky und Wolf Haas katapultiert. Ein großes Vergnügen!
Krimi-Couch.de

Böse, obszön, zum Brüllen komisch
Focus

Ein Meister der Groteske
Hamburger Morgenpost

Eine Satire von verzweifelter und verheerender Komik
Franz Schuh

Trash at it's best.
The Gap

Ein feiner Eintopf der österreichischen Grausamkeit.
Vorarlberger Nachrichten